I0544451

# UN SOUTIEN POUR LARA

LE REFUGE, TOME 5

SUSAN STOKER

# DU MÊME AUTEUR

Autres livres de Susan Stoker

### *Le Refuge*

*Un soutien pour Alaska*

*Un soutien pour Henley*

*Un soutien pour Reese*

*Un soutien pour Cora*

*Un soutien pour Lara*

*Un soutien pour Maisy (1 Oct)*

*Un soutien pour Ryleigh*

### Forces Très Spéciales : Alliance

*Un protecteur pour Remi (2 Juillet)*

*Un protecteur pour Wren*

*Un protecteur pour Josie*

*Un protecteur pour Maggie*

*Un protecteur pour Addison*

*Un protecteur pour Kelli*

*Un protecteur pour Bree*

### Sauvetage à Eagle Point

*Un sauveteur pour Lilly*

*Un sauveteur pour Elsie*

*Un sauveteur pour Bristol*

*Un sauveteur pour Caryn*

*Un sauveteur pour Finley*

*Un sauveteur pour Heather*

*Un sauveteur pour Khloe (7 Mai)*

### <u>Silverstone</u>

*Pour la confiance de Skylar*

*Pour la confiance de Taylor*

*Pour la confiance de Molly*

*Pour la confiance de Cassidy (1 Mars 2024)*

### <u>Delta Force Deux</u>

*Un refuge pour Gillian*

*Un refuge pour Kinley*

*Un refuge pour Aspen*

*Un refuge pour Jayme*

*Un refuge pour Riley*

*Un refuge pour Devyn*

*Un refuge pour Ember*

*Un refuge pour Sierra*

### <u>*Hawaï : Soldats d'élite*</u>

*Un paradis pour Élodie*

*Un paradis pour Lexie*

*Un paradis pour Kenna*

*Un paradis pour Monica*

*Un paradis pour Carly*

*Un paradis pour Ashlyn*

*Un paradis pour Jodelle*

<u>**Mercenaires Rebelles**</u>

*Un Défenseur pour Allye*

*Un Défenseur pour Chloé*

*Un Défenseur pour Morgan*

*Un Défenseur pour Harlow*

*Un Défenseur pour Everly*

*Un Défenseur pour Zara*

*Un Défenseur pour Raven*

<u>**Ace Sécurité**</u>

*Au Secours de Grace*

*Au Secours d'Alexis*

*Au Secours de Bailey*

*Au Secours de Felicity*

*Au Secours de Sarah*

<u>**Forces Très Spéciales Series**</u>

*Un Protecteur Pour Caroline*

*Un Protecteur Pour Alabama*

*Un Protecteur Pour Fiona*

*Un Mari Pour Caroline*

*Un Protecteur Pour Summer*

*Un Protecteur Pour Cheyenne*

*Un Protecteur Pour Jessyka*

*Un Protecteur Pour Julie*

*Un Protecteur Pour Melody*

*Un Protecteur pour l'avenir*

*Un Protecteur Pour Les Enfants de Alabama*

*Un Protecteur Pour Kiera*

*Un Protecteur Pour Dakota*

## Forces Très Spéciales : L'Héritage

*Un Sanctuaire pour Caite*

*Un Sanctuaire pour Brenae*

*Un Sanctuaire pour Sidney*

*Un Sanctuaire pour Piper*

*Un Sanctuaire pour Zoey*

*Un Sanctuaire pour Avery*

*Un Sanctuaire pour Kalee*

*Un Sanctuaire pour Jane*

## Delta Force Heroes Series

*Un héros pour Rayne*

*Un héros pour Emily*

*Un héros pour Harley*

*Un mari pour Emily*

*Un héros pour Kassie*

*Un héros pour Bryn*

*Un héros pour Casey*

*Un héros pour Wendy*

*Un héros pour Mary*

*Un héros pour Macie*

*Un héros pour Sadie*

*Un héros pour Annie*

<u>Autre</u>

*Un moment suspendu : Recueil de nouvelles*

## <u>AUDIO</u>

*Un paradis pour Élodie*

# 1

Frustré, Callen « Owl » Kaufman se passa une main dans les cheveux. Cela faisait plus de trois mois que Stone, Pipe et lui s'étaient rendus en Arizona pour enquêter sur Lara, l'amie disparue de Cora… et ils avaient découvert plus que ce à quoi ils s'étaient attendus.

Oui, ils avaient trouvé Lara Osler, mais avant de réussir à l'éloigner de son petit ami toxique, ils avaient été drogués, retenus contre leur gré, ils avaient failli mourir aux mains d'un tueur en série et dû voler un hélicoptère pour fuir le domaine où ils avaient trouvé la femme.

S'il n'avait pas été aussi concentré sur la protection de Lara dans ce chaos, Owl aurait pu se retrouver aspiré par d'horribles souvenirs d'une époque où il avait lui-même été pris en otage, lorsqu'il était dans l'armée. La différence, cette fois-ci, c'était qu'il n'avait pas été torturé. Il n'avait pas été filmé pour le plaisir malsain des terroristes. Et son coéquipier Stone, capturé et torturé lui aussi, avait été le héros de la journée. C'était lui qui s'était emparé d'un hélicoptère appartenant au riche connard qui avait convaincu Lara de le suivre en Arizona, et qui les avait tous ramenés en lieu sûr.

Mais cette sécurité n'était qu'une illusion.

Il le savait.

Ses amis le savaient.

Et malheureusement, Lara Osler le savait aussi.

Carter Grant était un tueur en série qui était totalement passé sous les radars. Il avait travaillé comme garde du corps pour l'ex de Lara, tout en kidnappant et en torturant des femmes sous le nez de tout le monde. Il avait tué le petit ami de Lara d'une balle dans la tête et avait profité du chaos de cette horrible journée pour s'enfuir.

Il était toujours dans la nature.

Et il voulait récupérer Lara.

Owl serra les dents. Ce connard n'allait pas remettre la main sur elle. Il l'avait promis à Lara, ainsi qu'à Cora, sa meilleure amie. Le simple fait de penser à ce que Lara avait déjà subi entre les mains de ce psychopathe suffisait à lui donner la chair de poule.

Mais il savait mieux que quiconque que des saloperies se produisaient. Il suffisait d'un moment d'inattention, et Lara serait kidnappée sous leur nez. Elle était terrifiée. Ce dont Owl n'allait pas la blâmer.

Depuis leur fuite de l'Arizona, elle vivait retranchée au Refuge pour essayer de guérir. La plupart des gens ne verraient pas d'amélioration par rapport à son état d'il y avait plusieurs semaines, mais ils auraient tort. Elle avait parcouru un long chemin depuis son sauvetage.

Mais il lui restait encore du chemin à parcourir. Et Owl s'était juré d'être là pour elle à chaque étape.

Cora pensait que son amie n'était plus qu'une coquille vide de la femme d'autrefois, mais Owl n'en était pas si sûr. Oui, extérieurement, Lara était toujours nerveuse, ne parlait pas beaucoup et ne se montrait guère disposée à quitter son chalet. Cependant, lorsqu'ils y étaient tous les deux enfermés, en sécurité et au chaud, elle commençait à s'ouvrir... révélant une femme drôle, attentionnée et incroyablement perspicace.

Et Owl était follement amoureux d'elle.

Aucune relation, ni de près ni de loin, n'était envisageable entre eux, et il le savait. Lara le voyait comme un protecteur. Elle s'était accrochée à lui dès leur arrivée au Refuge. Pendant des semaines, dès qu'il quittait son champ de vision, elle paniquait. Même en Arizona, dans le sous-sol où ils l'avaient retrouvée, elle s'était accrochée à lui comme à une bouée de sauvetage, alors même qu'elle était plongée par la drogue dans un état d'hébétude. Et il n'avait rien fait pour la dissuader de le considérer ainsi.

Tout dernièrement, elle allait mieux. Beaucoup mieux. Il pouvait aller au pavillon et la laisser dans son chalet avec Cora pendant quelques heures sans qu'elle fasse une crise de panique. Mais s'il s'absentait trop longtemps, elle se mettait à trembler et sa respiration s'accélérait, ce qui obligeait Cora à l'appeler. Chaque fois, Lara ne se calmait pas tant qu'elle ne l'avait pas revu.

Ce constat brisait le cœur d'Owl, parce qu'il voulait la voir reprendre confiance en elle. Retrouver son indépendance. Et le fait qu'elle s'en remette si complètement à lui n'était pas une bonne base pour entamer une relation amoureuse, quelle qu'elle soit.

Mais il ferait n'importe quoi pour Lara, y compris étouffer ses sentiments. Il serait son ami. Son roc. Son protecteur aussi longtemps qu'elle aurait besoin de lui. Puis il la laisserait partir. Il la regarderait s'éloigner, déployer ses ailes et voler à nouveau.

— Owl ?

Sa voix douce et hésitante le tira de ses pensées tourmentées. Il se retourna : elle se tenait sur le seuil de la chambre d'amis. Pendant les deux premiers mois, il avait dormi dans un fauteuil à côté de son lit parce qu'elle ne supportait pas d'être seule. Depuis peu, elle pouvait passer la nuit sans se réveiller en hurlant, mais de temps en temps, elle se réveillait encore et avait besoin d'être rassurée sur le fait qu'elle n'était pas retournée là-bas. Enfermée dans un sous-sol à la merci d'un fou.

— Ma puce, tu as fait un mauvais rêve ? demanda-t-il en se levant aussitôt pour se porter à ses côtés.

C'était le milieu de la nuit et, comme d'habitude, Owl était taraudé par l'insomnie. Il ne dormait plus très bien. Pas depuis qu'il avait été prisonnier de guerre.

Lara secoua la tête quand il s'approcha.

— Non. Mais je me suis réveillée et j'ai eu peur.

— Viens, dit Owl en lui tendant la main.

Il ressentit de petites étincelles d'électricité lorsqu'elle s'empressa de prendre sa main. Ça se produisait toujours lorsqu'ils se touchaient, mais il veilla à ne pas trahir sa réaction. La dernière chose dont elle avait besoin, c'était de gérer en plus de tout des avances non désirées.

Il la conduisit jusqu'au canapé où il s'était assis et l'encouragea doucement à se détendre. Il la recouvrit d'une couverture, puis lui dit :

— Installe-toi confortablement. Je reviens avec un chocolat chaud.

Owl sentit le regard de Lara sur lui alors qu'il se dirigeait vers la petite cuisine. Il n'était pas un cuisinier expérimenté, mais il avait suffisamment appris au cours de ses années de célibat au Refuge pour ne pas mourir de faim. Oui, ses partenaires et lui pouvaient monter au pavillon principal et prendre leurs repas avec leurs hôtes s'ils le souhaitaient. De l'opinion générale, Robert était le meilleur cuisinier de ce côté-ci du Mississippi, mais, introverti, Owl aspirait parfois seulement à la paix et à la tranquillité de son propre espace.

Il prit un grand mug et appuya sur le bouton de la bouilloire électrique qui se trouvait sur le comptoir pour faire chauffer l'eau. Il versa une cuillère de mélange spécial chocolat chaud dans le mug, ajouta quelques marshmallows et s'appuya sur le comptoir en attendant que l'eau boue.

Il dut se faire violence pour ne pas retourner au canapé et prendre Lara dans ses bras. Chacun de ses sens était tendu vers elle. Il l'entendit se déplacer sur le canapé, perçut le son subtil de la couverture qu'elle remuait. Ses doigts le picotaient au souvenir de la sensation de sa peau contre la sienne, quelques instants plus tôt. Il aurait juré sentir aussi l'odeur de la lotion à la pêche qu'elle utilisait.

Bougeant les yeux, mais pas la tête, il la regarda. Ses cheveux blonds, qui lui descendaient à hauteur d'épaules, étaient décoiffés par l'oreiller. Ses yeux bleu foncé étaient un peu vitreux, comme si elle était encore à moitié endormie. Elle portait un legging noir et une chemise trop grande qui dissimulait les formes de son corps, mais vu tout le temps qu'il avait passé avec elle, Owl savait qu'elle était encore un peu trop mince et n'avait pas repris tout le poids qu'elle avait perdu pendant son calvaire.

Elle avait le nez légèrement retroussé et tendance à rougir à la moindre provocation. Elle était grande pour une femme – ils faisaient à peu près la même taille, autour d'un mètre quatre-vingts –, mais elle avait deux ans de plus que lui, soit trente-cinq ans. Elle était un peu maladroite et ne semblait pas avoir la moindre vanité... et Owl ne l'en aimait que davantage.

L'avoir dans son espace était une torture, mais il était prêt à souffrir en silence du moment que cela signifiait que Lara se sentait en sécurité. Personne ne connaissait ses sentiments pour sa colocataire et, s'il n'en tenait qu'à lui, personne ne les connaîtrait jamais. Lara avait une vie loin d'ici. Elle était directrice adjointe d'une école maternelle de Washington. Elle manquait à ses élèves, tous les parents l'aimaient, et sa cheffe avait dit à Lara qu'elle lui garderait son poste aussi longtemps qu'elle en aurait besoin.

Elle finirait par partir. Owl le savait. Cora le savait. Tout le monde le savait. Owl la laisserait partir, justement parce qu'il l'aimait tant. Il ne la retiendrait jamais. Il ferait n'importe quoi pour cette femme. De façon désintéressée. Parce qu'elle en valait la peine. Parce qu'après ce qu'elle avait vécu, elle méritait le monde. Il le lui aurait offert si cela avait été à sa portée. Mais tout ce qu'il pouvait faire, c'était s'assurer qu'elle puisse finalement reprendre sa vie en toute sécurité. Sans regarder par-dessus son épaule.

Tex, le génie de l'informatique qui les avait réunis, des années plus tôt, ses amis et lui, pour qu'ils bâtissent le Refuge, cherchait à localiser Carter Grant, l'homme le plus recherché du pays à l'heure actuelle. Les flics ne le trouvaient pas. Le FBI avait perdu sa trace. Mais le tueur en série ne pourrait pas se cacher longtemps de Tex.

Owl rêvait de s'en prendre à Grant une fois qu'il aurait été repéré. D'être celui qui mettrait fin à la menace qui pesait sur la femme qu'il aimait. Il mourrait probablement dans le processus, car il n'était pas comme ses anciens amis des forces spéciales. Il possédait des compétences de base en matière de combat au corps à corps, mais il n'était pas aussi bien entraîné qu'un SEAL ou qu'un agent de la Delta Force. Cela dit, il avait quelque chose que ses amis n'avaient pas : la motivation. Il aimait assez Lara pour se sacrifier si cela lui permettait de vivre une vie longue et heureuse, libérée de la menace de Carter Grant qui pesait au-dessus d'elle.

Ses amis le passeraient sur le grill s'ils savaient qu'il se sacrifierait volontiers pour sauver Lara. Mais comme les chances étaient minces, voire nulles, sa mort probable ne serait pas vraiment un problème. Owl savait juste que, s'il le fallait, il donnerait sa vie sans hésiter pour celle de Lara.

Le bruit de l'eau qui bouillait le sortit à nouveau de ses pensées. Owl attrapa la poignée de la bouilloire et versa l'eau dans la tasse, souriant en sentant les riches arômes du chocolat. Il s'était montré généreux en chocolat, car c'était ainsi que Lara l'aimait.

Il remua la boisson, puis regagna le canapé, sentant les yeux qu'elle posait sur lui. Cela lui faisait chaud au cœur. Il s'assit à côté d'elle et lui tendit la tasse.

— Attention, c'est chaud.

— Évidemment, vu que c'est du chocolat chaud, répliqua-t-elle doucement, avec un petit sourire.

Owl vivait pour ces sourires. Ils étaient rares et il les chérissait tous.

— Pas faux. Dis-moi si c'est assez corsé pour toi. Sinon, je peux encore en rajouter.

Elle souffla sur la boisson, puis en prit une gorgée prudente et plongea ses yeux bleus dans les siens.

— C'est parfait.

— Bien, lâcha Owl en s'adossant au canapé.

Ils restèrent assis en silence pendant un long moment, ce qu'Owl appréciait aussi chez elle. Lara ne ressentait pas le besoin de bavarder à tort et à travers. Elle aimait autant que lui rester assise sans rien dire. Elle lui avait expliqué un jour que c'était à cause de son travail. Toute la journée, elle écoutait les enfants bavarder de ceci et de cela, et même si elle aimait son métier, elle était tout aussi heureuse de monter dans sa voiture, à la fin de sa journée de travail, et de savourer le silence.

— Tu n'as pas pu dormir, demanda-t-elle.

Owl haussa les épaules.

— Non.

— Tu devrais vraiment prendre les cachets que le médecin t'a prescrits, le gronda-t-elle gentiment.

Aucun de ses amis ne connaissait la gravité de ses insomnies. Ils ignoraient qu'il s'estimait chanceux s'il parvenait à dormir trois ou quatre heures au cours d'une nuit. Son cerveau ne s'arrêtait pas assez longtemps pour qu'il puisse se reposer une nuit entière. Et depuis l'arrivée de Lara, son inquiétude pour elle et son besoin d'être là lorsqu'elle se réveillait de ses cauchemars l'empêchaient absolument de faire une nuit complète.

— C'est bon, lui dit-il.

Lara fronça les sourcils.

— Non, ce n'est pas bon. Tu ne dors pas assez, Owl.

— J'ai l'habitude.

Le froncement de sourcils s'accentua. Il aimait bien qu'elle se soucie ainsi de son sort. Vraiment bien.

— Sérieusement, ça va. C'est pour toi que je m'inquiète. Pourquoi t'es-tu réveillée ?

Lara replongea les yeux dans la tasse qu'elle tenait et haussa les épaules.

— Parle-moi, Lara.

Elle soupira.

— C'est juste que... je suis un tel fardeau.

— Quoi ? Non, c'est faux, répliqua Owl.

Elle lui adressa un sourire triste.

— C'est vrai. Je vois bien l'inquiétude dans les yeux de Cora quand elle vient nous rendre visite. Tout le monde ici est sur les nerfs, redoute de voir Carter s'introduire dans le domaine en pleine nuit pour y causer des dégâts. Et toi..., ajouta-t-elle avant de s'interrompre. Je sais que tu ne t'attendais pas à m'avoir aussi longtemps dans les pattes.

Owl lui tendit la main et la serra.

— En ce qui me concerne, tu peux rester avec moi aussi longtemps que tu le souhaites.

— Tu ne penses pas ce que tu dis, protesta Lara.

— Bien sûr que si. Écoute, je comprends. Je suis passé par là. Quand on a été sauvés, Stone et moi, j'étais un putain de paranoïaque. Je ne faisais confiance à personne. Je ne pouvais même pas aller à l'épicerie sans avoir quelqu'un avec moi pour me protéger. Ça ne fait pas si longtemps, Lara. Sois indulgente avec toi-même.

— J'ai lu ce que racontent les internautes, murmura-t-elle.

Owl jura dans son for intérieur. Il avait lu, lui aussi, ce que disaient les connards sur les réseaux sociaux. Lorsque l'histoire était sortie, certains avaient blâmé Lara. Comme quoi elle avait dû faire quelque chose d'horrible pour mériter ce que Carter lui avait fait subir. Ces critiques d'une victime étaient malveillantes et horrible à lire. Et comme Carter Grant était un très bel homme – trentenaire grand et musclé, aux cheveux blond foncé et aux yeux noisette –, certains abrutis détraqués avaient même affirmé qu'ils n'auraient pas été dérangés de se retrouver à la place de Lara.

Ils étaient tous des putains d'idiots qui n'avaient aucune idée de ce dont ils parlaient. Il était assurément très facile, dans la sécurité et la chaleur de son domicile, de juger Lara et toutes les autres femmes qui s'étaient retrouvées entre les griffes de Carter.

— Qu'ils aillent se faire foutre, cracha Owl.

— Mais ils ont raison. Je suis allé en Arizona de mon plein gré. Je n'ai pas été kidnappée.

— Peut-être, mais ce n'est pas pour autant que Michaels

avait le droit de t'enfermer dans une cave, et ce n'est certainement pas ce qui a donné l'autorisation à Grant d'abuser de toi comme il l'a fait. Ne lis pas cette merde, Lara. Ça te rongera, et ces gens derrière leur ordinateur n'ont aucune idée de ce dont ils parlent. Crois-moi, quand Stone et moi, on est rentrés à la maison, il y en a qui ont fait la même chose. Depuis leur fauteuil, ils savaient tous mieux que nous ce qu'on aurait dû faire dans notre situation. À déclarer qu'on était des mauviettes. Qu'on aurait dû se battre pour se libérer. Qu'on n'était pas de « vrais » soldats. Si j'avais pris à cœur tout ce qu'ils disaient, il y a longtemps que je me serais tiré une balle dans la tête.

— Owl ! s'écria Lara, l'air inquiet.

— Tout ce que je dis, c'est qu'il ne faut pas lire ce genre de choses. Vraiment. Tu ne veux pas parler à Henley – qui pourrait t'aider bien mieux que moi – et tu parles à peine avec Cora de ce qui s'est passé. Puisque je suis le seul à qui tu t'es ouverte, tu dois m'écouter. Arrête de lire ces propos haineux. Tu m'entends ?

Owl aurait vraiment aimé que Lara parle à Henley. Leur psychologue attitrée serait en mesure de la soutenir bien mieux que lui. Mais comme elle refusait d'aborder la question avec qui que ce soit d'autre que lui, Henley lui avait donné quelques conseils qui, avec un peu de chance, s'avéreraient utiles. Dans des moments comme celui-ci, hélas, il avait l'impression d'être complètement dépassé. Il priait juste pour ne pas gâcher encore plus la vie de Lara.

— Je t'entends, dit-elle.

— Bien. Les seules opinions qui comptent sont les tiennes, les miennes, celles de Cora et des autres occupants du Refuge. C'est-à-dire des gens qui savent vraiment ce que tu as vécu. Que tous les autres aillent se faire foutre.

Les lèvres de Lara frémirent.

Owl sentit son cœur s'emballer. Chaque fois qu'il parvenait à la faire sourire, c'était comme un miracle. Surtout si l'on considérait le mois entier qui avait suivi son arrivée au Refuge, au cours duquel elle avait été complètement brisée.

— Bon alors, tu veux rester ici avec moi ou retourner au lit ?

— Je veux rester ici, répondit-elle sans hésiter.

— Télévision ou livre ? demanda Owl.

— Télévision.

— Tu veux continuer le documentaire qu'on a commencé hier ? Ou quelque chose d'autre ?

— On peut regarder *Cendrillon* ?

— Bien sûr.

Owl se saisit de la télécommande et lança le film. Cela ne le dérangeait pas le moins du monde de regarder le dessin animé pour la centième fois. Si c'était ce que Lara voulait, c'était ce qu'ils regarderaient.

Honnêtement, il était soulagé de son choix de film. Cora avait dit à plusieurs reprises que Lara était une romantique. Qu'elle croyait aux âmes sœurs et au grand amour. Du moins avant tout ce qui s'était passé. Mais le fait qu'elle ait toujours envie de revoir ce film, qu'il lui apporte du réconfort, cela incitait Owl à penser que la femme qu'était autrefois Lara continuait d'exister. Peut-être meurtrie et contusionnée, mais elle était là.

Lara se blottit dans un coin du canapé, le regard rivé sur la télévision. Il ne pouvait s'empêcher de la regarder. Il n'était pas du tout fatigué, mais il fut ravi de constater que Lara s'assoupissait au bout d'un quart d'heure à peine. Il était heureux qu'elle se sente suffisamment en sécurité pour baisser sa garde devant lui et dormir.

Owl avait vu ce film autant de fois que Lara depuis qu'elle était ici, mais il ne l'éteignit pas. Il le laissa se dérouler. Et pria pour qu'un jour, la femme à côté de lui trouve son propre prince charmant. Un homme qui l'aimerait et la chérirait autant que lui. D'accord, ce ne serait pas lui, mais c'était ce qu'il voulait par-dessus tout pour elle, plus qu'il n'avait jamais rien voulu dans sa vie.

## 2

———

Lara se réveilla et resta une seconde immobile, le temps de se repérer. Elle avait appris à ses dépens que faire semblant de dormir pouvait lui éviter de souffrir... du moins pour un temps.

Il ne lui fallut pas longtemps pour réaliser qu'elle n'était pas dans ce maudit sous-sol. Qu'elle n'était pas à moitié nue. Et pas à la merci de Carter Grant.

Elle était au Refuge. Au Nouveau-Mexique. Sa meilleure amie avait fait des pieds et des mains, refusant de croire qu'elle n'était pas en danger. Cora avait persuadé les anciens militaires qui vivaient et travaillaient ici de venir la récupérer en Arizona.

Lara ouvrit les yeux et vit Owl endormi, à l'autre bout du canapé. Sa tête reposait sur le coussin et sa bouche était entrouverte alors qu'il ronflotait. Elle prit le temps de l'étudier pendant qu'il ne la voyait pas.

Callen Kaufman, surnommé Owl par ses amis, n'était pas un homme comme tous ceux qu'elle avait rencontrés. Il ressemblait un peu à Ed Sheeran, avec des cheveux roux, des yeux d'un vert vif, une barbe et une moustache bien taillées. Son cadet de deux ans – elle en avait trente-cinq –, il avait l'air un peu BCBG. Ils étaient de la même taille, ce que Lara appréciait. Elle n'avait pas besoin de lever ni de baisser les yeux. Il était musclé et fort, mais pas autant que les autres hommes qui vivaient et travaillaient au Refuge. Il ne respirait pas la testostérone. Pourtant, Lara savait sans l'ombre d'un doute qu'en cas de besoin, il ferait tout ce qu'il fallait pour la protéger de tout danger. Il l'avait déjà fait, d'ailleurs.

Elle ne se rappelait pas très bien son sauvetage de cette maison en Arizona, mais elle se souvenait d'avoir fixé le dos d'Owl qui se tenait entre Carter Grant et elle, telle une sentinelle. Il la protégeait. Puis elle se souvint de ses bras autour de son corps, mais au lieu d'être alarmée par le contact d'un autre homme qu'elle ne connaissait pas, Lara s'était juste... fondue en lui.

Il était son refuge, elle l'avait senti instantanément, et elle avait la curieuse certitude que s'il la quittait, elle se retrouverait de nouveau entre les griffes de Carter.

C'était déraisonnable et irrationnel, mais elle ne pouvait se défaire du sentiment que sans cet homme, elle se retrouverait plongée dans le cauchemar dont elle n'arrivait pas à se réveiller.

Au cours des deux dernières semaines, elle avait finalement réussi à se forcer à ne plus avoir Owl constamment dans son champ de vision. Elle s'était efforcée de faire des progrès, de le convaincre qu'elle allait mieux... mais la vérité, c'était qu'elle était tout aussi perturbée dans sa tête qu'elle l'était dans cette cave.

Carter Grant allait lui remettre la main dessus. Elle n'en doutait pas. Il s'était vanté à propos des autres femmes qu'il avait capturées. Des choses qu'il leur avait faites. Il aimait surtout lui raconter en détail comment il les avait tuées... et riait parce qu'il ne s'était pas fait prendre.

Mais c'était ce qu'il lui avait murmuré à l'oreille un soir, après avoir fini de jouer avec elle, qui lui revenait sans cesse à l'esprit.

*« Tu es ma préférée. Je ne te laisserai pas partir. Jamais. Tu es à moi. »*

Elle ferma les yeux et prit une profonde inspiration.

Elle n'était pas encore prête, mais le moment approchait où elle devrait quitter cet endroit. La dernière chose qu'elle voulait, c'était guider les pas de Carter jusqu'au Refuge. Jusqu'à son meilleur ami. Jusqu'aux hommes et aux femmes qui vivaient ici.

Son plan initial était d'aller en Alaska et de se cacher dans l'un de ces chalets échappant à tous les radars. Mais elle n'en était plus aussi sûre. Elle ne savait pas où elle voulait aller, tout ce qu'elle savait, c'était qu'elle ne voulait pas que quelqu'un d'autre soit blessé à cause d'elle.

Lara rouvrit les yeux et fixa à nouveau Owl. En apparence, l'homme avait toujours l'air calme et posé, mais il était tout aussi brisé qu'elle à l'intérieur. Et pour une raison indéterminée, cela l'incitait à abaisser ses boucliers en sa présence. Il avait vécu ce qu'elle-même avait vécu. Enfin, pas exactement, mais il avait été lui aussi retenu contre son gré et torturé. Il s'était ouvert à elle et lui avait raconté des choses qu'il n'avait jamais dites à personne, à l'en croire.

Elle était aussi la seule à être au courant de ses insomnies. À part son médecin en ville, bien sûr. Elle se sentait spéciale d'avoir reçu de lui une confession aussi intime, même si elle aurait fini par le découvrir toute seule, étant donné tout le temps qu'ils passaient ensemble.

Il avait été d'une patience exemplaire avec elle, sans manifester d'agacement d'avoir dû se trouver dans son champ de vision continuellement pour qu'elle ne panique pas. Il ne lui avait jamais donné l'impression d'être un fardeau. Ou folle. Il se montrait prévenant et se pliait en quatre pour qu'elle se sente à l'aise et en sécurité.

Bien sûr, elle ne pensait pas pouvoir se sentir à nouveau en sécurité. Mais elle n'allait pas l'admettre. Pas même devant Owl.

Si elle pouvait un jour aimer un homme, ce serait probablement celui qui dormait à l'autre bout du canapé. Mais son rêve d'une vie heureuse avait succombé à une mort atroce. Elle n'était plus aussi confiante qu'avant. Elle remettait en question chaque parole qu'on lui adressait ou chaque geste qu'on faisait. Désormais cynique, elle se méfiait des motivations de chacun. Autrefois, elle aurait pu être romantique, mais Ridge Michaels, l'homme qui avait dit l'aimer au point de ne pouvoir supporter l'idée de retourner en Arizona sans elle, avait détruit cette partie d'elle.

Il était mort et elle en était contente. Elle se moquait que sa famille ait été mise à rude épreuve quand il avait été de notoriété publique qu'ils avaient employé un véritable tueur en série. Que des femmes avaient été torturées et assassinées dans leur propriété de Phoenix.

Lara était plus dure maintenant. Moins naïve.

Mais Owl lui redonnait un peu l'impression d'être comme avant. Du moins quand ils étaient tous les deux dans son chalet. Elle pouvait se détendre avec lui, parce qu'il lui avait clairement fait comprendre qu'elle ne l'intéressait pas d'un point de vue romantique. Il la touchait, mais généralement pas plus loin que la main, ou tout au plus une brève étreinte platonique, lorsqu'elle était au plus bas. Elle n'avait jamais vu que de l'inquiétude dans ses yeux. Rien qui indique le moindre intérêt pour une relation. Rien d'autre que de l'amitié, ce dont elle lui était reconnaissante.

En même temps… une partie d'elle, tout au fond, ne pouvait s'empêcher de se demander ce que ce serait que d'avoir Owl comme compagnon. De faire ce qu'elle pouvait pour l'aider à dormir la nuit. De le laisser la prendre dans ses bras et la serrer fort quand elle avait peur.

Secouant la tête, Lara pinça les lèvres et prit une profonde inspiration. Non. Owl était son ami. Elle lui avait été imposée et il serait probablement très soulagé de la voir partir. Elle annoncerait à tous qu'elle retournait à Washington, alors que c'était le dernier endroit qu'elle voulait revoir. Au lieu de cela, elle irait ailleurs. Peut-être à l'étranger. Elle n'en savait rien.

Tout ce qu'elle savait, c'était qu'elle ne voulait plus jamais se sentir impuissante. Elle ne voulait pas que Carter Grant la retrouve et l'enferme dans un sous-sol sombre et effrayant pour vivre ses fantasmes avec elle jusqu'à ce qu'elle rende l'âme.

Elle devait redoubler d'efforts pour convaincre tout le monde qu'elle était redevenue normale. Monter au pavillon pour les repas. Interagir avec les autres personnes présentes au Refuge. Même si c'était la dernière chose dont elle avait envie. Elle préférerait rester ici. Se terrer. En sécurité avec Owl. Mais personne ne croirait qu'elle était prête à retourner à Washington et à reprendre sa vie en main si elle ne commençait pas à agir de façon attendue.

Elle ferait donc semblant. Lara avait l'impression de pouvoir tromper assez facilement les hommes qui vivaient ici. Elle ne les connaissait pas et ils ne la connaissaient pas.

Cora, en revanche, serait beaucoup plus difficile à embobiner.

En pensant à sa meilleure amie, Lara avait les larmes aux yeux. Owl lui avait raconté tout ce que Cora avait fait pour elle. Les prouesses qu'elle avait accomplies pour convaincre quelqu'un, n'importe qui, que Lara était en danger. Pour aller à Phoenix et vérifier par elle-même si son amie allait bien.

Elle avait fait des recherches sur le Refuge, enchéri sur Pipe lors d'une vente aux enchères pour célibataires, tenu tête à cette garce d'Eleanor, vendu littéralement tous ses biens et s'était mise en danger en venant chez Ridge.

Lara ne pourrait jamais lui rendre la pareille, même si Cora insistait pour dire qu'elles étaient quittes maintenant. Mais se lier d'amitié avec Cora lorsqu'elles étaient au lycée n'avait rien à voir avec les exploits réalisés par cette dernière pour elle.

Ce que Cora ignorait, c'était qu'au lycée, lorsqu'elles s'étaient rencontrées, Lara avait autant besoin qu'elle d'une amie. Ses parents n'étaient pas violents, mais ils ne s'intéressaient tout simplement pas à leur fille. Leurs camarades pensaient que Lara était coincée à cause de l'argent de sa famille et parce qu'elle ne prenait jamais l'initiative d'une conversation. Elle était intelligente, trop intelligente pour s'intégrer aux autres, et elle n'avait aucun intérêt pour les relations amoureuses.

Cora était la meilleure chose qui soit arrivée à Lara. Elle était extravertie et n'avait pas peur de dire ce qu'elle pensait. Elle était l'opposée de Lara et elle l'adorait.

Des années plus tard, alors que Cora était à quelques heures de se retrouver à la rue, Lara lui avait donné une procuration sur son compte bancaire et lui avait fait promettre d'utiliser son argent si elle se retrouvait à nouveau dans ce genre de situation. Bien sûr, Cora étant Cora, elle avait refusé de toucher le moindre centime.

La vérité, c'était que Lara avait besoin de Cora bien plus que son amie n'avait jamais eu besoin d'elle.

Il ne se passait pas un jour sans que Lara ne se reproche

mentalement de ne pas avoir écouté Cora lorsque celle-ci avait tenté de lui dire que Ridge Michaels n'était pas sincère. Elles s'étaient disputées à son sujet, ce qui avait conduit Lara à accepter impulsivement de suivre cet homme en Arizona. Si elle avait écouté Cora, elle ne serait jamais tombée entre les griffes de Carter.

En repensant à tout ce que le tueur en série lui avait fait subir, Lara frissonna de peur et de dégoût.

Un instant plus tard, elle sentit Owl remuer, puis une deuxième couverture fut drapée autour d'elle.

— Je peux monter le chauffage si tu as froid, murmura-t-il.

Fermant les yeux, Lara tenta de contrôler ses émotions qui se déchaînaient. Même dans son sommeil, Owl l'avait sentie frissonner... et l'avait mal interprété. Quelqu'un s'était-il déjà montré aussi attentif à son égard ? La réponse n'était pas difficile. Non.

— Merci, lui dit-elle.

Il se leva alors et Lara le regarda se diriger vers la salle de bains au bout du couloir. Elle n'avait aucune idée de l'heure, mais il faisait encore nuit dehors. À son arrivée ici, quand Owl avait découvert sa hantise de l'obscurité, il était allé en ville et avait acheté une dizaine de veilleuses qu'il avait branchées sur toutes les prises de courant disponibles : elles diffusaient assez de lumière pour lui permettre de voir, mais pas trop pour l'empêcher de dormir.

Les premiers jours, elle avait dormi ici, sur le canapé, avec Owl à ses pieds. Puis elle s'était forcée à aller dans la chambre d'amis, mais le sommeil avait recommencé à la fuir. Alors Owl avait commencé à dormir dans le fauteuil à côté de son lit. Chaque fois qu'elle se réveillait, elle ouvrait des yeux terrifiés et voyait son garde du corps personnel à ses côtés. La plupart du temps, il était éveillé et s'empressait de la rassurer en lui disant que tout allait bien. Qu'elle était en sécurité au Nouveau-Mexique.

Elle se sentait souvent coupable d'être aussi demandeuse. Aussi dépendante d'Owl. Mais il ne lui avait jamais donné l'impression de souffrir de devoir s'occuper d'elle. Il ne s'était jamais plaint de ne pas avoir un moment à lui parce qu'elle paniquait s'il disparaissait pendant plus de quelques minutes.

Cora et Owl lui avaient sauvé la vie. Et Lara ne savait toujours pas si elle leur en était reconnaissante ou si elle leur en voulait. Certains jours, elle avait l'impression que tout le monde – y compris elle-même – se porterait mieux si elle n'était plus là. Si elle était morte, elle n'aurait pas à faire face à cette peur débilitante et à la dépression dont elle souffrait maintenant.

Owl revint avec une autre couverture. Il avait manifestement fait un détour après être allé aux toilettes. Il se réinstalla à l'autre bout du canapé et la regarda fixement.

Lara se crispa à la vue de son visage. Détermination. Obstination. Elle se prépara à ce qu'il allait dire.

— Tu dois parler avec Henley.

Elle secouait déjà la tête avant qu'il ait terminé sa phrase.

— Je vais bien, insista-t-elle.

La dernière chose qu'elle voulait, c'était que quelqu'un entre dans sa tête. Qu'on découvre à quel point elle était perturbée. Et qu'elle avait l'intention de partir et de disparaître pour de bon.

— Oui, mais non. Crois-moi, je suis passé par là.

— Tu ne sais pas, répliqua Lara, dont l'amertume était audible.

— Si, insista Owl.

— Tu sais ce que ça fait d'avoir envie des drogues qu'on

t'a forcée à prendre pour émousser tes sens et te rendre insensible à ce qu'on te fait ? D'être touchée contre ta volonté ? Qu'on te répète que tu ne t'en sortiras jamais et que tu seras le jouet de quelqu'un pendant des années ?

Lara ne savait pas d'où venaient les mots, mais elle ne parvenait plus à s'arrêter.

— Vraiment, Owl ? Tu sais ce que cela fait d'avoir l'impression qu'on va te kidnapper, chaque fois que tu sors, qu'on va te faire entrer de force dans un coffre ? D'être terrifiée chaque seconde de chaque jour, en sachant que la personne qui t'a torturée est toujours là ? À attendre le moment idéal pour t'attraper à nouveau et te pousser dans un sous-sol, te déshabiller et se branler devant le spectacle de ta terreur ?

Lara haletait lorsqu'elle se tut, les muscles tendus et des pulsations plein la tête. Ses mains tremblaient sous l'effet de l'adrénaline tandis que les souvenirs se bousculaient dans son cerveau.

— Je sais ce que ça fait d'être touché contre ma volonté. D'être battu à mort... pour le plaisir. De lever les yeux vers une lumière rouge clignotante et de réaliser que mon humiliation est filmée pour être diffusée sur internet à des millions de personnes. Je comprends parfaitement la peur de me faire capturer à nouveau et de me retrouver dans la même situation que celle dont je viens de m'échapper. Je sais aussi ce que ressent mon meilleur ami lorsqu'il est torturé, simplement pour me faire encore plus souffrir. J'entends ses cris de douleur et je sais que je ne peux pas l'aider. Eh oui, mes ravisseurs sont toujours en liberté. Certains ont été tués lors de notre sauvetage, mais d'autres non. Des dizaines d'hommes qui se réjouissaient de chaque beigne, de chaque coup de couteau. Je sais sans l'ombre d'un doute que s'ils avaient la moindre occasion de me refaire tomber entre leurs griffes, ils n'hésiteraient pas une seconde.

Le regard d'Owl était intense, mais sans une once d'accusation. Son ton était presque... doux. Lara ne put s'empêcher d'avoir honte de son explosion. Mais Owl n'avait pas fini.

— Je sais aussi ce que ça fait de se sentir bien, puis soudain si déprimé que j'ai toutes les peines du monde à me sortir du lit. Je détestais les regards de pitié que me lançaient les gens qui me reconnaissaient pour m'avoir vu dans ces fichues vidéos. Je ne voulais pas consulter un thérapeute. J'étais un homme, j'étais capable de gérer la merde que j'avais dans la tête sans aide. Mais après m'être assis dans ma cuisine un soir, un couteau dans une main et une bouteille d'analgésiques dans l'autre, j'ai réalisé qu'il était temps. J'ai pleuré comme un bébé lors de ma première séance avec mon thérapeute... et bon sang, ça m'a sacrément aidé. Je m'inquiète pour toi, Lara. Je peux t'écouter, être à tes côtés, te rassurer en te disant que je ferai tout ce qui est en mon pouvoir pour que tu sois en sécurité, mais je n'ai pas la formation de Henley. Je te jure qu'elle est bonne dans ce qu'elle fait. Et tout ce que tu lui diras restera strictement confidentiel. Essaie au moins. S'il te plaît. Juste une séance.

Lara ferma les yeux. Elle se sentait déstabilisée... et honteuse. Ce qui lui était arrivé était horrible. Terrifiant. Au point de bouleverser sa vie. Mais elle n'était pas la seule à être passée par une expérience traumatisante. Owl en était la preuve. Tous les hommes qui dirigeaient le Refuge aussi. Comme leurs clients.

Elle était égoïste. Et se sentait encore plus mal dans sa peau.

— Regarde-moi, ordonna Owl.

À contrecœur, Lara releva les yeux vers lui.

— Je n'ai peut-être pas vécu les mêmes choses que toi, mais je sais ce que tu ressens. Et je suis là sur le long terme. Tu peux rester ici aussi longtemps que tu le souhaites. Si tu as besoin que j'attache mon poignet au tien pour que tu te sentes en sécurité, je le ferai. Il ne va pas gagner, Lara. Je te le promets. Même si ça doit me prendre le reste de ma vie, je ferai tout pour qu'il ne puisse plus recommencer. Compris ?

Pour la première fois depuis qu'elle s'était retrouvée enfermée dans ce sous-sol, Lara ressentit une étincelle d'espoir.

La gorge nouée, elle esquissa un imperceptible signe de tête.

— Parfait. Alors, est-ce que je dois sortir une paire de menottes ?

Elle lui répondit d'un petit sourire.

— Coquin, répliqua-t-elle d'une voix douce.

Un sourire se dessina sur les lèvres d'Owl.

— Je peux imaginer des situations bien pires dans la vie que d'être enchaîné à toi, ma puce.

Quand il disait ce genre de choses, l'ancienne Lara refaisait surface. La femme qui se serait pâmée si un homme lui avait parlé comme ça dans le passé. Mais elle n'était plus cette femme. Elle s'était endurcie. Elle était cynique à présent. Terrifiée.

Mais elle se détendit tout de même.

Owl jeta un coup d'œil à sa montre.

— Il est 5 heures. Ça te dirait d'aller regarder le lever du soleil au Rocher-Table avec moi ?

Surprise, Lara cligna des yeux.

— Au Rocher-Table ? demanda-t-elle. Mais c'est à des kilomètres d'ici.

Il haussa les épaules.

— C'est une randonnée facile.

— Il fait froid dehors.

— Pas si froid que ça. Le printemps est enfin arrivé.

Pourtant, elle hésitait. Carter était peut-être tapi dans les bois. Guettant l'occasion propice pour l'enlever.

— On a des caméras partout dans les bois. Et je ne suis pas censé te le dire, mais il y a aussi des bunkers enterrés dans toute la forêt. Si quelque chose se passe, si je soupçonne ne serait-ce qu'une seconde la présence d'un intrus, je nous emmènerai dans un bunker et on pourra se cacher jusqu'à ce que les autres fouillent la zone et s'assurent qu'on est en sécurité.

Lara cligna des yeux.

— Vraiment ? Pourquoi ?

— Pourquoi a-t-on des bunkers ? Parce que... lorsqu'on a construit cet endroit, aucun d'entre nous n'était dans une situation mentale idéale. On avait besoin d'être rassurés par ces bunkers. Et ils se sont révélés utiles. Alaska s'est réfugiée dans l'un d'eux lorsque le trafiquant d'êtres humains qui en avait près elle est venue la chercher. Et pour sauver Jasna du trou du cul qui l'avait kidnappée, on l'a emmenée dans l'un d'eux pour s'assurer qu'elle était en sécurité.

— Oh, lâcha Lara, incapable de trouver ses mots.

Ayant entendu parler de ce qui était arrivé aux autres femmes du Refuge, elle était encore une fois stupéfaite de leur résilience.

Après un long moment de silence, elle prit une profonde inspiration et acquiesça.

— D'accord.

— D'accord ? répéta-t-il, haussant un sourcil surpris.

— Oui. Je viens au Rocher-Table avec toi.

Il sourit. Et Lara réalisa à quel point il se contenait avec elle. Cela faisait un moment qu'elle le côtoyait et elle n'avait jamais vu une telle expression de joie sur son visage. Il se contenait parce qu'il s'inquiétait pour elle.

Il n'en fallut pas davantage pour que les picotements ressurgissent.

— Génial ! s'empressa-t-il de s'exclamer, craignant manifestement qu'elle ne change d'avis. Va te changer. Mets des chaussettes épaisses, le legging en polaire que Henley t'a acheté, un haut à manches longues, un sweat-shirt, et je vais prendre ma parka au cas où tu aurais froid.

Il se leva et posa sur le canapé la couverture qu'il venait de récupérer dans sa chambre, puis lui tendit la main.

Sans réfléchir, Lara la saisit.

À la seconde où les doigts d'Owl se refermèrent sur les siens, elle paniqua. Comme toujours. Elle n'aimait pas être touchée. Elle n'aimait pas sentir la peau de quelqu'un d'autre sur la sienne. Mais comme toujours, la peur s'estompa presque instantanément. C'était Owl. Ses mains étaient chaudes, curieusement à la fois calleuses et douces. Pas froides et violentes comme celles de Carter.

Il la lâcha dès qu'elle se fut relevée, mais resta près d'elle. Lara se rendit compte qu'il faisait cela tout le temps. Il se tenait à ses côtés au cas où elle aurait des vertiges, des tremblements ou si elle paniquait.

Cet homme était définitivement devenu son roc, et elle brûlait de lui faire plaisir. Il fallait qu'il sache à quel point elle appréciait sa présence... et ses conseils.

Une fois qu'il se fut assuré qu'elle était stable, il se dirigea vers sa chambre.

Lara tendit la main et lui toucha le bras.

Owl se figea, seule sa tête se tourna vers elle. Tous les deux comprenaient l'importance de ce moment.

C'était la première fois qu'elle était à l'origine d'un

contact avec lui – avec qui que ce soit, d'ailleurs – depuis qu'elle avait été sauvée.

— Je suis désolée de ce que tu as vécu, murmura-t-elle.

Les yeux verts et perçants d'Owl se plantèrent dans les siens.

— Merci.

— Et... je parlerai à Henley.

Le soulagement qu'elle lut dans ces prunelles était intense.

— Merci, dit-il encore.

— Vas-tu...

Elle s'interrompit.

— Oui.

Lara sentit qu'elle souriait, même si cette conversation n'avait rien de drôle.

— Tu ne sais même pas ce que j'allais demander.

— Peu importe, ma puce. Si tu veux ou si tu as besoin de quelque chose de moi, je me plierai en quatre pour te le donner.

Les picotements étaient de retour.

— Et si je te demandais d'enfiler un costume de Yéti et de te faufiler dans les bois, en t'assurant d'être filmé par les caméras qu'il y a là-bas, juste pour faire flipper tout le monde ?

Le rire qui secoua Owl donna à Lara la sensation d'avoir gagné à la loterie. C'était un homme sérieux, qui ne riait pas beaucoup. Voilà pourquoi le fait d'avoir suscité ce genre de réaction lui paraissait étrangement étonnant. C'était la première fois depuis des mois qu'elle ressentait autre chose que de la peur ou de l'inquiétude face à sa propre situation.

— Je suis à fond pour. J'ai hâte de voir la tête de Tonka quand il découvrira le Yéti sur nos terres, lança Owl.

— Maintenant que l'idée est lancée, j'aimerais bien voir

le Yéti, moi aussi. Peut-être qu'on pourrait se trouver deux costumes et que je me promènerais avec toi.

— Marché conclu, concéda Owl en souriant.

Le moment était intense. Différent. Comme s'ils étaient simplement un homme et une femme, plutôt que la victime brisée d'une série d'agressions sexuelles et son sauveur. Cette pensée fit ressurgir la question qu'elle voulait lui poser.

— Je parlerai à Henley... mais tu seras avec moi à ce moment-là ? demanda-t-elle.

Le visage d'Owl se vida de son expression décontractée, remplacée par un froncement de sourcils.

— Je ne suis pas sûr que ce soit une bonne idée.

— Je comprends que tu ne veuilles pas entendre parler de tout ce qui s'est passé, commença-t-elle, incertaine.

Owl secoua la tête.

— Ce n'est pas ça. Ne pense jamais ça. Je veux juste que tu te sentes le plus à l'aise possible pour t'ouvrir à Henley, et ça risque d'être gênant si je suis là. Tu n'auras peut-être pas envie d'être aussi sincère.

— Sans toi, je ne serai probablement pas aussi disposée à lui dire quoi que ce soit, rétorqua Lara. Je me sens en sécurité avec toi. Je ne connais pas Henley. Je veux dire, je suis sûre qu'elle est merveilleuse, mais raconter mon histoire à une inconnue, ce n'est pas... ce n'est pas... je ne sais pas si je peux le faire.

— Peut-être que Cora serait d'une plus grande aide que moi, suggéra Owl.

— Non. Absolument pas. C'est ma meilleure amie. Elle s'énerverait et voudrait se lancer elle-même à la recherche de Carter. Elle est formidable et merveilleuse, et je sais que je suis la femme la plus chanceuse du monde de l'avoir, mais elle n'est pas exactement la présence la plus apaisante.

Owl parut sur le point de sourire, mais il demeura sérieux pendant qu'il l'examinait.

Lorsque le silence devint gênant, Lara regretta de lui avoir posé la question.

— Peu importe, marmonna-t-elle.

— Je serai là, s'empressa-t-il de répliquer.

— Génial. Maintenant, je t'ai fait culpabiliser pour te pousser à accepter, lâcha-t-elle en baissant les yeux.

— Regarde-moi.

C'était la deuxième fois qu'il le lui ordonnait en une heure. Mais elle ne pouvait pas ignorer l'inquiétude prégnante dans son ton. Elle releva les yeux.

— Je suis honoré et bouleversé par la confiance que tu me témoignes, ma puce. Je préférerais traverser pieds nus un terrain de foot plein de verre pilé, plutôt que de faire quoi que ce soit qui puisse te mettre mal à l'aise. Je ne veux être nulle part ailleurs qu'à tes côtés pendant que tu entames ton parcours de guérison... mais si jamais tu changes d'avis, n'aie pas peur de me le dire ou de le dire à Henley. Je ne serai pas contrarié. Je ne le prendrai pas personnellement. Si tu as envie de lui parler de quelque chose que tu ne veux pas que j'entende, j'irai me promener. D'accord ?

Lara ne voyait pas de quoi elle aurait pu parler que les oreilles d'Owl ne devaient pas entendre. Mais une petite voix au fond de son esprit la traita de menteuse.

Hors de question de parler de ses sentiments grandissants pour cet homme. Pas devant lui.

Rien n'était possible entre eux. Il l'aidait en tant qu'ami de Cora. En tant qu'ami de Pipe, puisque ce dernier et sa meilleure amie allaient se marier un jour. En outre, si elle éprouvait des sentiments pour cet homme, c'était simplement parce qu'il l'avait sauvée. Et mise en sécurité.

— D'accord, se hâta-t-elle de consentir, avant qu'il ne change d'avis.

Le regard tendre qu'il lui adressa la fit chanceler.

— Allez, change-toi. Je ne veux pas manquer le lever du soleil, lui intima Owl, brisant ainsi la bulle d'intimité qui s'était formée autour d'eux.

Ce fut seulement lorsqu'elle se fut habillée et qu'Owl et elle eurent pris la direction du Rocher-Table que Lara réalisa qu'elle n'avait pas peur.

Elle était dehors. Dans le noir. Et elle n'avait pas peur. C'était presque un miracle.

Mais elle n'était pas stupide. Elle savait que c'était grâce à l'homme à ses côtés. Owl lui avait pris la main dès qu'ils avaient quitté son chalet et ne l'avait pas lâchée.

Après n'avoir rien éprouvé pendant si longtemps, Lara ressentit une pointe d'espoir pour la deuxième fois ce matin-là.

L'espoir que peut-être, oui peut-être, elle serait capable de sortir du brouillard de désespoir où elle était plongée depuis des mois.

Et tout à coup, son projet de partir, de se cacher loin de sa meilleure amie et du Refuge ne lui semblait plus une si bonne idée. Cela étant, elle détestait encore penser que sa présence mettait tout le monde en danger, car il ne faisait aucun doute que Carter s'en prendrait à quiconque se mettrait en travers de son chemin.

C'était peut-être stupide, mais Lara ne pouvait plus nier qu'elle ne voulait pas passer le reste de sa vie seule. Et surtout pas dans la peur. Or si elle vivait seule quelque part, elle avait l'impression que c'était ce qui arriverait.

Avec l'aide d'Owl, de Henley et de Cora, Lara voulait voir dans cette étincelle d'espoir la possibilité de mener à nouveau une vie normale.

## 3

Accroché à la main gantée de Lara, Owl regarda le soleil se lever. Il était épuisé, ce qui n'était pas nouveau, mais d'une certaine manière, l'arrivée de ce nouveau jour lui semblait différente. Plus positive. Comme si le soleil levant signifiait un changement dans le statu quo.

Il était vraiment soulagé que Lara ait accepté de parler à Henley, en revanche il n'était pas certain du bien-fondé de sa présence lorsqu'elle le ferait. Primo, il n'était pas assuré de ne pas réagir de la même manière que Cora, s'il entendait tous les détails glauques de ce que Carter Grant lui avait infligé. Le peu qu'il savait déjà lui donnait envie de démembrer cet ignoble individu. Il risquait fort d'être poussé à bout s'il en entendait plus sur les horribles sévices qu'elle avait subis. L'idée que quelqu'un puisse faire du mal à Lara suffisait à lui tordre le cœur. Il voulait la placer dans une bulle protectrice pour s'assurer que rien ni personne ne lui ferait plus jamais de mal.

Mais ce n'était pas ainsi que le monde fonctionnait. Il le savait mieux que quiconque. Il serait bien plus profitable à Lara d'apprendre à gérer les saletés que la vie infligeait.

Mais cela ne signifiait pas qu'il ne ferait pas tout pour empêcher le pire de cette merde de s'abattre sur elle.

Lara avait fait quelques progrès depuis le jour où il l'avait exfiltrée de cette maison en Arizona. Elle ne dormait toujours pas très bien, avait du mal à rester seule, se montrait paranoïaque au moindre bruit étrange et était loin de faire confiance à qui que ce soit. Mais au vu des améliorations qu'il avait constatées, il savait qu'elle y parviendrait.

Cette femme... elle était tout ce qu'il avait toujours voulu dans sa vie. Gentille, douce, intelligente. Et bien plus forte qu'elle ne le pensait. Ce n'était pas qu'il avait des problèmes avec Cora ou les autres femmes avec lesquelles ses amis s'étaient liés. Chacune représentait exactement ce dont ses amis avaient besoin. Mais c'était Lara qui avait calmé l'anxiété avec laquelle il avait toujours vécu.

Ce qu'ils faisaient à présent en était un bon exemple. Ils étaient arrivés au Rocher-Table et il avait étalé la couverture qu'il avait apportée pour qu'ils puissent s'asseoir. Ni l'un ni l'autre n'avait prononcé un mot tandis que le soleil se levait lentement au-dessus de l'horizon. La plupart des femmes auraient ressenti le besoin de combler le silence. Pas Lara. Elle s'était assise à côté de lui, sa main dans la sienne, et contentée de savourer le prodige de l'instant.

Peut-être cela venait-il de leur traumatisme commun. L'un et l'autre avaient été si près de ne plus jamais voir ce genre de choses. Le fait qu'ils puissent en profiter maintenant signifiait... tout.

Lorsque l'orange vif et le rose s'estompèrent dans le ciel, Owl entendit Lara soupirer. Il se retourna.

Elle le regardait avec un petit sourire.

— C'est beau, murmura-t-elle.

— Oui, répondit Owl.

Mais il parlait d'autre chose que du lever du soleil. Les

cheveux blonds de Lara dépassaient de son bonnet, tombaient sur ses épaules et l'électricité statique en hérissait quelques mèches. Elle portait l'une de ses vieilles parkas, trop grande d'au moins deux tailles. Cora lui avait acheté des gants chauds en ville, ainsi qu'une paire de bottes.

Ses joues avaient rosi à l'air frais du matin et, pour la première fois depuis leur retour au Refuge, Owl vit autre chose que de la détresse dans ses yeux bleu océan. Il ne pouvait en détourner le regard.

— Quoi ? demanda-t-elle un peu gênée. J'ai quelque chose sur le visage ?

Elle voulut s'essuyer la joue de sa main qui n'était pas entrelacée avec la sienne.

— Non, la rassura-t-il. C'est juste que... j'aime bien te voir comme ça.

— Comment ? insista-t-elle en inclinant la tête.

— Calme. Détendue.

Lara se détourna pour regarder le magnifique paysage, et Owl s'en voulut d'avoir gâché l'ambiance. Elle avait de nouveau les épaules voûtées et les muscles tendus.

— Quand on a été sauvés, Stone et moi, j'étais reconnaissant. Bien sûr que je l'étais. Mais j'ai traversé une très, très longue phase où j'avais également de la rancœur, déclara Owl.

À cette seconde, Lara tourna de nouveau la tête vers lui. Il n'attendit pas qu'elle fasse un commentaire pour continuer.

— Une partie de moi, une grande partie, aurait souhaité mourir en captivité. J'aurais été considéré comme un héros. Un pilote d'hélicoptère tombe en territoire ennemi, se fait torturer et meurt en servant son pays. Une autoroute aurait probablement porté mon nom ou quelque chose comme ça, lâcha-t-il avec un gloussement, mais sans humour. Au lieu de quoi, je suis rentré chez moi brisé, amer et méfiant. Ça craignait de savoir que le monde entier m'avait vu quand j'étais au plus bas. Aujourd'hui encore, ces fichues vidéos continuent de circuler. Une fois que quelque chose est sur internet, ça ne disparaît jamais complètement. Et va savoir combien de connards ont sauvegardé ces clips sur leurs disques durs. Non seulement ça, mais il me semblait impossible de redevenir l'homme que j'étais. Ce que je n'avais pas réalisé à l'époque, et que j'ai dû apprendre après de nombreuses séances de thérapie, c'est que je ne redeviendrais jamais la personne d'avant. Callen Kaufman avait disparu. Et je devais trouver le moyen d'être le nouveau moi.

— Comment as-tu surmonté ce sentiment ? Ton regret de ne pas être mort ? s'enquit Lara.

— En faisant des choses comme ça. En restant assis, en appréciant ce qui m'entoure et qui me donne l'impression d'être tout petit. Je sais que cela semble étrange, mais...

— Ça ne l'est pas, l'interrompit Lara. En voyant tout ça, ajouta-t-elle avec un geste vers la vue impressionnante qui s'offrait à eux, je me sens toute petite. Insignifiante. Jusqu'à ce matin, je ne pensais qu'à cette cave et à ce qui m'y était arrivé. Ce lever de soleil m'a rappelé que la vie continue. Qu'elle ne se préoccupe pas de moi... toute petite personne dans le grand ordre des choses. Tu sais à quoi je pensais pendant que le soleil se levait ?

Owl était si fier d'elle qu'il avait du mal à prononcer les mots.

— Non, à quoi ?

— À Destiny Miller.

Voyant qu'elle ne développait pas sa pensée, Owl insista :

— Qui est-ce ?

— Une des enfants qui fréquentaient l'école maternelle où je travaillais à Washington. Elle avait quatre ans quand c'est arrivé… Elle marchait dans la rue en tenant la main de son père. Qui avait un siège auto portatif avec son petit frère de neuf mois dans l'autre main. Apparemment, ils allaient au magasin du coin pour acheter du lait, car ils n'en avaient plus. Cet homme voulait accorder à sa femme un peu de répit avec les enfants. Elle était chez eux, à faire la grasse matinée pour une fois. Quelqu'un s'est précipité sur eux… et a abattu ce père. Mais tu sais quoi ?

— Quoi ?! chuchota Owl, complètement horrifié par ce qui était arrivé à cette petite fille et à sa famille.

— Destiny est venue à l'école le lendemain. Elle était dévastée, tout le monde s'en rendait bien compte, mais c'est elle qui a fini par nous consoler. Quand elle a vu que je pleurais pour elle, elle a essuyé mes larmes et m'a dit de ne pas être triste. Que son papa était son ange gardien, maintenant, et qu'il veillerait sur son frère et elle jusqu'à la fin de leurs jours.

Lara se tourna pour regarder à nouveau devant elle.

— Les coups durs, ça arrive tout le temps. À des gens qui n'ont rien demandé. Comme Destiny et sa famille. Et elle n'est qu'une parmi des centaines, des milliers… des millions de personnes à qui il arrive des choses injustes. Cancer, accidents de voiture mortels, incendies de maison, vols… la liste est longue. Pourtant, la vie continue. Elle ne s'arrête pas. Le soleil se lève tous les matins et se couche tous les soirs. Si Destiny a réussi à avoir un état d'esprit positif pour digérer ce qui s'est passé, à l'âge de quatre ans, alors je dois trouver le moyen d'en faire autant.

Owl resta sans voix. Il avait la gorge si serrée qu'il n'était pas sûr de pouvoir proférer un son. Il admirait déjà cette femme, mais maintenant ? Oui, c'était bien la créature la plus forte qu'il ait jamais rencontrée. Certes, il était entouré de femmes fortes, mais à ses yeux, Lara les surpassait toutes.

— J'ai..., poursuivit-elle. Je ne sais pas comment. Je n'arrive pas à trouver une seule chose positive dans ce que j'aie vécu.

Owl déglutit à grand-peine pour ravaler la boule dans sa gorge.

— Cora a rencontré Pipe. Ta meilleure amie t'a prouvé à quel point tu étais importante pour elle et à quel point elle t'aimait. Tu es ici ce matin à contempler ce magnifique lever de soleil. Ce qui t'est arrivé est venu gonfler le dossier de Grant et a ravivé l'intérêt et le désir de l'attraper une fois pour toutes. Brick a commencé à donner des cours d'auto-défense ici au Refuge pour aider d'autres femmes.

Lara ferma les yeux et resserra sa main sur la sienne.

— Ce n'est pas facile, admit-il. J'aimerais pouvoir te dire le contraire. Qu'un jour, tu te réveilleras et que tu iras mieux. Que tes pensées négatives et destructrices disparaîtront. Mais ce n'est pas le cas. Il y a des jours où je me bats encore contre tout ce que j'ai vécu.

— Comment le surmonter ? demanda Lara, les yeux toujours fermés.

— Je regarde le soleil se lever. J'aide Tonka à ramasser la bouse des vaches. Je parle à Stone. Je fais des mots croisés. Je m'assois sur mon canapé en survêtement, je ne prends pas la peine de me doucher et j'engloutis de la malbouffe toute la journée. Je m'autorise à avoir un jour de déprime. Je ne suis pas Superman, même si j'aimerais bien. Sois indulgente avec toi-même, Lara. Personne à part toi ne s'attend à ce que tu reprennes ton ancienne vie.

Elle soupira et rouvrit les yeux.

— Il ne s'arrêtera jamais, lâcha-t-elle d'une voix à peine audible.

Chaque muscle du corps d'Owl se tendit, mais il se força à inspirer profondément et à ne pas rejeter ses paroles.

— Alors on va devoir s'assurer d'être prêts à l'accueillir lorsqu'il passera à l'action.

Lara se retourna pour le fixer avec des yeux écarquillés.

— Tu ne nies pas qu'il va s'en prendre à moi ? Que je ne suis pas en sécurité ici ?

— Non, répondit Owl sans s'embarrasser de circonvolutions.

L'idée que Carter Grant puisse s'approcher à moins de trois mètres de cette femme lui donnait des envies de meurtre. Mais Lara avait besoin qu'il soit lucide et calme en cet instant.

Elle se mordit la lèvre et fronça les sourcils avant de reprendre :

— C'est la première fois que quelqu'un admet que je suis toujours en danger, je crois.

— Carter Grant est cinglé, répliqua Owl. Et intelligent. Il a fait partie des Forces spéciales, donc il a les compétences et la patience nécessaires pour attendre que l'intérêt pour son matricule retombe. Pipe aurait dû le tuer quand il en avait l'occasion, mais je comprends pourquoi il ne l'a pas fait. Il tenait par-dessus tout à nous faire sortir vivants de cette maison. Je peux te faire une promesse, cela dit.

— Quoi ?

— Si je me retrouve face à face avec ce salaud, je n'hésiterai pas à le tuer pour toi.

Lara parut sur le point de sourire.

— Tu trouves ça drôle ? demanda Owl.

— Non, répondit-elle aussitôt. Je suis amusée par la réaction instinctive que j'ai eue en t'entendant dire cela. La plupart des femmes seraient consternées d'apprendre qu'un homme a l'intention de tuer quelqu'un. Mais je me sens en sécurité. Plus en sécurité que je ne l'ai été depuis plusieurs mois. Mon Dieu, je suis tellement perturbée.

— Mais non, rétorqua Owl. Tu es humaine. Et honnêtement, je pense que tu n'as jamais été en meilleure forme depuis que tu es ici.

— En effet, convint Lara. J'ai l'impression de devoir te remercier pour...

— Non, la coupa-t-il.

Elle fronça les sourcils.

— Tu ne sais même pas ce que j'allais dire.

— Je m'en fiche. Tu n'as pas besoin de me remercier pour quoi que ce soit.

— Owl, je suis collée à tes basques depuis des mois. Pendant un certain temps, tu pouvais à peine aller aux toilettes sans que je perde les pédales.

Owl se pencha un peu plus près. Il avait tant de choses à lui dire sur le bout de la langue. Pourtant, il se contenta de :

— Je n'ai jamais rien fait que je ne voulais pas faire.

L'air entre eux était chargé, et Owl voulait plus que tout se pencher vers elle et poser ses lèvres sur les siennes. Mais ce serait une erreur à bien des égards. Elle commençait tout juste à retrouver un peu de confiance en elle. En quittant son chalet, elle était passée de la paralysie aux premiers stades de la guérison. Il ne voulait pas faire quoi que ce soit qui puisse compromettre ce processus.

Elle finirait par passer à autre chose, par reprendre sa vie. Elle se souviendrait probablement de son séjour au Refuge avec des sentiments mitigés : de la reconnaissance envers ce qu'il avait fait pour elle, et envers ses amis et lui pour l'avoir laissée séjourner au Nouveau-Mexique, mais cet endroit lui rappellerait aussi les mauvais souvenirs d'une époque où elle se sentait perdue et effrayée.

Lara se passa la langue sur les lèvres, et Owl dut déployer des efforts presque surhumains pour reculer.

— J'ai entendu Robert dire à Cora qu'il allait faire des crêpes au sirop d'érable ce matin. Tu as envie d'aller au pavillon pour les goûter ?

Lara cligna des yeux, comme en transe, mais, projetant sans doute ses propres sentiments sur elle, il devait être enclin à voir quelque chose qui n'existait pas.

— Tu viendras aussi ? demanda-t-elle.

— Bien sûr.

La randonnée jusqu'au Rocher-Table était un exploit suffisant pour une journée. Il ne l'obligerait jamais à se rendre seule au pavillon.

— Je pourrai te regarder jouer à ton jeu sur le simulateur après ? demanda-t-elle.

Owl se leva… et se rendit compte qu'il souriait. En l'espace de quelques minutes, les choses entre eux semblaient bien plus légères qu'elles ne l'avaient été au cours des derniers mois. La menace que représentait Grant était toujours présente. Il le sentait, et il savait que Lara aussi. Mais pour l'instant, il pouvait faire semblant que tout allait bien.

— Un jeu ? Je te signale que le simulateur de vol n'est pas un jeu.

— Ça y ressemble pourtant. Tu as deux manettes et même des pédales, et tu mets un casque pour simuler des vols au-dessus d'un désert, de villes, dans des tempêtes et autres situations dangereuses, lâcha-t-elle avec un regard ironique.

Lorsqu'ils avaient décidé de mettre à jour leurs licences de pilotage, Stone et lui avaient acheté des simulateurs de vol, quelques années plus tôt – identiques à ceux que l'armée utilisait pour former les pilotes de ses Night Stalkers et les maintenir à niveau entre les missions. Et maintenant que Brick et les autres envisageaient sérieusement d'acheter un hélicoptère pour le Refuge, il était encore plus important de maintenir leurs compétences à jour.

— Tu veux jouer ? demanda Owl.

— Moi ? Oh, j'en serais bien incapable. Je m'écraserais, répliqua Lara alors qu'ils s'engageaient dans la descente vers les chalets.

— Et alors ? Ce n'est pas réel. Ça pourrait t'aider à te changer les idées, dit Owl avec un petit haussement d'épaules.

— C'est vrai.

Elle posa les yeux sur lui.

Owl appréciait qu'ils soient de la même taille. Il n'avait pas besoin de baisser les yeux et, elle de se tordre le cou pendant ils parlaient. Il avait aussi rêvé plus d'une fois de la façon dont leurs corps s'accorderaient dans d'autres domaines, plus intimes.

— D'accord. Apprends-moi à devenir une Nightrideuse, une cavalière de la nuit, quoi.

Il s'esclaffa.

— Pas une cavalière, une traqueuse, une « Night Stalker ».

— Peu importe, répliqua-t-elle avec un sourire qu'elle ne cherchait même pas à cacher.

Owl apprécia l'instant. Le fait qu'elle le taquine était un bon signe. Elle n'était pas comme son amie Cora. Même avant d'être kidnappée, elle était apparemment la plus calme des deux. La plus décontractée. Ses taquineries étaient donc une bonne surprise.

— D'accord, après le petit-déjeuner, je t'apprends à voler.

— J'ai hâte.

Et en effet, elle semblait vraiment impatiente, et pas seulement s'efforcer de l'apaiser.

Si quelqu'un avait dit à Owl, il y avait un mois, qu'ils en seraient là aujourd'hui, il ne l'aurait pas cru. Mais il avait sous-estimé Lara. Elle était plus forte qu'il ne l'avait cru, alors même qu'il la trouvait déjà sacrément forte. Non seulement elle avait accepté de parler à Henley, mais elle était partie en randonnée, hors du chalet, s'était ouverte un peu plus à lui, avait accepté de manger au pavillon et avait même souri plus d'une fois.

C'était une bonne journée. Une grande journée.

Et même si son rétablissement signifiait que leur temps ensemble serait plus bref qu'il ne l'aurait voulu, Owl ferait tout pour qu'elle reste sur le chemin de la confiance et récupère sa vie.

**4**

———————

— Tire vers le haut ! Enclenche à droite ! Plus haut ! Oh, merde !

Lara faisait de son mieux pour suivre les indications d'Owl, mais sans succès. L'hélicoptère partit en vrille et elle sursauta lorsque l'écran devint rouge.

Elle remonta les lunettes sur son front et s'assit sur le canapé, laissant la manette tomber sur le coussin.

— Soyons réalistes. Je suis nulle. Je ne suis pas assez coordonnée pour utiliser les pédales en même temps que la manette et l'autre truc.

Owl s'esclaffa.

— Cela ne fait qu'une semaine. Détends-toi un peu.

Sept jours s'étaient écoulés depuis leur première promenade au Rocher-Table. Depuis, beaucoup de choses avaient changé dans la vie de Lara.

Elle avait toujours une peur bleue que Carter Grant surgisse de nulle part et l'enlève, mais elle voulait plus que jamais retrouver sa vie. Son ancienne personnalité lui manquait. Non pas que l'ancienne Lara soit excitante à ce point, mais au moins elle ne vivait pas en ermite refusant de sortir.

Qu'est-ce qui donnait à Carter le droit de gâcher sa vie ainsi ? Pourquoi pensait-il normal de la maltraiter et de lui faire peur ? Ce n'était pas normal et ce n'était pas juste. Et cette semaine, pour la première fois, elle s'était mise en colère. Contre la situation. Contre Carter. Contre l'injustice de la vie.

À part ce premier mouvement de colère, elle était partie randonner tous les matins avec Owl, avait pris au moins un repas au pavillon chaque jour, et était allée au chalet de Pipe et Cora pour profiter de leur toit-terrasse avec sa meilleure amie – pendant que Pipe et Owl se trouvaient à l'intérieur.

Petit pas par petit pas, elle se réappropriait sa vie.

Elle avait même assisté à une séance d'autodéfense animée par Pipe, mais cela ne s'était pas très bien passé. Elle était partie plus tôt que prévu, car les souvenirs étaient remontés à la surface quand elle avait écouté Pipe parler de combat à mains nues. Même si elle était dans les vapes à cause de la peur et de la drogue, elle avait assisté au combat brutal entre Pipe, Owl et Carter.

Elle réessayerait les leçons d'autodéfense... mais pas tout de suite.

Bien qu'elle espère se sevrer de sa dépendance à l'égard d'Owl, les choses avançaient lentement. Quelques jours plus tôt, il était descendu à la grange pour aider Tonka à s'oc-cuper des animaux, et un bruit étrange contre l'une des fenêtres du chalet avait poussé Lara à se réfugier sous son lit de la chambre d'amis, en proie à une véritable crise de panique.

Owl avait failli perdre la tête quand, à son retour, il ne l'avait pas trouvée. Il était à deux doigts d'appeler tous les gars pour leur annoncer qu'elle avait disparu quand elle avait réussi à trouver le courage de sortir de sous le lit et de l'appeler. En fait, c'était une branche qui frappait contre la vitre et faisait du bruit, mais cela indiqua à Lara que, malgré quelques progrès, elle était encore loin de la guérison.

À son grand soulagement – et à sa tout aussi grande confusion –, Owl ne semblait pas s'inquiéter du fait qu'elle se servait encore de lui comme d'une béquille. Grâce à cette attitude, elle n'était jamais gênée d'avoir besoin de lui à ses côtés. Plus elle passait de temps avec lui, plus les boucliers de Lara s'abaissaient. Il était tout ce qu'elle avait toujours recherché : prévenant, patient, attentif, et il la gâtait bel et bien.

Après sa crise de panique, elle avait été forcée de s'avouer qu'elle tombait amoureuse de lui. Mais elle savait qu'une relation profonde était vouée à l'échec entre eux. Il ne voudrait jamais de quelqu'un ayant autant besoin de lui. Il méritait une femme capable de le soutenir quand sa vie irait de travers. Pas de quelqu'un qui se réfugiait sous un lit et se cachait parce qu'une foutue branche cognait contre une fenêtre. Il était un véritable héros, pas elle.

Pourtant elle décida égoïstement que tant que durerait son séjour ici, elle allait profiter de chaque once d'amitié et de soutien qu'il était prêt à lui donner. Un jour ou l'autre, il en aurait assez d'être sa béquille et elle devrait trouver une solution, mais pour l'instant, elle allait profiter du sentiment de sécurité qu'il lui procurait.

Enfin, autant qu'elle puisse se sentir en sécurité avec un tueur en série à sa recherche.

Ce n'était littéralement qu'une question de temps avant qu'il ne réapparaisse, et même si Lara ne voulait jamais le revoir, elle devait se préparer à cette éventualité. Quel autre choix avait-elle ? S'effondrer et abandonner ? Elle aurait aimé pouvoir dire qu'elle se battrait, mais honnêtement, elle n'était pas sûre de ce qu'elle ferait. Elle savait seulement que si elle se trouvait devant l'alternative : Carter l'enlevait ou il s'en prenait à ses nouveaux amis, elle choisirait systématiquement la première solution.

— À toi, dit-elle à Owl, en lui présentant les manettes et en poussant les pédales vers ses pieds. J'adore te regarder piloter l'hélico. Ça a l'air tellement facile.

— C'est facile... quand on sait ce qu'on fait, répliqua-t-il avec un petit sourire en coin.

Lara leva les yeux au ciel. Elle l'avait cru la première fois qu'elle avait essayé le simulateur. Mais lorsqu'elle s'était écrasée deux secondes après le décollage de l'hélicoptère, elle s'était rendu compte que cette impression de facilité venait en fait des compétences exceptionnelles d'Owl.

Il prit les manettes et lui tendit sa tablette. Elle disposait d'une application qui lui permettait de voir ce qu'il voyait au fil des simulations. Il chaussa les lunettes et régla le niveau de difficulté, passant de « débutant » à « avancé », puis l'hélicoptère décolla.

Lara le regarda avec admiration contourner la cime des montagnes tout en se faisant tirer dessus depuis le sol. Il parvint à récupérer une équipe de Navy SEALs bloquée par les tirs ennemis, puis à décoller et à sortir du canyon comme s'il s'agissait d'une croisière de plaisance et non d'un vol simulé où la vie de beaucoup de gens était en jeu.

Quelques soirs plus tôt, Stone était venu avec son propre équipement et les deux hommes avaient effectué un vol ensemble. C'était encore plus impressionnant que quand Owl était seul. Leurs hélicoptères respectifs volaient si près l'un de l'autre qu'elle crut que les pales de leurs rotors allaient fatalement se heurter, mais non, ils volèrent côte à côte sans problème.

Ils reparlèrent un peu de leur vol depuis la maison de

Ridge en Arizona. Les conditions étaient horribles avec le vent et le sable. Cela leur avait rappelé certaines de leurs missions au Moyen-Orient... sauf qu'à l'époque, ils n'avaient pas un hélicoptère pourri.

Cela faisait plusieurs minutes qu'ils discutaient quand Owl se tourna vers elle avec un regard angoissé.

— Je suis désolé. On n'a pas réfléchi. On ne devrait pas parler de ça devant toi.

Elle put les rassurer tous les deux : en effet, puisqu'elle était inconsciente à ce moment-là de son sauvetage, leurs conversations sur le vol ne lui rappelaient pas de mauvais souvenirs.

En réalité, elle était fascinée par leur conversation. Stone et Owl étaient manifestement des pilotes très compétents, et elle leur était reconnaissante d'avoir été là pour l'évacuer de la maison. Sans eux, l'issue aurait été bien différente.

Lara regardait les mains d'Owl manipuler les manettes avec aisance. Il avait de longs doigts et elle aimait leur sensation autour des siens lorsqu'ils se promenaient le matin, même s'ils portaient tous les deux des gants. Le printemps dans les montagnes du Nouveau-Mexique était exceptionnellement frais cette année, d'après Owl.

— Observe et apprends, plaisanta-t-il, sortant Lara de la rêverie où elle était tombée.

Elle regarda sa tablette et vit qu'Owl pilotait son pseudo-hélicoptère au-dessus de l'océan. Les vagues avaient l'air furieuses, mais il frôlait la surface sans le moindre problème.

— La clé, c'est de se déplacer en suivant le mouvement des vagues, déclara-t-il en manœuvrant habilement l'hélicoptère.

Lara secoua la tête, car, une fois de plus, il faisait passer le fonctionnement d'une machine aussi énorme pour un jeu d'enfant. Elle sourit tandis qu'Owl continuait de piloter le simulateur. Il était manifestement dans son élément. Intellectuellement, elle avait deviné qu'il était un très bon pilote d'hélicoptère et qu'il avait participé à de nombreuses missions dangereuses lorsqu'il était dans l'armée, mais elle n'avait pas réalisé à quel point il était doué jusqu'à sa première démonstration sur le simulateur.

Certes, ce n'était pas un véritable hélicoptère, mais l'aisance avec laquelle il manipulait les manettes et le petit sourire sur son visage lorsqu'il « volait » avaient fait comprendre à Lara que cet homme était né pour ça. Voler le rendait manifestement heureux et l'aidait à se calmer. Elle se demandait bien comment il avait pu survivre en tant que prisonnier de guerre sans être dans les airs.

Elle n'avait pas son mot à dire sur ce qui se passait au Refuge, mais elle était très heureuse que les propriétaires envisagent sérieusement d'acheter un hélicoptère.

—… tu crois ?

Lara cligna des yeux et réalisa qu'elle n'avait pas entendu la question d'Owl.

— Excuse-moi, pardon ?

L'hélicoptère sur la tablette s'arrêta soudain en plein vol et tomba comme une pierre dans l'océan. En regardant Owl, elle vit qu'il avait repoussé ses lunettes sur son front et qu'il affichait une expression inquiète.

— Ça va ? demanda-t-il.

— Euh… oui. Owl, tu t'es écrasé.

Le sourire taquin qu'il lui adressa lui donna des picotements jusque dans les orteils.

— Heureusement que ce n'est qu'une simulation, hein ?

Lara secoua la tête, exaspérée.

— Tu penses à ta séance de tout à l'heure avec Henley ? demanda-t-il doucement.

Honnêtement, Lara n'y avait pas vraiment réfléchi. Mais maintenant qu'Owl en parlait, elle fronça les sourcils.

— Je ne suis pas sûre que parler avec elle va m'aider.

Il secouait la tête avant même qu'elle ait fini sa phrase.

— Ta première séance s'est très bien passée.

Lara ricana. Un vrai ricanement. Elle ignora la crispation des lèvres d'Owl.

— En effet, ironisa-t-elle. Une vraie catastrophe. C'est Henley qui a tenu le crachoir tout du long.

— La première fois que j'ai rencontré un psychologue à l'hôpital en Allemagne, après mon sauvetage... Avant de me mettre à pleurer, j'ai essayé de le frapper, lâcha Owl.

Lara sursauta, les yeux comme des soucoupes.

— Non, tu charries ! répliqua-t-elle au bout de quelques secondes.

— Si. J'étais en colère contre tout et tout le monde. Je n'aimais pas qu'il fouille dans mon passé, qu'il veuille que je lui raconte tout ce qui m'était arrivé jusque dans les moindres détails.

— Tu as eu des ennuis ? demanda Lara, inquiète.

— Non. J'étais encore très faible après ma captivité et le type m'a maîtrisé en quelques secondes. Il m'a félicité, comme quoi c'était une bonne chose de pouvoir évacuer mes émotions, même si ce n'était que physiquement, et que si je voulais me mesurer à lui, il serait tout à fait disposé à m'affronter à la boxe dans un gymnase.

— Waouh !

— Oui, il a été formidable. Il a fini par être le catalyseur de ma guérison. Je ne l'ai fréquenté que deux semaines, avant qu'on soit enfin autorisés à rentrer aux États-Unis, Stone et moi, mais je lui envoie encore des mails de temps en temps pour lui donner de mes nouvelles. Tout ce que je veux dire, c'est que les choses sont généralement difficiles au début. Tu dois apprendre à faire confiance à Henley, te convaincre qu'elle est de ton côté, et ça prend du temps.

Lara pinça les lèvres. Elle savait que Henley voulait l'aider : il était plus qu'évident que cette femme était empathique et probablement très douée dans son travail. Mais tout comme Owl, la dernière chose dont Lara avait envie, c'était de ressasser ce qu'elle avait vécu. Ce que Carter lui avait fait et dit alors qu'elle était en grande partie dans les vapes à cause des drogues qu'il l'avait forcée à prendre.

Le simple fait de penser à la drogue mettait Lara mal à l'aise. Elle passa ses paumes soudain moites le long de ses cuisses.

Owl s'approcha et prit l'une de ses mains dans la sienne. C'était l'une des rares fois où il la touchait sans son consentement, sans lui laisser le choix de prendre sa main ou non. Et la sensation de ses doigts nus entre les siens fut instantanément apaisante.

— Laisse-toi aller, ma puce. Cela ne fait pas si longtemps que ça. Mais... si tu ne veux vraiment pas te rendre à ton deuxième rendez-vous avec Henley, je ne vais pas te forcer. Personne ne te forcera à faire quoi que ce soit.

Cette porte de sortie incita Lara à se redresser. Elle n'avait jamais été du genre à abandonner, et elle n'allait certainement pas commencer maintenant.

Puis elle pensa à sa meilleure amie, à tout ce que Cora avait traversé et au fait qu'elle avait pourtant continué à avancer. Raison de plus pour secouer la tête.

— J'en ai envie. Je... veux aller mieux.

En soi, c'était une révélation pour Owl, elle le savait. Car pendant un certain temps, elle s'était montrée peu encline à faire quoi que ce soit. Elle s'était contentée de se cacher et de ne parler à personne.

Mais elle devait admettre que plus elle sortait et se promenait dans le Refuge, plus elle en avait envie.

— Tu viendras quand même avec moi ? demanda-t-elle timidement.

— Bien sûr, répondit Owl en serrant ses doigts avant de les lâcher.

Lara sentit la perte de sa chaleur jusque dans ses orteils, mais elle se força à s'adosser au canapé comme si cela ne l'affectait pas.

— Tu veux réessayer ? demanda Owl en ôtant les lunettes 3D pour les lui tendre.

— Je ne suis pas sûre d'y arriver un jour, répondit-elle avec une grimace.

Pourtant elle attrapa quand même les lunettes.

— Tu vas y arriver, dit-il fermement. C'est juste une question de pratique.

Elle le regarda abaisser à nouveau le niveau de difficulté et lui prit les manettes en soupirant.

— D'accord, lentement et sûrement, lâcha Owl.

Cela pourrait être la devise de toute sa vie. Elle avait toujours avancé prudemment, sauf une fois. Avec Ridge et son déménagement en Arizona. Et le résultat n'avait pas été des plus probants.

Forçant son esprit à oublier l'erreur monumentale qu'elle avait commise, Lara se concentra sur son « hélicoptère » qu'elle devait éviter d'écraser.

* * *

Elle n'aurait pas dû manger autant au déjeuner.

C'était la seule chose à laquelle Lara pouvait penser, assise en face de Henley.

Après qu'elle s'était écrasée plusieurs fois encore avec

l'hélicoptère, Owl avait décidé de laisser tomber et ils s'étaient rendus au pavillon pour déjeuner. Elle s'était assise à une table avec une femme qui avait été harcelée par un collègue pendant des mois. Il avait récemment été tué lors d'une confrontation avec la police, juste devant sa porte. La femme avait admis qu'elle n'était toujours pas en mesure de vaquer à ses activités normales sans regarder par-dessus son épaule et que chaque fois qu'on sonnait à sa porte, elle avait des flashbacks.

Il y avait également deux anciens militaires à la table, et bien que Lara ne connaisse pas leur histoire – ils n'avaient donné aucune information sur la raison de leur présence au Refuge –, elle avait remarqué qu'ils étaient très attentifs à tout ce qui se passait autour d'eux et à toute personne entrant dans la pièce.

Un peu comme Owl et ses amis. Elle n'avait pas manqué de remarquer qu'Owl ne cessait de tourner la tête, à droite et à gauche, et qu'il examinait minutieusement toute personne entrant dans le pavillon. Pour une raison ou une autre, ce constat la rassura. Elle pouvait baisser sa garde, juste un peu, quand elle était avec lui en public. C'était la raison pour laquelle elle s'était accrochée si désespérément à cet homme lorsqu'elle avait quitté la maison en Arizona. Même droguée, une partie d'elle savait qu'il ne laisserait jamais personne lui faire du mal.

Henley s'éclaircit la gorge et Lara se rendit compte qu'elle n'avait pas écouté son interlocutrice. Elle lui lança un regard gêné.

— Je suis désolée. Qu'est-ce que tu as dit ?

Henley lui sourit gentiment.

— Si tu ne veux pas faire cette séance, tu n'y es pas obligée, dit-elle.

— Je ne veux surtout pas qu'il gagne.

Lara ignorait d'où lui venait cette pensée, mais dès que les mots eurent quitté ses lèvres, elle mesura leur sincérité.

— Comment pourrait-il gagner ? demanda Henley.

— Il aimait que j'aie peur, admit-elle pour la première fois à voix haute. Il s'en délectait. Au début, il aimait que je me débatte avec acharnement. Il m'a menotté les poignets au lit, mais en me laissant les jambes libres. Je lui donnais des coups de pied dès qu'il s'approchait de moi. Il adorait ça. Il sortait son sexe et se masturbait pendant que je luttais.

Lara respirait beaucoup trop vite et elle sentait son cœur tambouriner dans sa poitrine. Comme pendant ces affreuses heures.

— Il parlait pendant qu'il faisait ça ? demanda Henley d'un ton calme et contrôlé.

— Il ne cessait jamais de parler, murmura-t-elle. Il me disait tout ce qui lui passait par la tête. Que ma peur l'excitait. Qu'il adorait voir ma peau devenir rouge et tachetée quand je me débattais, qu'il aimait voir mes seins se soulever à chacune de mes respirations paniquées, et que plus mes pupilles se dilataient sous l'effet de la panique, plus ça l'excitait.

Lara ferma les yeux, mais les rouvrit immédiatement, car les souvenirs menaçaient de la submerger. Elle tourna la tête, sans trop savoir ce qu'elle cherchait, mais le comprit à la seconde où son regard se posa sur Owl. Il était assis là, le regard rivé au sien... et il n'en fallut pas plus pour qu'elle commence à se calmer. Elle n'était plus dans cette cave. Elle était en sécurité ici. Owl ne laisserait personne l'atteindre.

— Quand a-t-il commencé à te droguer ? demanda Henley.

Lara inspira et se força à examiner cette femme. Elle avait une main sur son ventre, qu'elle caressait lentement, sans paraître consciente de son geste. Même si ça ne se voyait pas encore, Lara comprit que Henley était enceinte. Elle avait entendu ce qui était arrivé à sa fille, son kidnapping par un ex-patient adolescent de la région. L'épreuve avait dû être extrêmement pénible, et pourtant elle était là, à aider les autres. À avancer dans sa propre vie.

Cora avait diffusé en direct la cérémonie de mariage de Henley et de Tonka dans la grange, quelques semaines plus tôt. À l'époque, Lara n'était pas prête à quitter le chalet d'Owl. Elle se souvint de l'expression affichée par Tonka. Il regardait Henley comme si elle était la personne la plus importante de sa vie. Et quand il avait posé les yeux sur Jasna, sa belle-fille, son expression n'avait presque pas varié.

Owl lui avait un peu parlé de la situation de Tonka. Ce qui lui était arrivé pendant qu'il était garde-côte. Si Henley et lui avaient pu reprendre le cours de leur vie après les horribles épreuves qu'ils avaient subies, Lara espérait qu'elle en serait capable, elle aussi.

— Il n'a pas aimé que je commence à lui cracher dessus, admit Lara dans un murmure. Que je parle plus fort que lui pour ne pas avoir à écouter ce qu'il disait. Au début, les drogues n'ont fait qu'empirer les choses. J'étais tellement léthargique qu'il pouvait me toucher pendant qu'il...

Lara s'interrompit et mima le geste d'un homme en train de se masturber. C'était grossier, mais plus facile que de l'énoncer à voix haute.

— Il t'a violée ?

La question de Henley était directe, presque dure, mais Lara apprécia sa franchise.

Elle regarda ses genoux.

— Non.

— Et tu te sens coupable à cause de ça.

Surprise, elle leva les yeux.

Henley lui adressa un petit sourire affectueux.

— Ce n'est pas parce qu'il ne t'a pas pénétrée que tu n'as pas été violée. Tu ne lui as pas donné la permission de te toucher. Ce qu'il a fait était pervers et violent. Et bien souvent, les mots peuvent être aussi douloureux qu'un contact physique.

— Il aimait voir son sperme sur moi. Ça me grattait. Je le sens encore. Il le laissait sécher sur ma peau et j'ai encore son odeur dans mes narines. J'ai l'impression que je ne m'en débarrasserai jamais. Et de lui non plus.

Henley se pencha alors vers l'avant.

— Tu vas y arriver. Je te le garantis, Lara.

— Comment ?

— Avec du temps. De l'amour et l'acceptation de tes amis. Tu crois que Cora te considère moins bien à cause de ce que tu as vécu ?

— Elle n'en sait rien, insista Lara.

— Et si elle savait, tu crois que ça changerait quelque chose ? insista Henley.

Lara se mordit la lèvre. Si elle était honnête avec elle-même, oui, elle pensait que oui.

— Eh bien non, reprit Henley avec fermeté.

— Une fois qu'il a commencé à me droguer... j'ai fini par les vouloir, ses produits. Je les prenais volontiers. Il en a profité pour se moquer aussi de moi avec ça. Il m'a traitée de droguée. De fille pathétique. Mais je m'en fichais. Si j'avais pu prendre le double, le triple, le quadruple du nombre de pilules qu'il me donnait, je l'aurais fait. Quand il était en train de... tu m'as comprise..., je n'étais pas là. J'étais ailleurs. De retour à Washington. Sur mon canapé. En train de regarder la télévision.

— Ça s'appelle un mécanisme d'adaptation, et c'est bien que tu y aies eu recours.

Une fois de plus, Lara cligna des yeux, surprise.

Henley gloussa doucement.

— Tu pensais que j'allais te réprimander ? Certainement pas. Ce connard pensait peut-être te torturer davantage en te droguant, en te rendant docile, mais en fait il te rendait service.

— Pourtant, cela lui a permis de me toucher plus facilement, insista Lara.

— Oui, mais à toi, ça t'a permis de te dissocier. S'il avait su que tu ne l'écoutais pas, que tu savais à peine ce qui se passait, cela l'aurait énervé ?

Lara acquiesça sans hésiter.

— J'ai appris à gémir quand il me comprimait les seins ou me pinçait... ce qu'il faisait souvent, parce qu'il aimait voir ses marques sur moi. Si je ne réagissais pas du tout, il me faisait encore plus mal.

— Exactement, approuva Henley. Écoute-moi, Lara. Tu peux penser que tu étais complètement à sa merci, mais en réalité, tu contrôlais la situation autant que tu le pouvais à ce moment-là. Tu as compris ce que tu devais faire pour rester en vie. Tu as été plus maligne que lui. J'espère que ça ne va pas te mettre en rogne, mais j'ai lu le rapport que tu as remis à la police. Il aurait affirmé que tu étais sa préférée, c'est bien ça ?

Lara frissonna, mais acquiesça.

— Alors c'est un idiot. Parce qu'il pensait te tenir complètement sous sa coupe, alors qu'en réalité, tu jouais un rôle. Je n'ai aucun doute que si nos gars n'étaient pas arrivés, tu aurais fini par trouver un moyen de t'échapper par toi-même.

Lara secoua la tête.

— Bien sûr que si, insista Henley. Tu n'étais plus attachée, n'est-ce pas ?

Lara la dévisagea, sans rien dire.

— Je parie que même si tu étais droguée, tu pensais déjà à des moyens de t'échapper. Peut-être même à l'idée d'attraper son sexe pendant qu'il se branlait et de lui faire mal.

Lara avait la gorge nouée.

— Il m'aurait fait encore plus de mal si j'avais tenté quoi que ce soit.

— Probablement. Mais c'est pour ça que tu attendais. Tu voulais que sa garde soit complètement baissée. Pour être sûre de t'enfuir.

Le cœur de Lara battait à nouveau la chamade, mais pas parce qu'elle paniquait. Comment Henley pouvait-elle savoir ce qu'elle préparait ? Elle était en grande partie dans les vapes à cause de la drogue quand on l'avait trouvée. Elle s'était évanouie avant qu'ils n'atteignent l'hélicoptère. Et elle n'avait dit à personne ce qu'elle pensait, ce qu'elle prévoyait. Ni aux flics ni à Owl. Et surtout pas à la femme assise en face d'elle.

— Je te vois, Lara. Cora dit que tu étais la gentille dans votre amitié, reprit Henley en souriant à nouveau. Tu étais polie et tranquille. Mais je vois le feu derrière tes yeux. La détermination. Être gentille ne signifie pas que tu n'es pas prête à te débrouiller quand la situation part en vrille.

— Je me suis réveillée un soir, murmura Lara. Il était en retard. Je ne sais pas pourquoi. Mais cela signifiait que l'effet des drogues qu'il m'avait données plus tôt dans la journée commençait à se dissiper vraiment. Je n'étais pas attachée, mais j'étais là depuis assez longtemps pour savoir que je n'allais pas pouvoir sortir de cette cave. La porte était verrouillée et la fenêtre trop haute et trop étroite pour que je puisse m'échapper par là. Pourtant, je suis sortie du lit et je me suis promenée quand même. Dans la salle de bains, sous le lavabo, j'ai trouvé un morceau de métal. De près d'un mètre de long, pointu à une extrémité, dentelé et rugueux sur un côté. Je ne sais pas à quoi il servait ni pourquoi il était là, mais je l'ai pris. Je l'ai caché sous le matelas, avec l'idée de faire à peu près ce que tu as suggéré. Je me suis promis de lui couper la queue, un jour, pendant qu'il se masturberait. Il ne fermait jamais la porte quand il était là. Je pense qu'il prenait son pied en pensant qu'un membre du personnel pourrait le surprendre me torturant. Ou à l'idée que Ridge pouvait descendre et voir exactement ce qu'il faisait. Bon... Ridge m'avait livrée de son plein gré à Carter, alors je doute qu'il s'en souciait. Il était trop occupé à dépenser mon argent pour s'inquiéter de ce que je vivais. Quoi qu'il en soit... la porte restait ouverte. J'avais peur, je n'étais pas sûre d'utiliser un jour ce morceau de métal. Mais j'y ai beaucoup réfléchi.

— Tu n'es pas sans défense, Lara. Loin de là. Non, tu n'étais pas aussi forte que ton ravisseur et il a pu te dominer. Mais cela ne veut pas dire que tu allais être sa victime pour toujours. Attendre le moment propice pour agir, c'est intelligent. Tu n'avais pas demandé à être violée. Tu n'avais rien fait pour mériter de te retrouver dans cette situation. Parfois, la vie est tout simplement injuste. Tu ne pouvais qu'espérer avoir la force d'endurer et, le moment venu, de te lever et de surmonter les obstacles.

Lara serra ses lèvres. Les mots de Henley résonnaient dans son cerveau.

*« Tu n'avais pas demandé à être violée.*

*Tu n'as rien fait pour mériter de te retrouver dans cette situation. »*

Non, en effet. Tout ce dont elle était coupable, c'était de vouloir être aimée. De vouloir faire plaisir à Ridge. Rien ne justifiait ce qui lui était arrivé.

Et... elle n'était pas restée allongée sur ce lit, résignée à son sort. Non, elle s'était dit qu'elle devait couper le sexe de Carter et se tirer de là.

— Je pense que nous allons nous arrêter là-dessus, pour aujourd'hui. Cela va sans dire, mais je vais le dire quand même : tout ce dont nous parlons ici, reste ici. Et je veux être ton amie, Lara, pas seulement ta thérapeute. Mais si tu n'es pas à l'aise avec ça, ce n'est pas grave.

Lara n'était pas convaincue que parler à une thérapeute lui apporterait quoi que ce soit. Elle doutait notamment que cela lui permette de se sentir plus en sécurité – après tout, Carter Grant était toujours dans la nature et dressait probablement des plans pour lui mettre la main dessus, mais, étonnamment, elle se sentait mieux.

— J'aimerais aussi être ton amie, répondit-elle à Henley.

Le sourire de son interlocutrice lui fit du bien. Vraiment.

— Super. Et si on allait piller la réserve de gâteaux en forme de sapins de Noël de Robert ?

Lara fronça les sourcils.

— Qu'est-ce que c'est ?

— Tu n'es pas au courant ? Notre chef cuisinier est accro à ces choses-là. Tu sais, les gâteaux Little Debbie super sucrés que l'on ne trouve généralement qu'à Noël ? Eh bien, Ryan, notre nouvelle gouvernante – même si elle n'est plus vraiment nouvelle, mais peu importe – a des contacts et peut en fournir à Robert plusieurs boîtes par mois.

— Tu plaisantes ? J'adore ces trucs-là ! s'exclama Lara. Cora m'en offre chaque année un tas de boîtes pour Noël, mais je n'arrive jamais à les faire durer plus de quelques mois.

— Je savais que tu serais à ta place ici. Allez, viens, on va voir si on peut en chiper une boîte. On va s'asseoir dans un coin et s'empiffrer.

Lara se mit à rire. Puis elle demanda :

— Ça ne va pas le mettre en colère ?

— Robert ? Oh, il fera semblant d'être furieux, et il pourrait même nous faire attendre pour une nouvelle fournée de cookies aux pépites de chocolat... pendant une journée. C'est un grand tendre. Et comme c'est toi, il ne pourra pas rester en colère.

— Tu te sers de mon cas pour ne pas avoir d'ennuis ?

— Tout à fait, déclara Henley avec un sourire.

— Eh bien... soit.

Lara haussa les épaules. Les deux femmes se levèrent et se tournèrent vers la porte, et elle se figea en voyant Owl qui se tenait là. Sidérée, elle se rendit compte qu'elle avait oublié sa présence. Devait-elle se sentir mal ou non ?

— Tu peux nous donner une seconde ? demanda Owl à Henley.

— Bien sûr, je serai dehors, avec Alaska, répondit-elle avant de serrer le bras de Lara. Tu vas t'en sortir, ma belle. Tu es bien plus forte que tu ne le penses. Et c'est génial. On a besoin de plus de dures à cuire par ici. Je veux que le plus grand nombre possible d'entre elles soient des modèles pour Jas et ce petit.

Elle se frotta le ventre de sa main libre, puis s'éclipsa par la porte de la petite salle de conférence qu'ils venaient d'utiliser.

De quoi Owl voulait-il parler avec elle ? Lara ouvrit la bouche pour dire quelque chose – elle n'était pas sûre de savoir quoi –, mais il la devança.

— Ça va ? demanda-t-il.

Au lieu de répondre immédiatement, Lara réfléchit. Elle se sentait un peu déstabilisée par l'avalanche de ses émotions au cours de la dernière heure. Mais elle finit par trancher : oui, elle allait bien. Plus que bien.

— Oui.

Owl l'examina pendant un long moment. On aurait dit qu'il voyait en elle, toutes les parties qu'elle essayait désespérément de cacher au monde.

— Oui, tu vas bien, conclut-il en hochant la tête. Pour info, j'étais déjà fier de toi avant, mais là, je déborde pratiquement d'admiration.

Lara sentit ses joues s'échauffer et comprit qu'elle rougissait.

Owl ne lui laissa pas le temps de répondre.

— Allez, je surveillerai vos arrières pendant que Henley et toi pénétrerez dans la réserve de gâteaux de Robert. Mais s'il nous attrape, je nierai avoir eu connaissance de quoi que ce soit.

— Et il prétend surveiller mes arrières ! marmonna Lara, mais elle souriait.

— Eh, tu n'as pas idée de la possessivité de Robert à l'égard de ses gâteaux. Crois-moi, il saura en quelques heures qu'une partie de sa précieuse réserve a disparu.

— Peut-être qu'on ne devrait pas...

— Si, la coupa Owl. Parce que je n'ai pas vu un sourire aussi rayonnant sur ton visage depuis que tu es arrivée ici. Et si ce sont les gâteaux de Noël qui t'ont donné ce sourire, je ferai en sorte que tu en aies autant que tu veux, aussi longtemps que tu vivras. En fait, je devrais peut-être parler à Ryan et voir si je peux avoir accès à son fournisseur personnel.

Il tendit la main vers la porte, et lorsque Lara la franchit, elle sentit le bout de ses doigts dans le creux de ses reins. Il les laissa tomber immédiatement, mais elle percevait encore les picotements nés de ce petit contact.

Owl avait toujours veillé à lui laisser de l'espace... et elle fut surprise de réaliser qu'en réalité, elle brûlait d'envie qu'il la touche. Après tout ce qu'elle avait vécu, c'était un soulagement de savoir qu'elle pouvait encore tolérer le contact d'un homme.

Plus exactement, celui d'Owl. Nuance.

Lara avait l'impression que son monde avait été bouleversé au cours des sept derniers jours, et elle le devait à Owl. Elle avait prévu de simuler sa guérison pour pouvoir convaincre tout le monde qu'elle allait mieux. Mais elle n'avait pas besoin de feindre les progrès accomplis cette semaine.

Elle avait la sensation d'être une nouvelle personne... et elle aimait ça. Beaucoup.

Elle était bien consciente que tout pouvait basculer en un clin d'œil. La menace de Carter Grant planait, même si elle s'efforçait de ne pas l'admettre. Le moment viendrait où il passerait à l'action, et elle n'était pas près de savoir comment elle réagirait.

Mais elle commençait à penser que peut-être, oui peut-être, elle ne s'effondrerait pas complètement, ainsi qu'elle l'avait craint. À chaque jour qui passait, Lara se sentait un peu plus forte. Comme Henley l'avait souligné, elle n'avait pas demandé à être maltraitée. Elle ne méritait pas ce qui lui était arrivé. Et après ces paroles encourageantes... elle en voulait plus. Elle voulait plus d'amies comme Henley et Cora.

Elle voulait ce que sa meilleure amie avait : un partenaire. Pas le prince charmant, mais un homme en chair et en os qui la soutiendrait, tout comme elle le ferait pour lui.

Or il n'y avait qu'un seul homme qu'elle voyait dans ce rôle... mais elle n'était pas prête. Et elle n'avait aucune idée s'il voudrait un jour avoir une relation, surtout avec elle. Elle ne serait jamais comme l'ancienne Lara, la romantique, qui voyait toujours le meilleur chez les gens et qui était un peu naïve, mais elle réalisa que si elle s'en accommodait... peut-être qu'Owl aussi.

* * *

Carter Grant grimaça : sa tête le lançait à nouveau. Depuis que cette salope lui avait crevé l'œil avec son pouce, il avait des migraines infernales. Il détestait son cache-œil. Ça le démangeait, et la douleur fantôme due au traumatisme de son œil blessé n'était pas une plaisanterie.

Rien ne se passait comme il le souhaitait. Il savait maintenant avec certitude qu'il ne pourrait pas s'approcher à moins de trente kilomètres du Refuge. Il savait que tous les propriétaires, des anciens des Forces spéciales, resteraient en état d'alerte. Et l'endroit disposait d'un système de sécurité dont les clients n'avaient pas la moindre idée, notamment des caméras partout. Et avec son bandeau sur l'œil, il était de toute façon trop reconnaissable.

Tant que son bien – à savoir Lara Osler – se cachait là-bas, il ne pouvait pas l'atteindre.

Il devait donc l'éloigner du Refuge. Mais comment ? Telle était la question. Il avait encore des recherches à faire pour trouver un moyen de se venger de ces connards qui se croyaient intouchables, tout en ramenant Lara dans son lit.

Elle était parfaite à tous points de vue. Il aimait voir les marques qu'il laissait sur sa peau laiteuse. À la pensée que les bleus qu'il lui avait infligés avaient probablement disparu depuis longtemps, il serra les dents de colère.

Prendre son pied n'était pas aussi agréable, ni aussi facile, depuis qu'on la lui avait volée sous le nez... et pourtant, il avait fait des pieds et des mains pour lui trouver une remplaçante. Il avait engagé quelques prostituées, mais elles étaient bien trop blasées. Elles s'ennuyaient carrément quand il voulait se branler sur elles.

Sans le spectacle de leur peur, il ne bandait pas.

C'était seulement lorsqu'il les attachait à son lit, bâillonnées, qu'il sortait un couteau et que leur terreur augmentait que son membre suivait le programme. Mais le sperme sur leur peau ne produisait pas le même effet. Elles n'étaient pas Lara. Elles avaient les cicatrices et les bleus de quelqu'un d'autre, et leurs seins et leurs corps étaient trop usés. Tuer ces salopes n'avait aucun attrait. Et puis ce qui l'énervait encore plus, c'était que la police avait failli le retrouver à Albuquerque. Autrement dit, il avait dû déménager, s'éloigner de ce qui lui appartenait.

Il devait trouver un plan. Rapido.

Il avait beaucoup d'argent, grâce à Ridge Michaels. Depuis le jour où celui-ci l'avait engagé, il lui avait soutiré de l'argent, ainsi qu'à ses riches parents, de sorte que les fonds n'étaient pas un problème. Ce qui était délicat, c'était d'y avoir accès et de rester sous le radar du FBI.

D'une manière ou d'une autre, il trouverait le moyen de récupérer Lara et de se débarrasser des connards du Refuge dans la foulée. S'il pouvait ruiner leur affaire, ce serait encore mieux. Il avait appris plus d'une chose pendant son service militaire. Le gouvernement aimait former ses soldats d'élite dans toutes sortes de domaines.

Il n'était pas le meilleur hacker du monde, mais il en savait assez pour trouver un fil à suivre... un fil qui le mènerait à sa récompense.

5

Trois jours après la dernière conversation entre Lara et Henley, les mots de la thérapeute résonnaient encore dans la tête d'Owl.

« *Tu n'avais pas demandé à être violée. Tu n'avais rien fait pour mériter de te retrouver dans cette situation.* »

C'était à Lara qu'elle s'était adressée, mais les mots s'étaient infiltrés dans sa conscience. À aucun moment, depuis qu'il avait été prisonnier de guerre, personne ne lui avait tenu ce genre de discours. Pas un seul thérapeute. Ils ne lui avaient pas non plus dit que c'était sa faute s'il s'était écrasé, et pourtant, c'était la culpabilité qui le rongeait depuis des années.

En y repensant, Stone et lui avaient fait tout ce qui était en leur pouvoir pour ne pas s'écraser... mais en vain. Et ce n'était pas parce qu'ils s'étaient écrasés que les hommes qui les avaient sortis de leur hélicoptère avaient le droit de les torturer.

Si ces mots semblaient avoir retiré un poids de ses propres épaules, ils avaient fait le même effet à Lara. Elle l'avait encouragé à aller aider Tonka à agrandir le corral, ce

63

matin, une tâche qui prendrait des heures. Il n'y avait même pas deux semaines, elle aurait paniqué à l'idée qu'il quitte le chalet si longtemps. Mais ce matin, lorsqu'il avait évoqué le projet, elle avait semblé tout à fait sincère en lui disant que tout irait bien pendant son absence.

Owl avait promis de revenir la voir toutes les heures, mais elle avait affirmé que ce n'était pas nécessaire. Cora allait rester un peu avec elle, puis elles iraient dans son chalet et passeraient du temps avec les autres habitantes au Refuge.

Il n'était pas sûr de savoir comment réagir. D'un côté, il était plus fier qu'il ne pouvait l'exprimer de voir les progrès de Lara. Mais d'un autre côté, il était un peu triste qu'elle n'ait plus autant besoin de lui. Car plus elle guérissait, plus son départ se rapprochait.

C'était une pensée mesquine, qui lui donnait l'impression d'être un connard égoïste.

— À quoi tu penses aussi fort ? demanda Tonka en s'arrêtant pour s'éponger le front.

L'été approchait, mais pour l'instant, le printemps restait plus froid que d'habitude. Cependant, comme ils creusaient des trous pour des poteaux et se débattaient avec les nouvelles clôtures, les températures étaient presque trop douces.

— Lara.

Inutile de mentir. C'était Tonka. Il lui confierait sa vie. De plus, cet homme avait vécu l'enfer. Un enfer différent de celui que Stone et lui avaient vécu, mais un enfer tout de même.

— Elle semble aller mieux.

— Oui.

— Elle retourne à Washington ? demanda Tonka.

— Je ne sais pas quels sont ses projets. Mais je dirais que oui... au bout du compte.

— Grant est toujours dans la nature.

Owl serra les lèvres et acquiesça.

Tonka le dévisagea un long moment.

— Qu'est-ce qu'il y a ?

— Je voudrais te dire quelque chose, mais je ne sais pas comment tu vas le prendre.

Owl se tourna vers son ami. Tonka n'était pas le genre d'homme à faire des commérages, ni même à parler beaucoup, d'ailleurs. Il s'était beaucoup amélioré depuis sa rencontre avec Henley, mais il n'était toujours pas du genre à donner facilement des conseils. De façon générale, il restait en retrait, observait et ne donnait son avis que lorsqu'on le lui demandait. Donc, quoi qu'il veuille dire, il fallait que ce soit important.

— Crache le morceau.

— Les hommes comme Grant ne s'arrêtent jamais. Quand ils ont l'impression d'avoir été lésés, ou qu'on leur a pris quelque chose... elle ne pourra pas s'empêcher de regarder par-dessus son épaule, où qu'elle aille. Au moins jusqu'à ce qu'il soit attrapé, et peut-être même après. La seule chose qui arrêtera ce type, c'est la mort.

Le ventre d'Owl se retourna. Tonka avait les lèvres pincées et l'air plus sérieux que jamais. Sans doute que mentionner le nom de l'homme qui avait tué le partenaire canin de Tonka alors qu'il était garde-côte serait manquer de tact, mais Owl avait l'impression que son ami parlait de cet homme tout autant que de Carter Grant.

— Pablo Garcia est en prison. Il ne pourra plus jamais te faire de mal ni à ceux que tu aimes, dit-il doucement.

Tonka renifla avec amertume.

— Tu sais aussi bien que moi qu'il va probablement

ressortir. Il a tué deux chiens, pas deux humains. Cela ne justifie pas une peine sévère.

Owl savait. Et ça craignait.

— Garcia a juré de se venger de Raiden et de moi. Peu importe le nombre de caméras ou d'hommes que j'ai derrière moi, ou le temps qui passe. Je sais qu'un jour, d'une manière ou d'une autre, il reviendra. Cela ne veut pas dire que je ne vivrai pas ma vie entre-temps. Cela signifie simplement qu'il est toujours là. Dans ma tête. Où il prend de la place. Je ne peux pas, et je ne veux pas oublier ses menaces. Mais pour l'instant ? Je suis relativement sûr d'être en sécurité. Et Henley et Jas aussi. Comme vous tous, mes amis les plus proches. Mon bébé peut naître et il ou elle ira bien... pour l'instant. Mais à la seconde où j'apprendrai qu'il a été relâché ou qu'il s'est échappé, tous les coups seront permis.

Owl fronça les sourcils. Il n'aimait pas la situation dans laquelle se trouvait son ami. Pas du tout.

— Quoi qu'il en soit, pour l'instant au moins, mon ennemi est derrière les barreaux. Pas celui de Lara. Lui, il est dehors. Il observe. Il attend. Il passera à l'acte, je n'ai absolument aucun doute là-dessus... et Lara non plus. Les hommes comme Grant et Garcia, c'est la haine qui les constitue. Ils sont comme des petits enfants à qui on a enlevé un jouet, et ils sont furax. Ne baisse pas ta garde. Pas une seconde. Et Owl... si elle part ? Elle le fera non pas parce qu'elle en a envie ou parce qu'elle pense être en sécurité, mais parce qu'elle veut que toi, tu sois en sécurité. Et Cora. Et tous les autres ici. C'est comme ça qu'il l'aura.

Owl se sentait nauséeux. Grant serait stupide de venir ici pour s'en prendre à Lara. Mais Tonka avait raison. Et Lara le savait. C'était en partie pour cela qu'elle avait été si inquiète à l'idée d'être seule. Le temps passé au Refuge l'avait beaucoup aidée à se remettre, tout comme ses conversations avec

Henley, mais en fin de compte, la menace se situait toujours aux alentours d'un huit sur dix.

Si Grant voulait vraiment remettre la main sur Lara, il trouverait un moyen d'y parvenir.

— Comment je pourrais l'aider à aller de l'avant ? demanda Owl à son ami. Comment l'encourager à retrouver son indépendance alors qu'on sait tous que Grant attend toujours le bon moment pour remettre la main sur elle ?

— La première chose à faire, et la plus évidente, c'est de lui donner envie de rester, répondit Tonka sans hésiter. Ici. Avec toi. Elle n'est pas bête. Elle sait qu'elle est en danger si elle part. Pourquoi crois-tu qu'elle s'est accrochée à toi ? Trouve un moyen pour qu'elle fasse sa vie ici. Donne-lui un but. Elle peut être indépendante tout en vivant avec toi, Owl.

Il fixa son ami. Son amour pour Lara était-il aussi évident ?

Les lèvres de Tonka tressaillirent. Comme s'il pouvait lire dans ses pensées, il ajouta :

— Si tu penses avoir réussi à cacher que tu tenais à elle, tu te trompes.

— Merde, jura-t-il.

Tonka s'esclaffa. Vraiment. Owl fut tellement surpris d'entendre ce son monter de la gorge de son ami d'ordinaire si stoïque qu'il se contenta de le regarder fixement.

Il donna une tape sur l'épaule d'Owl, puis le bouscula amicalement.

— Si tu crois que je vais te donner des conseils sur ta vie amoureuse, tu te trompes lourdement. Je suis le dernier à pouvoir conseiller qui que ce soit en matière de relations amoureuses.

— Euh, c'est tout de même toi qui as une femme et un bébé en route, répliqua sèchement Owl. Tu penses que je devrais interroger Brick, qui ne s'est toujours pas marié avec la femme qu'il aime plus que sa vie ? Ou Stone, qui, je crois, est allergique aux femmes ? Ou peut-être Tiny, qui se promène ici en regardant tout le monde d'un air renfrogné ?

Tonka gloussa à nouveau et Owl commença à craindre qu'il ait commencé à geler en enfer. Tonka qui riait deux fois en moins d'une minute ? L'équilibre du monde était définitivement rompu.

— Soit. Alors j'ai peut-être un conseil à vous donner.

Owl se rendit compte qu'il retenait presque sa respiration. Il avait besoin de toute l'aide possible, tant il avait l'impression de se noyer depuis des mois. Il voulait Lara pour lui, mais il était aussi conscient qu'elle pouvait avoir bien mieux.

— Continue comme tu as commencé.

Owl cligna des yeux. C'était ça, le sage conseil de Tonka ?

— Je ne suis pas sûr que ça m'aide beaucoup, répliqua-t-il à son ami.

— Les changements qui se sont produits en Lara depuis son arrivée sont miraculeux, dit Tonka, le ton grave. Elle ne pouvait pas te perdre de vue un instant. Je parie que tu pouvais à peine aller pisser sans qu'elle s'affole dans l'autre pièce, ajouta-t-il, répétant ironiquement les mots de Lara, sans même s'en rendre compte. Et maintenant ? Tu es là. Tu m'aides à monter cette foutue clôture. Et où est-elle ? Avec Cora et quelques autres filles ? Ça, mon ami, c'est un miracle. Alors quoi que tu fasses... continue comme ça. Et pour info, elle ne te regarde pas comme elle le fait avec moi ou le reste des gars. Tu es là. Sois son ami. Soutiens-la. Écoute-la quand elle a besoin de parler. Et sois exactement ce que tu es. Parce que tu es un sacré bonhomme, mon gars.

Owl ne put que continuer à dévisager son ami, stupéfait. Depuis le temps qu'il le connaissait, Tonka n'avait jamais été aussi... Il ne savait même pas quel mot employer. Encourageant ? Intuitif ?

Non, ce n'était pas juste. Tonka avait probablement toujours été comme ça, simplement il avait dû faire face à des problèmes psychologiques assez lourds, comme tous les autres.

— Merci, lâcha-t-il au bout d'un moment.

— De rien. Bon, cette clôture ne va pas se construire toute seule. Et je sais de source sûre que les femmes aiment quand leurs hommes sont en sueur et testostéronés.

Owl éclata de rire.

— Testostéronés ? Ça n'existe pas, ce mot.

Tonka haussa les épaules.

— Et alors ? C'est pourtant vrai. C'est le fantasme du bûcheron ou quelque chose comme ça. Tu rentres dans ton chalet tout en sueur, peut-être torse nu, et Lara ne pourra pas te résister.

Owl leva les yeux au ciel.

— Oh oui, une bonne odeur de bouse de vache, des taches de terre et des fluides corporels qui dégoulinent sur le sol, c'est très attirant.

Tonka sourit.

— Tu as beaucoup à apprendre. Allez, aide-moi à ajuster ce poteau et on pourra s'attaquer au prochain trou.

Tout en tendant la main vers le poteau, Owl repensa aux paroles de son ami. À toutes. Il n'était pas sûr de savoir où Lara et lui allaient finir... mais pour une fois, il avait le faible espoir d'avoir une chance avec la femme dont il était éperdument amoureux.

Mais dans la foulée, Tonka lui avait rappelé que Carter Grant était toujours en liberté et que tant qu'il serait libre, il ne demanderait qu'à remettre la main sur Lara.

Il n'était pas question de le laisser faire. Lara avait assez souffert ; il mourrait plutôt que de la laisser subir à nouveau ces horribles sévices et tortures.

* * *

Lara sourit à son amie. Elles avaient passé une matinée calme et relaxante dans le chalet d'Owl, à discuter de sujets faciles qui permettaient à Lara de garder l'esprit tranquille. Elles se trouvaient maintenant dans le chalet que Cora partageait avec Pipe et attendaient l'arrivée d'Alaska, Reese, Ryan et Luna, prévue un quart d'heure plus tard. Elles allèrent s'installer sur le toit-terrasse et profiter de la première journée un peu douce depuis un bon moment.

— Pipe et moi, on veut organiser une cérémonie toute simple ici. En haut, sur notre terrasse. Rien de fantaisiste, juste un officiant et nous.

— Ça a l'air magnifique. Tu ne veux pas une fête comme celle de Henley et Tonka ?

— Non. Je veux dire, leur réception dans la grange était géniale, mais non, être le centre de l'attention comme ça me donne de l'urticaire. Tu te souviens de l'état où j'étais quand j'ai dû traverser l'estrade pour la remise des diplômes ? J'ai eu toutes les peines du monde à m'en sortir.

Cora n'avait pas tort. Elle avait vraiment eu le trac. Alors même qu'il suffisait de monter trois marches, de faire cinq pas, de serrer la main du directeur et de redescendre pour regagner sa place, c'était un miracle qu'elle n'ait pas trébuché et ne soit pas tombée sur la tête.

— C'est vrai, se remémora Lara avec un large sourire au souvenir de ce jour.

— Ça m'a manqué, déclara Cora.

— Quoi ?

— Toi. Ton sourire sincère.

Lara se sentit consternée.

— Désolée, dit-elle.

— De quoi ?

— De m'être mise en colère contre toi. De t'avoir crié dessus. Je sais que tu n'étais pas jalouse de moi, tu n'as jamais été jalouse de quoi que ce soit me concernant. J'ai été une amie horrible, et je ne te mérite pas. Ce que tu as fait... vendre tes affaires, aller à cette vente aux enchères, affronter Eleanor Vanlandingham... même si j'aurais aimé voir cette partie-là. Je ne pourrai jamais te rendre la pareille.

Cora s'approcha de Lara et la prit aussitôt dans ses bras. Cora mesurait dix centimètres de moins que Lara, mais elle la tira simplement vers l'avant, dans ses bras, et la serra férocement.

— Tu n'as pas besoin de t'excuser. Comme toujours, j'aurais dû faire preuve de plus de tact. Je savais que tu aimais Ridge, mais je ne lui faisais pas confiance.

— Je sais. J'aurais dû t'écouter. Et si tu veux tout savoir, peu importe, j'avais déjà des doutes sur notre relation. Mes lunettes roses s'estompaient. J'ai juste pensé que si je partais en Arizona avec lui, si nous nous éloignions de Washington et de tout le stress qu'il subissait – c'était du moins ce que je croyais –, il se rendrait compte que c'était formidable d'être ensemble. Je n'ai jamais voulu partir pour de bon. C'était censé être temporaire.

Cora s'écarta et s'accrocha aux bras de Lara en la regardant fixement.

— Je suis vraiment désolée.

— De quoi, enfin ? s'étonna Lara en fronçant les sourcils.

— Qu'il nous ait fallu tant de temps pour parvenir jusqu'à toi. J'ai contacté la police et tes parents, mais ils ne m'ont pas crue. J'ai même parlé à des détectives privés, sauf que je n'ai manifestement pas les relations qu'il faut, car ils m'ont tous donné l'impression d'être des escrocs. Ils voulaient être payés d'avance... et je ne suis pas assez crédule pour tomber dans le panneau. Lorsque j'ai lu un article sur les gars du Refuge et que j'ai fait des recherches sur eux, j'ai eu le sentiment qu'ils étaient votre meilleure chance. Il y avait toujours le risque qu'ils ne veuillent pas s'impliquer. Je veux dire, ce n'est pas comme s'ils offraient leurs services pour retrouver des amies kidnappées, mais j'étais désespérée.

— Tu t'es très bien débrouillée, la rassura Lara. Mais je suis toujours en colère contre toi, ajouta-t-elle aussi sévèrement qu'elle le put.

— Quoi ? Pourquoi ? Qu'est-ce que j'ai fait ?

— Tu as une procuration sur mon compte en banque. Pourquoi n'as-tu pas utilisé mon argent pour les engager ? Tu as vendu toutes tes affaires, Cora ! C'était stupide.

Au lieu de s'énerver, Cora se contenta de sourire.

— Oui, mais ça a été beaucoup plus facile quand j'ai emménagé chez Pipe. Je n'avais pas grand-chose à trimballer. Je crois que tout tenait dans trois cartons que j'ai expédiés par la poste jusqu'ici.

Lara leva les yeux au ciel.

— N'importe quoi.

— Je ferais tout pour toi, Lara. Je t'aime tellement, tu n'as pas idée.

— Je t'aime aussi, répondit-elle en essayant de ne pas pleurer.

— Bon, il nous reste deux secondes avant que les autres arrivent et je voudrais te demander quelque chose.

— C'est oui.

Cora leva à son tour les yeux au ciel.

— Tu ne sais pas ce que je vais te demander.

— Peu importe. Je le ferai.

— Comme un saut en parachute ?

Lara grimaça.

— Hmm.

Elles savaient toutes les deux que Lara n'était pas grande fan des hauteurs. Alors, sauter d'un avion en vol ? C'était un « non » catégorique.

Heureusement, Cora s'esclaffa.

— Je plaisante. Je ne te demanderai jamais une chose pareille. Tu voudrais bien être mon témoin et celui de Pipe quand on se mariera ?

Lara tiqua, surprise.

— Je croyais que tu avais dit que tu voulais que ce soit Pipe, toi et l'officiant.

— Oui. Mais tu es ma famille. La seule personne que j'avais de mon côté avant de rencontrer Pipe et d'emménager ici. Je n'avais littéralement personne d'autre. Tu m'as donné de l'argent, un endroit où vivre et, plus important encore, tu étais mon amie. Tu ne t'es pas laissée décourager par ma froideur, quand on s'est rencontrées, ni par le nombre de fois où j'ai démissionné ou perdu mon emploi. Tu m'as juste aimée pour moi. Tu ne sauras jamais à quel point ça a compté pour moi, ni à quel point ça compte encore. Je ne peux pas imaginer me marier sans que tu sois là.

— Mais... Pipe, qu'est-ce qu'il en pense ? Il va demander à un de ses amis d'être présent ?

— À ton avis, qui m'a suggéré de te poser la question ? répliqua Cora.

Lara ferma les yeux et inspira profondément.

— Dis « oui », s'il te plaît. Pipe et moi, on en a parlé, et si tu veux qu'Owl soit là, il est tout à fait d'accord avec l'idée.

Lara rouvrit les yeux.

— Votre simple cérémonie à deux prend très rapidement de l'ampleur. Tout à coup, tu vas te retrouver avec tous les gars, Alaska, Henley, Reese et toutes les autres femmes qui travaillent ici, et la cérémonie se déroulera dans le pavillon, avec Robert qui fera un gâteau de mariage à cinq étages, et des bûcherons dansants ou quelque chose comme ça.

Cora éclata de rire.

— Pas du tout. Juste l'homme que j'aime, ma meilleure amie et un officiant.

— Je suis perdue. Tu n'as pas dit que tu étais d'accord pour qu'Owl soit là, lui aussi ?

— Pipe a pensé qu'Owl pourrait être ordonné. Ou approuvé. Ou je ne sais pas comment ça s'appelle. Bref, qu'il pourrait nous marier. Il a fait des recherches : au Nouveau-Mexique, ça ne coûte que cinquante dollars et il peut tout faire en ligne.

— Vous lui avez posé la question ?

— Pas encore. Je voulais d'abord avoir ton approbation.

— Mon approbation ? s'exclama Lara. Cora, c'est ton mariage.

— Et tu es ma meilleure amie. Pour commencer, c'est grâce à toi si j'ai rencontré Pipe. La raison pour laquelle je suis ici. Et... je sais que tu es plus à l'aise avec Owl dans les parages. S'il te plaît ?

Lara était bouleversée. Elle aimait tellement son amie. Elle lui devait tout. Et l'idée qu'elle la veuille à son mariage ? Cela signifiait tout pour elle. Surtout quand elle avait été si près de la perdre. De tout perdre.

— Bien sûr que je serai là. J'en serais honorée.

— Youpi ! s'écria Cora avec un grand sourire.

Elle se pencha pour serrer son amie dans ses bras, plus brièvement, mais non moins sincèrement, puis se précipita vers le comptoir où elle avait laissé son téléphone un peu plus tôt.

— Je vais envoyer un message à Pipe pour l'avertir que c'est bon. Il sera ravi.

Lara ne put s'empêcher de ressentir une vague d'excitation. C'était à la fois un sentiment inconnu et un énorme soulagement. Elle n'avait connu que la peur et la crainte pendant si longtemps qu'elle avait l'impression d'être redevenue la Lara qu'elle était auparavant.

— Quand est-ce que vous projetez de faire ça ?

Cora sourit, mais sans lever pour autant les yeux de son téléphone, sur l'écran duquel ses pouces pianotaient à vive allure.

— Dès que possible. Owl doit obtenir le certificat en ligne et nous, il faut qu'on demande une autorisation de mariage, mais ensuite, c'est bon.

— Les autres gars ne vont pas être contrariés ? Ou se sentir mis à l'écart ? Et les autres femmes ? s'inquiéta Lara.

— Non. Tout le monde sait déjà qu'on prévoit quelque chose de petit et d'intime. Tant qu'on laisse Robert nous concocter un dîner spécial au pavillon et qu'ils peuvent tous y assister, ils sont d'accord. J'en ai déjà parlé à l'Alaska.

Lara se mordilla la lèvre.

— Tu es sûre ? Parce que je ne voudrais pas que quelqu'un soit offensé.

Un coup frappé à la porte fit sursauter Lara, sous l'effet de la surprise et de la peur. Elle se retourna vivement.

— C'est les filles. Et pour te rassurer, on va leur poser la question, dit Cora en se dirigeant vers la porte. Pipe m'a dit qu'il parlerait à Owl aujourd'hui. Je pense que ce sera l'affaire d'une semaine.

— Si vite ? s'écria Lara, plus pour elle-même que pour son amie.

Cora fit une pause avant d'aller ouvrir la porte et la dévisagea.

— Quand on sait, on sait. Ce n'est pas ce que tu as toujours dit ? Pipe est l'homme qu'il me faut. Le seul homme que j'aimerai jamais. C'est comme si tout mon être avait pris vie quand je l'ai rencontré. Tout va bien se passer. Pour toutes les deux, Lara. Je le sais.

Elle médita les paroles de son amie tout en vérifiant qui était à la porte, puis ouvrit pour saluer leurs visiteuses. C'était assez drôle. Cora était la plus blasée d'entre elles. Celle qui détestait regarder les films romantiques. Qui ne cessait de répéter qu'elle était allergique aux histoires d'amour. Et voilà qu'elle se mariait la première, alors qu'elle avait toujours dit ne pas vouloir se faire passer la bague au doigt. Et Lara était aux anges pour elle.

Maintenant, c'était elle, la blasée. Celle qui ne croyait plus aux lendemains qui chantent. Même si elle en était entourée d'exemples, ici, au Refuge. Avec Brick et Alaska, Henley et Tonka, Reese et Spike. Et maintenant Cora et Pipe.

— Lara ! C'est chouette de te voir ! lança joyeusement Alaska en s'approchant d'elle.

Elle salua également les autres, se délectant de l'affection sincère qu'elles exprimaient toutes en découvrant sa présence chez Cora.

En moins de dix minutes, elles étaient installées toutes les six sur le toit-terrasse de la maison. Lara était assise avec Cora sur la causeuse que Pipe avait achetée pour que la femme de sa vie soit plus à l'aise lorsqu'ils observaient les étoiles là-haut. Reese et Ryan étaient installées dans des chaises longues, et Reese plaisantait en disant qu'elle ne partirait jamais, tellement c'était confortable. Alaska et Luna étaient assises sur d'épaisses couvertures posées à même le sol, le dos appuyé contre la chaise longue.

L'atmosphère était intime, non seulement parce que le toit n'était pas très grand, mais aussi parce que si Lara tendait la main, elle pourrait toucher non seulement Cora, mais aussi Alaska et Luna.

— C'est un endroit extraordinaire, commenta Alaska lorsque leur bavardage s'interrompit une quinzaine de minutes plus tard.

— Et on ne peut même pas le voir de l'avant du chalet, convint Reese.

— Je vais me marier ici, déclara Cora.

— On sait, tu nous l'as dit, répliqua Alaska en souriant.

— C'est Owl qui va nous marier et Lara sera là. Ensuite, on ira au pavillon pour un grand dîner.

— Ça a l'air génial.

— Le plan parfait

— J'ai hâte de voir ce que mon père va vous concocter.

— Cool.

Lara regarda Cora et fut bien forcée de sourire quand son amie lui lança silencieusement : « Je te l'avais bien dit ».

— Lara craignait que vous ne soyez contrariées parce que je lui ai demandé d'être à mes côtés, déclara Cora.

L'intéressée fronça les sourcils à l'intention de sa meilleure amie, mais celle-ci l'ignora.

— Je ne vois pas pourquoi. Vous êtes les meilleures amies du monde, vous vous connaissez depuis toujours, répliqua Ryan.

Lara aurait juré avoir entendu une note de regret dans le ton qu'elle avait employé, mais Reese prit la parole avant qu'elle ne puisse analyser la chose.

— C'est Owl qui va vous marier ? s'étonna-t-elle.

— On l'espère. Pipe ne lui a pas encore demandé, mais

c'est pour aujourd'hui, expliqua Cora.

— Cool, fit Reese.

Et ce fut tout sur le sujet. Personne ne semblait se formaliser de manquer la cérémonie proprement dite. Ni trouver à redire au fait que Lara et Owl seraient présents et pas elles.

La conversation porta sur l'année scolaire de Jasna, qui n'allait pas tarder à s'achever, sur les anecdotes les plus drôles de Ryan concernant l'entretien de la maison et sur le nombre de mois pendant lesquels le Refuge était d'ores et déjà réservé.

— Quand est-ce qu'on attend la première vague d'hôtes avec des enfants, déjà ? demanda Reese.

Lara regarda Alaska, ébahie. Elle n'avait jamais entendu dire que le Refuge allait s'ouvrir aux enfants.

— On va faire un premier essai dans deux semaines. Et vous savez quoi ? On a affiché complet en deux jours. Ce qui n'a rien de surprenant : des tas de gens avec enfants pourraient profiter d'un endroit comme celui-ci. Je comprends pourquoi les gars n'ont pas autorisé les enfants jusqu'à présent, mais j'ai hâte de voir comment ça va se passer, déclara Alaska en souriant.

— Y a-t-il quelque chose de spécial de prévu ?

— Eh bien, pas vraiment. Des randonnées comme d'habitude, et on a pensé faire deux feux de camp cette semaine-là au lieu d'un seul.

Lara sentit le regard que Cora posait sur elle et se tourna vers son amie.

— C'était quoi ce regard ? demanda Luna.

— Quel regard ? fit Reese.

— Cora vient de lancer à Lara un regard dans ce genre...

Luna imita Cora en ouvrant grand les yeux et en agitant ses sourcils.

Tout le monde s'esclaffa.

— Sérieusement, quoi ? Tu ne trouves pas ça bien ? demanda Alaska.

— Ce n'est pas ça..., commença Cora, hésitante.

— Crache le morceau. Tu es l'une des nôtres maintenant. Si le Refuge s'effondre et brûle, tu seras sans abri avec le reste d'entre nous, plaisanta Reese.

— C'est juste que... Lara et moi avons côtoyé des tonnes d'enfants. Certes, ils étaient tous en âge d'aller à l'école maternelle, mais ils sont pleins d'énergie. On prévoyait des activités pour pratiquement chaque minute de la journée. Je pense qu'il vous faudra plus qu'une simple randonnée et un feu de camp pour les divertir, répondit timidement Cora.

Lara était tout à fait d'accord. Le premier jour au Refuge serait une nouveauté, et les enfants se contenteraient probablement d'explorer le domaine et de rendre visite aux animaux de l'étable. Mais après, il faudrait les divertir. Surtout si des parents célibataires étaient impliqués dans l'histoire et que Henley s'apprêtait à les rencontrer dans le cadre de séances de thérapie. Quelqu'un devrait surveiller les enfants.

— Mince. J'imagine qu'on devrait pouvoir trouver quelque chose, dit Alaska en regardant Reese, visiblement inquiète.

— Ne me regarde pas, protesta aussitôt l'intéressée en levant les mains. OK, mes nausées matinales ont diminué, mais maintenant, je suis super fatiguée tout le temps. C'est ennuyeux. Je ne voudrais pas m'endormir en amusant les enfants et qu'ils en profitent pour se déchaîner.

— Je pourrais demander à mon père de proposer un atelier fabrication et décoration de cookies, suggéra Luna.

— J'aiderais bien, mais je pense que Carly, Jess et moi, on va être très occupées par les tâches ménagères que le surcroît de visiteurs va entraîner. Brick nous a déjà prévenues et nous a dit qu'on gagnerait plus de l'heure, ce dont on s'est bien gardées de se plaindre, lâcha Ryan avec un haussement d'épaules.

— Zut. D'accord, j'en parlerai à Brick ce soir et on verra ce qu'on peut faire, concéda Alaska.

Mais ses sourcils froncés trahissaient son inquiétude.

— Je peux vous aider, annonça Cora. Avant de venir ici, je travaillais tous les jours avec des enfants. Si vous m'indiquez l'âge des participants, je suis sûre de pouvoir trouver des activités. Mais j'aurai besoin d'une pièce dans le pavillon. Et les choses risquent d'être compliquées. En fonction de la tranche d'âge, ça pourrait être agité parce que je voudrais que les choses soient adaptées à chaque âge. Il ne faut pas que des enfants de dix ans fassent des colliers de macaronis et que des enfants de trois ans s'essaient à la broderie diamant.

— Mais on pourrait modifier la taille des diamants, intervint Lara. Utiliser des petites perles pour les plus grands et des boutons pour les plus petits. On pourrait même utiliser les mêmes images, mais les modifier pour qu'elles soient adaptées à l'âge des enfants.

Lara sentit les regards des cinq femmes se poser sur elle, mais elle garda les yeux rivés sur ceux de Cora.

— Si Robert veut bien nous aider, on pourrait décorer des pains d'épices. Je veux dire, pas sur le thème des fêtes, mais juste des maisons normales, renchérit Cora.

— En fonction du nombre d'enfants, on pourrait organiser une soirée-pyjama dans le pavillon, afin de donner un peu de répit aux parents. On dresserait des tentes de couvertures et des forts, déclara Lara.

— Une soirée-cinéma, même si cela risque d'être plus difficile s'il y a un trop grand écart d'âge entre les enfants, lâcha son amie.

— On pourrait les laisser choisir le film : les enfants adorent avoir leur mot à dire sur ce qu'ils font.

— Une chasse au trésor où ils doivent faire des choses comme trouver une feuille parfaite, prendre une empreinte, ramasser un caillou unique.

— Dessiner à la craie.

— Organiser une sorte de pièce de théâtre pour leurs parents.

— Fabriquer des marque-pages.

— Organiser une soirée dansante.

— Fabriquer des bateaux avec des nouilles de piscine.

— Des pots de paillettes.

Les idées fusaient entre les deux amies. Tout ce qu'elles avaient fait à l'école maternelle de Washington.

— Sérieusement ? Vous seriez prêtes à nous aider ? demanda Alaska lorsqu'elle put placer un mot.

Lara se rendit compte qu'elle était entrée dans une sorte de tunnel de vision. Tant de souvenirs l'envahissaient. Elle avait aimé son travail. Elle aimait les enfants. Cela faisait si longtemps qu'elle n'avait pas pensé à eux.

— Lara ? demanda doucement Cora.

Prenant une profonde inspiration, elle se tourna vers Alaska.

— Oui, je serais ravie de participer.

— Dieu merci ! souffla Reese.

— Toi aussi, Cora ? insista Alaska.

L'interpellée plissa les yeux.

— Pourquoi j'ai l'impression que tu as l'esprit en ébullition ? demanda-t-elle d'un air soupçonneux.

— Parce que c'est le cas ? suggéra Alaska avec un sourire. Ne te fâche pas, mais vivre ici, c'est comme habiter une petite ville. Pipe a dit quelque chose à Spike, qui l'a dit à Tiny, qui l'a dit à Brick. À ce qu'on raconte, tu es inquiète.

Tu ne sais pas trop où est ta place. Ce que tu peux faire ici pour gagner ta vie. Mais le fait est que tu n'es obligée à rien. Si tu ne demandes qu'à poser tous les jours tes fesses sur cette magnifique terrasse, vas-y. Personne n'attend de toi que tu travailles. Cet endroit est une machine bien huilée. J'ai eu de la chance en arrivant ici, parce que les gars venaient de virer leur dernière assistante administrative incompétente. Il se trouve que j'avais les compétences ce dont ils avaient besoin. Et Henley, bien sûr, travaillait déjà ici.

— Moi, je suis un peu partout et j'apporte mon aide là où je peux, déclara Reese. Je suis des cours d'espagnol pour qu'on puisse être utiles à un plus grand nombre de gens. La femme de mon frère m'aide sur ce point : elle m'appelle tous les jours et refuse de parler anglais avec moi, donc j'ai appris l'espagnol plus vite que je ne l'aurais fait sinon.

— Et bien sûr, on a déjà des femmes de ménage, des paysagistes, un comptable, et Luna aide son père à la cuisine, ajouta Alaska. Il n'y a donc pas besoin de grand-chose d'autre. Mais si on ouvre sérieusement cet endroit aux enfants sur des semaines dédiées, on va clairement avoir besoin d'aide pour les occuper et mettre nos idées en œuvre. Je n'y ai pas assez réfléchi, à l'évidence, donc on va aussi avoir besoin d'un plan plus organisé. Alors... je me dis que tu pourrais essayer cette première fois. Voir si cela te plaît. Dans le cas contraire, ce n'est pas grave, on engagera quel-qu'un en ville pour coordonner les enfants. Mais si tu aimes ça...

Alaska s'interrompit, pleine d'espoir.

— Je ne suis pas... Je veux dire, je suis douée avec les enfants, mais je ne suis pas pour être responsable. Je ne l'ai jamais été, bredouilla Cora. Lara en revanche...

Tout le monde se retourna pour la regarder et Lara s'immobilisa. Elle n'était pas sûre de ce qu'elle devait dire ou faire.

— Tu la fais flipper, déclara Ryan avec fermeté. Elle va aider Cora avec ce premier groupe, mais c'est tout. On ne lui met pas de pression, hein, Alaska ?

— D'accord, répondit celle-ci sans hésiter. Et je suis sûre que Brick et les autres vous paieront toutes les deux. Ils ne s'attendent pas à ce que quelqu'un travaille gratuitement ici.

— C'est pourtant ce qu'ils font tous, répliqua Cora avec un petit rire.

— Non, rétorqua Reese. Ils ont leur chalet, l'eau, l'électricité et la nourriture. C'est essentiellement leur rémunération. Bien sûr, ils travaillent d'arrache-pied pour faire de cet endroit un foyer, non seulement pour leurs hôtes de passage, mais aussi pour eux-mêmes et leur famille.

— Tu as raison, convint Alaska en hochant la tête.

— OK, j'admets, concéda Cora.

Lara se sentait un peu dépassée. Elle était à la fois excitée et terrifiée. Elle aimait le Refuge, qui était devenu son lieu de sécurité, même si elle n'avait jamais pensé y rester longtemps.

Mais au fond d'elle-même, elle savait que c'était un mensonge. Plus les jours passaient, et moins elle s'imaginait repartir. En arrivant, elle ne voulait rien d'autre que se cacher dans un endroit isolé. Maintenant, l'idée d'être seule, vulnérable, lui faisait peur. Et la perspective de retourner à Washington ne lui plaisait pas du tout. Elle aimait son travail à l'école maternelle, mais pas assez pour retourner en ville. Bien qu'elle ne veuille pas que quelqu'un d'autre soit blessé par sa faute, elle ne pouvait nier que la présence d'autres personnes était réconfortante.

Et pas de n'importe qui... d'Owl et ses amis. Ils avaient plus que prouvé que lorsque la situation devenait incontrôlable, ils faisaient tout ce qu'il fallait pour régler le problème. Avec Alaska et Jasna, quand Reese avait été emmenée à la frontière, lorsqu'elle-même avait été détenue en Arizona.

— Je vais voir avec Lara et on va mettre au point un plan, lança Cora. On reviendra vers vous avec une sorte de plan d'activités pour la semaine et on le soumettra à l'approbation de Brick. Ça marche ?

— Absolument, déclarèrent Alaska et Reese à l'unisson.

— Maintenant, on peut parler de ce que tu aimerais pour ton dîner de mariage ? s'enquit Luna. Je sais que mon père sera en mode panique quand il l'apprendra, et il voudra savoir le plus tôt possible ce qu'il faut faire.

Lara n'écouta pas ses amies qui parlaient de différents plats. Elle jeta un coup d'œil à sa montre et vit qu'il était presque 13 heures. Cela faisait cinq heures qu'elle n'avait pas vu Owl et, soudain, sa peau commença à la démanger. Elle se sentit envahie par l'inquiétude.

En regardant par-dessus la balustrade de la terrasse pour tenter de retrouver son calme, elle ne vit que des arbres. Quelque chose bougea au loin et elle se raidit. Était-ce une ombre ? Carter ? L'observait-il ? En train de planifier son coup ?

L'anxiété grimpa en flèche, elle ne pensait plus qu'à rejoindre Owl. Il la protégerait. Il l'avait déjà fait par le passé. Il s'était interposé entre elle et le mal que représentait son bourreau.

— Lara ?

Elle entendit Cora prononcer son nom, comme de loin, mais elle n'arrivait plus à se concentrer. Fermer les yeux ne l'aida pas. Ne rien voir rendait les choses plus effrayantes. Elle rouvrit les yeux et regarda frénétiquement autour d'elle. Carter était-il en train d'arriver ?

Elle détestait cela ! Elle savait qu'elle paniquait, mais n'arrivait pas à se contrôler. Et elle qui pensait avoir progressé. Elle s'était sentie si confiante en rendant visite à Cora. Mais elle était en train de s'effondrer et ne savait plus comment interrompre la spirale infernale. Elle qui allait si bien jusqu'à maintenant, voilà qu'elle sombrait en un instant.

Cora se déplaça pour poser sa main sur la cuisse de Lara.

— Tout va bien, ma belle. Je te le promets. Tu es en sécurité.

Mais non ! Elle en était sûre. Carter était là. Il attendait. Et il n'hésiterait pas à blesser quiconque se dresserait entre ce qu'il voulait et lui.

— Il arrive.

Lara entendit Ryan prononcer ces mots, mais elle les interpréta à contresens.

Il arrivait. Carter arrivait. Et la seule personne qui pouvait la protéger, c'était Owl. Or il n'était pas là ! Elle se retrouvait seule. Encore une fois. Et ce n'était qu'une question de temps avant que Carter la touche, lui fasse ces choses horribles...

Sans réfléchir, Lara se leva d'un bond et repoussa frénétiquement les mains qui tentaient de la réconforter, reculant dans un coin de la terrasse et s'accroupissant, les bras au-dessus de la tête. Elle faisait de son mieux pour se protéger de ce qu'elle savait imminent.

Mais rien n'y faisait. Elle ne pouvait pas s'enfuir !

— Merde ! Ryan, tu lui as envoyé un texto ?

— Il est en route. Il sera là dans deux minutes.

— Qu'est-ce qu'on fait ?

— Laissez-lui un peu d'espace.

— On ne devrait pas la recouvrir d'une couverture ?

— Non, ne la touchez pas.

— Je regrette que Henley ne soit pas là !

— Moi aussi.

Lara entendait la conversation des femmes autour d'elle, mais elle avait l'impression d'être au bout d'un très long tunnel sombre. Incapable de se concentrer, elle ne pouvait rien faire d'autre qu'attendre l'inévitable. Une petite partie d'elle avait honte d'agir de façon aussi pitoyable. Elle voulait se lever et se battre. Mais à quoi bon ? Carter était plus fort. Il la dominerait comme il l'avait fait auparavant et la blesserait au passage. Il valait mieux être soumise. Docile.

Une étincelle de colère s'alluma dans son ventre. Pourquoi ? Pourquoi lui faciliter la tâche ? Elle devait se battre ! Comme Cora l'avait fait. Elle avait blessé son agresseur, et méchamment. Elle lui avait mis le doigt dans l'œil. Pourquoi ne pouvait-elle pas se comporter comme son amie ?

Les pensées ricochaient dans sa tête, au point de lui donner la nausée. Elle voulait bouger, faire quelque chose pour se protéger, mais elle était figée. Figée dans la peur. Dans l'indécision.

— Je suis là.

Trois mots. Mais au lieu d'entendre la voix du misérable... elle entendit celle d'Owl. Elle la reconnaîtrait n'importe où. Elle leva la tête, sans davantage parvenir à se concentrer. Elle gémit de peur.

— Je suis là.

À l'instant même où ces mots furent prononcés, Lara se sentit soulevée sur les genoux d'Owl. Elle se blottit contre lui, aussi près que possible, mais ce n'était pas suffisant. Elle voulait se perdre en lui. Ne faire qu'un avec lui. Avec lui, elle était en sécurité. Il veillerait à ce que Carter ne lui fasse plus de mal.

— Nous ne savions pas quoi faire.

— Elle va bien ? Je dois appeler Henley ?

— On devrait peut-être appeler une ambulance.

— Accordez-nous une minute, répliqua calmement Owl, dont la voix traversa Lara de part en part.

Plus il parlait, plus le noir dans ses yeux disparaissait. Plus elle revenait à elle et à son environnement.

— On va descendre. Mais si tu as besoin de nous, appelle, déclara Cora.

— Bien sûr. Merci.

— Non, merci à toi, rétorqua son amie avant d'ajouter : Allez, les filles, donnons-leur un peu d'espace.

Lara voulait la remercier. Pour son tact. Pour avoir compris qu'elle ne voulait pas être regardée par tout le monde.

— Tout va bien, murmura Owl en se balançant d'avant en arrière avec Lara sur ses genoux. Tu es en sécurité. Tu es ici, au Refuge. Je suis là.

Ses paroles étaient un baume pour son âme et Lara était à la fois soulagée et embarrassée.

— Owl, murmura-t-elle.

— Oui, c'est moi. Je suis là. Tout va bien. Prends une grande inspiration. Une autre. Bien.

À chaque inspiration, les muscles de Lara se détendaient. L'humiliation remplaça la peur dans ses veines.

— Oh, mon Dieu, je suis désolée. Je n'ai pas...

— Cinq heures, la coupa Owl.

— Quoi ? demanda-t-elle, confuse, sans relever la tête.

— Cinq heures. Tu as passé cinq heures entières sans avoir besoin de me voir. C'est incroyable, ma puce.

Elle ricana.

— Cinq heures. La belle affaire ! ironisa-t-elle.

— C'est une belle affaire, insista Owl. Il n'y a pas si long-temps, c'était une vingtaine de secondes.

— Tu as un gros poids qui pèse sur tes épaules et tu es content de pouvoir t'en débarrasser pendant cinq petites heures, se plaignit Lara.

Owl gloussa et elle sentit les soubresauts de son torse sous le sien. Elle était assise sur ses genoux, les jambes sur un côté, mais le buste tourné vers lui, les bras enroulés autour de son cou, où elle enfouissait la tête. Elle avait probablement l'air ridicule.

— Mais c'est mon poids à moi et cela ne me pose aucun problème, rétorqua-t-il.

Prenant une autre profonde inspiration et s'imprégnant davantage de l'odeur d'Owl, elle se rendit compte qu'il ne sortait pas exactement de la douche. Non que cette odeur de sueur lui déplaise, mais c'était une première. Relevant la tête, elle le regarda enfin. Ses cheveux étaient humides au niveau des tempes, ses joues étaient roses après qu'il avait travaillé au soleil... et si elle ne se trompait pas, sa chemise était à l'envers, trempée de sueur.

Il leva une main et la posa sur sa joue. Lara y appuya légèrement la tête.

— Tu es de retour ? demanda-t-il.

— Oui. Je suis désolée.

— Non. Comme je te l'ai déjà dit. Cinq heures, ma puce. Henley t'a dit que ça n'allait pas être rapide. Tu ne vas pas te réveiller subitement avec l'envie d'emménager dans ton propre appartement. Et je suis tout à fait d'accord avec ça. Laisse-toi aller. Tu veux parler de ce qui s'est passé ? Qu'est-ce qui a déclenché ta crise ?

— Honnêtement ? Je n'en sais rien. J'étais assise ici, en train de parler agréablement avec les autres, et tout à coup, j'ai vu des ombres dans les arbres et c'était fichu.

Owl acquiesça solennellement.

— Je ne voulais pas t'éloigner de ce que tu faisais.

Les lèvres d'Owl tressaillent.

— Honnêtement ? Je suis content que ça te soit arrivé. Creuser des trous et installer une clôture, ce n'est pas vraiment ce que j'entends par « passer un bon moment ».

Lara apprécia qu'il essaie de la réconforter.

— Que penses-tu de la cérémonie de mariage de Cora et Pipe ?

Elle le regarda en clignant des yeux.

— Tu es déjà au courant ?

— Tu te moques de moi ? Cora a envoyé un texto à Pipe, qui est venu à la grange et m'a déclaré – pas « demandé », note bien, mais « déclaré » – que je devais me bouger le cul et aller sur le site web dont il allait m'envoyer le lien par mail pour me faire ordonner et lui permettre de passer la bague au doigt de Cora le plus tôt possible.

Il était difficile de croire qu'elle souriait si tôt après toutes les choses horribles qu'elle avait imaginées, mais si quelqu'un était en mesure de la faire sourire, c'était bien cet homme.

— Et tu vas le faire ?

— Bien sûr que oui, répondit-il avant de froncer les sourcils. C'était quoi, cette pensée ?

— Tu sais que tu parles comme Henley, tu t'en rends compte ?

Mais Owl refusa de mordre à l'hameçon.

— Je m'en fiche. Pour quelle raison as-tu eu cet air inquiet ?

— C'est juste que... tu fais ça parce que tu penses que je vais encore péter les plombs si tu n'es pas là ? Gâcher leur cérémonie ?

Owl afficha un air encore plus féroce après sa question.

— Tu ne vas rien gâcher du tout. Et je vais marier l'un de mes meilleurs amis parce que je n'ai jamais été aussi honoré de faire quoi que ce soit dans ma vie. Je me suis toujours senti un peu exclu ici. Stone aussi. On est tous proches, mais les pilotes d'hélicoptères ne sont pas de la même trempe que les SEALs et les Delta. On est les petits frères ringards. Or Pipe me respecte assez pour que je participe à son mariage... C'est un honneur. Quant à ta présence à cette cérémonie, c'est la cerise sur le gâteau. Pour Cora et pour moi.

— Je ne sais pas comment m'habiller.

C'était la première chose sans danger que Lara avait trouvé à dire, surtout avec ses sentiments pour cet homme, soudain confus et mélangés.

Owl sourit. Puis un petit rire s'échappa de ses lèvres.

— Je suis sûr qu'on va trouver une solution.

— Owl ?

— Oui, ma puce ?

— Quand j'ai pensé qu'il arrivait... j'ai eu si peur. J'ai baissé les bras. Mais ensuite, une partie de moi est devenue folle de rage.

— C'est bien.

Lara le regarda dans les yeux. Elle voulait le croire. Tellement. Mais il régnait une telle pagaille dans sa tête. Elle ne savait plus quoi croire. Quoi penser.

— Et Henley te dira la même chose quand tu lui parleras demain.

Lara avait oublié qu'une autre séance de thérapie était prévue pour le lendemain.

— Et tu sais quoi ?

— Quoi ? chuchota Lara.

— Je pense qu'il est temps que tu reprennes tes cours d'autodéfense. Mais peut-être d'abord avec le personnel du Refuge. Tu te sentiras plus à l'aise avec des gens que tu connais autour de toi.

Lara ferma les yeux. Elle ne méritait pas cet homme. Elle avait pris des décisions stupides et, d'une manière ou d'une autre, celles-ci l'avaient conduite à ces minutes. Cela n'avait aucun sens et une partie d'elle se sentait coupable. Mais une autre partie s'en fichait. Elle savourerait son séjour ici aussi longtemps qu'il durerait.

— D'accord.

— D'accord, confirma-t-il en hochant la tête.

Puis il fit quelque chose qui changea le monde de Lara pour toujours.

Il se pencha en avant et l'embrassa sur le front.

Ses lèvres chaudes s'attardèrent, comme s'il mémorisait le moment aussi désespérément que Lara.

Elle se rendit compte alors qu'elle en rêvait depuis longtemps. D'être dans les bras d'Owl. Il l'avait beaucoup touchée ces derniers mois, mais elle avait envie de ressentir... plus. D'avoir ses bras autour d'elle, non pas le temps d'une étreinte rapide et platonique, mais dans une étreinte intime. Même si ce n'était pas exactement comme elle l'avait imaginé, c'était incroyable. Parfait.

Et ses lèvres sur sa peau ? Le paradis.

Être avec lui comme ça, enveloppée de son odeur, sentir la chaleur de son corps contre le sien... Elle ne s'était jamais sentie aussi en sécurité.

Lara leva timidement les yeux vers Owl et vit une expression de satisfaction sur son visage. Il semblait aussi heureux de l'avoir sur ses genoux qu'elle l'était d'y être.

Il s'écarta et lui sourit.

— Descendons. Rassure tout le monde. Ensuite, on rentrera à la maison, je prendrai une douche et on trouvera quelque chose à regarder à la télévision. Ça te va ?

— Tu crois qu'on peut récupérer quelque chose à manger en chemin ? J'ai faim.

C'était une phrase parfaitement banale, mais bizarrement, elle revêtait une importance particulière. Sans doute parce que ces deux derniers mois, elle n'avait jamais admis avoir faim. Elle mangeait, mais seulement quand Owl ou quelqu'un d'autre lui disait que c'était le moment.

— Oui, ça me semble possible. Tu veux que je demande quelque chose à Robert, ou que je nous prépare des sandwichs au fromage grillé ?

— Avec des tomates et des cornichons ? demanda-t-elle, un petit sourire aux lèvres.

Au fond d'elle, la noirceur et la laideur de Carter Grant s'obstinaient à la tourmenter, mais elle était déterminée à les repousser, à le repousser, lui, dans les recoins de son esprit. Elle aurait affaire à lui un jour, mais pas aujourd'hui.

Owl plissa le nez.

— Si ça peut te faire plaisir.

Lara sourit. Il détestait les cornichons et rechignait à en glisser des rondelles dans un sandwich : c'était dégoûtant, à ses yeux. Mais il le ferait pour elle.

— Ça me tente bien, confirma-t-elle.

— D'accord, alors ça marche. Tu es capable de te lever ?

— Bien sûr.

Mais lorsqu'elle se leva, Lara s'aperçut qu'elle était un peu chancelante. Owl lui passa aussitôt un bras autour de la taille pour la soutenir. Il la conduisit jusqu'à l'escalier et insista pour descendre en tête – et à reculons –, afin de la sécuriser pendant toute la descente.

Lara était un peu gênée lorsqu'elle mit le pied au rez-de-chaussée du chalet de Cora pour dire au revoir à ses amies, mais celles-ci la mirent rapidement à l'aise.

Ce ne fut que plus tard, alors qu'il faisait nuit et que, assise sur le canapé sous une couverture moelleuse, les pieds sur les genoux d'Owl, elle regardait une émission sur la famille royale britannique, que Lara réfléchit à ce qui s'était passé ce jour-là.

Sa meilleure amie se mariait et la voulait à ses côtés ; elle avait passé cinq heures sans avoir besoin d'avoir Owl dans son champ de vision, elle avait accepté d'aider Cora à amuser les enfants qui viendraient séjourner au Refuge dans quelques semaines, et elle avait l'impression de se rapprocher de plus en plus des autres femmes qui vivaient et travaillaient sur le domaine. Et ce ne seraient pas des amitiés superficielles. L'inquiétude qui se lisait sur leurs visages après qu'Owl l'avait aidée à redescendre de la terrasse était bien réelle.

Et c'était agréable. Très agréable.

Oui, elle avait eu un flashback, et sacrément mauvais. Mais elle n'arrivait pas à se débarrasser du sentiment de colère qui l'avait envahie. Même si elle avait prévu d'abandonner, de laisser faire Carter, sa petite étincelle de fureur lui redonnait de l'espoir. C'était exactement le sentiment qu'elle avait eu après avoir découvert le morceau de métal qu'elle avait caché sous son matelas.

Elle n'en était pas encore là, mais peut-être que la prochaine fois, elle serait capable de faire plus que de rester figée lorsque Carter passerait enfin à l'action. Elle ne gagnerait peut-être pas, ne pourrait peut-être pas s'éloigner de lui ou l'empêcher de lui faire du mal, mais le simple fait de savoir que son psychisme serait prêt à se battre pour ce qu'elle construisait ici, au Refuge, lui donnait l'impression d'être une personne différente de la Lara Osler qui s'était naïvement envolée pour l'Arizona avec un homme qu'elle n'avait même pas aimé.

**6**

———

— Pan ! Pan ! Pan ! C'est ça. Plus fort. Arrête d'essayer de le protéger. Frappe-le comme tu en as envie ! ordonnait Pipe.

Owl gardait les yeux fixés sur Lara tandis qu'elle donnait des coups de poing dans les coussinets qu'il portait aux mains.

C'était la deuxième leçon d'autodéfense à laquelle elle prenait part, et toutes les femmes étaient très intéressées. Il pensait qu'elles ne le prendraient pas trop au sérieux, mais il s'était trompé. Chacune avait une expression concentrée sur le visage tandis qu'elle suivait les instructions de Pipe sur la façon de donner des coups de poing ou de pied. Elles ne plaisantaient pas ni ne prenaient pas à la légère ce qu'elles faisaient. Ce qui était logique compte tenu de ce qui était arrivé à certaines d'entre elles.

Lara n'était pas très coordonnée, mais chaque fois qu'elle entrait en contact avec l'un des coussins, il le sentait jusqu'au bout des orteils.

Quelques minutes plus tard, Pipe était encore en train d'encourager verbalement le groupe quand, tout à coup,

Lara resta les bras ballants, le regard dans le vide pendant un moment.

Puis elle pivota sur elle-même et se dirigea vers la porte.

Sans hésiter, Owl la suivit. Il se débarrassa de ses protections et la rejoignit au moment où elle ouvrait la porte.

— Lara ?

Elle leva vers lui des yeux pleins de larmes.

Immédiatement inquiet, Owl l'entoura d'un bras et l'attira contre lui. Elle atterrit contre lui avec un petit cri, mais ne se figea pas. Au contraire. Elle l'entoura de ses bras et baissa la tête pour enfouir le visage contre son épaule.

— Lara ? Ça va ? s'enquit Cora.

Pipe et elle, qui avaient manifestement vu que Lara avait failli s'enfuir, étaient venus s'enquérir de ce qui n'allait pas.

— Je m'en occupe, dit Owl.

— Mais qu'est-ce qui ne va pas ? insista Cora.

Heureusement, Pipe l'enlaça par la taille et l'empêcha de s'approcher davantage.

— Owl s'en charge, murmura-t-il.

— Mais...

— Owl s'en charge, répéta-t-il avec un peu plus de fermeté.

— Très bien. Lara ? Si tu as besoin de quelque chose, préviens-moi plus tard, d'accord ?

Lara ne répondit pas verbalement, se contentant de hocher la tête. Owl adressa un petit signe du menton à Pipe, empli de gratitude. Il était soulagé que son ami lui fasse suffisamment confiance pour aller au fond des choses et comprendre ce qui tracassait Lara.

Il quitta la pièce avec elle et entendit Pipe élever la voix pour dire aux autres de continuer, de mettre de nouvelles raclées à leurs agresseurs. Il aurait souri dans n'importe quelle autre situation, mais il devait découvrir ce qui avait contrarié Lara.

Il aurait pu l'emmener dans l'une des salles de conférence vides du pavillon, mais il voulait qu'elle se sente en sécurité. Et l'endroit le plus sûr auquel il pouvait penser était son chalet. Ils y avaient tous les deux passé beaucoup de temps ces derniers mois et, grâce à sa présence, il s'y sentait vraiment chez lui.

Heureusement, ils ne croisèrent aucun client en sortant du pavillon ou sur le trajet jusqu'au chalet. Dès qu'ils y furent entrés, il referma la porte derrière eux. Il guida Lara vers le canapé et s'assit à ses côtés. Elle replia aussitôt les jambes et se blottit contre lui.

Owl se déplaça afin de s'appuyer sur les coussins, Lara se serra contre lui. Il ne prit pas la peine de lui demander ce qui n'allait pas : elle parlerait lorsqu'elle se serait calmée. C'est ce qu'il avait appris d'elle. Quand elle faisait un cauchemar ou une crise de panique, il ne servait à rien d'insister pour qu'elle parle de ce qui n'allait pas. Elle avait besoin d'un peu d'espace afin de résoudre d'abord ses problèmes dans sa tête.

Il fit donc le peu qu'il pouvait. Il la serra contre lui et veilla à ce qu'elle se sache en sécurité.

— Tout va bien, ma puce. Inspire profondément. C'est bon. Je suis là. Tu es en sécurité ici, les portes et les fenêtres sont verrouillées, personne ne peut entrer. Et si quelqu'un essayait, tu sais que je me mettrais entre lui et toi, comme je l'ai déjà fait.

Et il continua d'aligner les paroles rassurantes, sans vraiment savoir ce qu'il disait.

Il posa une joue contre ses cheveux et lui caressa doucement le bras. Il n'avait aucune idée du temps qui s'était écoulé lorsqu'elle soupira contre son torse. Son souffle chaud flottait sur sa poitrine et il fallut à Owl tout son sang-froid pour empêcher son sexe de durcir. Cette femme ne devait surtout pas avoir à faire face à son excitation en cet instant. Même s'il devenait de plus en plus difficile de l'empêcher de voir à quel point elle le troublait : plus il la côtoyait, plus il avait envie d'elle.

Sauf que ce n'était pas ce qu'elle attendait de lui. Elle avait besoin de se sentir en sécurité. Elle avait besoin de son amitié. Sans attaches.

Lara releva la tête et croisa courageusement son regard. Il tendit la main pour repousser les cheveux de son visage.

— Ça va mieux ? demanda-t-il.

Elle acquiesça.

— Tu veux parler de ce qui s'est passé ?

Henley l'avait encouragé à essayer de la faire verbaliser lorsqu'elle avait une crise d'angoisse, une fois qu'elle s'était calmée. Au motif que parfois, le fait de parler de ce qui l'avait déclenchée rendait la situation moins effrayante.

— Par moment, j'ai l'impression que tout ça est inutile, murmura Lara.

— De quoi veux-tu parler ?

— De l'autodéfense. De la sécurité. De regarder par-dessus mon épaule.

— Tu te trompes, répliqua Owl en secouant la tête, avant de poursuivre, devant son regard sceptique. On ne sait jamais ce qui peut nous être utile à un moment ou à un autre de notre vie, comment une chose infime peut changer la donne. Peut même faire toute la différence.

Il voyait bien qu'elle était sceptique. Visiblement, elle pensait qu'il essayait juste de l'aider à se sentir mieux. Et si c'était bien le cas, il voulait aussi l'atteindre.

Il décida de lui confier quelque chose qu'il n'avait jamais

dit à personne. Ni à ses thérapeutes, ni à Stone, ni à ses amis du Refuge.

— Lorsque j'étais torturé... une fois, mes geôliers se sont lassés de leur routine quotidienne habituelle... Tu sais, me tabasser, voir qui pouvait me casser le plus de dents... Ils ont décidé de me briser les os des mains. Or tu m'as vu avec le simulateur de vol, tu connais l'importance de mes mains pour piloter. L'idée qu'ils m'en privent m'était insupportable. S'ils parvenaient à détruire mes mains, je ne doutais pas qu'elles s'infecteraient, vu nos conditions de détention. Et la probabilité qu'un médecin puisse les réparer était faible, voire nulle. La seule chose qu'ils voulaient, pendant chaque séance de torture, c'était que je les supplie. Mais je refusais. Je ne voulais pas leur donner satisfaction. Pourtant, ce jour-là, pour éviter qu'ils me brisent les os des mains, je les ai suppliés. Je me suis mis à genoux et je les ai suppliés de me laisser la vie sauve. D'épargner Stone. De nous laisser partir. D'arrêter de nous faire du mal. Ils ont adoré. Je pense que c'est le clip vidéo qui est devenu viral. Moi à genoux, pleurant, essayant de détourner leur attention de l'idée de me briser les os des mains.

— Owl..., murmura Lara.

— Je ne te dis pas ça pour que tu compatisses, continua-t-il après avoir pris une profonde inspiration. Mais pour te montrer que je sais de quoi je parle. Quoi qu'il en soit, ça a marché. Ils étaient tellement pressés de télécharger cette fichue vidéo qu'ils m'ont jeté dans ma cellule et m'ont laissé seul, avec mes doigts intacts. Le lendemain, on a été secouru. Mais au cours de l'opération, l'un des agents de la Delta Force a été abattu. Il s'est écroulé au sol juste après que l'équipe a fait sauter la porte de ma cellule. Il y a eu une fusillade et ses coéquipiers n'ont pas pu s'arrêter pour le soigner. Alors, pendant qu'ils se battaient avec nos ravisseurs, j'ai prodigué les premiers soins à l'homme qui avait accepté de risquer sa vie pour sauver la mienne. Son cœur s'est arrêté. Je ne sais pas si c'était un choc, une perte de sang ou autre chose. Mais j'ai commencé la réanimation cardio-pulmonaire en plein milieu de la fusillade. Les conditions n'étaient pas idéales, précisa-t-il en grimaçant devant l'euphémisme. Mais j'étais le meilleur espoir de cet homme à ce moment-là. On a tous les deux eu beaucoup de chance. Après environ une minute de compressions, son cœur s'est remis à battre. Il n'était pas hors de danger, mais au moins son cœur pulsait à nouveau. Ce que je veux dire, c'est ceci : si mes mains avaient été cassées, si mes ravisseurs avaient mené le projet à bien, je n'aurais jamais pu pratiquer la réanimation cardio-pulmonaire. La douleur aurait été trop insupportable pour que je puisse faire les compressions comme je le devais. Cet homme serait mort sous mes yeux. Alors... ma décision de supplier, ce petit comportement honteux, a eu d'énormes ramifications.

Lara ne détachait pas ses yeux des siens.

— Apprendre à donner des coups de poing ne signifie peut-être pas que tu pourras assommer quelqu'un d'un crochet du droit, mais cela pourrait le surprendre assez pour que tu puisses t'enfuir. C'est pourquoi je te le répète : nos plus petites décisions peuvent avoir des conséquences considérables.

Il voyait qu'elle réfléchissait attentivement à ses paroles, ce qui le faisait tomber de plus en plus amoureux d'elle. Lara aurait pu polémiquer. Proposer des alternatives à la situation qu'il venait de lui dépeindre. Peut-être qu'un des coéquipiers du soldat aurait pu s'occuper de la réanimation. Peut-être qu'Owl aurait été capable de faire les fameuses compressions même avec tous ses doigts cassés. Pourtant, elle écouta de tout son cœur et de toute son âme.

— Je suis désolée de ce qui t'est arrivé, lâcha-t-elle enfin.

Owl acquiesça.

— Tout comme je suis désolé de ce qui t'est arrivé.

— Je veux être courageuse. Lui tenir tête. Certains jours, je pense être prête. Je suis tellement furieuse de ce qu'il m'a fait que je n'en doute pas : quand je le reverrai, je serai capable de le frapper. Mais d'autres jours, je suis terrifiée. Je sais que je serai la femme effrayée qui a avalé des cachets, rien que pour atténuer la douleur et l'humiliation qu'il lui infligeait.

Owl voulait la reprendre. Elle avait parlé de « quand » elle le reverrait, au lieu de « si » elle le revoyait. Mais il n'était pas assez stupide pour penser que Grant ne ferait pas des pieds et des mains pour récupérer Lara.

— Tout ce que tu peux faire, c'est te préparer. J'aimerais pouvoir te dire exactement ce qu'il faut faire dans toutes les situations où tu risques de te retrouver. Malheureusement, je ne peux pas. Mais je peux te dire ceci : tu n'es plus la même femme qu'il y a quelques mois. Je le sais sans l'ombre d'un doute : quoi qu'il arrive, ce ne sera pas la même chose qu'avant. Et si je devais parier, je miserais tout sur toi.

Les yeux de Lara se remplirent de larmes, mais Owl refusait de rompre le contact visuel.

— J'irais même jusqu'à dire que si jamais j'étais à nouveau fait prisonnier, je voudrais que tu sois à mes côtés. Parce que je sais que tu surprendrais nos geôliers. Tu trouverais un moyen de déjouer leurs manigances, simplement grâce à ce que tu es devenue.

— Owl, je... tu... merde.

Il sourit, puis redevint sérieux.

— Ce que te souffle ton instinct est tout à fait exact, ma puce. Frapper mes mains avec des gants n'a rien à voir avec une situation où ta vie serait en jeu. Celui que tu chercheras à frapper ne restera pas immobile. Il n'aura pas de rembourrage sur les mains ou le visage. Les coups de poing feront mal. Beaucoup. Il faudra plus d'un petit coup pour qu'il renonce à toi. Et il ne manquera pas de riposter. C'est un peu comme mon simulateur de vol. Il te semble réel parce que tu n'as jamais piloté un vrai hélicoptère. Mais ce n'est pas le cas. L'odeur est différente. La sensation des instruments n'est pas la même. Les hélicoptères sont bruyants, même avec les casques. En vol, tu entends souvent les bavardages de ton copilote et d'autres personnes au sol. Mais cela ne veut pas dire que le simulateur n'a pas de valeur. C'est juste différent.

— Tu cherches à me dire que les cours d'autodéfense ne sont pas inutiles.

— En effet. Et je ne suis certainement pas un expert en combat à mains nues, mais Pipe si. Il est de bons conseils. Des trucs que tu peux conserver là, précisa Owl en se tapotant la tempe.

— Comme viser les tissus mous, répliqua Lara.

— Exactement.

— Cora a été incroyable, chuchota-t-elle. J'étais dans le coaltar, mais je l'ai vue sauter sur le dos de Carter. Elle lui a vraiment fait mal.

— En effet, confirma Owl. Et tu sais quoi ? Il a lâché Pipe.

— Et il l'a blessée, elle, en la jetant à travers la pièce.

— Certes, mais ce qu'elle a fait a donné à Pipe l'ouverture dont il avait besoin pour le mettre suffisamment hors d'état de nuire et qu'on puisse se tirer de là.

— Si j'en ai l'occasion, je le tue, déclara Lara avec férocité, fixant Owl d'un air de défi, comme si elle s'attendait à le voir choqué, chercher à l'en dissuader.

— D'accord, concéda-t-il.

— D'accord ? répéta-t-elle, visiblement surprise par sa réaction.

— Oui, et moi aussi.

— Oh...

— Tu veux retourner au pavillon et aux leçons ? demanda-t-il, sachant au fond de lui que c'était ce dont elle avait besoin.

Il aurait préféré rester assis sur son canapé avec elle blottie contre lui, mais il voulait par-dessus tout qu'elle recommence à aller bien. Qu'elle assimile tous les conseils que Pipe pourrait lui donner. Parce qu'un mauvais pressentiment lui disait au fond de lui qu'elle en aurait besoin.

— Je pense que oui. Owl ?

— Oui ?

— Merci. Je suis contente que tes mains aillent bien.

Elle en prit une et la porta à ses lèvres. Un frisson d'excitation le traversa une fois de plus. Ces lèvres sur sa peau l'amenaient à visualiser ces lèvres ailleurs. C'était tout à fait déplacé, et il se détestait pour ces pensées aussi charnelles, mais il ne pouvait s'en empêcher.

— Moi aussi, balbutia-t-il.

Lorsqu'elle leva cette fois son regard vers le sien, Owl aurait juré y déceler une excitation identique à celle qu'il ressentait. Mais c'était probablement un vœu pieux.

— Allez, fainéante. Si on se dépêche, on pourra profiter de la fin de l'entraînement de Pipe.

Owl se leva, entraînant Lara avec lui. Il aurait dû ôter le bras qu'il avait entouré autour de sa taille, mais il ne parvenait pas à s'y résoudre. Elle serait bientôt assez forte pour ne plus avoir besoin de lui... et il redoutait de plus en plus ce jour.

* * *

Lara ne fut que vaguement gênée lorsque tout le monde se retourna pour les regarder au moment où ils pénétrèrent dans la salle de conférence que Pipe utilisait pour les cours d'autodéfense. Mais fort heureusement, personne ne commenta son départ en plein milieu du cours. Mais à dire vrai, elle ne le redoutait guère. Les femmes qu'elle avait appris à connaître au Refuge étaient profondément bonnes.

Cette fois-ci, alors qu'elle s'entraînait aux coups de pied sur un Owl très patient et très confiant, elle s'imagina en train d'arracher un genou à Carter, au lieu de se dire que ses coups seraient inutiles contre lui, puisqu'il était plus grand et plus fort qu'elle le serait jamais. Pipe répétait sans cesse que le but n'était pas de maîtriser complètement l'attaquant, mais simplement de le neutraliser assez longtemps pour pouvoir s'enfuir.

Pendant une pause dans l'entraînement, alors que Cora montrait sur Pipe les différents endroits où blesser quelqu'un et comment utiliser d'autres parties du corps que les mains et les pieds – les coudes, les genoux et même la tête en dernier recours –, Lara eut soudain pleinement conscience de la présence d'Owl à ses côtés.

Ils étaient si proches que son bras frôlait le sien. Elle sentait l'odeur du savon qu'il avait utilisé sous la douche ce matin-là. Elle était parfaitement consciente qu'au moindre mouvement, elle serait pressée contre son flanc. Et elle ne doutait pas qu'alors, il lèverait le bras et le lui passerait autour de la taille pour qu'elle soit encore plus collée à lui.

Clignant des yeux, tant elle était surprise de la soudaine poussée d'excitation qui la traversait, Lara retint son souffle. Elle avait craint qu'après... eh bien, après..., elle ne ressente plus jamais de désir pour aucun homme. Que Carter ait définitivement ruiné en elle toute envie d'intimité.

Et pourtant, c'était bel et bien du désir qu'elle ressentait en cet instant.

Elle repensa aux derniers mois. Owl n'avait été que prudence avec elle. Il lui laissait l'espace dont elle avait besoin, ne la touchait que de temps en temps. Pourtant, à chaque jour qui passait, alors qu'elle se sentait moins effrayée et moins vulnérable, elle voulait l'avoir plus près d'elle. Et pas seulement parce qu'elle avait besoin de lui pour se sentir en sécurité. Certes, c'était bien ce qu'elle éprouvait en sa présence, mais plus encore, elle l'appréciait.

En tant que personne. En tant qu'ami.

En tant qu'homme.

En lui jetant un coup d'œil, elle vit qu'il était très attentif aux propos de Pipe. Elle se souvenait qu'il avait regretté de ne pas s'être entraîné assez au corps à corps. Aujourd'hui, il était évident qu'il respectait son ami et qu'il tirait autant de profit du cours que les femmes.

Il dut sentir qu'elle le fixait, car il tourna la tête et croisa son regard.

— Ça va ? demanda-t-il en fronçant les sourcils, inquiet.

Lara lui adressa un petit sourire et acquiesça.

Il exerça une brève pression sur son bras, avant de reporter son attention sur Pipe.

Ce simple contact fit fuser des étincelles le long de son bras, qui allèrent directement se loger entre ses jambes.

Bon sang ! Si cela lui procurait une telle sensation de picotement, à quoi ressemblerait le contact de leurs corps entiers, peau contre peau ?

Lara cilla, choquée par cette idée. Pensait-elle vraiment pouvoir envisager une relation intime avec Owl ? Après ce qu'elle a vécu ?

Oui. Elle le pensait.

Owl n'était pas Carter. Il ne lui ressemblait pas du tout. Owl aurait préféré mourir plutôt que de lui faire du mal.

Et tout d'un coup... Lara le désirait.

La question était de savoir désormais si ce désir était réciproque. Peut-être était-il simplement l'homme gentil qu'il avait toujours été. Peut-être la considérait-il comme une sœur. Il pourrait être horrifié d'apprendre qu'elle nourrissait des pensées sexuelles à son égard.

— Lara ? Tu es sûre que ça va ? demanda-t-il.

Elle sursauta. Zut, il s'était retourné pour la regarder à nouveau, et elle ne l'avait pas remarqué parce qu'elle s'imaginait au lit, nue, en compagnie de cet homme. À cette pensée, elle se passa la langue sur les lèvres. Il l'avait embrassée plusieurs fois, de tendres baisers sur la tempe ou le front, et soudain elle voulut connaître l'effet de ses lèvres sur les siennes.

Il serait ferme, mais doux à la fois. Il ne la forcerait pas. Il se calerait sur son rythme.

— Lara ? répéta-t-il.

Elle sentit ses joues s'échauffer et tenta désespérément de cacher son excitation.

— Ça va.

— Je pense qu'on a presque terminé. Tu veux partir plus tôt ?

Lara secoua la tête. Elle brûlait de parler à Cora : elle avait besoin du point de vue de sa meilleure amie.

— D'accord, mais si tu veux un peu d'espace, dis-le-moi et on s'en ira.

Qu'avait-elle fait pour mériter cet homme ? En tout cas, soudain, elle voulait faire tout ce qu'elle pouvait pour le garder là.

— Merci.

Owl avait raison. Pipe était en train de terminer le cours.

— Rappelez-vous une chose : ce n'est pas parce que vous êtes une femme que vous êtes sans défense ou incapable. Vous êtes tout aussi capables que n'importe quelle personne qui pourrait essayer de vous faire du mal, à vous ou aux gens que vous aimez, et probablement deux fois plus intelligentes. Si quelqu'un est plus grand ou plus fort que vous, cela ne signifie pas qu'il va automatiquement gagner. Ma Cora l'a bien prouvé, je pense. L'essentiel, c'est de ne pas paniquer. Utilisez ce que vous avez à votre disposition et n'abandonnez jamais. Jamais. C'est compris ?

En regardant autour d'elle, Lara vit Alaska, Henley et Reese acquiescer. Henley avait la main sur le ventre et Tonka se tenait derrière elle, la tenant par les hanches. Alaska était à côté de Brick, qui avait un bras autour de sa taille, et Reese fixait Spike d'un regard adorateur, que son mari lui rendait au centuple.

Le simple fait de se trouver dans une pièce avec ces femmes – des femmes qui avaient vécu l'enfer, mais réussi à s'en sortir, en courbant l'échine, mais sans se faire briser – était une source d'inspiration pour Lara. Leur compagnie suffisait à la rendre plus forte. Elle regrettait de ne pas s'être aventurée hors du chalet d'Owl depuis plusieurs semaines, mais elle refusait de culpabiliser à ce sujet. Elle avait eu besoin de temps. D'espace pour se sentir en sécurité.

Lara se sentait comme une chenille qui venait de sortir de son cocon. La vie était bien différente selon que l'on était papillon ou chenille, mais elle n'en était pas moins dangereuse. Elle devait juste apprendre à évoluer dans le nouveau monde où elle se retrouvait.

— Ce n'était pas génial ? demanda Cora en s'approchant d'elle.

— C'est vrai. Désolé d'être partie un moment.

— Pas de souci. Ça va ?

— Oui, je pense que oui, répondit Lara avec plus d'assurance qu'elle n'en avait ressentie depuis longtemps.

Était-ce dû à l'histoire qu'Owl lui avait racontée ? En tout cas, elle avait désormais le désir fou que Carter Grant la retrouve. Qu'ils s'affrontent une bonne fois pour toutes et qu'elle puisse reprendre définitivement sa vie en main.

— Vous avez faim ? Je suis affamée ! s'exclama Henley en s'approchant avec un grand sourire.

— Oui ! Allons voir ce que Robert nous a préparé pour le déjeuner. On pourrait le convaincre de nous laisser manger plus tôt, renchérit Alaska en les rejoignant.

— Comme si vous deviez le convaincre pour qu'il vous laisse faire quoi que ce soit, répliqua Brick en levant les yeux au ciel. Il vous mange dans la main.

— Ne sois pas jaloux, mon chéri, plaisanta Alaska en lui tapotant la poitrine.

— Jaloux ? Qui est-ce qui t'a fait gémir avec...

Rougissant à vue d'œil, Alaska lui plaqua une main sur la bouche.

— Oui, oui, oui, marmonna-t-elle.

Brick lui attrapa la main et en embrassa la paume.

— Prends ton temps. Je vais aller remplacer Tiny à la réception jusqu'à ce que tu aies fini de manger.

— Merci.

Il se pencha vers elle et l'embrassa sur les lèvres avant de se diriger vers la porte. Tonka et Spike étant déjà partis, il ne restait plus que les filles, Owl et Pipe.

— Ça te tente de les accompagner ? demanda Owl à Lara. Sinon, on peut aller trouver Robert et rapporter le déjeuner au chalet.

— Je pense que j'aimerais manger avec les filles aujourd'hui.

La fierté qu'elle vit dans ses yeux emplit Lara de joie.

— D'accord, bonne idée.

— Il y a un groupe qui s'est inscrit pour faire une randonnée au Rocher-Table avant le déjeuner, tu te joins à moi pour les y conduire ? demanda Pipe à Owl.

Avant de répondre, celui-ci consulta Lara du regard.

Elle aimait l'attention qu'il lui portait. Mais elle se sentait aussi coupable. Comme elle n'avait pas été capable de se passer d'Owl, il avait été privé de beaucoup de choses qu'il avait jusqu'alors coutume de faire au Refuge. Elle n'aimait pas avoir obligé les autres à prendre le relais.

— Parfait. Après le déjeuner, je voudrais finaliser certains de nos projets pour les enfants avec Cora. On va rester ici, dans l'une des salles de conférence, et discuter après le repas... si cela te convient, ajouta Lara en regardant Cora.

— C'est parfait, en fait. J'avais des questions sur le temps que prendraient certaines activités, donc on pourrait travailler sur l'emploi du temps de chaque journée et déterminer qui travaillera avec quel groupe d'âge, et comment on entend répartir les activités, répondit Cora.

Une fois la question tranchée, Pipe serra Cora dans ses bras et Owl entraîna Lara à l'écart.

— Tu es sûre que ça te convient ? Je peux rester au pavillon si tu as besoin de moi.

— Je sais, et j'apprécie ta proposition plus que je ne peux le dire. Ce que tu as dit tout à l'heure... tu sais... Ça m'a aidée. Beaucoup.

Elle avait baissé les yeux sur ses mains.

— Tant mieux, se félicita-t-il. Pipe et moi, on aura nos téléphones sur nous si tu as besoin de quoi que ce soit. N'hésite pas à nous contacter.

— Surtout pas.

Ils se fixèrent du regard pendant une ou deux secondes

avant qu'Owl ne sourie. Il lui attrapa une main pour la serrer, puis se dirigea vers la porte avec Pipe.

Pendant un instant, Lara crut qu'il allait l'embrasser. Elle s'était même penchée un peu par anticipation.

Elle devait absolument parler à Cora, et peut-être aux autres aussi. La conversation serait peut-être embarrassante, mais elle avait besoin de conseils. De conseils concernant un homme.

**7**

———————

Quinze minutes plus tard, Alaska, Henley, Reese, Cora et Lara étaient assises autour d'une table dans la cuisine, à s'empiffrer des sandwichs, tranches de légumes et biscuits que Robert préparait pour les hôtes du Refuge. Il s'était plaint de les voir débarquer dans sa cuisine et réclamer de la nourriture avant qu'elle ne soit prête à être servie, tout en s'empressant de les satisfaire.

— Tu as l'air... bien, constata Alaska avec un peu d'hésitation une fois qu'elles furent toutes assises.

— Je me sens bien aujourd'hui, confirma Lara. Et j'ai l'impression que je dois m'excuser auprès de vous. Je...

— Non, dirent Reese et Henley avec un bel unisson.

Henley posa une main sur le bras de Lara pendant quelques secondes avant de se rasseoir.

— Certainement pas. D'abord, parce que l'on comprend toutes. Sérieusement, on comprend. Et deuxièmement, parce que tu n'as fait que ce dont tu avais besoin pour guérir. Et personne ici n'acceptera jamais d'excuses de quelqu'un qui a fait ce qu'il fallait. On comprend.

Alaska se pencha et fixa Lara du regard.

— Les petits espaces ne m'ont jamais dérangée, chuchota-t-elle. Mais il y a des jours où j'ai des sueurs froides, rien qu'à l'idée d'ouvrir un placard. Un putain de placard ! C'est stupide. C'est ridicule. Et pourtant, il arrive que mon cerveau retourne… là-bas. Et c'est tout simplement trop. Mais tu sais quoi ? J'ai appris à me détendre quand je traverse ces mauvais jours. J'ai connu l'enfer et j'ai eu de la chance de m'en sortir. Je le sais, Drake le sait, et tout le monde ici le sait. On ne juge pas ici, Lara. Jamais.

— Il y a des matins où je ne me sens pas capable de laisser Jasna sortir de ma voiture quand je la dépose à l'école, ajouta Henley. J'ai littéralement envie de lui saisir le bras, de la ramener sur le siège et de partir comme si j'avais le diable aux trousses. Si l'enlèvement a été aussi pénible, c'est parce que je n'avais aucun contrôle. Et c'est horrible. Mais ensuite, je regarde son beau sourire et je me rends compte qu'elle est formidable, heureuse et entière. Elle n'a pas peur du monde, même après avoir été kidnappée, et j'en suis très heureuse.

— Et ça m'énerve, dit Reese avec un adorable plissement de nez, mais je n'ai plus la moindre envie de voyager. Je suis allée en Amérique du Sud toute seule, sans y réfléchir à deux fois. Mais maintenant ? Non, je n'ai plus envie de voyager. Je suis officiellement une casanière.

Cora haussa les épaules lorsque les autres la regardèrent.

— J'ai eu peur, admit-elle. Mais je n'ai été retenue contre mon gré que pendant une heure ou quelque chose comme ça. J'ai surtout peur en pensant aux personnes que j'aime et qui pourraient être blessées. C'est-à-dire toi, Lara. Et Pipe. Et vous tous. J'attends toujours le moment où vous reprendrez vos esprits et où vous vous demanderez ce qui vous est passé par la tête quand vous avez décidé d'être mes amies, mais en attendant, je vais m'amuser comme une folle à faire enfin partie des filles populaires.

— Tout d'abord, on est loin d'être populaires, répliqua Alaska avec un petit ricanement. Mais aucune d'entre nous ne s'en soucie. Et deuxièmement... tu es coincée avec nous, Cora. Il n'y a rien qui cloche chez toi. Rien du tout.

Tout le monde exprima son accord par un murmure.

Henley se retourna vers Lara.

— Donc tu vois ? On a toutes des peurs et des choses qu'on s'efforce de surmonter. Et ce n'est que nous. Je ne parlerai même pas de nos hommes. Ou de tous les hôtes qui viennent au Refuge. Et si tu penses une seule seconde que l'un d'entre nous retiendra tes actes contre toi, il va falloir que tu apprennes à mieux nous connaître. En fait, j'irai même jusqu'à dire qu'à mon avis, tu t'en sors formidablement bien. Il n'y a pas si longtemps, ce moment aurait été impossible à vivre pour toi, dit-elle en désignant la table. Célèbre donc les petites victoires, Lara. Est-ce qu'il y aura des revers ? Bien sûr, mais ça fait partie de la guérison.

— Je suis fière de toi, ajouta Cora, d'une voix que l'émotion rendait rauque.

— Moi aussi, répondit Reese.

— Et moi, renchérit Alaska en souriant.

— Et moi, acheva Henley.

— D'accord, conclut Lara, luttant quelques secondes pour réussir à contenir ses émotions. Alors... j'ai une question, mais je ne sais pas trop comment la poser.

— Tu peux nous demander n'importe quoi, déclara Alaska, sincère.

— Je ne pense plus pouvoir faire confiance à mon instinct quand il s'agit des gens. Je n'aurais jamais pensé que Ridge puisse agir avec moi comme il l'a fait... à me laisser à la merci de Carter. Mais il l'a fait. Pourtant, à un moment, j'ai pensé qu'il était un homme avec qui je pourrais passer le reste de mes jours. Alors maintenant, je... j'ai peur que ce que je ressens soit... dû à la gratitude que j'éprouve. Ou que je sois stupide et folle de ressentir ce que je ressens. Je ne sais pas.

Lara était consciente de divaguer. Que ce qu'elle disait n'avait aucun sens. Soudain, parler à toutes ces femmes en même temps ne lui semblait pas la meilleure idée. Elle aurait dû se contenter de Cora.

Les yeux d'Alaska parurent danser.

— S'il te plaît, confirme mes soupçons. Tu parles d'Owl ?

Les joues de Lara s'échauffèrent. Elle haussa les épaules.

— Il a été... incroyable. Il ne s'est pas plaint une seule fois d'être obligé de rester près de moi depuis des mois. Il ne m'a jamais donné l'impression d'être un fardeau, même si je sais que c'est le cas. Et dernièrement, je... il... Il a eu beaucoup de petites amies ?

Reese et Cora souriaient comme des imbéciles, et Alaska ressemblait à un chat devant un bol de lait. Mais ce fut Henley qui parla.

— Owl ? Non, pas du tout. Depuis que je le connais, il n'a jamais semblé intéressé par une femme. Pas du tout.

— Oh, balbutia Lara, qui venait d'avoir un doute. Est-ce qu'il aime les femmes ?

Tout le monde s'esclaffa.

— Il aime une femme en particulier, répondit Cora à son amie.

Lara cligna des yeux sous l'effet de la surprise... et tenta d'étouffer la déception et la douleur qui naquirent à ces mots.

— Toi, idiote ! Il t'aime vraiment bien, toi ! s'exclama Alaska.

Lara fut soulagée.

— Je n'en suis pas si sûre, protesta-t-elle. Je pense qu'il est juste gentil.

— C'est vrai, confirma Henley, avant de préciser. Mais aucun homme, et je dis bien « aucun », ne ferait ce qu'il a fait s'il n'était pas émotionnellement impliqué. Il ne peut pas détacher son regard de toi pendant nos séances. Et je parle d'un regard au laser, Lara. Si tu manifestais d'une manière ou d'une autre que tu ne veux pas être là, il agirait. Je n'en doute pas.

— Il a toujours les yeux rivés sur elle, confirma Alaska.

— Parce qu'il redoute que je... pète les plombs, suggéra Lara.

— Non, pas du tout. Ni de près ni de loin, répliqua Reese en secouant la tête.

— Il te regarde comme Pipe me regarde, expliqua Cora avec douceur.

Lara ferma les yeux, tandis que son espoir enflait. Elle avait constaté par elle-même la manière dont Pipe regardait sa meilleure amie. Comme si le soleil se levait et se couchait avec elle.

Elle sentit que quelqu'un la touchait et ouvrit les yeux. Cora lui avait pris la main.

— Je peux comprendre que tu hésites à te faire confiance. Mais Owl n'est pas Ridge. Les hommes ici... sont différents. Ils ne mèneraient jamais une femme en bateau. Ils ne lui feraient jamais croire que quelque chose de plus profond existe s'ils n'éprouvent pas de sentiments. D'après ce que j'ai vu, et d'après ce que j'ai entendu de Pipe, Owl est un homme bien. Tu l'apprécies ?

Lara se passa la langue sur les lèvres et acquiesça.

— Tu le lui as dit ?

— Non, je ne veux pas... Et s'il ne ressentait vraiment rien de tel ? Et si cela rendait les choses bizarres ?

— Et si c'était l'inverse qui se produisait ? rétorqua Cora.

— Carter est toujours dans les parages, rappela Lara à son amie. Et s'il faisait du mal à Owl, ou à toi, pour m'atteindre ?

— Si ça devait arriver, ça ne serait pas ta faute. Tu mérites le bonheur, Lara. Tu le mérites.

— Mais lui n'a rien fait pour se retrouver avec quelqu'un comme moi. Une victime paranoïaque, effrayée par l'obscurité et poursuivie par un tueur en série, répliqua Lara avec un peu d'amertume.

— Celui qui gagnera ton amour aura de la chance de t'avoir, déclara Alaska avec ferveur. On a vu jusqu'où allait ton amitié pour Cora. Tu ferais n'importe quoi pour elle, et on sait tous jusqu'où elle irait pour toi. Si tu penses que ce genre de relation est normal ou courant, tu rêves. L'objet d'une telle loyauté et d'un tel amour ferait tout ce qu'il faut pour les conserver. Pour les mériter.

Lara regarda sa nouvelle amie.

— Accorde-lui une chance, insista Alaska. Il ne te laissera pas tomber.

— C'est lui, décréta Cora, ce qui ramena l'attention de Lara sur elle. L'homme que tu as cherché toute ta vie.

Lara avait la gorge nouée. Elle voulait le croire. Mais elle avait peur. Elle était terrifiée.

— Fais-lui confiance, l'encouragea Reese.

— J'en ai envie, seulement je ne sais pas comment lui faire comprendre que je suis intéressée, admit Lara, qui en venait à la véritable raison de son aveu devant les femmes du Refuge.

— Embrasse-le, lui conseilla Cora avec fermeté.

— Je suis d'accord. Tu n'as pas besoin de beaucoup de

mots. Tout ce qu'il faut, c'est lui laisser entendre très discrètement que tu t'intéresses à lui comme il s'intéresse à toi, et il prendra les choses en main à partir de là, déclara Alaska.

— Comment tu te sens à l'idée d'avoir des rapports intimes ? s'enquit Henley avec douceur. Après tout ce qui s'est passé, récemment.

Lara réfléchit un instant avant de répondre :

— Si c'était quelqu'un d'autre qu'Owl, je répondrais par un « non » catégorique. Mais... Owl ne me fera pas de mal. Il y va doucement.

Henley fit un signe de tête approbateur.

— En effet. Mais si quelque chose te met mal à l'aise, tu dois le dire. S'il te faisait du mal, même par inadvertance, cela le détruirait. Après ce qu'il a vécu, la dernière chose qu'il voudrait, c'est te mettre mal à l'aise.

Lara acquiesça.

— Cela dit, reprit Henley, je suis d'accord avec Cora. Embrasse-le. Je pense que si tu essayais de lui dire ce que tu ressens, que tu es intéressée, il risque de chercher à t'en dissuader parce qu'il pensera que ça vaut mieux pour toi. Que tu es peut-être juste intéressée parce qu'il a contribué à ton sauvetage. Si tu lui montres tes sentiments, en revanche...

Un frisson parcourut Lara. Elle sentait presque les lèvres d'Owl sur les siennes. Elle n'était pas tout à fait convaincue d'être capable d'un geste aussi audacieux que ses amies le suggéraient, mais au moins, s'il n'était pas intéressé, elle le saurait immédiatement.

— Salut ! On fait une fête et je n'ai pas été invitée ? lança Jess en entrant dans la cuisine.

Lara sourit. Elle aimait bien cette femme. C'était l'une des trois femmes de ménage employées au Refuge.

— De quoi on parle-t-on par ici ? ajouta la nouvelle

venue.

— Lara s'inquiétait d'être trop bizarre pour nous, on la persuadait du contraire, et comme elle aime bien Owl, elle nous demandait des conseils pour le lui faire savoir, résuma Cora.

— Cora ! protesta Lara.

— Quoi ? Je la mets juste au parfum, répliqua son amie avec une feinte innocence.

La plupart du temps, Lara aimait la personnalité franche de son amie. Mais en l'occurrence, elle devait admettre qu'elle se sentait un peu gênée.

— Qu'est-ce que vous lui avez conseillé ? demanda Jess, en croquant dans une pomme qu'elle venait de prendre sur le comptoir.

— De l'embrasser. J'aurais bien suggéré de se faufiler dans sa chambre la nuit et de se glisser dans son lit... nue, mais je me suis dit que c'était un peu exagéré, s'esclaffa Cora.

— J'ai su qu'Eric était l'homme qu'il me fallait dès que je l'ai rencontré. Mais il était timide. Vraiment timide. Je me suis rendu compte que les choses allaient traîner en longueur si je ne faisais pas le premier pas, parce qu'il ne comprenait pas mes petites allusions destinées à l'encourager. On s'est retrouvés un jour pour faire une randonnée à la périphérie de la ville, et une petite fille est tombée sur le sentier. Elle s'est écorché le genou et lui s'est tellement bien occupé d'elle que mes ovaires ont failli exploser. Une fois qu'il a eu mis un pansement sur sa plaie, la fillette et sa mère sont parties. Et moi, je n'ai pas pu me contrôler plus longtemps. Je l'ai tiré hors du sentier, je l'ai adossé à un arbre et j'ai pris sa main pour la glisser sous mon tee-shirt, sur mon sein. Après quoi, je l'ai embrassé à pleine bouche.

Lara la dévisagea, les yeux ronds.

— Waouh ! Et qu'est-ce qui s'est passé ? demanda Reese.

Jess sourit.

— Il m'a prise contre cet arbre, puis j'ai passé la nuit chez lui et je n'en suis jamais partie. Je te le dis, les timides sont des monstres au lit.

Tandis que les autres femmes se taquinaient et riaient, Lara sentit à nouveau ces picotements entre ses jambes en pensant au genre d'amant que pourrait être Owl. Le fait qu'elle ne paniquait pas à l'idée de faire l'amour lui donnait la sensation d'être peut-être sur la voie de la guérison, plus que toutes les autres avancées qu'elle avait faites.

Alaska s'éventa avec sa serviette.

— Waouh ! Il fait chaud ici, non ?

— Torride. D'ailleurs, ça me donne envie d'aller retrouver mon homme, déclara Henley.

Tout le monde éclata de rire.

— Lara ? dit Jess.

— Oui ?

— Embrasse-le. Owl est fou de toi. Je n'ai jamais vu quelqu'un d'aussi protecteur envers quelqu'un d'autre. Et avant que tu ne dises que se montrer protecteur n'indique pas nécessairement qu'il t'aime plus qu'une amie, détrompe-toi. C'est le meilleur indicateur. Eric est quelqu'un de paisible, mais il suffit que quelqu'un dise un mot désobligeant sur moi ou sur mon travail pour qu'il se mette en colère pour me défendre. Tu ne trouveras pas de meilleur homme pour toi qu'Owl.

Lara était très heureuse de s'être résolue à déjeuner avec ces femmes.

— Je vais l'embrasser, déclara-t-elle tout à trac.

— Quand ? voulut savoir Cora.

— Je ne sais pas. Le moment venu.

— Le moment ne te semblera jamais le bon, objecta Jess.

Je veux dire, au milieu des bois, contre un arbre, ce n'était probablement pas le meilleur moment, mais ça a marché.

— Et donc, tu penses que je devrais entrer dans le pavillon et l'embrasser direct ? ironisa Lara.

— Oui.

— Je paierais pour voir ça !

— Moi aussi !

Lara rit de l'enthousiasme de ses amies.

— Peu importe.

Cora exerça une petite pression sur sa main, qu'elle tenait toujours.

— Je suis très heureuse pour toi.

— Ne te réjouis pas encore. Il pourrait ne pas vouloir changer les choses entre nous, objecta Lara.

— Bien sûr que si, répliqua Cora.

— À ce propos, il faut que j'aille libérer Brick du bureau. Il n'aime pas se trouver à l'accueil, déclara Alaska.

— À la différence de toi, commenta Henley en souriant.

— Eh oui, admit-elle. Je sais, je suis bizarre.

— On l'est tous, répliqua Reese en haussant les épaules.

Comme si le départ d'Alaska leur avait servi de signal, les autres se levèrent toutes pour ranger leur vaisselle et sortir, jusqu'à ce qu'il ne reste plus que Cora et Lara dans la cuisine.

— Tu crois vraiment qu'il m'apprécie... dans ce sens-là ? demanda Lara, incapable de s'en empêcher.

Cora lui saisit à nouveau la main.

— Tu crois vraiment que je t'encouragerais à t'ouvrir à Owl si je n'étais pas intimement convaincue qu'il serait réceptif ?

— Euh, non.

— CQFD. Combien de fois avons-nous regardé *Cendrillon*, toi et moi ? Une centaine ? Mille ?

— Pas autant, protesta Lara, même si elle savait que la vérité se situait probablement quelque part entre les deux.

— C'est ton prince charmant. Pas riche, mais tu n'as pas besoin d'argent. Il n'est pas issu d'une famille royale, mais j'ai l'impression que ce serait une plaie. Il a lutté et souffert… donc il sait ce que tu as vécu.

Lara cligna des yeux, surprise. Cora ignorait ce qu'Owl lui avait confié, mais elle avait si complètement raison que c'en était presque effrayant.

— Il est ton partenaire idéal, Lara. Tu l'as cherché toute ta vie. Tu as eu quelques problèmes en cours de route, mais ça y est, tu l'as déniché. Maintenant, tu dois juste trouver le courage d'atteindre ce que tu veux. Et… autant te le dire : il faut que tu t'accroches. Pour tout ce qui a du prix à tes yeux. Ne lâche pas, quoi qu'il arrive.

— Et s'il veut que je renonce ? ne put-elle s'empêcher de demander.

— Ça n'arrivera pas

— Comment peux-tu en être aussi sûre ?

— Parce qu'il a besoin de toi.

— Je pense que c'est plutôt l'inverse, répliqua sèchement Lara.

— Non. Si tu penses que les hommes n'ont pas besoin de leur femme, tu te trompes. Vous avez besoin l'un de l'autre. Owl est parfait pour toi, tout comme tu es parfaite pour lui.

— Je l'espère. Je pense que ça me briserait pour de bon s'il me rejetait.

— Il ne le fera pas, assena Cora avec fermeté.

Lara sourit.

— Comment en est-on arrivées là ? Avec toi qui es tout à fait favorable à propos des garçons et moi qui suis réticente ?

— Le destin, fit Cora avec un petit sourire, avant de

passer son bras dans celui de Lara. Viens, on va bâtir notre programme pour les enfants qui viendront séjourner au Refuge.

Sentant l'excitation monter en elle, Lara acquiesça. Elle était heureuse de participer, de faire ce qu'elle aimait. Chaque jour qui passait, elle se sentait un peu plus comme avant... mais un peu plus prudente.

Elle ne pouvait oublier que Carter Grant rôdait quelque part, toutefois sa détermination à vivre sa vie revenait peu à peu. Faute de pouvoir contrôler l'avenir, elle devait se focaliser sur le moment présent. Et c'était ce qu'elle allait tenter de faire.

**8**

———————

Une fois revenus de la randonnée avec leurs clients au Rocher-Table, Owl et Pipe se dirigèrent vers le pavillon. Brick avait demandé une réunion des propriétaires et tous avaient accepté bien volontiers.

Lorsqu'il entra, Owl ne fut pas sûr de bien comprendre l'énorme sourire qu'Alaska lui adressa, mais il demanda aussitôt où se trouvait Lara. Après avoir passé la tête dans la petite salle où Alaska lui avait dit qu'il la trouverait, en compagnie de Cora, et constaté par lui-même que Lara allait bien, il se rendit dans la grande salle de conférence où ses amis se réunissaient.

Tonka fut le dernier à les rejoindre et, dès qu'il fut assis, Brick prit la parole.

— On a évoqué la possibilité d'obtenir un hélicoptère pour le Refuge après que Stone et Owl ont emprunté cet appareil pour se rendre à la frontière et sauver Reese. Et après les événements en Arizona, il est encore plus évident, à mon avis, qu'un hélicoptère nous serait bien utile. On pourrait participer à la recherche de randonneurs disparus et peut-être même transporter des pompiers en cas d'incendie. J'en ai parlé avec Stone et on est d'accord pour dire que le meilleur endroit pour construire un hangar et une aire d'atterrissage, ce serait près de son chalet, là où on avait prévu de construire quelques chalets supplémentaires. Mais ce n'est pas une proposition bon marché. On devra renoncer aux chalets supplémentaires pour l'instant, ainsi qu'à du personnel pour aider à l'entretien et à l'administration. Mais surtout, ajouta Brick en regardant Stone et Owl, c'est vous deux qui devrez assumer l'achat et l'entretien de l'appareil. Vous êtes les pilotes, vous savez comment assurer l'entretien, la sécurité et tout ce qui concerne ce genre d'appareils. Qu'en pensez-vous ?

L'excitation d'Owl monta d'un cran. Après que Stone et lui s'étaient écrasés et avaient été torturés, il avait longtemps douté d'être en mesure de voler à nouveau. Mais il avait continué à s'entraîner et à renouveler sa licence, incapable de laisser tomber. Et piloter un hélicoptère pour retrouver Reese avec Stone lui avait semblé aller de soi. Réintégrer le siège du pilote, c'était comme rentrer à la maison.

Bien que les circonstances en Arizona n'aient pas été idéales et qu'il n'apprécie pas vraiment les hélicoptères R66, la poussée d'adrénaline qu'il avait ressentie lors du sauvetage lui avait ouvert les yeux.

Le seul domaine où il se savait meilleur que quiconque, c'était voler. Dans le ciel, il n'avait pas l'impression d'être en défaut. Peu importait sa valeur au tir ou au combat au corps à corps. Là-haut, il était le meilleur des meilleurs. Et il adorait ça. Son poste de pilote de Night Stalker dans l'armée était l'une des choses dont il était le plus fier. Et l'idée de pouvoir continuer à voler et à aider autrui grâce à ses compétences, sans avoir à s'inquiéter d'être abattu par des terroristes, cela ressemblait à un rêve devenu réalité.

Mais Brick avait raison. La possession d'un hélicoptère

impliquait beaucoup de contraintes. De sécurité notamment. Ils devaient trouver des mécaniciens capables de les aider à résoudre les problèmes qui les dépassaient, un moyen de s'approvisionner en carburant et, bien que le Refuge soit rentable, ils n'étaient pas une organisation caritative. Ils devaient donc décider quand et combien faire payer les gens pour leurs services.

Peut-être pourraient-ils même proposer des promenades à leurs hôtes, afin de leur montrer les magnifiques paysages du nord du Nouveau-Mexique... moyennant un supplément de prix, bien sûr.

Même si la construction d'un hangar et d'une aire d'atterrissage serait un véritable casse-tête, Owl ne pouvait s'empêcher d'être enthousiasmé par cette perspective.

Il regarda Stone, cherchant à déterminer ce que son ami pensait de tout cela. Lorsque leurs yeux se rencontrèrent, Owl sut qu'ils étaient sur la même longueur d'onde.

— Oui, déclara Stone avec fermeté en se retournant vers Brick.

— Oui, bien sûr, confirma Owl.

Tous leurs amis sourirent.

— On va vraiment acheter un putain d'hélicoptère ? insista Tiny avec un grand sourire.

— Je pense que oui, acquiesça Brick. Mais il faut en trouver un. J'ai parlé à Tex, qui m'a mis en contact avec des personnes susceptibles de nous aider dans cette recherche.

— Un Bell, déclara Stone. Peut-être un 505. Ils sont fiables, les forces de l'ordre les utilisent souvent. Le système avionique est de premier ordre et facile à comprendre, et l'habitacle a une taille parfaite. Ce n'est pas le plus gros appareil du marché, mais vu nos besoins, je pense qu'il sera parfait.

— Je suis d'accord, renchérit Owl. Et il n'a besoin que d'un seul pilote, ce qui est pratique.

Stone lui sourit.

— Quoi ? Tu ne veux plus voler avec moi ?

— Tais-toi. Tu sais bien que tu es mon copilote préféré.

— Tu voulais dire « ton pilote préféré ». Parce que tu peux très bien être le copilote.

Owl sourit à cette plaisanterie. En réalité, ils étaient tous les deux parfaitement capables d'exercer les deux fonctions, mais cette petite dispute les amusait.

— D'accord, c'est réglé. Je vais appeler un entrepreneur en ville et entamer des discussions pour défricher le terrain, dessiner les plans du hangar et de l'aire de stationnement. Si on parvient à conclure une bonne affaire avant que tout ne soit terminé, on pourra louer un espace à l'aéroport régional de Los Alamos.

— Waouh, tu ne perds pas de temps, dis donc, constata Spike.

— Depuis quand on perd du temps une fois qu'on est décidé ? s'étonna Brick.

— C'est vrai. Regardez-nous. Mariés, des enfants en route, ça ne plaisante pas, ironisa Tonka.

Lorsque leurs rires se furent calmés, Brick se tourna vers Owl.

— Il va falloir que vous preniez l'initiative sur cette affaire. Autrement dit, que vous alliez jeter un œil à tous les hélicoptères potentiels. Faire des vols d'essai, ce genre de choses. On pourrait s'arranger pour le faire transporter jusqu'au Refuge, mais je me dis que ça ne vous dérangerait pas, vous deux, de le rapatrier par les airs depuis l'endroit où on en achètera un. Mais cela signifie...

Il s'interrompit.

— Lara, acheva Owl, qui devinait où son ami voulait en venir.

— Exactement.

La première pensée d'Owl fut que l'opération était exclue. Il ne pouvait pas quitter Lara, alors qu'elle était encore si vulnérable.

— Je peux le faire, déclara Stone sans hésiter. Owl n'aura qu'à rester ici.

Mais Owl ne voulait pas rester derrière. Il voulait passer ses mains sur la machine. L'inspecter comme il se devait. Le sentir gronder sous lui. L'achat d'un hélicoptère n'était pas semblable à celui d'une voiture, mais il s'en rapprochait à bien des égards. Il fallait voir comment la machine se comportait. Et chaque pilote était différent : les choses qu'il découvrirait lors des vols d'essai ne seraient pas les mêmes que celles que Stone remarquerait. Il serait judicieux qu'ils prennent à deux la décision d'un achat aussi important.

— Lara va beaucoup mieux. Il n'est pas question de partir demain, si ?

— Non, admit Brick. Tex cherche pour nous, donc je suppose que ça ne prendra pas trop de temps, mais on doit aussi parler à Savannah, s'assurer que nos comptes nous permettent de le faire. Je ne pense pas que l'achat soit pour tout de suite.

— Laissez-moi parler à Lara, déclara Owl. D'ici quelques semaines, je pense qu'elle ira suffisamment bien pour que je puisse accompagner Stone.

L'expression de l'intéressé indiqua à Owl qu'il était loin de partager sa certitude.

— J'ai confiance en Lara. Je pense qu'elle va s'en sortir, insista-t-il.

— Et si elle y allait avec vous ? suggéra Tiny.

— Excellente idée, approuva aussitôt Stone.

— Elle vit ici depuis qu'on l'a retrouvée. Ça lui ferait du bien de s'éloigner. De changer de décor, approuva Spike.

— Et Grant ? chuchota Pipe à voix basse. On sait tous que la menace n'a pas été neutralisée.

Owl fronça les sourcils. Il savait que son ami se reprochait encore de ne pas avoir tué l'homme quand il en avait eu l'occasion, et il détestait ça. Jamais aucun d'eux n'avait pris une vie à la légère. Mais cet homme était un véritable tueur en série, et Pipe regrettait de l'avoir laissé s'en tirer. Il y avait des chances que l'homme ait déjà tué à nouveau depuis qu'ils avaient sauvé Lara. C'était ce qui les inquiétait tous.

— Il n'y a aucune chance qu'il sache où elle est, objecta Tiny. Bon, il sait probablement qu'elle vit ici, mais il est peu probable qu'il devine où Stone et Owl vont aller chercher un hélicoptère. Bon sang, le temps qu'il réalise que Lara n'est plus au Refuge – s'il l'apprend d'une manière ou d'une autre –, elle sera déjà de retour.

Owl aimait l'idée de l'emmener. Il n'était pas enchanté à l'idée de quitter Lara, en revanche la faire venir ? Partager ce qu'il aimait avec elle ? Oui, il était tout à fait d'accord.

Il refusait de penser à la possibilité qu'elle n'aime pas voler. Elle était inconsciente lorsqu'ils avaient quitté la propriété en Arizona et ne se souvenait pas de ce vol, ce qui était probablement une bonne chose. Et un trajet en hélicoptère pour le plaisir était bien différent d'une situation de vie ou de mort.

— Je pense que ça va marcher. Elle pourra vous donner son avis en tant que profane, acquiesça Spike. Par exemple, si les sièges sont confortables, si c'est bruyant, si elle parvient à comprendre ce que vous dites dans les écouteurs. Ça peut paraître idiot, mais si on organise des tours guidés pour un certain prix, on ne veut pas de mauvaises critiques parce que les sièges sont nuls ou qu'ils n'ont rien pu entendre.

— Bien vu, concéda Brick. Alors... Owl et Stone, vous êtes d'accord ? Vous voulez que l'un d'entre nous vienne avec vous ?

Owl réfléchit quelques secondes avant de secouer la tête. Il vit Stone faire de même. Il n'allait pas demander à Tonka ou à Spike de les accompagner, étant donné que leurs femmes étaient enceintes. Brick était le cœur et l'âme du Refuge, personne ne voulait qu'il s'en éloigne, sauf besoin impératif. Pipe et Cora commençaient à peine leur vie ensemble, et Tiny détestait prendre l'avion.

Une petite partie d'Owl était effrayée à l'idée de quitter le Refuge et d'être complètement responsable de la sécurité de Lara, mais si quelque chose arrivait, il en était certain, il ferait tout ce qu'il fallait pour assurer sa protection.

Même si cela signifiait se sacrifier.

Cette pensée aurait dû être surprenante. Qu'il soit prêt à donner sa vie pour sauver la sienne. Mais compte tenu de ce qu'il ressentait pour elle, ce n'était pas le cas. Quelques semaines auparavant, il s'était juré que si la vie de Lara était en jeu, il renoncerait sans hésiter à la sienne. Et il en était encore plus convaincu aujourd'hui.

À mesure qu'il y réfléchissait, sa peur s'estompait et son excitation à l'idée d'emmener Lara loin d'ici grandissait. Il lui montrerait qu'elle pouvait réintégrer le monde en dehors de la bulle de sécurité qu'offrait le Refuge. Non pas qu'il tienne à la voir s'en aller, mais il ne voulait pas non plus qu'elle reste simplement parce qu'elle pensait ne pas avoir le choix.

— Je suis d'accord si Owl l'est, déclara Stone.

— Et moi si Stone est d'accord, répliqua-t-il.

Ils se sourirent. Après vingt minutes supplémentaires de

discussions sur le financement et la date provisoire à laquelle Owl et Stone rencontreraient l'entrepreneur pour qu'il vienne visiter le terrain et décide de l'emplacement exact du nouveau hangar et de son contenu, la réunion se termina.

Owl resta en retrait pour parler à Stone.

— Tu es sûr que ça te convient ? Parce qu'on sera beaucoup plus occupés, lui dit-il.

— Oui, bien sûr. J'adore cet endroit et j'aime servir de guide de randonnées, aménager le paysage et débroussailler les sentiers, mais travailler à nouveau avec des hélicos ? Ça ne me dérange pas le moins du monde d'être plus occupé. Et toi ?

— Je suis partant, répondit Owl en souriant, avant de se raviser. Ça ne te dérange vraiment pas si Lara vient avec nous ?

— Pas du tout. Elle est...

— Elle est quoi ? demanda Owl, inquiet de ce que son ami pourrait dire.

— Elle est bien pour toi. Tu as l'air plus posé ces derniers temps.

— Oui, convint-il. Elle me comprend comme peu de gens peuvent le faire.

Stone acquiesça.

— Je suis heureux pour toi.

Owl ricana.

— Il n'y a rien entre nous, Stone.

— Pour l'instant.

— Pour l'instant, concéda-t-il avec un petit sourire.

— Qu'est-ce que tu attends ? voulut savoir Stone.

Owl lança un regard incrédule à son ami.

— Il l'a attachée à un lit, droguée. Il s'est branlé sur elle. Elle est encore en train de se remettre de cette merde dans sa tête. À mon avis, une relation amoureuse aussi tôt ne serait probablement pas la meilleure idée.

— Que dit Henley, là-dessus ?

Owl haussa les épaules.

— Je n'en sais rien. Je ne lui en ai pas parlé.

— Tu le devrais.

— Je n'en suis pas si sûr. Je pense que Lara a besoin de plus de temps.

— La vie peut changer en un clin d'œil, nuança Stone avec un petit froncement de sourcils. On le sait mieux que quiconque. Tu vis le rêve, et un instant plus tard, tu es battu à mort et tu ignores si tu vivras encore le lendemain.

— Je comprends ça. Tu le sais, non ? Mais la dernière chose que je voudrais, c'est la blesser, Stone.

— Alors, tu y vas lentement, conclut son ami.

— Oui, c'est vrai. Et peut-être que cette petite escapade avec nous pour examiner l'hélicoptère que Tex aura trouvé sera le catalyseur qui lui permettra de me voir comme autre chose qu'une béquille.

— Si je peux faire quoi que ce soit pour t'aider, n'hésite pas. Bon, même si un chaperon n'est probablement pas la meilleure chose pour séduire votre fille.

Owl ne sourit pas.

— Tu ne m'as jamais imposé ta présence contre mon gré, et ce n'est pas aujourd'hui que ça va commencer. Je ne te l'ai encore jamais dit, mais... tu sais que je n'aurais pas survécu à cet enfer sans toi, n'est-ce pas ?

— Oui, même chose pour moi.

Quelques secondes s'écoulèrent avant que Stone ne rompe ce moment d'émotion.

— Putain de merde, on va avoir notre propre hélico, lâcha-t-il, hilare.

— J'ai l'impression que c'est Noël et mon anniversaire en même temps, avoua Owl.

— Pareil.

Stone donna une tape sur l'épaule d'Owl et se dirigea vers la porte.

Tout sourire, Owl suivit son ami. Il fallait qu'il parle à Lara, qu'il évoque avec elle la possibilité de quitter le Refuge. Il voulait être prudent, éviter de la faire paniquer, mais il espérait et priait pour qu'elle soit enthousiasmée par cette occasion non seulement de passer du temps avec lui en dehors du Nouveau-Mexique, mais aussi de reprendre un peu plus le contrôle de sa vie.

# 9

Lara s'était dégonflée plus d'une dizaine de fois depuis qu'on lui avait conseillé d'embrasser Owl pour lui signifier ses sentiments.

Il avait été très enthousiaste, une semaine plus tôt, lorsqu'il l'avait raccompagnée à son chalet en évoquant la possibilité pour le Refuge d'avoir un hélicoptère. Ravie pour lui, elle avait réalisé, un peu trop tard, que cela aurait pu être le moment idéal pour l'embrasser et partager sa joie. Mais elle n'avait pas osé.

Depuis, ils avaient été tous les deux très occupés : Lara avait passé pas mal de temps avec Cora pour finaliser les plans concernant les familles qui arriveraient dans une semaine. Quant à Owl et Stone, ils avaient fait des recherches sur tout ce qui concernait les hélicoptères, au cas où l'achat se concrétiserait. Ils avaient rencontré un entrepreneur, et Lara avait assisté de loin aux discussions sur l'emplacement exact du hangar, son aspect et le nombre d'arbres à abattre pour que l'aire d'atterrissage soit sûre. Lara n'avait pas l'impression que le nombre d'arbres qu'ils projetaient d'abattre serait suffisant, mais elle faisait confiance à ces hommes pour savoir ce qu'ils faisaient.

Mais au fond d'elle, l'angoisse la gagnait. Si le Refuge faisait l'acquisition d'un hélicoptère, il était probable qu'Owl et Stone iraient l'inspecter et éventuellement l'acheter. Ce qui signifiait qu'il quitterait le Refuge.

L'idée de son absence la mettait mal à l'aise. Carter était toujours en liberté, lui. Si Owl partait, Carter profiterait-il de ce répit pour s'en prendre à elle ? De plus, Lara n'était pas sûre de pouvoir passer une semaine ou davantage sans Owl à ses côtés.

Mais plus elle y réfléchissait, plus elle acceptait la véritable raison de ses réticences à voir Owl partir... et cela n'avait rien à voir avec ses potentielles crises de panique.

C'était parce qu'il lui manquerait désespérément.

Pendant des mois, elle avait passé presque chaque minute de chaque jour en sa présence. Elle avait parlé, ri avec lui et s'était sentie suffisamment en sécurité pour baisser sa garde et dormir parce qu'elle savait qu'il n'était pas loin.

Le fait est qu'elle aimait se trouver en compagnie d'Owl. Et elle ne s'était jamais sentie aussi à l'aise avec un autre homme. Jamais.

Elle pensait avoir été amoureuse dans le passé, et elle avait certainement ressenti une sorte de crush de courte durée pour tel ou tel homme. Mais ce qu'elle ressentait pour Owl était complètement différent. Il la rassurait. Grâce à lui elle se sentait forte. Comme si elle pouvait faire face à tout ce que la vie lui réservait. Personne d'autre ne l'avait jamais fait cet effet.

Ce qui rendait encore plus frustrant son manque de courage pour l'embrasser. Les quelques fois où elle l'avait envisagé, il s'était passé quelque chose qui l'avait fait reculer. Quelqu'un était entré dans la pièce. Elle avait éternué et le moment était passé. Elle perdait tout simplement son sang-froid.

Pourtant, à chaque jour qui passait, Lara tombait un peu plus amoureuse de lui.

Ce soir, Cora et Pipe allaient se marier. Après la cérémonie, ils se rendraient au pavillon pour le dîner que Robert avait minutieusement préparé. L'ambiance au Refuge était à la fête et au romantisme.

Personne ne semblait contrarié de ne pas pouvoir assister à la cérémonie proprement dite. C'était l'un des aspects les plus intéressants du Refuge ainsi que des personnes qui y vivaient et y travaillaient. Les amitiés nouées ici étaient réelles. Profondes et vraies. Elles n'étaient pas basées sur l'utilité d'untel pour untel. Si Cora et Pipe voulaient une cérémonie privée et intime, on les laissait faire, et personne ne se sentait exclu ou agacé par leur décision. Tous étaient simplement heureux de voir leurs amis ensemble.

Plus tôt dans la semaine, Alaska avait interrogé Lara sur sa taille et sa couleur préférée, puis l'avait surprise en venant au chalet d'Owl avec trois tenues entre lesquelles elle fut sommée de choisir pour le mariage de Cora. C'était l'une des choses les plus attentionnées qu'on eut jamais faite pour elle, et Lara était presque submergée par la gratitude.

Même si les deux premières robes qu'Alaska lui avait montrées étaient magnifiques, c'était dans la troisième tenue que Lara se sentait le plus à l'aise. Il s'agissait d'un pantalon gris tout simple, associé à un magnifique chemisier rose tendre à manches longues, aussi doux que de la soie. La doublure du chemisier était ajustée, tandis que sa couche extérieure était fluide et flottait comme le sable sur une plage venteuse lorsqu'elle bougeait. Lara en était tombée amoureuse dès qu'elle l'avait vue dans son carton.

Et le plus beau, ce n'était même pas la sensation de confort qu'elle procurait... mais l'expression qui s'était peinte sur le visage d'Owl quand il l'avait vue.

Il avait l'air complètement abasourdi.

D'un côté, Lara se sentait un peu gênée qu'il soit si impressionné par son apparence, car cela signifiait probablement qu'il s'était habitué aux tee-shirts et aux sweats trop grands qu'elle portait depuis qu'elle le connaissait. D'un autre côté, elle ne pouvait nier qu'elle avait aimé voir l'admiration se peindre sur ses traits lorsqu'elle était entrée dans la pièce pour défiler devant Alaska et lui.

Elle fut tout aussi impressionnée lorsqu'il sortit de sa chambre, prêt à l'accompagner jusqu'au chalet de Pipe. Il avait enfilé un pantalon noir et une chemise blanche à manches longues...

Avec une cravate rose parfaitement assortie à son chemisier.

Cela aurait dû être un peu ringard. Mais le fait qu'il ait choisi d'assortir sa tenue à la sienne lui donna le vertige. Combien de fois avait-elle vu des couples habillés dans des tenues assorties et souri devant ce spectacle attendrissant ? Les autres pouvaient se moquer de ces gens, lever les yeux au ciel et trouver ça ridicule, pas Lara.

— Ta tenue est bien, lui dit-elle, en grimaçant intérieurement de son choix de mots tout sauf enthousiaste.

— Et toi, tu es absolument magnifique, lui dit Owl.

— Tu ne penses pas que j'aurais dû choisir une des robes ? demanda-t-elle nerveusement en passant une main sur l'une de ses cuisses.

— Non. C'est parfait. Tu es parfaite.

Pendant un instant, l'air entre eux parut lourd. Il s'était

arrêté suffisamment près d'elle pour qu'elle n'ait plus qu'à faire un pas et se retrouve dans ses bras. Elle brûlait de l'embrasser. Désespérément. Elle en rêvait depuis une semaine.

Ce fut à ce moment-là que le téléphone d'Owl choisit de recevoir un message.

Quelques secondes s'écoulèrent sans qu'il remue. Il ne sortit pas l'appareil de sa poche pour voir qui lui envoyait des messages. Il se contenta de la fixer dans les yeux. Lara se passa la langue sur les lèvres, se demandant si elle devait faire le premier pas pour céder à l'attirance évidente qu'ils ressentaient.

Lorsque la sonnerie de son téléphone retentit à nouveau, il soupira et plongea la main dans sa poche.

Dès qu'il eut lu le texto, il leva à nouveau son regard vers le sien.

— C'est Cora. Elle veut savoir où on en est parce qu'elle est déjà prête à épouser Pipe.

Lara s'esclaffa.

— Elle n'a jamais été très patiente.

Le sourire d'Owl était agréable et détendu. Lara fit de son mieux pour le graver dans sa mémoire.

— Alors, autant y aller avant qu'elle ne vienne nous chercher.

Voilà, elle avait laissé passer une nouvelle occasion de faire savoir à cet homme qu'elle voulait être plus qu'une amie pour lui.

Owl se dirigea vers l'armoire, attrapa la veste de Lara et l'aida à l'enfiler, non sans lui effleurer les épaules du bout des doigts. Lara frissonna tandis qu'il enfilait son manteau. Le printemps était toujours plus frais que la normale dans la région. Les matinées et les nuits étaient fraîches, mais pas au point d'avoir besoin de gants.

Surtout pas lorsqu'Owl lui tendit la main après avoir refermé la porte du chalet. Ils quittèrent le porche et Lara se rendit compte qu'elle était heureuse. Sa vie n'était pas parfaite. Elle avait toujours des crises de panique et, plus important encore, Carter Grant n'avait toujours pas été appréhendé.

Pourtant elle se sentait... étonnamment bien. Quelques mois auparavant, elle n'aurait jamais pensé en être là aujourd'hui, sur le plan émotionnel. Elle avait été brisée, cru qu'elle ne pourrait plus jamais être heureuse. Mais les gens du Refuge, à commencer par Owl, l'avaient aidée à comprendre que même si elle avait vécu des choses affreuses, elle parviendrait à les surmonter et en sortirait plus forte.

Ses discussions avec Henley l'aidaient beaucoup. Mais c'était en pensant à Owl et à Stone, à ce qu'ils avaient vécu, et en les voyant se porter si bien aujourd'hui, qu'elle trouvait une force décisive. Ils ne méritaient pas ce qui leur était arrivé. Et elle, si elle n'avait pas pris la bonne décision en allant en Arizona, cela ne voulait pas dire qu'elle méritait pour autant ce qui lui était arrivé.

C'était la faute de Carter. De personne d'autre. Cet homme diabolique faisait des choses diaboliques. Et même si Lara avait toujours une peur bleue de le savoir en liberté, sans doute occupé à manigancer des horreurs qui la concernaient, elle se sentait moins effrayée à chaque jour qui passait. Plus capable.

— Si tu te sens dépassée à un moment ou à un autre de la soirée, dis-le-moi et on partira, lui glissa Owl tandis qu'ils se dirigeaient vers le chalet de Pipe.

Lara exerça une petite pression sur sa main.

— D'accord. Merci... Qu'est-ce qu'il y a ? demanda-t-elle, sentant son regard sur elle.

— C'est juste que... ces deux dernières semaines, tu as fait des progrès incroyables. Je suis très fier de toi.

Elle sourit.

— Merci. Mes séances avec Henley m'aident beaucoup. Je ne te remercierai jamais assez de m'avoir encouragée à suivre une thérapie. Mais c'est ton histoire qui m'a le plus aidée. Et... je ne sais pas... être ici, avec toi, voir le bonheur de Cora, regarder les autres femmes interagir avec leur homme, observer certains des hôtes et leurs efforts pour surmonter leurs démons... tout cela m'a ouvert les yeux et aidée à mettre ce qui m'est arrivé en perspective.

— J'en suis heureux. Mais je pense que tu ne reconnais pas assez tes mérites. Tu es incroyablement forte, Lara. Tu serais arrivée là où tu es aujourd'hui sans avoir séjourné au Refuge. Je n'ai aucun doute là-dessus.

Il avait tort, mais elle trouvait agréable qu'il en soit persuadé. Qu'il la juge forte. Il y avait pourtant des jours où elle se sentait tout sauf forte, et il avait supporté beaucoup de choses de sa part. Elle avait été collante, sujette à des crises de panique, incapable de faire autre chose que de se blottir sur son canapé pendant des semaines.

Toute sa vie, Lara avait rêvé d'un partenaire qui donnerait autant qu'il recevrait. Qui veillerait sur elle autant qu'elle sur lui. Elle pensait l'avoir trouvé en Ridge Michaels. Et dire qu'il avait fallu qu'il la bousille complètement pour qu'elle trouve celui qu'elle cherchait vraiment depuis le début !

Ils atteignirent le chalet de Pipe et Cora. La porte s'ouvrit avant qu'ils l'aient atteint.

Lara poussa un petit cri en voyant son amie se tenir là, impatiente, qui leur faisait signe de se dépêcher d'entrer.

Cora portait une robe noire qui lui descendait au genou. Mettant en valeur ses courbes, la tenue lui allait à ravir. Cela faisait très longtemps que Lara ne l'avait pas vue aussi élégante.

— Qu'est-ce qui vous a pris tant de temps ? s'insurgea Cora. On attend depuis mille ans !

— Il s'est écoulé seulement deux minutes depuis qu'ils ont annoncé leur arrivée, dit Pipe.

Il s'approcha de Cora pour lui passer un bras autour de la taille. Il portait un jean et un polo noir à manches courtes qui laissait voir les tatouages dont ses deux bras étaient ornés. Il était beau, et les regards dont il couvait sa future femme faisaient fondre le cœur de Lara.

— C'est ça, maugréa Cora en reculant pour les laisser entrer. Il faut juste que je récupère mes chaussures et on pourra monter sur le pont.

— Tu as besoin d'aide ? demanda Lara.

— Oui ! s'exclama la future mariée, avant de se tourner vers Owl avec un grand sourire et de lancer, après une pause pleine de sous-entendus : Tu vas devoir la lâcher.

Lara le sentit serrer d'abord ses doigts avant d'obtempérer. Presque aussitôt, elle souffrit de la disparition de cette main dans la sienne. Mais elle suivit docilement Cora dans la chambre.

Celle-ci referma la porte et se tourna vers elle.

— Tu l'as embrassé ?

Les lèvres de Lara tressaillirent et elle secoua la tête.

— Non.

— Pourquoi ?

— Parce que chaque fois que je songe à le faire, ce n'est pas le bon moment. Comme aujourd'hui... J'ai cru qu'il était sur le point de m'embrasser, et tu m'as envoyé un texto qui a brisé le moment, conclut-elle avec ironie.

— Zut ! maugréa Cora, sourcils froncés.

Lara ne put s'empêcher de rire.

— Ce n'est pas grave. Si on était arrivés plus tard, tu aurais perdu la tête. De toute façon, si je l'avais déjà embrassé, tu le saurais certainement maintenant. Et une fois qu'on aura commencé, j'espère que ça ne s'arrêtera pas là.

Cora inclina la tête et étudia Lara.

— Tu es différente, constata-t-elle au bout d'un moment.

— Qu'est-ce que tu veux dire ?

— Quand on est arrivés ici, je n'étais pas sûre que tu pourrais surmonter ce qui s'est passé. Et je ne dis pas ça en mal, je ne te l'aurais pas reproché. J'espérais que tu serais capable de retrouver la personne que tu étais, de retrouver ton chemin vers elle. Mais maintenant... je ne pense pas que cela se produira.

Perplexe, Lara fronça les sourcils.

— Tu étais silencieuse. Timide. Tu te contentais de te fondre dans le décor. Et en dehors du travail, tu n'aimais pas prendre de décisions. Tu te laissais juste porter par le courant.

Lara repensa à la personne qu'elle était à Washington. Son amie l'avait bien cernée. Elle n'avait jamais aimé être au centre de l'attention. Elle préférait de loin rester en retrait, laisser la vie tourbillonner autour d'elle. Mais après ce qu'elle avait vécu, l'idée de se fondre dans le décor méta-phorique et de laisser les autres décider de son sort ne l'atti-rait plus. Le manque de contrôle sur son sort dans la cave de l'Arizona l'avait fondamentalement changée. Aujourd'hui, elle voulait mieux maîtriser sa vie.

— Tu as raison, convint Lara.

— Je sais, lâcha Cora sans la moindre prétention. Je suis très fière de toi, Lara. J'étais morte d'inquiétude pour toi. Je voulais faire plus, mais je ne savais pas comment t'aider. Et une autre femme, qui ne t'aurait pas aimée autant que moi, aurait pu être jalouse ou vexée que tu te tournes vers Owl, mais pas moi. Je me ficherais que tu ne me parles plus jamais si cela signifiait que tu t'en sors.

Les yeux de Lara s'emplirent de larmes. Certaines personnes avaient beaucoup d'amis. Des dizaines d'individus qu'elles appelaient leurs meilleurs amis. Mais Lara, elle, n'avait besoin que d'une seule personne. Une amie qui la soutienne, quoi qu'il arrive. Et Cora l'était à la puissance dix.

— Je t'aime, lâcha-t-elle tout à trac.

— Je t'aime aussi, mais si tu me fais pleurer le jour de mon mariage, je vais être furax, grommela Cora en clignant rapidement des yeux pour tenter de refouler ses larmes.

C'était un autre changement. Cora n'avait jamais été une pleureuse. Mais de toute évidence, les événements des mois précédents l'avaient affectée, elle aussi.

Sans réfléchir, Lara s'avança et attira Cora dans ses bras. Comme sa meilleure amie était toute petite, ce ne fut pas trop difficile. Elle la serra fort.

Cora lui rendit son étreinte avec la même férocité. Puis elle prit une profonde inspiration et recula.

— Bon, le temps des mamours est terminé. De quoi ai-je l'air ?

— Incroyable. Magnifique. Une princesse, répondit Lara sans hésiter.

Cora leva les yeux au ciel.

— N'importe quoi. J'ai dit à Pipe que je ne porterais pas de robe blanche et, honnêtement, je pense qu'il se fichait de ma robe de mariage. Mais après que j'ai essayé une centaine de tenues différentes sans en trouver une qui me convienne, il m'a suggéré celle-ci.

Elle passa une main sur sa cuisse, gênée, et se déplaça devant Lara, mal à l'aise.

— C'est la robe que je portais à la vente aux enchères. Je

n'étais pas sûre... Je veux dire, ce n'est pas comme si elle avait coûté cher, mais j'ai fouillé dans les quelques cartons d'affaires que je possédais encore et que Pipe s'était arrangé pour emballer et expédier ici depuis Washington, et je l'ai trouvée. Quand je l'ai mise, tu sais quoi ?

— Quoi ? demanda Lara, qui adorait cette histoire.

— J'ai eu la sensation d'avoir trouvé ce que je cherchais. Je veux dire, c'est noir, donc ce n'est pas typique d'un mariage, mais je me sens vraiment bien dedans.

— Normal puisque tu l'es ! s'écria Lara. Et quelles chaussures portes-tu ?

Cora sourit, se dirigea vers le placard et en sortit une paire d'escarpins noirs de six centimètres de talons.

— Ils viennent de chez Payless. Eh oui, je les portais aussi ce jour-là.

Personnellement, Lara trouvait la tenue de son amie parfaite. Et d'autant plus que c'était une suggestion de Pipe.

— Eh bien, chausse-les pour qu'on te marie enfin, ordonna Lara en souriant.

Cora posa les chaussures sur le sol et les enfila. Elle se redressa et sourit à son amie.

— Je n'arrive pas à croire que c'est en train d'arriver, murmura-t-elle.

Le sourire de Lara s'agrandit.

— Moi si. Il est temps que quelqu'un réalise ce que je sais depuis des années : que tu es une femme extraordinaire et que tu feras une épouse tout aussi extraordinaire.

— Merci, murmura Cora.

— Allez, on y va. Je suis sûre que Pipe est impatient de te passer la bague au doigt.

— Lara ? fit Cora, sans bouger pour autant.

— Oui ?

— J'aurais attendu aussi longtemps qu'il le fallait pour que tu sois capable de te tenir à mes côtés.

Ce fut au tour de Lara d'avoir les larmes aux yeux.

— Tu seras toujours ma meilleure amie. Ce n'est pas parce que je vais me marier que notre relation va changer. Du moins, je l'espère. Et même si tu retournes à Washington et que je suis là… ne crois pas que tu te débarrasseras de moi aussi facilement.

Lara gloussa à travers ses larmes. Mais la réaction viscérale qu'elle avait eue à l'idée de quitter le Refuge était presque effrayante. Elle n'avait jamais envisagé de retourner sur la côte Est. Pas une seule fois. Lors d'un des rares appels téléphoniques qu'elle avait eus avec ses parents, ils en avaient parlé, mais elle n'avait jamais réfléchi à l'idée. Elle ne parvenait pas à s'imaginer y retourner. Et pas seulement parce qu'Owl n'y vivait pas. DC lui rappelait trop de mauvais souvenirs. Et si elle revoyait Eleanor Vanlandingham, après avoir appris comment elle avait traité Cora à la vente aux enchères, elle n'était pas sûre de sa réaction.

Prenant une profonde inspiration, elle décida de détendre l'atmosphère. Cora détesterait la voir pleurer maintenant. Parce qu'elle devrait alors quitter la pièce, Pipe demanderait ce qui s'était passé et si elle allait bien. Tout cela retarderait la cérémonie. Alors elle dit :

— Si tu essaies de me faire déguerpir, tu ne vas pas aimer ce qui se passera.

À son grand soulagement, Cora s'esclaffa.

— C'est vrai. Je tremble dans mes escarpins, admit-elle.

Puis elle se dirigea vers la porte, en lui attrapant le bras au passage.

— Viens. Je veux épouser mon homme, aller manger un peu, puis revenir ici et m'amuser avec lui toute la nuit.

— Comme si ce n'était pas déjà le programme de toutes vos autres nuits, la taquina Lara.

Cora s'arrêta dans son élan et la fixa plusieurs secondes avant de sourire et de secouer la tête.

— Je crois que j'aime bien la nouvelle Lara. Tu me taquines à propos de sexe ? J'ai hâte qu'Owl et toi vous mettiez ensemble et qu'on parle de positions sexuelles et des mérites respectifs de nos hommes au pieu.

Lara s'abstint de tout commentaire et se contenta de suivre docilement la future mariée qui se dirigeait à nouveau vers la porte.

Le désir qu'elle ressentit jusque dans ses entrailles lui fit presque mal. Elle voulait exactement ce que son amie avait décrit. Plus qu'elle ne pouvait l'exprimer. Elle voulait pouvoir s'asseoir et parler de sexe et de relations avec sa meilleure amie. Mais honnêtement, elle n'était pas sûre de ce qui se passerait à l'avenir. Owl pourrait ne voir en elle que la femme brisée, meilleure amie de l'épouse d'un de ses amis. Elle ne pensait pas que c'était le cas, mais elle s'était déjà lourdement trompée au cours de sa vie amoureuse.

Heureusement, elle n'eut pas le temps d'y penser, car dès qu'ils entrèrent dans la pièce principale, Pipe s'approcha et prit Cora dans ses bras. Il l'embrassa longuement, puis se dirigea vers la porte d'entrée sans un mot.

— Je suppose qu'il est temps, plaisanta Lara, qui se sentait un peu de trop.

— Tu crois qu'ils s'en rendraient compte si on ne les rejoignait pas sur le toit-terrasse ? s'esclaffa Owl.

Lara aurait dû être surprise qu'Owl soit sur la même longueur d'onde qu'elle, mais non. Pas après tout le temps qu'ils avaient passé ensemble.

Owl lui prit à nouveau la main et l'entraîna hors de la maison, à la suite de leurs amis. Avant qu'elle ne s'en rende compte, ils étaient sur la terrasse. En regardant autour d'elle, Lara fut impressionnée. C'était exactement ce que Cora avait dit vouloir, une cérémonie intime au coucher du soleil. Pipe avait remplacé ses guirlandes lumineuses colorées par des guirlandes blanches, ajouté d'autres le long des rambardes, et le soleil était suffisamment bas dans le ciel pour leur donner une lueur éthérée. Cora était magnifique, auprès de son Pipe à l'air si fort et si solide qui ne la quittait jamais des yeux.

Owl, qui se tenait à côté de ses amis, sortit un papier de sa poche, tout en s'éclaircissant la gorge avant de prendre la parole.

Malheureusement, Lara n'entendit rien. Elle ne pouvait s'empêcher de fixer Cora et Pipe. Leur connexion émotionnelle était flagrante. Toute sa vie, Cora avait été celle qui doutait de l'amour. Elle s'était moquée du côté romantique de Lara, avait souffert d'innombrables visionnages de *Cendrillon* et ne supportait pas les comédies sentimentales pendant les vacances. Elle les trouvait ringardes et irréalistes.

Et pourtant, elle était là, ses mains dans celles de Pipe, le dévorant des yeux comme les héroïnes de ces films romantiques avec leur héros.

Lara ferma les yeux. Si elle n'avait pas pris cette décision stupide de partir en Arizona avec Ridge, si elle n'avait pas été l'objet de l'obsession d'un tueur en série, si Cora n'avait pas décidé d'assister à cette vente aux enchères pour essayer d'acheter Pipe, elle ne serait pas là où elle se trouvait en ce moment.

Elle n'aurait pas trouvé la seule personne au monde censée lui appartenir. Elle n'épouserait pas l'amour de sa vie.

Lara sentit la satisfaction l'envahir. Elle avait vécu l'enfer. Elle s'était crue sur le point de mourir. Elle avait enduré des choses que personne ne devrait avoir à vivre. Et pourtant... soudain, elle savait qu'elle ne changerait rien. L'une des choses qu'elle souhaitait depuis des années était arrivée... grâce à elle. Sa meilleure amie était heureuse. Vraiment et profondément heureuse.

Toutes ses souffrances en valaient la peine.

— Cora... tu peux prononcer ton serment.

Lara reporta son attention sur ce qui se passait devant elle. Cora et Pipe avaient décidé de rédiger eux-mêmes leurs vœux de mariage, et elle ne voulait pas les manquer.

— Toute ma vie, j'ai été une paria. Je regardais au-dedans, par les fenêtres, je voulais ce que je voyais arriver là. Mais plus j'essayais, plus ces rêves se dérobaient. Avec le temps, j'ai réalisé que j'étais différente. Quelque chose ne tournait pas rond chez moi. Il devait y avoir un truc, car personne ne semblait vouloir de moi. On a toujours rejeté mon amour. Jusqu'à Lara.

Cora tourna la tête et lui sourit.

La gorge nouée, Lara essaya de ne pas éclater en sanglots.

— Elle m'a acceptée telle que j'étais. Brutale, franche, et amère. Tellement amère. Et puis elle a disparu. Et j'ai paniqué. Si la seule personne qui m'aimait vraiment pouvait partir, qu'est-ce que cela signifiait ? Et puis, je t'ai vu, Pipe. Sur cette scène. Je ne pouvais pas te quitter des yeux. Tu étais différent. Comme moi. J'ai vu comment les gens te regardaient. Leurs regards allaient de tes tatouages à tes cheveux longs et à ta barbe... et ils te jugeaient. Oh, comme ils te jugeaient. Je crois que je suis tombée amoureuse de toi à ce moment-là, mais je ne voulais pas l'admettre. Parce que l'admettre signifiait s'exposer à un rejet, comme lorsque j'étais gamine. Mais tu as franchi tous mes murs. Tu m'as fait comprendre ce que l'amour signifiait vraiment : accepter l'autre personne telle qu'elle est. Je t'aime, Pipe. Plus que tu ne le sauras jamais. Mais il y a une chose que tu dois savoir, c'était que tu ne seras jamais aimé aussi loyalement que par moi. Tu n'auras jamais à te demander si ta femme t'est fidèle. Tu n'auras jamais à te demander si j'ai tes intérêts à cœur. Tous les rejets que j'ai essuyés quand j'étais enfant n'ont fait que renforcer mon amour d'aujourd'hui. Je te soutiendrai dans tout ce que tu voudras faire, et je mettrai une raclée à tous ceux qui oseront te regarder de travers à cause de ton apparence. Tu es parfait pour moi, et je ne cesserai de m'émerveiller de la façon dont la vie a réussi à te mettre sur mon chemin au moment où j'avais le plus besoin de toi.

Inutile d'essayer d'empêcher les larmes de couler. Lara s'essuya les joues avec sa main et adressa un petit sourire à Owl lorsqu'il leva un sourcil vers elle, pour lui demander si elle allait bien.

— À mon tour ? demanda le fiancé à Owl.

Celui-ci gloussa et reporta son attention sur le couple.

— Désolé, oui. Pipe, tes vœux ?

— Je t'aime, Cora. Et ces trous du cul qui t'ont rejetée quand tu étais petite, ce sont ceux qui ont raté quelque chose. Pas toi. Je t'honorerai et te chérirai toujours. Toujours. Tu es tout pour moi, et je me fous que les gens me regardent de travers, en revanche s'ils osent dire un mot sur toi, ils s'en mordront les doigts. Quand on aura des enfants, ils ne passeront jamais un jour sans être bien persuadés qu'ils sont aimés et désirés. Et cela vaut pour ceux qu'on adoptera comme pour ceux qu'on aura nous-mêmes.

— Pipe, murmura Cora, manifestement submergée.

Pipe lui lâcha les mains et l'attira dans ses bras. Elle se

plaqua contre son torse tandis qu'il l'enlaçait par la taille et lui posait sa paume libre sur la joue.

— Tu es à moi, Cora. Dès que je t'ai vue de cette scène, j'ai été intrigué. Mais c'est lorsque je me suis retrouvé dans ton appartement vide, où j'ai réalisé tout ce que tu avais fait pour aider ta meilleure amie que je suis tombé amoureux. Irrévocablement, instantanément. Je voulais que cette loyauté soit dirigée vers moi. J'en avais besoin. Je suis un type intense, et cela t'irritera probablement, mais je m'en moque. Tu es à moi, autant que je suis à toi. Pour toujours.

Après avoir échangé les anneaux, Cora et Pipe se sourirent et Owl acheva la cérémonie.

— Avec le pouvoir qui m'est conféré par l'État du Nouveau-Mexique, je vous déclare mari et femme, déclara-t-il avec un grand sourire.

Pipe tourna la tête et fixa son ami.

— Et ? insista-t-il.

— Et quoi ?

— Tu oublies le meilleur, grogna Pipe.

Un vrai gros grognement impressionnant.

Cora gloussa et remonta ses bras autour du cou de son nouveau mari.

Owl sourit.

— Oh, tu veux dire la partie « Embrasser la mariée » ?

— Oui, connard. La partie « Embrasser la mariée », se plaignit Pipe.

— Je ne pensais pas que tu avais besoin d'une permission pour embrasser ta femme.

— C'est notre mariage. Tu es censé le dire. Alors, dis-le, bon sang !

C'était drôle de voir ces deux amis se disputer, et Lara trouva adorable l'insistance de Pipe à vouloir entendre la formule consacrée.

— Oui, c'est vrai. Très bien. Pipe, tu peux maintenant embrasser la mariée.

— Il était temps, marmonna l'intéressé avant de baisser la tête.

Le baiser que sa meilleure amie et son nouveau mari échangèrent fut profond, long et si plein d'amour que Lara eut du mal à détourner le regard. La façon dont Pipe tenait Cora. La façon dont sa main caressait le creux de son dos. La façon dont elle se haussait sur la pointe des pieds pour aller à sa rencontre... Tout était si beau que Lara ne pouvait s'empêcher de soupirer de satisfaction et de joie.

— Ça va ?

Lara sursauta lorsqu'elle sentit la main d'Owl dans son dos et qu'il se pencha vers elle. Elle ne l'avait pas vu approcher, trop occupée qu'elle était à savourer le bonheur de sa meilleure amie.

— Je vais très bien, répondit-elle avec un grand sourire.

Le temps sembla suspendu tandis qu'ils se regardaient.

Puis, prise par la beauté du moment et la joie de son amie, Lara agit sans réfléchir.

Elle se pencha et embrassa Owl.

Ce fut un bref baiser, juste deux paires de lèvres qui se rencontrèrent. Et dès qu'il fut terminé, Lara se reprit. Elle s'écarta et le regarda dans les yeux, sans être sûre de ce qu'elle y verrait.

L'émotion tourbillonnait dans le regard d'Owl, et la main qu'il avait posée au creux de son dos se pressa un instant contre elle. À quoi pensait-il ? Elle n'en avait aucune idée. Mais elle se rassura en constatant qu'il n'avait pas l'air consterné. Ni dégoûté. En fait, il avait l'air... impressionné. Ce qui détendit Lara.

Elle n'avait pas fait d'erreur en l'embrassant. Dieu merci !

— Je suis si heureuse ! s'exclama Cora à côté d'eux.

Lara se tourna vers sa meilleure amie. Owl recula et Cora se jeta sur elle.

Hilare, Lara la rattrapa et elles s'étreignirent avec chaleur.

— Regarde ! ordonna Cora en fourrant sa main devant les yeux de sa meilleure amie.

Lara gloussa à nouveau, attrapa le poignet de Cora et l'immobilisa. Pipe, qui avait voulu la surprendre, ne lui avait rien dit à propos de la bague, jusqu'à ce qu'il la lui passe à l'annulaire.

C'était classe et beau, et tellement parfait pour Cora que Lara se sentit fondre. L'anneau en platine soutenait un diamant taille émeraude, encadré de deux diamants taille princesse.

— Je l'adore ! s'exclama Cora, ivre de joie.

— Elle est parfaite, acquiesça Lara.

Cora serra à nouveau son amie dans ses bras, avant de se tourner vers son nouveau mari.

Lara sentit la main d'Owl revenir dans son dos.

— On va au pavillon pour continuer la fête, annonça-t-il au couple.

— Super. On arrive tout de suite, répliqua Pipe, sans lâcher Cora des yeux.

Lara sourit. Elle se doutait bien que ce serait plus tard que « tout de suite » et que, dès qu'Owl et elle seraient partis, Cora recevrait autre chose de son nouveau mari.

Elle était tellement heureuse pour Cora qu'elle avait du mal à se contenir.

— Attendez ! Avant qu'on parte, il nous faut une photo ! s'exclama-t-elle en sortant son téléphone de sa poche.

Elle avait dû en acheter un nouveau en arrivant au Refuge, car elle ne savait pas où était passé l'ancien.

Elle ne put s'empêcher de sourire en photographiant de Cora et Pipe. Ils étaient parfaits ensemble, et leur bonheur sautait aux yeux.

Puis Pipe insista pour prendre une photo d'elle et de Cora. Puis Cora voulut une photo de Lara et d'Owl. Ensuite, ils durent faire un selfie d'eux quatre...

Lorsque Lara et Owl descendirent l'escalier de la terrasse, la nuit était tombée.

— Ne m'obligez pas à envoyer Jasna vous chercher tous les deux, lança Owl après être repassé prendre leurs manteaux dans le chalet et avoir rejoint Lara au pied de l'escalier.

— Je te l'interdis ! cria Pipe d'en haut. Je ne voudrais pas lui causer la terreur de sa vie.

Tout le monde rit. Lara se doutait que sa meilleure amie oublierait le monde environnant en un clin d'œil. Et elle ne pouvait pas lui en vouloir. Si elle venait de se marier avec l'homme de ses rêves et qu'elle était seule sur une terrasse romantique, éclairée de guirlandes lumineuses et des étoiles au-dessus de sa tête, elle ne penserait à rien d'autre qu'à déshabiller son nouveau mari.

Son regard se porta naturellement sur Owl. Il était beau, et le bonheur qui émanait de lui, après la cérémonie de mariage de leurs amis était évident.

Pour une fois, Lara n'était pas hyper consciente de son environnement. Elle n'avait pas peur des ténèbres qui se tapissaient derrière les arbres. Elle ne pensait pas à l'être qui la pourchassait. Elle ne pensait qu'à la brève sensation des lèvres d'Owl sur les siennes, et à ce que cela signifiait peut-être pour eux deux.

À mi-chemin du chalet, Owl la tira par la main et l'arrêta dans son élan. Il faisait presque trop sombre pour voir, mais elle se sentait en sécurité avec cet homme à ses côtés.

— Qu'est-ce qu'il y a ? demanda-t-elle en fronçant les sourcils.

Mais Owl ne répondit pas. Il tira une nouvelle fois sur sa main, plus fort, et Lara s'affala contre lui avec un petit cri. Comme ils étaient de la même taille, elle n'avait pas besoin de renverser la tête en arrière pour le regarder.

— Owl ?

— Tu m'as embrassé, lâcha-t-il d'une voix rauque et grave.

Lara se passa nerveusement la langue sur les lèvres.

— Oui, admit-elle.

Le regard d'Owl flamboyait presque lorsqu'il plongea ses yeux dans les siens.

— C'était un baiser genre « Je suis émue par l'instant et reconnaissante pour tout ce que tu as fait pour m'aider » ? Ou quelque chose de plus ?

Le cœur de Lara battait comme un tambour dans sa poitrine. Elle n'arrivait pas à lire en lui. Espérait-il la première ou la seconde option ? La femme timide qu'elle était avant luttait pour prendre le contrôle. Pour lui dire qu'elle s'était laissée emporter. Pour ne pas courir le risque d'être rejetée.

Mais la nouvelle femme, celle qui avait survécu aux épreuves horribles qui s'étaient dressées devant elle et qui aspirait à être aimée comme sa meilleure amie, se rebella.

— Plus, murmura-t-elle.

— Sois-en sûre, l'avertit Owl. Car si tu essaies simplement de mettre des démons à distance ou de les éliminer, je ne suis pas l'homme qu'il te faut.

— Je sais, répliqua-t-elle, sentant monter en elle une confiance de plus en plus grande.

Owl ne la mettrait pas en garde s'il voulait juste se débarrasser d'elle. D'ailleurs, ce n'était pas son genre. Elle était bien placée pour le savoir, puisqu'elle avait passé plus de temps avec lui qu'avec n'importe quel autre homme de sa vie. Et elle le désirait plus que tous les autres réunis.

Ce fut au tour d'Owl de se passer la langue sur les lèvres. Il lui enlaça la taille d'un bras de fer, puis ils se retrouvèrent plaqués l'un contre l'autre, des hanches à la poitrine. Elle sentait les bouffées chaudes de son haleine contre ses lèvres. Chacune de ses terminaisons nerveuses vibrait. Et pourtant, il hésitait encore. Comme s'il ne voulait pas la brusquer. Comme s'il n'était pas sûr qu'elle veuille vraiment de lui.

C'était inacceptable.

Lara lui prit le visage entre ses mains. Puis elle l'embrassa à nouveau. Cette fois, elle pressa ses lèvres contre les siennes avec l'énergie du désespoir. Il fallait qu'il sache qu'elle n'avait aucune arrière-pensée. Qu'elle le désirait plus qu'elle était capable de le dire avec des mots.

Pendant quelques secondes, Owl demeura sans bouger, immobile sous le baiser de Lara.

Et au moment où la déception commençait à l'envahir, elle l'entendit gronder et le sentit écarter les lèvres. Il insinua sa langue dans sa bouche... Lara gémit tandis que le goût de cette langue s'épanouissait sur ses papilles. Il avait manifestement pris un bonbon à la menthe avant d'assumer ses fonctions d'officiant, parce qu'elle en percevait le goût.

Il resserra le bras et la fit reculer, jusqu'à ce qu'elle s'appuie contre un arbre. Il lui caressa le visage puis saisit l'arrière de sa tête, pour la déplacer là où il le souhaitait. Après quoi, il glissa son autre main sous son chemisier et la posa sur la peau nue de son dos. Bien que froids, ces doigts lui procuraient une sensation merveilleuse sur sa peau presque surchauffée.

Elle l'agrippa à la taille, par son tee-shirt, et se cramponna à lui, tandis qu'il l'embrassait à pleine bouche.

Lorsqu'il s'écarta enfin, ils haletaient.

— Voilà qui change les choses, déclara-t-il avec fermeté.

Lara ne put que hocher la tête.

Il déposa un baiser sur son front. Puis sur sa tempe. La main toujours emmêlée dans ses cheveux, il l'avait complètement coincée contre l'arbre. Mais Lara ne se sentait pas piégée. Si elle faisait le moindre geste pour s'échapper, il la laisserait partir. Elle n'en doutait pas.

Sauf qu'elle ne voulait pas être lâchée. Elle aimait être dans ses bras. Elle s'y sentait en sécurité. Protégée.

Le regard d'Owl fouillait le sien, et Lara fit de son mieux pour laisser transparaître confiance et sex-appeal. Elle voulait que cet homme ait envie d'elle autant qu'elle avait envie de lui.

Owl secoua la tête.

— Tu es la femme la plus courageuse que je connaisse.

— Si je n'avais pas fait le premier pas, je ne suis pas sûre que tu l'aurais fait, admit-elle doucement.

— Tu as raison. Il est hors de question que je fasse quoi que ce soit qui te rappelle... ce type.

— Ce n'est absolument pas le cas, le rassura Lara en secouant légèrement la tête. Loin de là. Tu ne me feras pas de mal. Ton attitude n'a rien à voir avec la sienne. Quand tu me touches, j'ai envie de plus. Quand tu me regardes, je vois uniquement de l'intérêt, pas un désir pervers. J'ai eu un rendez-vous avec Henley l'autre jour.

— Ah bon ? demanda Owl.

Lara acquiesça. C'était la première fois qu'elle avait rencontré la thérapeute sans Owl à ses côtés. Principalement parce qu'elle voulait parler de sexe. Elle avait été la victime de l'idée tordue que Carter se faisait de l'intimité. Une relation unilatérale, et il ne se souciait absolument pas de ce qu'elle pensait ou ressentait. En fait, il prenait son pied en la traitant comme un objet. Une chose. Un réceptacle sur lequel se défouler.

Henley l'avait aidée à comprendre une fois pour toutes que ce qui lui avait été fait n'avait rien à voir avec le sexe. Il s'agissait de perversion. Carter avait besoin d'agir ainsi pour se sentir puissant. C'était tordu et dépravé.

Elle avait quitté la séance avec la sensation d'être plus forte qu'elle ne l'avait été depuis des mois. Plus déterminée à montrer à Owl qu'elle voulait donner une tournure plus intime à leurs relations.

— Ce que Carter a fait… Ce n'était pas une question d'attirance ou de besoin. Ou même de désir. Je n'ai pas peur d'être avec toi, Owl. J'en ai envie. J'ai envie de toi. Et je ne veux plus être une femme dépendante que tu essaies d'aider. Je veux être moi. Lara.

— Tu n'as plus été cette femme dépendante depuis que je t'ai installée dans ma chambre d'amis la première nuit, affirma Owl.

Étonnamment, Lara le crut. Elle ne l'avait peut-être pas remarqué à l'époque, mais depuis un mois, elle se rendait compte qu'il la traitait avec de moins en moins de gants. Elle était consciente des petits contacts, intimes, qui avaient lieu entre eux. On aurait dit qu'il se mettait en quatre pour lui donner tout ce qu'elle désirait. Et ses amies avaient raison : son regard la suivait partout, et pas seulement parce qu'il redoutait qu'elle pète les plombs.

C'était tout cela, et bien plus encore, qui lui avait donné le courage de l'embrasser. Si elle avait pensé une seconde qu'il la considérait comme une invitée ennuyeuse, quelqu'un dont il avait hâte de se débarrasser et qu'il voulait renvoyer à Washington, elle n'aurait pas été aussi audacieuse.

Ils se dévisageaient, pris dans la magie de l'instant.

Une petite brise se leva alors et Lara frissonna.

— Viens, ne restons pas au froid, déclara fermement Owl.

Il retira la main de ses cheveux, lentement, comme contraint et forcé, simplement parce qu'elle avait froid.

Cette fois, alors qu'ils se dirigeaient vers le pavillon, il ne lui tenait pas la main. Il avait enroulé un bras autour de sa taille et la serrait contre lui, pendant qu'ils marchaient ensemble.

Lara sourit en s'appuyant sur lui. Elle regrettait qu'ils soient obligés d'aller au pavillon. Elle aurait aimé retourner directement au chalet afin d'explorer ce qu'ils avaient commencé dans les bois. Mais l'attente était excitante. Et puis, elle voulait vraiment célébrer le mariage de Cora. Son amie méritait une grande fête, et il n'était pas question pour Lara de la manquer.

* * *

Carter Grant sourit en s'asseyant sur sa chaise.

Il avait réussi. Il avait mis beaucoup trop de temps à obtenir les informations dont il avait besoin, mais l'argent avait fait son œuvre. Et il avait repris contact avec un homme rencontré quelques années plus tôt. Quelqu'un de tout aussi déviant que lui... mais d'une manière différente. Il n'avait pas pour but de blesser et d'utiliser les femmes à l'instar de Carter. Son vice à lui, c'était l'argent. Il n'en avait jamais assez. Il aurait vendu sa propre mère pour gonfler son compte en banque.

Et comme Carter possédait ce que l'homme voulait – de l'argent liquide et impossible à tracer –, le type avait accepté sans rechigner de travailler avec lui.

Après des mois de travail acharné, à se creuser la tête

pour trouver un moyen de ramener Lara Osler dans son lit et sous son contrôle, il avait finalement trouvé.

Les connards qui possédaient le Refuge, ceux-là même qui l'avaient hébergée dans leur enceinte sécurisée allaient causer sa perte.

Ils voulaient un hélicoptère, or le nouveau complice de Carter avait de bonnes compétences en piratage informatique et une licence de pilote. Il savait également où trouver l'hélicoptère que les connards du Refuge voulaient.

Les courriels échangés au sujet de l'appareil permettaient à Carter de déduire qu'il n'allait pas tarder à récupérer celle qui lui appartenait. Sa Lara allait visiblement accompagner les deux anciens Night Stalkers pour essayer l'hélicoptère qu'ils espéraient acheter. Celui que son complice avait déniché exprès pour cette situation.

En quittant le Nouveau-Mexique, Lara lui offrait l'opportunité dont il avait besoin. C'était sa chance. Sa chance de la ramener là où était sa place, sous lui, à sa merci. Il se consumait d'impatience.

Avec l'aide de son complice et d'un sacré paquet de fric – qui en vaudrait vraiment la peine –, Lara Osler serait à nouveau à lui, et deux des connards qui avaient osé l'éloigner de lui seraient éliminés. Tout le monde y gagnerait.

Enfin... à l'exception de Lara, peut-être.

Elle découvrirait ce qui arrivait à ceux qui le défiaient. Si elle pensait avoir souffert avec lui précédemment, elle n'allait pas tarder à découvrir qu'elle avait tout faux. Il s'était montré clément avec elle. Mais c'était terminé.

Le sourire de Carter s'élargit et il tendit la main pour déboutonner son pantalon tandis que son sexe durcissait à vue d'œil. Maintenant qu'il avait un plan, qu'il la savait sur le point de redevenir sienne, il était au bord de l'orgasme.

Pas besoin d'une prostituée ligotée et bâillonnée. Il était si dur qu'il avait mal.

Il ne fallut pas plus d'une minute à Carter pour se soulager, et il ferma les yeux en imaginant que son sperme se répandait à nouveau sur le corps de celle qui lui appartenait.

Il referma son pantalon, sans prendre la peine de nettoyer les saletés qu'il avait laissées sur le sol de sa chambre d'hôtel. Il avait d'autres plans en vue. Et un endroit sûr à trouver : un endroit d'où Lara ne pourrait jamais s'échapper.

Rien ne le séparerait de la femme qui s'était enfuie. Rien ni personne.

**10**

———

Owl s'agita sur son siège en regardant Lara danser avec Cora. Après le dîner, les chaises de la salle à manger du pavillon avaient été repoussées, quelqu'un avait sorti une enceinte portative et mis de la musique. Le son n'était pas très fort, il n'y avait pas de lumières clignotantes, pas de piste de danse dédiée, mais cela n'avait pas l'air de gêner qui que ce soit.

Les hôtes qui s'étaient joints à eux pour le dîner avaient désormais regagné leurs chalets, et il ne restait plus que les hommes et les femmes qui vivaient et travaillaient au Refuge, célébrant dans la joie le mariage de deux nouveaux membres de leur groupe.

Owl se serait bien joint aux réjouissances sur la piste de danse, mais d'une part, il ne savait pas danser, et par ailleurs, son sexe était si dur qu'il ne voulait pas annoncer au monde qu'il avait du mal à se contrôler.

Il n'arrivait toujours pas à croire que Lara l'ait embrassé. Lorsqu'elle avait pressé ses lèvres contre les siennes sur la terrasse, il avait été tellement surpris qu'il n'avait pas su réagir. Une partie de lui avait cru qu'il s'agissait d'un rêve.

Alors qu'il se tenait là, à marier ses amis, il avait regardé Lara à un moment donné et s'était aussitôt retrouvé dans un rêve éveillé, où il s'agissait en fait de son mariage. Le sien et celui de Lara.

Puis elle l'avait embrassé. C'était si proche de ce qu'il imaginait alors qu'il avait eu du mal à démêler la réalité du fantasme sur le moment. Il n'avait pas eu le temps de faire ou de dire quoi que ce soit avant qu'ils ne soient interrompus.

Mais ce bref baiser avait ravivé tous ses espoirs et tous ses rêves. Jamais il n'aurait osé faire ce que Lara avait fait. Elle avait vécu l'enfer aux mains d'un autre homme, et il n'oubliait pas toutes les fois où elle avait paniqué à cause d'un bruit parasite, ou à l'idée d'être laissée seule et sans défense.

La Lara qui se tenait sur la terrasse avec leurs amis et lui, ce soir, n'était plus cette femme effrayée. Elle avait fait d'énormes progrès en matière de santé mentale, et en très peu de temps.

Owl ne se faisait pas d'illusion : elle n'était pas totalement guérie. Tout comme lui, d'ailleurs. Il y aurait des déclencheurs qui la renverraient directement dans cette cave de l'Arizona. Mais elle s'en sortirait, il n'en doutait pas.

Qu'elle lui fasse comprendre qu'elle voulait plus que de l'amitié entre eux – de la seule façon qui lui permette à lui de la croire –, cela allait au-delà de ses espérances. Et Owl ne doutait pas que son intérêt pour lui soit sincère. Il avait deviné les battements frénétiques du cœur de Lara à la veine qui pulsait dans son cou. Il avait senti la façon dont elle s'était accrochée à lui. Il pouvait pratiquement goûter le désir sur sa langue.

Elle le regardait comme il en avait toujours rêvé. Et il la désirait. Plus que de raison.

Bien sûr, Lara ne savait pas qu'il l'aimait déjà... mais cela pouvait attendre. La dernière chose qu'Owl voulait, c'était la pousser à fuir. Il continuait parfois à craindre qu'elle se serve de lui comme d'un tremplin pour retrouver sa vie. Qu'elle veuille une relation sexuelle juste pour prouver qu'elle en était capable après les saloperies que Grant lui avait faites, et qu'elle se rende compte ensuite qu'elle pouvait faire mieux.

Mais après ce baiser dans la forêt, qui l'avait mis sens dessus dessous et rendu plus dur qu'un rocher, Owl gardait espoir qu'elle était aussi intéressée par lui qu'il l'était par elle.

Il n'était pas coureur de jupons, mais il avait eu pas mal de femmes. Pourtant, quelque chose dans le baiser de ce soir était différent de tous les autres baisers qu'il avait connus. Une sensation plus intense, qui ne tenait pas seulement au désir sexuel. Lara et lui avaient une connexion qui allait plus loin que le simple assouvissement d'un besoin. Il l'avait senti dans ce baiser... et maintenant il était impatient de se retrouver seul avec elle.

Owl espérait un jour pouvoir convaincre Lara que personne ne l'aimerait jamais autant que lui. Que personne ne lui donnerait la sensation d'être aussi chérie et en sécurité. Il ferait tout pour qu'elle prenne la décision de rester à ses côtés. Maintenant et pour toujours.

Il voulait ce que Pipe avait. Ce que tous ses amis avaient. À savoir Lara devenue sa femme, le ventre rond de leur enfant. Elle riait et lui souriait depuis leur canapé alors qu'il se tenait au-dessus d'elle.

— Ils ont l'air heureux, commenta Tiny en tirant une chaise à côté de lui.

Obligeant ses pensées à s'éloigner de la femme qu'il

voulait dans son lit plus qu'il n'avait besoin de respirer, Owl se tourna vers son ami.

— Oui.

— Je dépasse probablement les bornes, mais tant pis. Ça montre que je me soucie de la situation : tu es sûr que commencer une histoire avec Lara est une bonne idée ?

Owl regarda son ami et envisagea de faire mine de ne pas comprendre, mais il abandonna cette idée en deux secondes. Tiny n'était pas idiot, loin de là. Des gens pleins de préjugés pourraient ne voir en lui qu'un crétin musclé, ou même supposer qu'il était trop beau pour être capable de pensée critique, mais ils auraient tort. Tiny était beau... mais il avait été un Navy SEAL, l'un des meilleurs parmi les meilleurs.

Malheureusement, de tous ceux qui dirigeaient le Refuge, il était aussi le plus méfiant et le plus cynique. Celui qui était le plus enclin à penser au pire dans n'importe quelle situation. Owl soupçonnait que ce trait de caractère était lié à son passé, et il ne pouvait pas le blâmer, le cas échéant. Ils avaient tous leur bagage à gérer.

— Oui, se borna-t-il à répondre.

Tiny haussa un sourcil.

— Pour une raison indéterminée, développa Owl, elle semble me désirer. Moi. Le gars en qui tout le monde voit le sosie d'un musicien populaire. Ou l'homme dont le visage a été diffusé sur internet, suppliant et pleurant pendant qu'on le torturait. Quelqu'un de doux ou de faible. Mais quand Lara me regarde, elle voit quelqu'un de complètement différent. Un homme capable de la protéger, de gérer le traumatisme qu'elle a subi, parce qu'il a vécu quelque chose de similaire. On a plus de choses en commun que de différences.

— Je ne suis pas sûre que ce soit la meilleure raison pour se lancer dans une relation avec quelqu'un, objecta Tiny à voix basse.

— Peut-être. Peut-être pas. Mais je l'aime, Tiny.

Owl avait prononcé ces mots d'un ton presque provocateur. Il était prêt à ce que son ami lui dise que c'était trop tôt. Qu'il se sentait protecteur envers elle à cause de ce qui s'était passé. Et ces objections-là, Owl se les était faites, mais il s'en fichait. Il savait ce qu'il ressentait, et c'était si différent de tout ce qu'il avait vécu avec d'autres femmes que ce n'était même pas comparable.

Tiny le stupéfia en se contentant de lâcher :

— Ah, d'accord.

— D'accord ? répéta Owl.

— Oui. Tu es un adulte. Si tu dis que tu l'aimes, tu l'aimes. Et je vais te confier un truc : elle ne trouvera pas mieux que toi.

Owl sentit sa gorge se nouer. Cette approbation du taciturne et quelque peu sévère Tiny lui faisait du bien.

— Et toi ?

— Quoi, moi ? demanda Tiny.

— Quelqu'un t'intéresse ?

Son ami ricana.

— Non.

Owl pencha la tête et scruta l'homme à côté de lui. Tiny avait protesté un peu trop vite, lui semblait-il.

— Luna est célibataire.

— Tu plaisantes ? C'est une gamine. En plus, Robert me couperait les bijoux de famille si je reluquais sa fille.

Tiny n'avait pas tort.

— Et Savannah ? Elle n'est pas souvent là, puisqu'elle peut faire la comptabilité à distance, mais elle est jolie.

— Et si tu arrêtais d'essayer de me piéger ? s'agaça Tiny. Ce n'est pas parce que tout le monde ici se marie et fait des gosses que c'est une obligation.

— Tu n'en as pas envie ? demanda Owl. Attention, je ne juge pas. Ça ne me dérange pas.

Tiny mit presque une minute entière à répondre. Alors qu'Owl pensait qu'il allait s'abstenir, il reprit :

— Ça me fait envie. Je regarde Brick et les autres et je vois à quel point ils sont heureux, et ça me donne encore plus envie. Mais...

Il s'interrompit, les yeux rivés sur la piste de danse qu'il ne voyait pas.

— Mais ? insista Owl.

Tiny haussa les épaules.

— J'ai des problèmes de confiance, lâcha-t-il finalement.

— Comme tout le monde ici, compatit Owl.

Tiny planta un regard intense dans le sien.

— Tu t'es déjà réveillé avec la femme que tu pensais épouser te plantant un couteau dans la poitrine ?

Owl en resta bouche bée.

— Euh... non.

— Eh bien, je déconseille. La simple pensée de m'endormir à côté d'une autre femme suffit à m'empêcher de dormir. Je ne suis pas sûr qu'une seule femme au monde puisse supporter ma paranoïa et mes problèmes de confiance.

— Tu serais surpris, nuança Owl.

— Je n'aime pas les surprises, grommela Tiny.

Owl ne put étouffer un gloussement.

— Tais-toi, maugréa Tiny en lui donnant un petit coup d'épaule.

Owl souriait toujours lorsqu'une nouvelle chanson

commença. Son sourire s'élargit, car toutes les femmes du Refuge convergeaient vers la piste de danse improvisée. Elles étaient toutes là. Jess, Carly, Ryan, Luna, et même Savannah. Et bien sûr, Alaska, Henley, Reese, Cora, Lara, et la petite Jasna.

— Y-M-C-A ! s'écrièrent-elles à l'unisson en utilisant leurs bras pour former les lettres correspondantes.

La pièce était remplie de bonheur et de joie. Si quelqu'un avait demandé à Owl s'il aurait pu imaginer la scène un an plus tôt, il aurait ri aux éclats. Les autres propriétaires du Refuge et lui n'étaient pas des ogres, mais ils n'étaient pas non plus ce que l'on pourrait appeler de gais lurons.

À un moment donné, sourire jusqu'aux oreilles, Cora passa un bras autour de la taille de Lara et ensemble, utilisant un bras chacune, elles firent les mouvements qui permettaient de former chaque lettre.

Une boule d'émotion se forma dans la gorge d'Owl. L'amitié entre ces deux femmes était indéfectible, et si forte qu'elle en était magnifique. Ce que Cora avait accompli pour Lara était quelque chose qu'il avait rarement vu.

La chanson se termina et Cora se tourna vers Lara pour la serrer fort dans ses bras. Elles échangèrent quelques mots sur la piste de danse avant que Cora ne lui sourie, puis ne se dirige vers son nouveau mari.

Une autre chanson commença. Voyant que Lara regardait autour d'elle, gênée, Owl se leva. Il était hors de question qu'elle ressente ne serait-ce qu'un instant de doute ou d'inquiétude. Pas après la joie pure dont il venait d'être témoin.

Une seconde plus tard, il était à ses côtés.

— Tu as soif ? demanda-t-il, sachant que ce n'était qu'une excuse pour s'assurer qu'elle allait bien.

— Un peu, répondit-elle en lui souriant.

Owl l'éloigna des autres danseurs et la conduisit jusqu'à une table où Robert avait installé un stand de boissons. Il y avait des sodas non alcoolisés dans un seau de glace, divers jus de fruits, des bouteilles d'eau, et même un punch auquel il avait donné le surnom hilarant de « Punch pour faire des bébés ». Il s'agissait simplement d'un punch aux fruits et au Sprite, mais tout le monde adorait.

Lara prit une bouteille d'eau et la lui tendit.

— Je n'ai pas soif, répliqua-t-il en haussant les épaules.

Elle sourit.

— Tu pourrais me l'ouvrir ?

— Oh ! Oui, bien sûr, fit-il en ôtant le bouchon avant de lui rendre la bouteille.

— J'aurais pu l'ouvrir moi-même, mais j'ai les mains un peu moites, expliqua-t-elle.

— Tu avais l'air de bien t'amuser, constata-t-il.

Il la prit par le coude pour l'écarter un peu de la table afin que d'autres puissent y accéder.

— Oui, admit-elle avec une pointe de nostalgie. Cela faisait un bail.

Owl ne put s'empêcher de se pencher vers elle et de l'embrasser sur la tempe.

— C'était pour quoi, ça ? demanda-t-elle avec un petit sourire.

— Pour te dire à quel point tu es belle ce soir. Que j'aime te voir détendue avec tes amies. Que je trouve ton amitié avec Cora extrêmement précieuse. Elle compte beaucoup sur toi, et ta présence ici ce soir, pour l'un des plus beaux moments de sa vie, signifie plus pour elle que tu le penses. Et puis... parce que j'avais envie de t'embrasser.

Les joues de Lara virèrent au rose et Owl ne parvenait plus à en détacher les yeux.

Elle se passa la langue sur les lèvres, puis regarda autour d'elle. Cora et Pipe étaient sur la piste de danse, à se balancer plus qu'ils dansaient réellement. Tonka tenait Jasna par les mains et la faisait tourner en rond, tandis que Spike était assis à une table avec Reese, une main sur son ventre pendant qu'il lui parlait à l'oreille. Alaska et Brick se tenaient à l'écart, discutant avec Ryan et Jess. Stone était parti depuis peu et Tiny discutait avec Robert.

— Tu as l'air fatigué, lâcha finalement Lara en se retournant vers Owl. Je sais que tu ne dors toujours pas beaucoup pendant la nuit.

Owl haussa les épaules.

— J'ai l'habitude, ma puce. Je me réveille en plein milieu et, quoi que je fasse, je n'arrive pas à me rendormir. Ce n'est pas nouveau.

— Hmm, eh bien, peut-être que tu as juste besoin de quelqu'un pour te border.

Il n'en fallut pas davantage pour que l'excitation qu'il avait ressentie toute la nuit revienne en force.

— Tu veux me border, Lara ? demanda-t-il avec un petit rictus.

Le rose de ses joues s'était mué en cramoisi. Elle releva le menton et lâcha :

— Oui.

Owl était impressionné par cette femme. Elle n'avait manifestement pas l'habitude de se montrer aussi entreprenante, mais elle le faisait quand même. Elle avait réussi à se retrouver. Et même s'il était certain qu'il aurait aimé l'ancienne Lara... celle que Cora leur avait décrite, à Pipe et lui, des mois plus tôt, alors qu'elle essayait de les convaincre de l'aider à la retrouver, cette nouvelle Lara était tout à fait irrésistible.

— Tu veux dire au revoir à Cora ?

— Je la verrai demain, répliqua Lara en secouant légèrement la tête.

Owl se força à la quitter des yeux et regarda Tiny. Croisant son regard, il lui adressa un petit geste du menton, puis indiqua la porte d'un signe de tête.

Tiny sourit et acquiesça.

Alors Owl n'hésita plus à enlacer Lara pour l'attirer contre lui et la faire pivoter vers la porte d'entrée du pavillon. Il crut l'entendre glousser à côté de lui, mais il ne pensait plus qu'à leur retour au chalet.

— On va chercher nos manteaux ? demanda Lara alors qu'il se dirigeait vers la porte.

Marmonnant un juron, Owl prit la direction de la plus petite salle de conférence, où chacun avait laissé sa veste avant le dîner.

Il trouva rapidement les leurs dans la pile et aida Lara à revêtir le sien. Dès qu'il eut enfilé son manteau, il saisit la main de Lara et la tira vers la porte.

Mais ils furent arrêtés cette fois par Alaska, qui voulait leur souhaiter bonne nuit. Puis Jasna déboula, exigeant de les serrer dans ses bras. Et Owl fut bientôt contraint de s'écarter pendant que tout le monde venait dire au revoir à Lara.

Non, ils ne cherchaient pas à lui faire plaisir à lui. Non, chacun tenait plutôt à s'assurer que Lara savait à quel point sa présence parmi eux leur faisait plaisir. Maintenant qu'elle était redevenue elle-même, cette femme était un aimant. Elle semblait attirer les gens par sa gentillesse, en donnant à tous ceux qu'elle rencontrait l'impression d'être la personne la plus importante au monde.

Owl avait l'impression que c'était la raison pour laquelle elle était si appréciée dans son travail à Washington. C'était aussi pour cela que les enfants accouraient vers elle. Ils comprenaient spontanément qu'elle les aimait tels qu'ils étaient. Ils n'avaient pas besoin de faire semblant d'être ce qu'ils n'étaient pas pour se sentir importants et dignes d'intérêt.

Dix minutes s'étaient écoulées depuis que tout le monde lui avait dit combien ils s'étaient amusés avec elle ce soir... et Henley était mine de rien assurée qu'elle ne partait pas à cause d'une crise de panique.

— Désolée, bredouilla Lara, un peu penaude, lorsqu'elle se tourna à nouveau vers lui.

— De quoi ?

— On était en train de partir, répondit-elle avec un petit haussement d'épaules.

— Si tu penses que j'allais priver tes amis d'une chance de te faire leurs adieux et de s'assurer que tu vas bien, tu me connais mal.

— Je te connais, répliqua-t-elle d'une voix douce. Tu m'as regardée toute la soirée. J'ai senti tes yeux sur moi. Tu t'assurais que j'allais bien. Je savais sans l'ombre d'un doute que si j'avais une mauvaise passe à traverser, tu serais là, ce qui m'a donné la sensation de pouvoir me laisser aller... juste un peu. De ne pas avoir à m'inquiéter de qui pourrait m'observer ou me guetter dans l'ombre.

— Et tu as bien eu raison, murmura Owl.

— Merci, dit Lara avec émotion. Avec toi, j'ai l'impression d'être la femme que j'ai toujours voulu être. Jolie, insouciante, populaire.

— Tu es tout cela et bien plus encore, ma puce.

— Non, mais grâce à toi, c'est la sensation que j'ai.

Si c'était la dernière chose qu'Owl devait faire de sa vie, il s'arrangerait pour que cette femme prenne conscience de sa valeur.

— Tu me ramènes à la maison ? demanda-t-elle.

À la maison. Oui, bien sûr. Il aimait qu'elle perçoive ainsi leur chalet. Sans un mot, il lui prit la main et ils se dirigèrent vers la sortie. Cette fois, personne ne les arrêta et Owl lui tint la porte ouverte.

La nuit était silencieuse et très obscure. Mais il aurait pu se rendre à son chalet les yeux fermés et la guider en toute confiance sur le chemin. Avec n'importe quelle autre femme, il aurait saisi l'occasion de l'embrasser dans l'obscurité. Pour attiser leur impatience. Mais il s'agissait de Lara. Et même si Owl était sûr à quatre-vingt-quinze pour cent qu'ils étaient seuls, il n'allait pas prendre le risque. Sa Lara n'aimait pas l'obscurité, et il ne pouvait pas vraiment la blâmer. Lui aussi préférait voir ce qui l'entourait.

Dès qu'ils furent parvenus au chalet, il déverrouilla la porte et les fit entrer, accrocha leurs manteaux côte à côte dans l'armoire de l'entrée, puis il se tourna vers elle.

— Tu veux boire quelque chose ?

— Non. C'est toi que je veux.

Owl cligna des yeux. Il n'était toujours pas habitué à ce qu'elle prenne les devants en matière d'intimité.

— Tu m'as, répondit-il sans hésiter.

Elle lui adressa un petit sourire alors qu'ils se tenaient dans le vestibule, à se dévisager. Puis Owl lui prit à nouveau la main et se dirigea tranquillement vers sa chambre.

Lorsqu'ils furent près de son lit, il relâcha sa main et recula d'un pas, mettant un peu d'espace entre eux.

— Si on doit faire ça, c'est toi qui prends les rênes, dit-il.

Perplexe, Lara cligna des yeux.

— Je préférerais me faire brûler vif plutôt que de te blesser. Et comme je suis aussi fier qu'on peut l'être des progrès que tu as réalisés, je ne veux surtout pas être la cause d'une rechute de ta part. Si, à un moment donné, tu veux arrêter, on arrêtera. Quoi qu'il arrive entre nous, ce sera parce qu'on le veut tous les deux, pas parce que tu essaies de te prouver quelque chose. D'accord ?

Owl vit ses épaules se détendre un peu et fut soulagé d'avoir choisi les bons mots.

— D'accord, opina-t-elle. J'aimerais d'abord aller me changer.

Il acquiesça. Son sexe risquait de porter des stigmates permanents à force de presser contre sa fermeture Éclair, mais il lui accorderait tout le temps du monde si c'était ce dont elle avait besoin.

— Tu me rejoins ici. Ou veux-tu que je vienne dans ta chambre ?

— Ici, répondit-elle sans hésiter.

Owl s'avança à nouveau vers elle et l'attira contre lui pour la serrer fort dans ses bras, savourant la sensation de son corps contre le sien.

Elle l'étreignit tout aussi férocement, les mains pressées dans son dos.

Puis elle s'écarta et il la laissa aussitôt repartir.

— Je vais revenir. Ne t'endors pas, plaisanta-t-elle.

Owl s'esclaffa.

— Aucune chance.

Elle recula, sans le quitter des yeux. Au dernier moment, elle tourna les talons et disparut. Ce fut seulement à ce moment-là qu'Owl laissa échapper le souffle qu'il avait retenu.

Il était très nerveux, craignant que ce soit trop tôt. Lara avait beau dire, elle essayait de se prouver que Grant ne l'avait pas définitivement privée de vie sexuelle. Il voulait être l'homme qui lui montrerait qu'elle était encore tout à fait désirable. Mais il voulait aussi la protéger d'elle-même… et de lui, si nécessaire.

Owl se dirigea vers la salle de bains pour se brosser les

dents. Il voulait être au lit quand elle reviendrait, ne serait-ce que pour avoir l'air le moins menaçant possible. Il n'avait pas menti. C'était elle qui aurait les rênes pour tout ce qu'ils feraient ou ne feraient pas ce soir.

C'était une sensation étrange que d'être à la fois excité au-delà du possible et effrayé à mort.

**11**

——————

Lara avait la gorge nouée. Elle avait envie de ça. D'Owl. Mais elle devait admettre qu'elle était nerveuse. Elle n'essayait pas vraiment de prouver quoi que ce soit à qui que ce soit, mais maintenant qu'il en avait parlé, elle se demandait si ce n'était tout de même pas un peu le cas.

L'idée d'être nue devant Owl lui serrait le ventre. Elle ne pouvait s'empêcher de se rappeler le regard lubrique de Carter lorsqu'il la touchait, lorsqu'il meurtrissait sa chair nue.

Fermant les yeux, Lara se força à inspirer profondément. Owl n'était pas Carter. Et elle pouvait le faire. Elle le voulait.

Elle enfila le tee-shirt ample qu'elle portait au lit et garda ses sous-vêtements. C'était sa tenue tous les soirs depuis qu'elle était arrivée au chalet, à l'exception du legging qu'elle portait d'ordinaire. Cela faisait bizarre de se promener les jambes nues, mais elle ne voulait pas se présenter dans le lit d'Owl presque complètement couverte.

Elle s'arrêta dans l'embrasure de la porte et le regarda fixement.

Sa salle de bains était allumée, ainsi qu'une lampe à côté

173

du lit. Owl était allongé sur le matelas, portant curieusement la même chose qu'elle. Un tee-shirt et un boxer. La lumière dans la chambre n'était pas très vive, mais pas faible non plus. En fait, c'était parfait.

L'autre aimait que toutes les lumières soient allumées pour qu'il puisse voir les bleus qu'il laissait sur sa peau. Mais il aimait aussi la laisser dans le noir quand il avait fini, et parfois il se faufilait en douce dans sa chambre et lui flanquait encore plus la frousse en surgissant de nulle part.

Owl semblait savoir instinctivement ce dont elle avait besoin.

Prenant une profonde inspiration, Lara se dirigea vers le lit et, sans réfléchir, s'allongea aussitôt à côté d'Owl. Elle se blottit contre son torse tandis qu'il se déplaçait pour l'enlacer et la tenir contre lui.

Ni l'un ni l'autre ne parla pendant un long moment. Puis Lara dit :

— Tu n'étais pas obligé de garder ton tee-shirt pour moi.

— Je sais, dit Owl.

Lara leva la tête. Il y avait dans sa voix une note étrange qu'elle ne comprenait pas.

— Je dors généralement en chemise et en pantalon de survêtement, expliqua-t-il en haussant les épaules. La nudité... ça me rappelle... La première chose que nos ravisseurs ont faite, ça a été de nous déshabiller. Ils voulaient nous humilier. Nos cellules étaient froides, vraiment très froides, et nu, c'était... pas cool.

C'était presque effrayant de constater la proximité de leurs expériences.

— Il a pris mes vêtements aussi, lâcha Lara à voix basse. Et même s'il ne m'a pas laissée nue, il m'a fait porter une nuisette qui grattait. Il la remontait complètement quand il était là, et même si elle n'était pas serrée, j'avais l'impression qu'elle m'étranglait. Parfois, il me la mettait sur le visage. Puis, avant de partir, il la rabattait sur le sperme qu'il venait d'éjaculer. Donc la nuisette était toujours humide. Inconfortable. Je détestais ce truc.

Elle se hissa sur un coude et regarda Owl.

— Alors... on garde nos tee-shirts ?

Il lui sourit et acquiesça.

— Ça me semble une excellente idée.

Lara se détendit. Elle aurait dû savoir qu'Owl lui faciliterait la tâche.

— Et maintenant ? murmura-t-elle.

— Maintenant, tu fais ce que tu veux.

Lara fronça les sourcils.

— Mais je veux que tu en profites aussi.

Owl ricana.

— Chérie, je ne peux rien imaginer de plus plaisant que de t'avoir dans mes bras. Peu importe si on ne fait rien d'autre que ça. Je te jure.

— Mais est-ce que tu veux plus ? ne put-elle s'empêcher de demander.

— Je veux tout, avoua Owl dont le regard se planta dans le sien.

La sincérité de ses mots la toucha au plus profond du cœur.

— Je veux ta bouche. Ton corps. Ton cœur. Ton âme. Je veux m'endormir avec toi dans mes bras et me réveiller de la même façon. Je veux que tu sois heureuse, en sécurité, et que tu vives ta vie exactement comme tu le souhaites. Il y a tellement d'autres choses que je veux, mais si je te les disais maintenant, tu sauterais probablement de ce lit et tu t'enfuirais de cette maison en criant.

Elle en doutait. Ce que cet homme voulait, elle ferait tout ce qu'il faudrait pour le réaliser.

— Pour l'instant, je veux un baiser, murmura-t-elle.

— Alors, viens donc le prendre, ordonna-t-il.

Lara se pencha lentement et obéit. Elle effleura ses lèvres et releva la tête, voyant qu'il ne bougeait pas.

— Owl ?

— Oui, ma puce ?

— Je veux que tu m'embrasses toi aussi.

Il sourit.

— Alors, reviens ici et donne-moi encore tes lèvres, je le ferai.

Elle s'exécuta. Et cette fois, Owl n'hésita pas à prendre ce qu'elle lui offrait. La main qu'il avait posée dans son dos remonta et plongea à nouveau dans ses cheveux pour maintenir sa tête là où il la voulait. Après quoi, il l'embrassa longuement, durement et profondément. Lara avait les lèvres meurtries et gonflées lorsqu'elle s'écarta pour reprendre son souffle et le fixer.

Soudain, ce n'était plus suffisant.

Elle était affamée. Jamais elle n'avait ressenti une chose pareille. Comme si elle risquait de se briser en mille morceaux si elle n'obtenait pas davantage de cet homme. Elle avait déjà fait l'amour, mais elle ne s'était jamais sentie... désespérée. Aux abois.

D'un mouvement résolu, elle grimpa à califourchon sur Owl, qui porta aussitôt les mains sur ses hanches et la maintint fermement en place tandis qu'elle luttait pour reprendre son souffle. Lentement, elle passa les mains sous son tee-shirt et toucha son ventre nu. Il était chaud et elle sentit ses muscles se contracter lorsqu'elle le caressa.

Souriant, savourant le pouvoir qu'elle détenait à se trouver sur lui, Lara remonta les mains. Elle ne voyait pas ce qu'elle touchait, mais sentait les poils de son torse lui chatouiller les paumes et lorsqu'elle atteignit ses tétons, son sourire s'élargit, car il se cambra à son contact. Elle joua un moment avec les petites pointes sensibles.

— Tu aimes ça ? demanda-t-elle.

— Oui.

Il avait les paupières baissées, comme s'il avait du mal à les garder ouvertes. Elle sentait son érection sous elle, mais ne s'en inquiétait pas. C'était Owl. Chaque molécule de son corps savait où elle était et avec qui elle se trouvait. Elle était en sécurité. Owl la protégerait.

Une image surgit dans son cerveau pendait qu'elle lui caressait le torse... d'Owl debout à côté du lit dans ce foutu sous-sol en Arizona.

Il avait veillé à ce que personne ne la touche. Tous les muscles de son corps étaient tendus, il serrait les poings pour s'interposer entre Carter et elle. Cette volonté de la protéger, elle, une inconnue, avait déjà fait son chemin jusque dans sa conscience. Et depuis qu'elle était avec lui, elle avait vu ce courage et ce désintéressement se manifester à maintes reprises.

Et elle le constatait maintenant encore. Il était allongé sous elle, tendu de la tête aux pieds, excité, et pourtant il lui confiait les rênes. Il la laissait donner le rythme. Cela signifiait tout pour elle. Absolument tout.

Lara se pencha pour l'embrasser à nouveau. Avec férocité. Et il la laissa prendre ce dont elle avait besoin. Mais elle voulait tout de lui. Elle voulait dévorer Owl. Prendre ce qu'il lui avait offert maintes et maintes fois. Sa force. Sa confiance. C'était égoïste, mais pour l'instant, Lara s'en moquait.

Elle détacha sa bouche de la sienne et prit un moment pour savourer la lueur trouble dans ses yeux et la difficulté avec laquelle il respirait. Elle descendit lentement le long de son corps, enfonçant légèrement les ongles dans son torse. Il écarta les jambes pour lui laisser de l'espace. Lara remonta son tee-shirt, juste un peu, pour pouvoir atteindre la ceinture de son boxer.

Levant les yeux vers lui, elle vit qu'il se cramponnait aux oreillers et les froissait, levant un peu la tête pour mieux voir ce qu'elle faisait.

Sourire aux lèvres, Lara fit lentement descendre le boxer pour libérer son sexe. Pas complètement, mais il souleva les fesses, ce qui lui permit de tirer le tissu sur ses cuisses. Elle était trop impatiente de le toucher pour le faire descendre plus loin.

Prenant l'érection d'Owl dans sa main, elle l'entendit retenir son souffle lorsqu'elle la serra. Son sexe n'était pas très long, mais il était plus épais que tous ceux qu'il lui avait été donné de voir. Le gland violacé tressauta quand elle enroula la main autour de sa base.

— Putain de merde, ma puce. S'il te plaît.

— S'il te plaît, quoi ? demanda-t-elle avec un petit sourire en coin.

— Fais tout ce que tu veux. Tout, répondit-il.

Ce pouvoir était enivrant. Elle avait été privée de sa capacité de choisir de la manière la plus brutale qui soit. Elle n'avait pas pu dire « oui » ou « non ». Elle n'avait pu que subir les caprices d'un psychopathe. Owl lui rendait son pouvoir, et elle n'avait jamais autant aimé quelqu'un.

Resserrant sa prise, Lara fit remonter sa main, puis la redescendit le long de cette érection.

— Oh oui…, lâcha Owl.

À voir son visage, on n'aurait pas cru qu'il appréciait ce qu'elle lui faisait, mais lorsqu'une perle annonciatrice de la jouissance se forma à la pointe, le doute ne fut plus permis. Les poings serrés le long du corps, il était allongé sous elle, complètement à sa merci.

Elle n'hésita qu'un instant lorsque l'odeur de son désir s'engouffra dans ses narines. Une odeur musquée qui lui rappela la cave, mais elle prit une profonde inspiration et se concentra sur le moment présent.

Baissant les yeux, elle regarda sa main qui le caressait. La peau douce de son sexe coulissait avec sa main. Ses bourses semblaient monter au rythme de ses caresses. Lara glissa une fois de plus son autre main sous le tee-shirt et titilla son téton tout en serrant plus fort son érection.

Il souleva les hanches, mais sembla se souvenir de l'endroit où il se trouvait et de la personne qui lui procurait ces sensations et les plaqua sur le matelas.

— Je vais jouir, l'avertit-il. Je ne sais pas trop si c'est ce que tu veux.

Même maintenant, au milieu de son propre plaisir, il cherchait à la protéger. Son amour pour lui grandit encore. Voulait-elle qu'il jouisse ? Oui. Sans aucun doute. Mais comme ça ? Probablement pas. Elle entendait presque Henley dans sa tête, l'avertissant de faire des petits pas plutôt que de sauter à pieds joints dans le grand bain.

— Oui, je le veux, le rassura-t-elle. Mais... je ne veux pas en avoir sur moi.

Dans sa main, l'érection d'Owl se dégonfla un peu et elle détesta cette sensation.

— Viens ici, ordonna-t-il pour l'empêcher de s'attarder sur ses démons.

Le lâchant à contrecœur, Lara remonta vers lui.

— Plus haut, insista-t-il en lui posant doucement les mains sur les hanches.

Elle avança d'un centimètre supplémentaire.

Il sourit.

— Plus haut, insista-t-il un peu plus fermement, utilisant

sa force pour la tirer jusqu'à ce qu'elle soit assise à califour-chon sur sa poitrine.

Son sexe se trouvait à quelques centimètres du visage d'Owl maintenant, et Lara se sentit tout excitée à l'idée d'avoir sa bouche sur elle. Ce n'était certainement pas quelque chose qui s'était produit pendant sa captivité. Tout ce qui pouvait lui donner du plaisir était exclu. Il n'y avait que l'autre qui comptait.

Elle sursauta lorsque les mains d'Owl passèrent sous son tee-shirt.

— Ça va ?

Elle s'empressa d'opiner.

Il avait le regard fixé sur son visage tandis qu'il faisait remonter ses mains pour lui caresser doucement les seins et en titiller les mamelons à l'aide de ses pouces.

Une fois de plus, elle se retrouvait au sous-sol, mais dès qu'elle regarda le visage d'Owl, ces souvenirs s'estompèrent. Cela n'avait rien à voir avec ce qui s'était passé là-bas. Owl avait les mains douces, agréables sur sa peau.

— Tu es parfaite, marmonna-t-il. Tu es faite pour mes mains autant que pour moi.

Il serra doucement, sans que cela lui fasse mal. Pas le moins du monde. Lara s'arqua instinctivement à son contact.

— C'est ça. Laisse-moi te donner du plaisir. Parce que c'est ce que je ressens avec toi. Tu ne te rends pas compte que tu m'excites comme un fou en ce moment. Tu es forte, capable et responsable.

Chaque mot qu'il prononçait était destiné à lui donner le contrôle, et étonnamment, plus il la touchait, plus elle voulait qu'il continue.

Levant les mains, elle les plaça sur les siennes, à travers le tee-shirt, pour l'encourager à serrer plus fort.

— Doucement, ma puce. On va y arriver. Laisse-moi juste t'aimer doucement.

Haletante, Lara laissa retomber ses mains et s'appuya sur ses épaules. Elle n'avait aucune idée du temps qu'il passa à la caresser. Mais soudain, ce n'était plus suffisant. Elle était trempée. Ses tétons étaient durs comme de la pierre et elle avait besoin de plus. Elle avait besoin de jouir.

Se déplaçant rapidement, ce qui délogea les mains d'Owl au passage, elle se décala sur le côté et retira sa culotte avant de ramener une jambe sur son torse.

— Fais-moi jouir, exigea-t-elle en le fixant d'un air de défi.

— Avec plaisir. Rapproche-toi, Lara. Mets ta chatte sur ma bouche.

Ses mots firent grimper le désir en flèche dans son corps. Elle n'avait jamais été une adepte des propos salaces, mais avec cet homme ? Elle adorait.

S'avançant, elle regarda Owl se passer la langue sur les lèvres, impatient. Elle était pratiquement ruisselante à présent. Levant une main, il replia l'oreiller sous sa tête, se hissant un peu plus haut, puis il utilisa son autre main pour empaumer l'une de ses fesses.

Lara poussa un petit cri lorsqu'il leva la tête et l'enfouit entre ses lèvres.

Le premier coup de langue fut incroyable, mais lorsqu'il se focalisa sur son clitoris et commença à sucer comme si sa vie en dépendait, elle crut que son cœur allait s'arrêter de battre.

— Owl, murmura-t-elle, essayant de se cabrer sous l'intensité de ce qu'il lui faisait.

Mais il resserra sa prise sur ses fesses et la maintint contre lui alors qu'il léchait et avalait chaque once de plaisir qui s'écoulait de son corps.

— Tu es si belle, murmura-t-il avant un nouveau coup de langue.

En baissant les yeux, Lara eut du mal à croire que cela se produisait. Les étreintes qu'elle avait connues par le passé étaient très peu inventives. Elle s'était allongée sur le dos pendant que ses petits amis la pénétraient. C'était bon, mais ça n'avait jamais été aussi... intense.

Elle se mit à balancer les hanches, comme mue par l'instinct. Elle se frottait au visage d'Owl, dans l'espoir de stimuler son clitoris au maximum.

— C'est ça. Baise mon visage, l'encouragea-t-il.

Dans n'importe quelle autre situation, Lara aurait probablement été mortifiée. Mais elle était si proche d'un orgasme monstrueux qu'elle n'avait pas l'énergie nécessaire pour penser à autre chose qu'à jouir.

Elle passa une main entre ses jambes dans l'espoir de déclencher la jouissance, mais Owl ne l'entendait pas de cette oreille : il écarta ses doigts.

— C'était mon travail, déclara-t-il, féroce, avant de lever la tête et de refermer les lèvres sur son clitoris.

Lara se figea un instant... avant de voler soudain en mille morceaux. L'orgasme fut si puissant qu'il en fut presque douloureux. Dans le bon sens du terme. Cela faisait une éternité qu'elle n'avait pas ressenti quelque chose de semblable, mais en même temps, cette autre sensation, là, était complètement nouvelle.

Owl l'avait retournée sens dessus dessous et, secouée de spasmes, elle se sentait plus en sécurité qu'elle ne l'avait jamais été de toute sa vie.

Même si des répliques de son plaisir continuaient à lui secouer le corps, Owl se retira et la regarda fixement.

— S'il te plaît... baise-moi, Lara. J'ai besoin de toi. À mort.

Elle bougea, obnubilée par l'idée de soulager le désir qu'elle entendait dans sa voix. Elle descendit le long de son corps jusqu'à se retrouver au-dessus de son sexe, dur comme un roc. Une goutte annonciatrice de son plaisir perlait au bout du gland. Owl serra les dents lorsqu'elle se saisit de son membre.

Puis, il inspira brusquement : elle venait de positionner son érection entre ses jambes.

Elle hésita, faisant durer le moment. Pourquoi ? Elle ne savait pas trop. Elle se sentait bien, vraiment bien, et il était évident qu'Owl souffrait.

— C'est bon, lâcha-t-il d'une voix tremblante. Tu t'es débrouillée comme une cheffe, ma puce. Je passerai le reste de ma vie avec ton goût sur ma langue. On peut arrêter. Ce n'est pas grave.

Lara réalisa soudain ce qu'elle était en train de faire.

Elle le testait. Elle voulait voir s'il s'arrêterait vraiment comme il l'avait promis.

Et ça craignait. Parce qu'elle avait confiance en Owl. Plus qu'elle n'avait jamais fait confiance à personne. Et elle était là, à le torturer. Il était sur le point de jouir et elle hésitait, en lui faisant croire qu'elle n'était pas sûre de lui. D'eux.

Sans plus réfléchir, elle s'empala sur lui et le prit jusqu'à la garde.

Ils poussèrent un petit cri en même temps.

La sensation était un peu douloureuse, mais à peine. Tout ce qu'elle ressentait, c'était la plénitude. Il l'emplissait totalement et, pour la première fois, elle avait l'impression de ne faire qu'un avec un homme.

Owl déplaça à nouveau les mains pour lui agripper les hanches d'un geste ferme, mais doux. Il fixa l'endroit où leurs deux corps s'unissaient avec une admiration sans mélange.

Lara n'oublierait jamais ce moment. Jamais. Pour le reste de sa vie, elle se le jouerait encore et encore. Owl lui avait donné le contrôle de leurs ébats. Il l'avait laissée faire à sa guise, ne donner que ce qu'elle se sentait capable de donner. Et en cet instant, elle voulait s'offrir tout entière.

Il était à elle. Elle ne l'abandonnerait pas. La protection et la possessivité qu'elle ressentait à son égard étaient nouvelles. Elle n'avait jamais ressenti cela pour qui que ce soit auparavant. Mais cet homme ? Elle se battrait jusqu'à la mort pour lui.

Elle essaya d'onduler des hanches, mais Owl l'immobilisa.

— Owl, gémit-elle. Je veux bouger.

— Je ne peux pas te protéger, lâcha-t-il d'un ton torturé.

Lara se figea.

* * *

Owl n'avait jamais rien ressenti d'aussi incroyable que le sexe de Lara enserrant son membre. Il était né pour être en elle. Elle était trempée, ses fluides dégoulinaient sur lui jusqu'à ses bourses. Il l'avait léchée comme si sa vie en dépendait, et c'était peut-être le cas, en effet.

Et il avait presque explosé de fierté quand elle l'avait pris en elle. Mais alors qu'il regardait l'endroit où son sexe plongeait dans le corps de Lara, il paniqua.

Il n'avait pas mis de préservatif.

— Je ne peux pas te protéger, déclara-t-il.

— Quoi ? fit-elle, visiblement blessée.

— Je n'ai pas mis de préservatif, expliqua-t-il en serrant les dents.

Il sentait chacun des mouvements qu'elle faisait. Ses muscles intérieurs se contractaient autour de son érection comme pour ne plus jamais la lâcher. Non qu'il ait la moindre intention d'aller ailleurs. Il pourrait vivre en elle, comme ça, jusqu'à la fin de ses jours. Pourtant, il refusait de faire quoi que ce soit qui puisse la blesser. Qui pourrait lui faire regretter leur étreinte.

Elle fronça les sourcils, tout en le regardant fixement.

— La dernière chose que je veux, c'est déclencher un flashback. Et une étreinte, ça peut être un peu sale, ma puce. Surtout sans préservatif. Je sais ce qu'il t'a fait, et je préfére-rais que tu ne voies pas mon sperme.

Lara se redressa, un infime mouvement qui le fit gémir.

— Attends, laisse-moi voir si je te comprends. Tu ne cherches pas à me protéger d'une grossesse ni des maladies que j'aurais pu attraper à cause d'un tueur en série. Tu penses que la vue de ton sperme, le résultat du plaisir que tu éprouves à être en moi, pourrait déclencher une crise de panique ?

Elle avait l'air si confuse qu'Owl s'empressa d'expliquer.

— Oui. Pour information, je ne demande pas mieux que de te faire un enfant. Il n'y aurait rien de plus sexy à mes yeux que de savoir que mon fils ou ma fille grandit dans ton ventre. Et non, je ne m'inquiète pas pour les maladies parce que j'étais là quand le médecin t'a communiqué les résultats des tests qu'il a effectués à l'hôpital en Arizona, tu te souviens ? Alors, oui, si la vue de mon sperme qui s'écoule entre tes jambes a ne serait-ce qu'un pour cent de chance de gâcher nos ébats, je ne veux pas courir ce risque. Lève-toi une minute que j'aille chercher un préservatif dans le tiroir. Ils ont peut-être dépassé la date de péremption, mais c'est mieux que rien.

Cette conversation était tout sauf sexy, mais le sexe d'Owl n'avait pas perdu sa dureté. Comment aurait-il pu alors qu'il était enfoui dans le fourreau le plus chaud et le plus humide qu'il ait jamais eu le plaisir et le privilège de pénétrer ?

— Tu... Owl... Tu ne peux pas.

— Je ne peux pas quoi ? Prendre le préservatif ? Bien sûr que si. Il faut juste que tu te lèves pour que je puisse atteindre le tiroir.

En réponse, Lara se coucha sur lui, s'appuyant de tout son poids sur son torse. Cela fit frémir le membre en elle, et il sentit de nouveau son plaisir s'annoncer. Serrant les dents, priant pour ne pas exploser prématurément, il l'enlaça.

— Non... tu ne peux pas vouloir me mettre enceinte, insista-t-elle en le regardant dans les yeux.

— Pourquoi pas ?

— Parce que ! C'est dingue. Les mecs n'aiment pas être piégés.

— Moi si. Piège-moi, Lara. S'il te plaît.

— Tu es bizarre.

— C'est vrai, concéda Owl sans la moindre inquiétude. J'ai appris à mes dépens à quel point la vie était précieuse. Combien elle pouvait être courte. Je ne sais pas pourquoi ni comment j'ai survécu, mais je serais damné si je laissais la meilleure chose qui me soit jamais arrivée me glisser entre les doigts. Je t'aime, Lara. Tu es tout pour moi. Je veux t'épouser, avoir des enfants avec toi et vivre heureux à tes côtés, soit ici au Refuge avec nos amis, soit, si tu préfères, à Washington, pour que tu puisses retrouver ton travail et casser la baraque avec ces enfants. Je me fiche de l'endroit. Tant que tu seras avec moi, je serai heureux. Et si tu ne veux rien de tout ça, tu devrais descendre de moi et retourner dans ta chambre. On trouvera une autre solution pour t'héberger. Peut-être que tu pourras loger avec Cora et Pipe. Tout ce qui te conviendra. Mais je ne peux plus garder ça pour moi.

Owl était pratiquement haletant lorsqu'il eut terminé. Et dès qu'il eut prononcé ces mots, il les regretta. Non seulement parce qu'il savait qu'ils mettaient la pression à la femme dans ses bras, mais aussi parce qu'il ne voulait pas la voir partir, loger chez son amie. Il la voulait là où elle était. Dans son lit, dans son chalet, où il pourrait continuer à s'assurer qu'elle guérissait de cette saloperie que la vie lui avait infligée.

En réponse, Lara se redressa lentement et Owl tenta frénétiquement de remonter les boucliers qu'il avait laissé tomber autour de son cœur pour que cette femme y entre. Cela le tuerait, mais il la laisserait partir et ne lui compliquerait pas la vie.

Intérieurement, il se renfrogna. Ce n'était pas gênant… non, non. Il venait de lui dire qu'il voulait la mettre enceinte. Comment cela pourrait-il ne pas être gênant ?

Alors qu'il s'apprêtait à sentir le froid de l'air sur son sexe lorsqu'elle s'écarterait de lui, elle le stupéfia en attrapant le bas de son tee-shirt.

Elle le fit passer par-dessus sa tête et voilà qu'elle était à califourchon sur lui, complètement nue.

Et. Elle. Était. Parfaite. Putain.

Ses seins frémissaient à chacune de ses respirations. Ses tétons étaient pointés et durs, réclamant sa bouche. Elle avait un petit ventre, et la vision de ses hanches qui s'écartaient lorsqu'elle le chevauchait était le spectacle le plus érotique dont il ait jamais été le témoin.

Puis elle bougea. Non pas pour s'éloigner de lui, comme il s'y attendait, mais de haut en bas, sur son érection.

— Je t'aime aussi, lâcha-t-elle en fixant son regard sur le sien.

Elle enfonçait les ongles dans son torse, et il les sentait même à travers le tee-shirt qu'il portait encore.

— Je suis allée voir Henley seule, reprit-elle, parce que je voulais parler de toi. J'ai admis que je t'aimais, et je lui ai dit que j'avais peur que ce soit une sorte de réaction instinctive à tout ce qui s'était passé. On en a longuement parlé... et j'ai réalisé que mon amour pour toi n'était pas dû à un besoin d'être secourue ou protégée : il est lié à l'homme que tu es. Je t'ai cherché toute ma vie, Owl... Demande à Cora. Elle te le dira. Et c'est presque incroyable que je t'aie trouvé au moment précis où j'avais renoncé.

Owl pouvait à peine se concentrer sur ce qu'elle disait. La sensation de son sexe étroit autour de son érection pendant qu'elle le chevauchait le distrayait au plus haut point. Il la saisit par la taille, pour interrompre ses mouvements.

— Tu m'aimes ? demanda-t-il, désireux d'entendre à nouveau la partie importante.

— Oui.

— Redis-le, ordonna-t-il.

Elle sourit.

— Je t'aime.

Owl ferma les yeux et laissa les mots faire leur chemin dans son cœur.

— À ton tour, ajouta-t-elle.

Il rouvrit les yeux et plongea ses yeux dans les siens.

— Je t'aime. Tellement que c'est presque effrayant.

Elle acquiesça, visiblement sur la même longueur d'onde.

— Tu veux vraiment un enfant ?

— Avec toi ? Oui.

— Alors, lâche-moi pour que je puisse bouger et qu'on voie comment faire.

— Tu veux des enfants ?

— Avec toi ? l'imita-t-elle. Oh que oui !

Il n'en fallut pas plus pour qu'Owl jouisse.

Il n'avait rien prévu de tel. Il voulait que sa femme atteigne une nouvelle fois l'orgasme. Mais en l'entendant dire qu'elle voulait un enfant, il perdit tout contrôle sur lui-même. Sur un grognement, Owl sentit son sexe tressaillir alors qu'il se déversait en elle.

— Merde, geignit-il lorsqu'il fut de nouveau en mesure de parler.

Lara lui sourit.

Sans se retirer – parce qu'honnêtement, Owl adorait être en elle –, il porta la main à son clitoris. D'une main, il la maintenait en équilibre sur lui, de l'autre il titillait sa boule de nerfs ultra sensible.

— Je pensais... que c'était moi... qui avais les rênes, haleta Lara en se tortillant sur lui.

— Oui, la rassura-t-il tout en la poussant de plus en plus près du bord.

— Ce n'est pas l'impression que ça donne, protesta-t-elle avec un petit sourire.

— Tes désirs sont des ordres.

— Je te veux, toi, dit-elle.

— Alors tu m'as. Je suis à toi. Maintenant, jouis pour moi. Que je te sente jouir sur ma queue.

Avant qu'il ait fini de parler, elle jouissait à nouveau, ses parois intimes convulsant autour de son érection. Il n'avait jamais rien vécu d'aussi érotique que cet instant.

Étonnamment, ou peut-être pas tant que ça, Owl se sentit durcir à nouveau en elle.

Il voulait la retourner sur le dos et la baiser vite et fort, mais comme il l'avait dit, c'était elle qui commandait. Et il ne voulait rien faire qui puisse la tirer de la brume de plaisir dans laquelle elle se trouvait. Il projeta les hanches en avant, pour s'enfoncer dans son corps.

Tous les deux gémirent.

— Encore, supplia-t-elle.

Il n'obligerait jamais cette femme à l'implorer pour quoi que ce soit. Il la souleva donc un tout petit peu, afin d'avoir un peu d'espace pour aller et venir, puis s'enfonça en elle de plus belle, encore et encore. Au bout d'un moment, les muscles de son ventre commencèrent à fatiguer, mais il ne s'arrêta pas. La vue de leurs fluides combinés sur son membre lorsqu'il se retirait le fit durcir davantage. Ils salissaient les draps, mais là encore, Owl s'en moquait. Il dormirait volontiers dans des draps humides tous les soirs pour le restant de ses jours.

— Je vais encore jouir en toi, la prévint-il. Mon sperme ira si loin en toi que mes petits gars atteindront forcément tes ovules.

— Tais-toi, Owl. Ce n'est pas sexy, geignit-elle.

Elle avait tort. L'idée de la mettre enceinte était absolument torride.

Il était sur le point de jouir quand Lara prit le contrôle et s'assit sur lui – durement. Puis elle contracta ses muscles intérieurs aussi fort qu'elle le put, pour le baiser à l'aide de ses parois internes.

Owl eut l'impression que la pièce devenait floue au moment où il explosa.

Lorsqu'il revint à lui, Lara était de nouveau allongée sur lui, son sexe toujours fiché en elle, mais il savait que ce n'était qu'une question de temps avant qu'il ne glisse hors de son corps. Il se redressa du mieux qu'il put, attrapa la couverture et la tira sur eux deux.

Puis il fit quelque chose qu'il n'aurait pas pu imaginer pour leur première fois ensemble... voire jamais. Il se déplaça et se tortilla pour ôter son tee-shirt. Son boxer était encore autour de ses cuisses, mais il s'en fichait. La sensation de se retrouver peau contre peau avec Lara était paradisiaque.

Ce fut aussi ce qu'elle dut penser, car elle poussa un profond soupir et se blottit plus près de lui.

Ils restèrent silencieux un moment avant qu'elle ne demande :

— Tu penses que tu vas pouvoir dormir maintenant ?

Owl gloussa.

— Oui, ma puce.

— Bien.

Il ne lui expliqua pas que son problème n'était pas de s'endormir, mais de se réveiller au milieu de la nuit et d'être incapable de retrouver le sommeil. Mais avec une Lara nue dans ses bras, une insomnie ne serait pas vraiment un problème.

— Est-ce que c'est bizarre ? murmura-t-elle au bout d'un moment.

— Non, répondit Owl avec fermeté.

— Je ne pense pas, moi non plus. Mais certaines personnes trouveront ça bizarre.

— Qu'elles aillent se faire foutre.

Elle gloussa à son tour, la tête enfouie contre son torse.

Owl relâcha son souffle et son sexe glissa hors du sien.

— Oh… ça fait bizarre ! s'exclama-t-elle.

En fait, c'était horrible. Mais Owl se contenta de déplacer Lara dans ses bras pour qu'elle soit bien allongée sur le matelas, ce qui devait être plus confortable que sur lui, et il en profita pour retirer son boxer d'un coup de pied, sans se soucier de l'égarer sous les couvertures. Il s'occuperait du lit demain.

Ils restèrent ainsi pendant une minute ou deux, avant que Lara ne relève la tête.

— Tu serais offensé si je remettais mon tee-shirt ? demanda-t-elle.

Owl poussa un soupir de soulagement.

— Non, j'allais te poser la même question.

Ils se sourirent en attrapant leurs hauts respectifs. Puis ils reprirent leur position précédente. Même si Owl avait adoré la sentir contre lui, il ne pouvait nier qu'il était beaucoup plus à l'aise protégé par son tee-shirt.

— Je t'aime, murmura Lara au bout d'un moment.

— Moi aussi, répondit Owl, la poitrine de nouveau envahie par un immense sentiment de puissance. Dors, maintenant. Les nouveaux clients et leurs enfants seront là avant que tu ne t'en rendes compte, et je sais que Cora et toi avez des tas de choses à planifier.

— C'est vrai.

Owl crut qu'elle allait ajouter quelque chose, mais ce qu'il entendit ensuite, ce furent ses respirations profondes tandis que son corps se détendait complètement contre le sien.

La responsabilité qu'il ressentait à l'égard de cette femme était presque écrasante. Mais il avait aussi l'impression que leur relation était faite pour durer. La vie avec elle serait plus compliquée que son existence de célibataire, cependant il s'y exerçait déjà depuis quelques mois, et il se rendait compte qu'il se réjouissait de leur avenir commun. Et c'était nouveau, car depuis qu'il avait été sauvé, lui, il n'avait fait que se laisser porter par le mouvement de la vie.

Owl embrassa Lara sur le front et sourit lorsqu'elle murmura quelque chose dans son sommeil. Blotti contre elle, il ferma les yeux. La vie lui souriait enfin. Il avait une femme qu'il aimait et qui l'aimait en retour, le Refuge était prospère, ses amis étaient heureux, ils allaient avoir un hélicoptère, il pourrait à nouveau voler, et la possibilité d'avoir des enfants se profilait à l'horizon.

La vie était belle, et il ferait tout ce qu'il fallait pour qu'elle le reste.

* * *

Trois heures plus tard, Owl se réveilla. Momentanément confus, il ne comprenait plus où il se trouvait et avec qui, puis tout lui revint. Lara dormait paisiblement à ses côtés. Ils avaient roulé sur le flanc dans leur sommeil, et il était maintenant enroulé contre son dos.

Il soupira et se tourna vers l'horloge. Les insomnies, c'était une plaie. Il en souffrait depuis qu'il avait été prisonnier de guerre. Tout le monde disait que le problème s'estomperait à mesure qu'il guérirait physiquement et mentalement, qu'il serait capable de dormir la nuit entière, mais voilà, des années plus tard, il se réveillait toujours au bout de quelques heures de sommeil. Peu importait ce qu'il avait fait, quels que soient les remèdes qu'il essayait, une fois qu'il se réveillait, c'était fini. Il n'avait plus qu'à se lever.

Ainsi qu'il l'avait envisagé plus tôt, cette fois-ci au moins, il pouvait rester dans son lit à contempler Lara. Cela rendait son insomnie supportable. Il avait l'impression de rêver : il tenait enfin dans ses bras la femme qu'il désirait depuis des mois. Il la respectait, l'admirait, s'inquiétait pour elle et, oui, l'aimait à la folie. Et elle l'aimait en retour.

Puis, une chose surprenante se produisit. Alors qu'il était allongé avec Lara dans ses bras, revivant l'étreinte la plus incroyable qu'il ait jamais connue et pensant aux noms de leurs futurs bébés, se demandant quel genre de femme enceinte serait Lara... il se sentit somnoler.

Owl ne misait pas trop là-dessus. Cela s'était déjà

produit à de rares occasions par le passé. Il avait l'impression d'être sur le point de se rendormir, puis il restait là pendant des heures, déprimé d'avoir échoué...

Il se retrouva soudain devant Lara qui l'allongeait sur le dos et lui souriait.

— Bonjour, dit-elle.

— Bonjour, marmonna-t-il avant de se figer.

Toujours sensible à ses réactions, Lara fronça les sourcils.

— Quoi ? Qu'est-ce qui ne va pas ?

— J'ai dormi, constata-t-il, estomaqué.

— Quoi ?

— Je me suis réveillé au milieu de la nuit, comme toujours... mais ensuite... je me suis rendormi.

— Ah, chouette ! lança-t-elle en se détendant.

— Non, tu ne comprends pas. Chaque nuit depuis plus de cinq ans, je me réveille et je n'arrive pas à me rendormir. J'ai des insomnies depuis qu'on m'a sauvé de cet enfer. Mais la nuit dernière... je me suis réveillé, puis je me suis rendormi.

Lara se débarrassa de ses derniers restes de somnolence.

— C'est génial !

— C'est toi, répliqua Owl avec respect.

— Je pense que c'est sans doute les deux orgasmes que tu as eus, nuança-t-elle avec un petit sourire.

— Non, c'est toi, insista-t-il. Comme je t'avais dans mes bras et que je te savais en sécurité, mon cerveau s'est enfin arrêté de tourner.

Elle le fixa avec un regard étrange. Ce fut au tour d'Owl d'être inquiet.

— Quoi ?

— C'est juste que... Ça fait tellement longtemps que j'aspire à t'avoir à mes côtés, et maintenant...

Elle se tut.

— La roue tourne. J'ai besoin de toi pour dormir, répliqua Owl sans hésiter.

— Tu as besoin de moi, chuchota Lara.

— À cent pour cent.

— Je... c'est mal que j'aime ça ?

Owl secoua la tête.

— Non. Mais tu sais ce que ça signifie, n'est-ce pas ?

— Quoi ?

— Qu'on ne pourra plus dormir séparément. Plus jamais.

Il ne plaisantait qu'à moitié.

— Ce n'est pas un problème pour moi, s'empressa-t-elle de déclarer, avant de redevenir sérieuse. J'ai tellement cru que j'étais brisée... Je détestais de ne pas être capable de te perdre de vue. Je me sentais faible. Mais maintenant, je sais que je peux te donner quelque chose en retour... ça équilibre un peu la balance.

— Ce n'est pas un concours, objecta Owl.

— Je sais. Et je ne m'explique probablement pas très clairement. Mais ça me fait du bien de savoir que je peux t'aider, même si c'est de cette petite manière, et même si je ne pense pas que ce soit vraiment moi qui t'ai aidé à dormir la nuit dernière.

Le mérite lui en revenait. Owl n'en doutait pas. Il avait abandonné tout espoir de dormir une nuit entière, et la première fois qu'il avait tenu Lara dans ses bras, il avait sombré dans un sommeil de bébé. C'était bien à elle qu'il devait ce miracle. Elle était ce qu'il recherchait depuis le début. Sa présence avait permis à son cerveau de s'éteindre, d'arrêter de revivre toutes les mauvaises choses qui lui étaient arrivées. Et... il devait admettre que les orgasmes n'avaient probablement pas fait de mal non plus.

— Tu as faim ? demanda-t-il, soudain impatient de se lever et de commencer la journée.

Il se sentait très bien après avoir dormi un peu plus longtemps.

— Je ne dis pas « non ».

— Tu veux que je te prépare des galettes de pommes de terre, du jambon et un œuf cocotte comme tu aimes ?

— J'adorerais, répondit-elle avec un petit sourire.

— Tu as mal ?

Elle rougit.

— Un peu.

— Pourquoi ne pas prendre un long bain ce matin ? Le temps que tu t'habilles, ce sera prêt.

— D'accord. Owl ?

— Oui, ma puce ?

— Je t'aime.

Mon Dieu, cette femme !

— Je t'aime aussi.

Il déposa un rapide baiser sur ses lèvres et pivota pour sortir du lit. Tout en se dirigeant vers les toilettes, il jeta un coup d'œil derrière lui. Lara s'étirait, allongée sur le dos, les bras au-dessus de la tête. Un grand sourire aux lèvres.

Oui, il pourrait fort bien s'habituer à cette... à elle. En fait, il s'y était déjà habitué.

**12**

———

Lara s'essuya le front en prenant place sur un siège dans l'entrée de l'hôtel. Elle se tourna vers Cora et lui adressa un sourire. Son amie s'était laissé tomber dans le fauteuil voisin du sien, l'air tout aussi épuisée. Elles venaient de dire au revoir à la dernière famille qui était venue pour les quatre jours d'essai et, de son point de vue, l'ouverture du Refuge à des familles était un succès retentissant.

Elle n'avait pas réalisé à quel point l'enseignement et la présence d'enfants lui avaient manqué. Ils savaient vous faire oublier vos propres problèmes et profiter de l'instant présent. Et il y avait eu beaucoup de moments agréables au cours de la semaine écoulée. Bien sûr, Lara avait aussi eu l'impression de courir un marathon, car les enfants avaient une sacrée énergie.

— C'était amusant, lâcha Cora.

— Oui, convint Lara avec un hochement de tête.

Pour l'instant, les deux amies étaient seules, et Lara prit un moment pour savourer le calme.

— Je suis fière de toi, ajouta Cora.

Lara la regarda, intriguée.

— Je suis sincère. Tu as parcouru un très long chemin en très peu de temps. Tu es forte, résistante, et même après tout ce qui s'est passé, tu es toujours la Lara que je connais et que j'aime. Je ne sais vraiment pas comment tu fais.

Elle parlait vite, comme si elle se dépêchait d'exprimer ses pensées, mais celles-ci emplissaient Lara de chaleur.

— Tu veux savoir comment je fais ? demanda-t-elle.

Cora la dévisagea.

— Oui.

— Grâce à toi. Pendant que j'étais dans cette cave, effrayée et blessée, je savais que tu n'arrêterais pas de me chercher. Quand Ridge est venu pour m'obliger à te parler en vidéo, je brûlais de te dire que je n'allais pas bien, que j'étais retenue prisonnière. Mais Carter était là, je savais qu'il tenait un couteau et que si je disais quoi que ce soit de travers, il me blesserait encore plus qu'il ne l'avait déjà fait. Alors j'ai menti comme une arracheuse de dents... mais je t'ai donné notre signal. Tu t'en souviens ?

— Bien sûr que oui ! s'exclama Cora. Cette stupide histoire de se tirer l'oreille.

— Oui. Plus tard dans la nuit, quand Carter m'a enfin laissée tranquille, j'ai fermé les yeux et j'ai imaginé ce que tu faisais. Que tu remuais ciel et terre pour me trouver.

— Je suis désolée qu'il ait fallu autant de temps, murmura Cora.

Mais Lara secoua la tête.

— Non, surtout pas. Tu es venue. Alors que personne ne se souciait de ma disparition, tu as compris que quelque chose n'allait pas. C'est comme ça que j'ai survécu. Parce que je savais que ma meilleure amie était là, probablement en train de remuer ciel et terre et de rameuter les troupes pour venir me chercher. Et j'avais raison.

— Je t'aime tellement, Lara. Si je t'avais perdue...

Cora ne put continuer.

— Je ressens la même chose, et on ne se perdra jamais, déclara Lara avec fermeté. Et ce qui explique aussi pourquoi je ne suis plus cachée sous mon lit, à trembler dans mes bottes, c'est Owl. Et Henley. Et Brick, Tonka, Spike, Pipe, Stone et Tiny. Et Melba. Chuck aussi. Bubba, le cheval, Scarlet Pimpernickel. Tous ceux qui travaillent ici. Les clients, qui sont une source d'inspiration. C'est cet endroit. Il y a quelque chose au Refuge, un truc qui fait que j'ai moins de mal à sortir de ma tête et à participer à ce qui se passe autour de moi. Je veux participer. Je veux voir ces magnifiques paysages. Et je veux voir ma meilleure amie vivre sa meilleure vie.

Cora renifla.

— Tu me fais pleurer et ça, ce n'est pas bien, geignit-elle.

— Cora Rooney qui pleure ? feignit de s'étonner Lara. Il gèle donc en enfer ?

— C'est Cora Clark, je te prie, eh oui, quand les gens ne trouvent rien à redire à te voir pleurer, c'est beaucoup moins important de se retenir.

— Tu sais quoi : je suis contente que Ridge ait été un crétin. Et que je me sois retrouvée coincée dans cette maison.

— Quoi ? s'étonna Cora.

— Bon, ça craint d'être l'obsession d'un tueur en série, mais c'est ça qui t'a conduite ici. À Pipe. Regarde-toi, Cora. Tu es mariée. Et tu te sens suffisamment en sécurité pour pleurer. Je peux compter sur les doigts d'une main le nombre de fois où j'ai vu des larmes dans tes yeux avant aujourd'hui. Je suis vraiment très heureuse pour toi.

Cora se leva et alla poser ses fesses sur la chaise qu'occupait Lara. Elles étaient tellement serrées l'une contre l'autre que celle-ci dut passer son bras autour de son amie pour qu'elles parviennent à s'y loger toutes les deux.

— Je ne suis pas contente, déclara Cora d'un ton féroce. Si tu crois que je suis heureuse que tu aies été kidnappée et torturée, tu es cinglée. Et, tant pis si je suis plus heureuse que je ne l'aie jamais été dans ma vie, tant pis si j'ai une vie sexuelle extraordinaire et si je suis mariée à l'homme de mes rêves – non que j'aie jamais rêvé de trouver un homme – et tant pis si j'ai trouvé la famille que je n'ai jamais eue en grandissant : je donnerais tout ça si cela signifiait que tu n'aies pas vécu ce que tu as vécu.

Lara secoua la tête.

— Non.

— Si, insista Cora qui lui saisit la main. Les pires semaines de ma vie ont été celles où on t'a amenée au Refuge. L'état dans lequel tu étais... complètement brisée. J'ai détesté ça. Je ferais n'importe quoi pour que tu n'aies pas eu à vivre ce genre de peur. Mais maintenant, tu es...

— Je vais bien, murmura Lara.

— C'est vrai, concéda Cora avant de sourire. Et ne crois pas que je n'ai pas remarqué la façon dont Owl et toi, vous vous caressez des yeux, ces derniers jours.

Lara tenta de garder un visage impassible, mais ne put empêcher le petit sourire qui apparut sur ses lèvres.

— Je le savais ! s'exclama Cora. Owl et toi, vous vous envoyez en l'air ! S'il te plaît, s'il te plaît, s'il te plaît, dis-moi que cet homme est bon au lit !

— Chut, gronda Lara en regardant autour d'elle.

— Il n'y a personne. Ils sont tous dehors en train de dire au revoir. Crache le morceau, Lara. Sérieusement.

— Owl est... il est incroyable.

Le sourire de Cora était si large qu'il lui donnait un air d'idiote.

— Et… ça va ? demanda-t-elle d'une voix radoucie. Je veux dire, émotionnellement ? Après ce qui s'est passé ?

— Étonnamment, oui. Coucher avec Owl, ça n'a rien à voir avec ce qui s'est passé dans la cave. Il est très prudent, afin que rien ne puisse me rappeler le moindre mauvais souvenir. Il me laisse prendre les choses en main.

— Ooooh, alors ça, je ne l'aurais jamais deviné, plaisanta Cora. J'adore quand Pipe prend le contrôle au lit. Je le nierais si quelqu'un d'autre que toi était assis ici, mais il y a quelque chose de tellement libérateur à le laisser me donner des ordres.

Lara sourit à son amie.

— Je suis contente pour toi.

— On ne parle pas de moi. Je veux en savoir plus sur Owl et toi.

— Il n'y a pas grand-chose à dire de plus. J'ai été très occupée avec les enfants ces derniers jours, alors quand je rentre au chalet, je suis épuisée. Mais…

— Mais quoi ? insista Cora lorsque Lara se tut.

— Je suis heureuse d'avoir suivi les conseils de tout le monde et d'avoir fait le premier pas. Mais maintenant…

Elle marqua une nouvelle pause, ne sachant comment expliquer ses sentiments sans paraître complètement folle.

— Tu aimerais qu'il prenne l'initiative, conclut Cora.

— Oui. Il a été extrêmement délicat avec moi. Et j'aime bien diriger nos ébats. Mais j'aimerais, je crois, qu'il soit un peu plus… en contrôle.

— Tu n'as pas peur de ne pas être capable de gérer la chose émotionnellement ? demanda Cora, sérieuse à présent.

— Un peu, avoua Lara. Mais je connais Owl, et si je commence à dériver dans mes souvenirs, il me ramènera.

Les yeux de Cora se remplirent à nouveau de larmes.

— Seigneur, pourquoi pleures-tu maintenant ? la taquina Lara, ravie d'alléger un peu la conversation.

— Je suis tellement heureuse que tu aies un homme comme tu l'as toujours voulu.

— Ça pourrait ne pas durer, la prévint Lara. Que dit-elle, déjà, Sandra Bullock dans *Speed* ? Que les relations tissées dans des situations intenses ne durent jamais ? Ma situation est probablement la plus intense qui soit.

— Peu importe, répliqua Cora en agitant une main d'un air dédaigneux. Je sais que tu adores ce film que tu m'as obligée à regarder un million de fois, et pas parce que tu aimes les films d'action. Juste parce que c'est un film qui montre une héroïne en péril.

Lara grimaça. Elle avait eu une longue conversation avec Cora pour lui faire comprendre qu'elle n'aimait pas l'expression « demoiselle en détresse », en raison de ses connotations négatives et parce qu'elle laissait entendre que la femme restait assise à attendre qu'un homme la « sauve ». L'expression « héroïne en péril » lui paraissait moins dépréciative.

— J'adore ce film, admit Lara.

— Et Owl est ton Jack, lâcha Cora en soupirant.

— Je le pense, en effet, chuchota Lara.

— Tu dois donc lui dire que tu aimerais le voir prendre le contrôle, décréta fermement Cora. D'après ce que je sais de cet homme et ce que j'ai vu au cours des mois que j'ai passés ici, s'il craint de te donner des flashbacks ou de te blesser émotionnellement en prenant le contrôle dans la chambre à coucher, il ne va pas s'y risquer. Tu vas donc devoir lui dire que tu veux vraiment, sincèrement, qu'il prenne les choses en main. Qu'il prenne l'initiative des moments sexy entre vous.

— Tu as raison.

— Évidemment.

Cora se redressa un peu et regarda par la fenêtre, avant de se retourner vers Lara.

— Ils nous disent adieu, donc il ne nous reste que peu de temps avant que tout le monde revienne et qu'Owl vienne te réclamer à nouveau. Tu es enthousiaste à l'idée d'aller jeter un œil à l'hélicoptère avec Owl et Stone ? Ou l'idée de quitter le Refuge te rend nerveuse ?

Lara fronça les sourcils.

— Quoi ?

— Comment ça, « quoi » ? demanda Cora, l'air confus.

— Je n'ai aucune idée de ce dont tu parles, dit-elle. Owl et Stone s'en vont ? Ils vont chercher un hélicoptère ?

Cora la dévisagea un instant, puis tenta brusquement de se lever de sa chaise.

— Euh... peut-être ? Je dois aller voir... Henley. Je veux dire, elle est enceinte, et...

Elle ne put achever sa phrase, car Lara saisit le tissu de son tee-shirt et tira dessus.

Cora retomba sur la chaise. Enfin... sur les genoux de Lara.

Qui luttait contre elle pour l'empêcher de s'enfuir... C'était incroyable. Comme au bon vieux temps. Cora était peut-être sa meilleure amie, mais elle rendait Lara assez souvent folle, et cette pseudo bagarre avec elle, c'était comme revenir à la maison.

Elle plaqua Cora au sol et s'assit sur son dos, pour la clouer sur place.

— Cora Clark – j'adore comment ça sonne –, dis-moi tout de suite ce que tu insinuais. Owl et Stone partent voir un hélicoptère ? Je savais que les gars parlaient d'en acheter un, mais je ne savais pas qu'ils l'avaient trouvé. Ils partent bientôt ? Et, c'est quoi cette histoire de m'emmener avec eux ?

— Ce n'est pas juste, tu es plus grande que moi ! C'est vraiment malhonnête de ta part de t'asseoir sur moi, geignit Cora entre deux éclats de rire.

Mais elle avait beau se débattre, elle ne parvenait pas à désarçonner son amie.

— Parle, misérable.

— Très bien, bon sang ! Je croyais que tu le savais. Oui, ils ont trouvé un hélicoptère qu'ils veulent acheter, mais Owl et Stone doivent aller y jeter un œil. Tester l'appareil. Pour des raisons évidentes, ce sont eux qui doivent le faire. L'hélicoptère est à Seattle, apparemment. Ils sont censés partir la semaine prochaine, mais Owl était réticent à l'idée de te laisser seule donc si je ne me trompe pas, Brick a suggéré que tu les accompagnes.

Lara était stupéfaite. Owl ne lui avait rien dit de tout cela. Devait-elle se réjouir pour eux d'avoir trouvé l'hélicoptère qu'ils voulaient ? Se réjouir pour Owl et Stone de pouvoir faire plus régulièrement ce qu'ils aimaient – à savoir voler – ou être contrariée qu'Owl n'ait rien dit à propos du voyage à venir ?

— Je suis sûre qu'il ne voulait pas t'inquiéter, lâcha Cora de sous Lara, plus calme désormais.

Lara était fière des progrès qu'elle avait accomplis. Elle s'épanouissait dans l'affection d'Owl. Ils s'étaient avoué leur amour, merde. Et pourtant, il lui avait caché cette information. Que comptait-il faire, sortir leurs bagages le jour du départ et lui annoncer qu'elle venait avec lui ?

Ou... peut-être avait-il décidé de ne rien lui dire parce qu'il ne la pensait pas capable de le supporter.

Pourrait-elle le supporter ? Lara voulait croire que oui, mais à l'idée de quitter le havre de paix qu'était le Refuge, elle sentit comme une pointe de terreur dans sa colonne vertébrale. Carter Grant était toujours dans la nature. Ils le savaient tous. Il s'agissait juste de savoir quand il entreprendrait de revendiquer celle qu'il pensait être à lui.

— Lara ? demanda Cora, inquiète.

Prenant une profonde inspiration, Lara fit de son mieux pour contrôler ses émotions soudain envahissantes.

— Qu'est-ce qui se passe ici ? demanda une voix grave où pointait de l'amusement.

Levant les yeux, Lara vit Tiny, Owl, Pipe et Brick qui se tenaient dans l'entrée du pavillon et les regardaient avec surprise. Elle était toujours assise sur Cora.

— On a une conversation à cœur ouvert entre filles, répondit Cora avec un petit rire.

Gênée d'avoir été surprise assise sur sa meilleure amie, Lara essaya immédiatement de se lever. Mais avant qu'elle y soit parvenue, Owl était là, qui lui tendait la main.

Mue par une réaction puérile, elle fut tentée de la refuser. De le repousser. Elle était blessée d'avoir appris ce voyage de la bouche de Cora... et, égoïstement, elle voulait qu'il ait mal lui aussi. Mais parce qu'elle était une adulte et qu'elle ne voulait pas avoir cette conversation avec lui devant tous les autres, Lara accepta sa main.

Et à la seconde où leurs peaux se touchèrent, elle éprouva des picotements. Des étincelles qui descendirent jusque dans ses orteils. C'était excitant, et légèrement agaçant parce qu'elle était fâchée contre lui.

Ils n'avaient pas fait l'amour depuis l'arrivée des familles, tant elle était épuisée à la fin de chaque journée. Et enfants débordant d'énergie mis à part, tous ces contacts humains, pour la première fois depuis des mois, étaient mentalement éprouvants. Mais ils avaient pourtant eu leurs moments d'intimité. Owl l'avait enlacée dans leur lit et ils s'étaient endormis l'un contre l'autre. Et il avait dormi. Toutes les nuits. C'était un sentiment enivrant pour Lara. Il l'aidait à se sentir en sécurité et elle l'aidait à dormir toute la nuit durant. Le fait qu'il ait besoin d'elle autant qu'elle de lui équilibrait un peu la balance entre eux.

Aujourd'hui, elle se sentait déstabilisée. Pourquoi lui avait-il caché qu'ils avaient trouvé un hélicoptère à acheter ? C'était une grande affaire pour lui. Un véritable hélicoptère qu'il pourrait piloter quand il voulait au lieu de se contenter du programme de simulation ? C'était énorme !

Et visiblement, il avait discuté avec les autres de la possibilité qu'elle les accompagne, Stone et lui, à Seattle lorsqu'ils iraient voir l'appareil. Sauf qu'il n'en avait pas parlé avec elle, la principale intéressée. C'était douloureux.

— Vous avez été incroyables, commenta Brick en souriant.

— Oh, mon Dieu ! s'exclama Alaska qui entrait dans le hall depuis le petit bureau situé à l'arrière. J'ai déjà reçu deux courriels des familles qui sont parties plus tôt et ne tarissent pas d'éloges sur le Refuge et, surtout, sur vous ! Elles m'ont dit que leurs enfants avaient pleuré en partant parce qu'ils avaient passé un « trop » bon moment. Je n'aurais jamais pu faire ce que vous avez fait !

Sur quoi, elle alla se blottir dans les bras que Brick lui tendait. Tout le monde leur souriait, à Cora et à elle, et Lara en était bouleversée. Avec ses émotions déjà à fleur de peau, ça n'aidait pas. Elle avait besoin d'espace. Besoin de réfléchir.

— Merci, bredouilla-t-elle. Je vais retourner au chalet.

Sur quoi elle se dirigea vers la porte sans se retourner.

— J'ai dit quelque chose qu'il ne fallait pas ? entendit-elle Alaska demander.

Mais elle ne s'arrêta pas pour autant. Elle se comportait de façon impolie, mais en cet instant, elle ne pensait plus qu'à regagner le chalet et à s'éloigner de tout le monde.

**13**

———

— Qu'est-ce que c'est, ça, bon sang ? marmonna Owl en regardant Lara s'éloigner.

Il fit un pas dans sa direction, mais sentit qu'on tirait sur son tee-shirt. En se retournant, il vit Cora plantée à côté de lui, l'air préoccupé.

— J'ai merdé, admit-elle. Je ne savais pas que tu ne lui avais rien dit. J'ai parlé de l'hélicoptère et je lui ai demandé ce qu'elle pensait à la perspective de quitter le Refuge. J'ignorais que tu n'avais pas encore abordé la question du voyage avec elle ni proposé de t'accompagner.

Le ventre d'Owl se serra.

— Tu ne lui avais pas parlé du voyage ? s'étonna Tiny.

— On a trouvé l'hélicoptère le jour où toutes les familles sont arrivées. Elle a été très occupée et très fatiguée. Tous les soirs, elle rentrait à la maison et s'effondrait. Je ne voulais pas l'accabler avec ça en plus de tout ce qu'elle faisait pour le Refuge, avoua Owl, un peu sur la défensive.

— Je comprends, fit Pipe en passant un bras autour de sa femme. Cora était comme un zombie tous les soirs. Elle n'arrêtait pas de marmonner, des histoires de crayons et de travaux manuels avant de s'endormir deux secondes après s'être assise pour regarder la télévision.

— Cela faisait un moment qu'on n'avait pas eu affaire à des enfants, expliqua Cora. Et à Washington, on s'en occupait seulement pendant la journée. On n'avait pas à les divertir pendant le dîner ni à les amuser le soir, comme ici.

— Il faut que je lui parle, lâcha Owl en pinçant les lèvres.

— Laisse-lui un moment de réflexion, lui conseilla Cora.

Mais il secoua la tête.

— Non, elle va trop ressasser.

— Peut-être que ce n'est pas une bonne idée après tout, suggéra Brick. Elle peut rester ici avec nous. On veillera sur elle et on s'assurera qu'elle va bien.

Owl ne doutait pas que ses amis prendraient bien soin de sa femme. Mais quelque chose au fond de lui se rebellait à l'idée de la quitter. C'était peut-être elle qui avait eu peur de le perdre de vue, au départ, mais maintenant c'était lui qui ne voulait pas la quitter. Il s'était habitué à ce qu'elle soit presque tout le temps avec lui. Il aimait leurs discussions, la voir assise sur son canapé.

Il était complètement accro à Lara, et l'idée de passer une semaine loin d'elle lui donnait la chair de poule.

— Je comprends, dit-il à ses amis, mais elle a besoin de ça. Il faut qu'elle sorte. Voie que le monde n'est pas là pour la capturer.

— Et s'il arrive quelque chose ? s'enquit Tiny.

— Alors on gérera, déclara fermement Owl.

Au fond de lui, il était aussi inquiet que Lara de voir son passé revenir la hanter. Mais une autre partie de lui souhaitait que Carter Grant agisse. Plutôt mourir que de risquer de blesser Lara, mais cette menace permanente était insupportable : savoir que le tueur en série était là, quelque part...

cela finirait par anéantir Lara. Alors si ce connard devait tenter un truc, Owl voulait qu'il le fasse le plus tôt possible. Il commettrait une erreur, le FBI le pincerait et ils pourraient reprendre leur vie une fois pour toutes.

Lara s'en sortait très bien. Elle avait encore ses mauvais moments, et avec Grant en liberté, elle ne pouvait jamais se détendre complètement... Tout le monde le savait. Ce voyage à Seattle serait la première étape pour qu'elle reprenne son indépendance : elle prouverait ainsi que même si elle avait vécu une expérience horrible, elle n'était pas une victime.

Owl devait juste la convaincre qu'il n'était pas un crétin insensible pour ne pas lui avoir parlé de ce possible voyage plus tôt. D'avoir manifestement discuté de Lara dans son dos avec ses amis, aussi bienveillants soient-ils, et de ne pas lui avoir laissé plus d'une semaine pour réfléchir à la possibilité de s'aventurer hors du domaine.

— Fais-nous savoir si tu as besoin de quoi que ce soit, lança Brick.

— Owl ? l'interpella Cora avant qu'il puisse partir.

Tâchant de ne pas s'énerver alors qu'il brûlait de rejoindre Lara, Owl se tourna vers elle.

— Ne la laisse pas te repousser. Tu es son Jack.

Il n'avait aucune idée de ce que cela signifiait, mais il hocha la tête.

— Ne t'inquiète pas.

Sur quoi, il tourna les talons avant que quelqu'un d'autre ne décide de l'arrêter et il se dirigea vers la porte. Il devait arranger la situation, mais il ne savait pas trop comment. Il détestait la douleur et la confusion qu'il avait lues sur le visage de Lara avant qu'elle parte. Il avait merdé et, d'une manière ou d'une autre, il devait régler ça.

* * *

Lara prit une profonde inspiration une fois que la porte du chalet se fut refermée derrière elle. La marche à travers le sentier boisé lui avait paru plus longue et plus effrayante que d'ordinaire, pour une raison qui lui échappait. La nuit n'était pas encore tout à fait tombée, mais le ciel était couvert, ce qui rendait la nature un peu plus sinistre.

Elle se rendit dans la chambre d'amis, car elle avait besoin d'une pièce neutre pour faire le point sur ce qu'elle ressentait.

Ce qui lui faisait le plus mal, c'était qu'Owl lui ait caché des choses. Elle avait mal à la tête et à la poitrine tant elle souffrait. Peut-être avait-il une bonne explication, pourtant elle n'arrivait pas à la trouver. Il avait eu tout le temps de lui annoncer qu'ils avaient trouvé un hélicoptère et, plus important encore, qu'elle pouvait l'accompagner avec Stone, lorsqu'ils iraient le voir.

Elle se recroquevilla en position fœtale sur le lit et regarda fixement la pièce sombre. Rechignait-il à ce qu'elle parte avec lui ? C'était pour cela qu'il n'en avait pas parlé ? Cela lui faisait mal, mais honnêtement, elle ne lui en voulait pas. Que savait-elle des hélicoptères ? Rien. Et si elle avait une crise de panique, il aurait à s'occuper d'elle plutôt que de l'hélicoptère. La dernière chose qu'elle voulait, c'était être un fardeau pour qui que ce soit.

Et elle avait été plus qu'un fardeau pour Owl, pendant un certain temps. Des mois durant, il n'avait pas pu faire quoi que ce soit sans qu'elle s'affole si elle le perdait de vue. Elle avait parcouru un long chemin depuis qu'elle avait été secourue, mais aucun d'eux ne savait comment elle réagirait dans le monde réel. Ici, au Refuge, elle se sentait en sécurité. Mais dès qu'elle mettait un pied en dehors du domaine, elle devenait une proie facile. Et elle avait l'impression que tout le monde le savait aussi.

Le bruit de la porte d'entrée qui s'ouvrait et se refermait la mit sur ses gardes. Mais la voix grave d'Owl la détendit immédiatement.

— C'est moi ! cria-t-il comme il le faisait toujours lorsqu'il rentrait à la maison.

À la maison.

Ce chalet était devenu la maison de Lara. C'était son lieu sûr. Son refuge personnel. Et ces dix derniers jours avaient été un véritable paradis. Oui, elle était fatiguée après avoir travaillé avec les enfants toute la journée, mais rentrer à la maison auprès d'Owl était un rêve devenu réalité. Et maintenant, elle remettait tout en question. Elle s'était déjà fait avoir, et même si elle ne pensait pas qu'Owl soit à ranger dans la même catégorie que Ridge, elle ne pouvait s'empêcher de se demander si, une fois de plus, elle n'avait pas laissé ses espoirs et ses rêves trop romantiques prendre le pas sur son bon sens.

Elle ne fut pas vraiment surprise lorsqu'Owl apparut dans l'encadrement de la porte de la chambre, quelques instants plus tard. Il ne s'approcha pas du lit, ce qu'elle apprécia.

Il resta appuyé contre le chambranle de la porte et croisa les bras.

— Je suis désolé.

Surprise, Lara cligna des yeux. Elle ne savait pas trop à quoi elle s'attendait, mais d'après son expérience passée, elle s'était dit qu'il commencerait par une sorte d'explication défensive pour se justifier de ne pas lui avoir parlé de l'hélicoptère ou du voyage. Elle n'était pas surprise que Cora lui ait avoué avoir vendu la mèche.

Elle ne réagit pas à ses excuses.

— Quand tu es arrivé ici, tu dormais comme ça, dit-il doucement.

Confuse, Lara ne releva pas la tête, mais elle ne pouvait nier qu'il avait éveillé son attention.

— Roulée en boule. Pour te protéger du monde. Et le fait que tu recommences, ça me tue. Parce que c'est ma faute. Je t'ai donné l'impression de devoir te protéger de moi.

La souffrance dans sa voix faillit pousser Lara à se redresser et à lui ouvrir les bras. Mais elle resta là où elle était. Observant. Attendant.

Owl se déplaça dans la pièce, toujours adossé au mur, puis il se laissa lentement glisser pour s'asseoir. Il replia les genoux et posa les bras dessus tout en continuant à la fixer.

— À ton arrivée ici, tout le monde était surpris que je reste impassible quand tu refusais de me perdre de vue. Mes amis me proposaient tout le temps de prendre le relais. Cora m'a supplié de faire une pause et de la laisser rester avec toi. Mais j'ai refusé. Tu veux savoir pourquoi ?

Lara tenta d'étouffer sa curiosité. Mais sans succès. Elle opina.

— Parce que j'avais besoin de toi autant que tu avais besoin de moi. Tu as déjà regardé une émission militaire à la télévision ?

Elle fronça les sourcils. Le changement de sujet était déroutant, mais elle lui adressa un autre petit signe de tête.

— Oui, les émissions sur les Navy SEALs sont géniales. Des mâles alpha, protecteurs, courageux et aussi durs à cuire que possible. L'idéal de chaque femme quand il s'agit de choisir un partenaire. Les émissions sur les pompiers ? Pareil. Ces hommes courent dans les bâtiments en feu quand tout le monde s'enfuit. Dans la vraie vie, ce sont des héros. Ce sont eux qui font l'objet des reportages, des films et des livres. Et puis, il y a moi. Combien de fois as-tu regardé la personne qui conduit les appareils ou les véhicules dans ces émissions ? Le type qui pilote l'hélicoptère et qui évite les RPG, les montagnes, les tirs de mitrailleuse et tous les salopards qui tentent de l'abattre dans un rayon de quinze kilomètres ? Ou le conducteur du camion de pompiers ? Le type qui pilote les avions au-dessus des incendies de forêt, à travers la fumée et les flammes, pour larguer du produit ignifuge ou des pompiers d'intervention ? Jamais, déclara-t-il en réponse à sa propre question.

Lara fronça les sourcils, comprenant où il voulait en venir... et n'appréciant pas du tout.

— Stone et moi, on n'était pas des SEALs. On n'était pas des agents de la Delta Force. On était des pilotes. De sacrés bons pilotes. Mais seulement des pilotes. On n'était pas sûrs que l'armée enverrait quelqu'un nous récupérer quand on s'est écrasés. Du moins, pas aussi vite qu'on en avait besoin. Parce que des pilotes, on en trouve toujours. Finalement, oui, ils nous ont envoyé de l'aide, mais on est presque sûrs que c'est à cause des vidéos qui ont fait le tour d'internet. Des pilotes entre les griffes des terroristes, c'était une mauvaise publicité pour l'armée. Donc ils ont envoyé une équipe de durs à cuire pour nous ramener à la maison. Même à l'époque, on n'a pas été traités en héros. On n'a pas fait la une des journaux, on n'a pas été interviewés par *People Magazine*. Nos sauveteurs ont été très sollicités, en revanche. On voulait avoir leur point de vue sur ce qui s'était passé. À cause de ces fichues vidéos, les gens étaient gênés pour Stone et moi. Nos corps maigres, pâles et nus n'étaient pas le genre de physiques musclés qui plaisent à la caméra. On a été relégués au second plan : une note de bas de page dans la guerre contre la terreur. Invisibles, ce qui, d'une certaine manière, était ce dont on avait besoin... mais ça piquait aussi. Mais toi, Lara, tu m'as vu. Pour toi, je n'étais pas seulement le pilote. J'étais important. Nécessaire. Et ça m'a fait du bien. Tellement de bien. Ça ne me dérangeait pas que tu aies besoin de moi. C'était mal de ma part, je sais, mais ça faisait tellement longtemps que j'avais envie d'être important pour quelqu'un. Tellement que je n'ai pas lutté contre ta dépendance à mon égard. Et lorsque tu as commencé à te rétablir ? Quand tu n'as plus eu besoin de moi tout le temps... j'ai été fier. Très impressionné que tu puisses trouver le moyen de sortir de ta panique et de ta peur. Et je dois admettre que j'ai aimé l'évolution de notre relation. Tu n'avais plus besoin d'une béquille, mais tu semblais toujours apprécier d'être avec moi. De parler avec moi. De cuisiner pour moi. De faire des choses normales. Je ne t'ai pas parlé du voyage pour acheter l'hélicoptère, non pas parce que je voulais te le cacher, mais simplement parce que voler n'est plus la chose la plus importante dans ma vie, Lara. C'est toi, maintenant. Je crois que je t'ai aimée dès qu'on a quitté l'hôpital en Arizona. Tu étais effrayée, traumatisée, et pourtant tu as fait de ton mieux pour rassurer tes parents en leur disant que tu allais bien... alors que c'était loin d'être le cas. Tu as rassuré Cora, tu as essayé de lui remonter le moral après ton kidnapping. À partir de là, je suis tombé raide dingue de toi. Une personne capable d'être aussi gentille que toi, de penser aux autres tout en essayant de faire face à une épreuve aussi horrible, c'était quelqu'un auprès de qui je voulais vivre. Quelqu'un que je voulais avoir dans ma vie pour toujours. Je suis heureux d'avoir un hélicoptère au Refuge, mais cet enthousiasme est éclipsé par toi, Lara. Je ne pensais pas à la puissance de son moteur ou à la capacité de son réservoir quand tu entrais dans ce chalet chaque soir. Tout ce que je voulais savoir, c'était comment s'était passée ta journée. Entendre les histoires sur les enfants dont Cora et toi vous étiez occupées, ta joie de participer à l'expérience. C'était ça qui m'intéressait. Ensuite, on se réveillait le matin, et j'étais tellement bouleversé et heureux d'avoir à nouveau dormi toute la nuit... L'hélicoptère était bien la dernière chose à laquelle je pensais.

Lara avait la tête qui lui tournait. Elle n'était pas sûre d'avoir déjà entendu Owl parler autant en une tirade. Elle était fascinée par tout ce qu'il racontait. Il n'évoquait pas beaucoup son expérience de prisonnier de guerre, ni de ce qu'il avait enduré une fois rentré chez lui... mais ce qu'il venait de lui confier sur ce que les autres pensaient ou ne pensaient pas de sa profession, c'était déchirant. Et pire encore, il n'avait pas tort.

Quant aux films dont il parlait, ils ne se concentraient pas du tout sur les pilotes audacieux de ces hélicoptères. Ils montraient les hélicoptères qui entraient et sortaient des chaînes de montagnes, récupéraient les soldats des forces spéciales, les déposaient au milieu de tirs nourris, mais pas une seule fois Lara ne se souvenait que l'accent ait été mis sur les pilotes.

— Et ces derniers jours, tu as aussi été épuisée. Et heureuse. J'ai eu un aperçu de la personne que les enfants de Washington voyaient tous les jours. Ta lumière intérieure brillait tellement qu'elle m'aveuglait presque. Je ne voulais pas l'atténuer, ne serait-ce qu'une seconde, en te faisant stresser à propos d'un éventuel voyage hors du Refuge. Je suis désolé, ma puce. J'aurais dû trouver un moyen de te parler de l'hélicoptère. Tex a trouvé un Bell 505, presque neuf et à un prix imbattable. Brick a échangé des courriels avec le vendeur et notre comptable pour trouver un arrangement. Il a pris rendez-vous la semaine prochaine pour que Stone et moi puissions l'examiner avant de nous engager sur un achat. Il y a quelques semaines, lorsque le Refuge a décidé d'acheter un hélicoptère, Brick a suggéré que tu viennes jeter un coup d'œil avec nous. Mais à ce moment-là, tu ne te portais pas aussi bien qu'aujourd'hui. Pourtant, même à cette époque, je voulais que tu m'accompagnes, simplement parce que je n'aimais pas l'idée de ne pas être près de toi pendant un certain temps. Je me suis habitué à toi, ma puce, à ta façon de fredonner quand tu cuisines, au désordre que tu ne peux pas t'empêcher de semer dans la salle de bains quand tu te prépares pour la journée, à la sensation de ton corps entre mes bras le soir. À tes petits cris quand je suis enfoui en toi. Je t'aime, Lara. Et je me déteste pour la douleur et l'incertitude que tu éprouves, là. Si tu t'es roulée en boule, c'est que je t'ai fait douter de mon amour pour toi.

Le silence qui s'installa dans la chambre lorsqu'il cessa de parler ne tarda pas à devenir pesant.

Mais étonnamment, Lara se sentait... légère.

— Je ne suis pas vraiment blessée parce que tu ne m'as pas parlé de l'hélicoptère. Je suis contrariée parce que j'ai pensé que tu n'avais peut-être pas envie que j'y aille, ou que tu me pensais incapable de supporter le voyage... et que c'était la raison de ton silence. Et aussi parce que c'est quelque chose qui t'enthousiasmait probablement et que tu ne me laissais pas partager cet enthousiasme. Je veux aussi partager les choses que tu aimes, Owl. Jusqu'à présent, on a trop parlé de moi et j'en ai assez. Je veux me réjouir des grossesses de Henley et de Reese. Je veux célébrer les anniversaires. J'en ai assez que tout le monde me tourne autour sur la pointe des pieds. Je ne suis pas en pleine forme, mais je vais beaucoup mieux. Henley m'a aidée à comprendre que la vie dépend de la façon dont on réagit aux expériences. Et je ne veux pas être la victime de Carter Grant. Je veux rire. Faire l'amour. Taquiner mes amis et m'impliquer dans leur vie. Et je ne peux pas m'impliquer si tout le monde marche sur des œufs en ma présence, parce qu'on a peur que je fasse une crise de panique.

Owl acquiesça.

— Tu as raison. Je te promets de ne plus rien te cacher à partir de maintenant. Si je suis heureux, je partagerai ce sentiment avec toi. Si je suis en colère, je te laisserai compatir et m'aider à retrouver mon calme. Si j'ai peur, je te laisserai me réconforter. J'ai merdé, Lara. Je le sais et je suis désolé. S'il te plaît, ne laisse pas ça nous briser.

La seule idée de quitter cet homme lui faisait mal à la poitrine. Elle se redressa lentement.

— Tu viens ? demanda-t-elle timidement.

Owl se leva d'un bond et se retrouva en un clin d'œil à côté du lit. Elle se déplaça pour lui laisser de la place et il se laissa tomber à côté d'elle. Ils étaient face à face et il lui passa une main dans les cheveux avant de la regarder dans les yeux.

— Tu me pardonnes ?

— Je pense que je te pardonnerais tout et n'importe quoi, lui répondit-elle en enroulant un bras autour de sa taille.

Son autre main était posée à plat entre eux, sur son torse.

— Dieu merci, souffla-t-il en fermant les yeux.

Pour Lara, il était clair qu'Owl était aussi stressé qu'elle. Il n'était pas en position fœtale, mais il était tout aussi bouleversé par la tension qui régnait entre eux.

— Pour information, je te vois vraiment, Callen. Et je vois un homme extraordinaire. Désintéressé, généreux et prêt à tout pour rendre les autres heureux. Je vois aussi un homme sexy et magnifique qui me fait ressentir des choses que je n'ai jamais ressenties de ma vie.

— En sécurité ? suggéra-t-il.

— Notamment. Mais je ne suis pas amoureuse de toi

parce que je me sens en sécurité avec toi. Ou parce que tu me protèges.

Il haussa un sourcil. Lara ne put s'empêcher de penser qu'il était plutôt mignon, à vouloir être rassuré de la sorte.

— Je suis tombée amoureuse de toi, parce que tu ne m'as jamais considérée comme brisée, même quand je l'étais.

— Tu n'as jamais été brisée, ma puce. Cabossée, peut-être. Mais pas brisée.

Oui, vraiment, elle aimait cet homme.

— Et la réponse est oui, d'ailleurs.

Il fronça les sourcils, confus.

— Je t'accompagne avec Stone à Seattle.

Ses yeux s'illuminèrent d'excitation.

— Vrai ?

— Ouiii. Comment pourrais-je laisser passer la chance de te voir derrière le volant... attends... ce n'est pas un volant, n'est-ce pas ? Les commandes ?

Owl s'esclaffa tout en acquiesçant.

— Donc je ne veux pas laisser passer ma chance de te voir aux commandes d'un véritable hélicoptère. Le simulateur, c'est bien, mais je pense que c'est très différent dans la réalité.

— Oui et non. Stone et moi, on a acheté le meilleur simulateur qui soit. Les pédales sont un peu différentes dans la réalité, et on ne sent pas le vent qui agite l'hélicoptère dans le simulateur, mais les commandes sont assez précises.

Lara lui sourit.

Il grimaça.

— Désolé. Je suis un peu excité. Et j'ai déjà parlé à Brick de ta sécurité pendant le voyage. On sera logés dans un endroit recommandé par Tex, et on ne va pas traîner. On vérifie l'hélico et on rentre à la maison. Et on ne déposera notre plan de vol qu'à la dernière minute, de sorte que si quelqu'un nous observe, il ne pourra pas nous suivre. Rien ne t'arrivera. Jamais de la vie.

— D'accord.

— D'accord ?

Lara acquiesça.

— Tu as faim ? demanda-t-il.

À la mention de la nourriture, le ventre de Lara gargouilla. Bruyamment.

Owl éclata de rire. Il se pencha vers elle et l'embrassa, laissant ses lèvres se poser sur les siennes un long moment. Puis il s'écarta.

— J'ai encore une question à poser. Qui est Jack ?

Lara s'esclaffa.

— Sérieusement, Cora m'a dit que j'étais ton Jack, mais je ne sais pas ce que ça veut dire.

— Cela signifie que tu es à moi, répondit-elle avec un petit sourire.

— Ça, c'est sûr, approuva-t-il avant de poser les pieds par terre et de lui tendre la main.

Lara s'en saisit, et elle ressentit un picotement en voyant qu'il ne la lâchait pas pendant qu'il se dirigeait vers la porte.

Elle était heureuse... mais en son for intérieur, elle ne pouvait s'empêcher de repenser aux paroles de Sandra Bullock dans le film. La réplique sur les relations qui commencent dans des circonstances extrêmes et qui ne fonctionnent pas.

Elle espérait que son personnage avait tort. Car si elle perdait Owl, elle ne s'en remettrait jamais. Elle savait d'instinct qu'il était sa seule et unique chance de vivre un amour profond, véritable et éternel, et elle allait faire tout ce qui était en son pouvoir pour s'y cramponner, pour s'accrocher à lui.

* * *

Carter Grant ne put s'empêcher de sourire.

Le moment approchait !

Tout était en place.

Dans moins d'une semaine, il récupérerait ce qui lui appartenait. Et cette fois, il veillerait à ce qu'elle ne puisse pas s'échapper.

Il avait anticipé autant que possible. Il ne savait pas exactement quand elle et les connards du Refuge arriveraient à Seattle ni par quel avion, mais cela n'avait pas d'importance. Il avait briefé son complice en détail, et l'homme livrerait Lara dans son nouveau repaire. L'endroit était isolé, et même si elle parvenait à s'échapper de la pièce qu'il avait préparée, elle ne pourrait pas quitter l'île.

Il allait falloir investir presque tout l'argent qu'il avait économisé – d'accord, volé à la famille Michaels – pour sécuriser la maison et payer son complice, mais le jeu en valait la chandelle. Il avait changé d'identité et d'apparence. Malgré le cache-œil qu'il portait, personne ne soupçonnerait d'emblée qu'il était un tueur en série notoire traqué par le FBI. Ses cheveux blonds, autrefois coupés ras, avaient poussé au cours des derniers mois et ils étaient maintenant teints presque en noir. Une lentille de contact colorée cachait son œil noisette.

Il était aussi plus intelligent que tous ses ennemis. Il allait passer le restant de ses jours sur l'île qu'il avait achetée, avec son jouet spécial.

La pensée d'avoir de nouveau Lara à sa merci fit durcir sa queue. Il passa outre. Il avait des choses plus importantes à faire et il voulait se préserver pour ce qui allait suivre.

Ricanant, Carter se détendit dans son fauteuil en se repassant les plans de la semaine à venir. Lara et les deux connards arriveraient à Seattle et y dormiraient une nuit. Ils devaient ensuite rencontrer son complice, qui se faisait passer pour le propriétaire de l'hélicoptère. Il permettrait au trio de faire un vol d'essai avec l'hélicoptère, ils régleraient les détails financiers...

Et après avoir reçu l'argent, le complice tuerait les deux connards et emmènerait Lara directement sur l'île.

Ce serait le début du plaisir.

Carter avait hâte.

**14**

———————

Ils partaient pour Seattle le lendemain et Owl devait admettre qu'il était nerveux pour Lara. Oui, elle allait bien, elle n'avait pas eu de crise de panique depuis des semaines, mais quitter le Refuge allait être stressant pour elle.

Ce soir-là, ils passèrent une soirée tranquille dans leur chalet. Ils avaient joué sur le simulateur de vol pendant quelques heures, et Owl était impressionné de voir à quel point Lara était devenue douée pour quelqu'un qui n'avait jamais piloté. Enfin... en étant en pleine conscience. Elle n'était pas tout à fait prête à s'engager dans l'armée et à suivre une formation de traqueur nocturne, mais il aimait voir la joie sur son visage lorsqu'elle réussissait à simuler de vol complet – niveau débutant – sans s'écraser. Elle n'était pas très douée pour les décollages et les atterrissages, mais Owl ne doutait pas qu'elle les maîtriserait bientôt.

— À quoi tu penses ? demanda-t-elle alors qu'ils se blottissaient l'un contre l'autre sur le canapé.

Owl faisait semblant de lire et l'avait crue absorbée par la sitcom qui passait à la télévision. Il n'aurait pas dû être surpris qu'elle sache qu'il réfléchissait au lieu de se détendre. Il avait passé en revue leurs plans de voyage, s'efforçant d'imaginer des scénarios pour savoir comment réagir si le pire se produisait.

— À pas grand-chose, mentit-il.

Il n'était pas question pour lui d'accumuler les soucis sur la tête de Lara.

— Tu es impatient ?

— Oui, admit Owl avec un petit sourire.

Et c'était vrai. Il n'avait jamais rêvé pouvoir un jour être copropriétaire de son propre hélicoptère. Et c'était encore mieux que Stone soit à ses côtés. Voler le plaisir serait un changement bienvenu par rapport aux innombrables missions stressantes qu'ils avaient effectuées dans l'armée.

Ils avaient consacré les derniers jours aux détails de leur voyage, aux courriels au vendeur et plus généralement, à essayer de tout mettre au point pour que Stone, Lara et lui puissent s'envoler pour Seattle. Il avait passé du temps avec Brick, Pipe et les autres, écoutant leurs conseils pour assurer la sécurité de Lara, conseils qu'il ne demandait pas mieux que de prendre. La dernière chose qu'il voulait, c'était qu'il arrive malheur à Lara sous sa surveillance. Il ne se le pardonnerait jamais.

— Tu es sûr que tu veux toujours y aller ? lui demanda-t-il.

— Oui.

Devant sa réponse immédiate et sincère, Owl sentit la fierté monter en lui une fois de plus. Sa Lara avait le cuir épais.

Elle se tourna vers lui.

— Et toi, tu veux toujours que je parte ?

— Bien sûr que oui, répondit Owl, les sourcils froncés. Pourquoi penses-tu que non ?

— À cause de lui. Ma présence à vos côtés rend tout plus stressant.

Owl se tourna vers la femme qu'il aimait et lui prit le visage entre ses mains.

— Non, pas du tout. Je serais stressé que tu sois là ou pas. Et tu sais quoi d'autre ? Je ne dormirais pas. Ce qui rendrait le voyage plus dangereux. Car qui veut d'un pilote n'ayant pas assez dormi ?

Lara leva les yeux au ciel.

— N'importe quoi.

— Je suis sérieux, insista Owl sans la moindre trace d'humour dans la voix. Pour un homme qui n'a pas dormi une nuit entière depuis plus de cinq ans, tu es un miracle.

— J'en conclus donc que tu es avec moi parce que je t'aide à dormir, le taquina-t-elle.

— Non, je suis avec toi parce que tu me rends heureux. Tu me donnes l'impression que je peux être l'homme que j'ai toujours voulu être. Tu me fais désirer ce que je pensais ne jamais trouver... une famille. Je suis avec toi parce que tu es toi, Lara. Je t'aime.

— Je t'aime, moi aussi.

Owl l'embrassa. Il brûlait d'envie de l'allonger et de la prendre sur-le-champ. Vite et sans ménagement. De lui montrer sans mots à quel point elle était vitale pour lui. Mais il s'obligea à un baiser léger. Il préférait enfoncer son sexe dans une prise de courant plutôt que de faire quoi que ce soit qui puisse lui rappeler les traumatismes qu'elle avait subis.

Lara agrippa fermement sa chemise et se pressa plus fort contre lui. Il aimait qu'elle prenne le contrôle. Non seulement parce que cela signifiait qu'elle avait autant envie de lui qu'il avait envie d'elle, mais aussi parce que cela lui permettait de ne pas redouter d'outrepasser les limites en matière d'intimité.

Mais elle s'immobilisa bien trop vite, recula et le regarda fixement. Owl n'arrivait pas à déchiffrer son expression. Il fronça les sourcils, inquiet à présent.

— Qu'est-ce qu'il y a ? Qu'est-ce qui ne va pas ?

— Rien, répondit-elle rapidement en se mordillant la lèvre inférieure.

— Parle-moi, Lara. Je dois appeler Henley ?

— Non ! Je veux dire, tout va bien. C'est juste que... est-ce que tu aimes que je prenne le contrôle de nos ébats ?

Owl arqua un sourcil.

— Tu veux savoir si mes orgasmes sont réels ou non ? plaisanta-t-il.

Elle sourit.

— Non, je sais que tu ne fais pas semblant. Ton sperme qui s'écoule de moi le matin est là pour me le confirmer.

Owl ne put s'empêcher de sourire de satisfaction. Il aimait jouir en elle. Il aimait voir son sperme goutter de son sexe lorsqu'elle se levait le matin. C'était une réaction purement animale, et il devrait probablement avoir honte, mais c'était tellement érotique qu'il ne parvenait pas à se sentir mal. Il avait un peu paniqué le premier matin, s'inquiétant de sa réaction, mais elle s'était contentée de lui adresser un sourire penaud avant de se diriger vers la salle de bains.

Il se souvint de sa question avec un temps de retard.

— Oui, j'aime quand c'est toi qui commandes, répondit-il honnêtement.

— Moi aussi, mais...

Elle s'interrompit.

Le sang d'Owl se glaça. Elle n'était pas satisfaite de leur vie sexuelle ? Est-ce qu'il avait merdé d'une manière ou d'une autre ?

— Mais quoi ? la pressa-t-il, un peu plus durement qu'il ne le voulait.

Lara leva les yeux vers lui.

— C'est toujours moi qui suis dessus, dit-elle.

Owl fronça les sourcils. Il adorait la voir se balancer sur son érection, son membre qui disparaissait en elle lorsqu'elle s'empalait sur lui, ses seins qui rebondissaient lorsqu'elle le prenait. Rien ne lui déplaisait dans le fait qu'elle soit assise à califourchon sur lui pendant qu'ils faisaient l'amour.

— Alors ? insista-t-il.

— C'est juste que... ça ne me dérangerait pas que tu sois dessus parfois.

Owl s'immobilisa. L'image qui surgit dans son cerveau était si charnelle qu'il lui fallut déployer d'immenses efforts pour respirer.

— Je ne veux pas faire ressurgir de mauvais souvenirs, murmura-t-il.

— Il ne l'a pas fait... Je veux dire, il aimait s'asseoir à califourchon sur moi et prendre son pied, mais tu n'es pas lui, Owl. Quand je suis avec toi, je ne pense pas à lui. Je te fais confiance et je sais qu'il y a des moments où tu te retiens avec moi. Je veux que tu apprécies ce qu'on fait ensemble autant que moi. Et quand il est évident que tu te retiens pour rester doux avec moi, ça me fait penser que tu ne prends pas autant de plaisir que moi à faire l'amour.

Owl était partagé entre l'excitation et la colère. Il aimait vraiment tout ce que Lara et lui avaient fait ensemble, mais il détestait qu'elle ait compris qu'il contrôlait ses réactions.

Il se leva et lui prit la main. Il la tira sur ses pieds, puis la remorqua vers la chambre à coucher.

— Owl ? Tu es contrarié ?

En réponse, il la poussa doucement à s'asseoir sur le

matelas et à se glisser au milieu. Elle s'exécuta, sans quitter son regard. Lorsqu'elle fut allongée, il vint se placer au-dessus d'elle.

— Je ne suis pas fâché, lui dit-il en l'emprisonnant de son corps. J'apprécie vraiment que tu aies été assez forte et courageuse pour faire le premier pas en ce qui nous concerne. Tout en toi m'excite. Ton cerveau, ton bon cœur, et surtout ton corps. Je n'ai jamais été aussi satisfait sexuellement qu'avec toi dans mon lit. L'une des meilleures expériences de ma vie, c'est quand je t'ai vue reprendre le contrôle que ce connard t'a volé...

Il hésita.

— Mais ?

Owl sourit. Sa Lara était vraiment perspicace.

— Mais, poursuivit-il, si tu veux me donner un peu de ce contrôle, je le prendrai volontiers. À une condition.

— Laquelle ?

— Dès que tu ressens le moindre malaise, tu me le dis. Je suis sérieux, ma puce. Cela me tuerait si je faisais quoi que ce soit qui te mette mal à l'aise.

— Marché conclu.

Les bras sur lesquels Owl se tenait en appui au-dessus de l'amour de sa vie tremblèrent. Son cerveau lui criait : *Vas-y ! Prends-la !* Mais son cœur l'incitait à la prudence. À y aller doucement.

Lara lui sourit et il vit les muscles de son corps se détendre. Il était furieux de ne pas avoir remarqué plus tôt qu'elle voulait abandonner une partie du contrôle qu'il lui avait volontairement donné. Mais il se rattraperait.

Se redressant sur les genoux, Owl fit passer son tee-shirt par-dessus sa tête. Le sourire qu'elle lui adressa suffit à faire palpiter son sexe. S'intimant au calme, il se baissa encore une fois vers elle et descendit le long de son corps jusqu'à se retrouver entre ses jambes écartées. Tirant sur son legging, il fut soulagé de voir qu'elle levait les fesses pour l'aider.

Pendant qu'il s'occupait du legging et de ses sous-vêtements, elle se tortilla pour ôter elle aussi son haut. Elle était allongée sous lui, complètement nue et, pour la énième fois, Owl se demanda comment il pouvait avoir autant de chance. Comment cette femme si classe, belle et passionnée, pouvait être la sienne.

En baissant la tête, il lui écarta les jambes et se régala.

* * *

Lara gémit en saisissant la tête d'Owl. Ce n'était pas la première fois qu'il la dévorait, mais il paraissait différent ce soir. Bien sûr. Elle lui avait donné carte blanche pour prendre le contrôle. Et il n'avait pas hésité. Il se délectait d'elle comme un homme affamé devant un festin. Il ne la relâcha pas quand elle se tortilla sous lui. Il utilisa ses lèvres, sa langue et même ses doigts pour l'amener jusqu'au bord à plusieurs reprises, mais sans la laisser atteindre l'orgasme.

— Owl, gémit-elle lorsqu'il lâcha son clitoris pour ce qui semblait être la centième fois.

— Tu veux quelque chose ? la taquina-t-il.

— Oui ! Toi ! s'exclama-t-elle.

Owl sauta pratiquement du lit, mais il était de retour avant que Lara puisse cligner des yeux. Il avait enlevé son pantalon de survêtement et se tenait au-dessus d'elle, une main caressant son sexe tandis qu'il pressait l'autre sur le ventre de Lara.

Pendant une fraction de seconde, Lara se retrouva là-bas. Dans cette cave. À regarder son ravisseur se masturber sur elle. Puis elle cligna des yeux et tout ce qu'elle vit, ce fut Owl.

Mais bien sûr, il nota sa réaction et se figea, à genoux.

— Non ! s'exclama Lara en tendant la main vers lui. S'il te plaît, Owl, j'ai trop envie de toi !

— Tu es sûre ?

— Oui ! Je t'aime. Je suis ici avec toi et tu ne me feras jamais de mal.

— Ça, c'est une certitude.

Il serra alors la mâchoire avec détermination et s'avança, ce qui obligea Lara à écarter les cuisses pour lui faire de la place.

— Tu es si belle, à mouiller pour moi, lâcha-t-il d'un ton rauque.

— Oui, l'encouragea-t-elle.

Cette voix l'aidait beaucoup à rester dans le présent.

— Touche-moi, ordonna Owl. Mets tes mains sur mon torse. Sens mon cœur qui bat juste pour toi.

Elle ne demandait pas mieux que d'obéir. Il n'avait pas tort, son cœur battait fort dans sa poitrine. Elle sentit l'une de ses nombreuses cicatrices sous sa paume, ce qui la conforta dans ses convictions. Owl avait ses propres démons, et elle voulait être là pour lui comme il l'avait été pour elle.

Elle sentit le bout de son sexe frôler ses replis sensibles et sursauta.

Puis il la pénétra. Sans hésiter, ce qu'elle apprécia. Il s'enfouit en elle aussi profondément qu'il le put. La sensation ne lui avait jamais parue aussi juste. Et c'était différent avec lui sur le dessus. Incroyable.

— Ça va ? demanda-t-il, en appui au-dessus d'elle.

— C'est parfait, répondit-elle dans un souffle. Bouge.

Ce qu'il fit. Lentement d'abord, mais à chaque va-et-vient, il était un peu plus assuré de ne pas lui faire de mal, qu'elle appréciait ce qu'il faisait, alors il accéléra.

Bientôt, il l'assaillit de coups de bassin, la revendiqua. L'interdisant à tout autre homme – non que ce ne soit pas déjà le cas.

— À toi, scandait-il chaque fois qu'il s'enfonçait en elle.

Lara ne put s'empêcher de sourire. Il ne la revendiquait pas : il lui donnait encore le pouvoir en affirmant qu'il lui appartenait. C'était une question de sémantique, car elle avait l'impression de lui rendre la pareille, mais elle aimait qu'il soit sensible à tout ce qu'elle avait traversé.

Owl se saisit d'un de ses genoux qu'il tira vers le haut, puis fit de même avec l'autre. Il lui bloqua les jambes à l'aide de ses bras et appuya sur le matelas pour se maintenir au-dessus d'elle.

Son coup de reins suivant arracha un couinement à Lara, parce qu'il était très profondément en elle maintenant. Bien plus que lorsqu'elle était sur lui.

— À toi, répéta-t-il, en la pénétrant encore.

— À moi, confirma-t-elle.

Il plongeait ses yeux dans les siens pendant qu'il la prenait. Elle était sans défense sous lui, mais au lieu de se sentir effrayée et petite, elle éprouvait un sentiment de puissance. Il frémit lorsque, passant les mains sur son torse, elle effleura ses tétons. Puis elle posa une main sur sa nuque et sentit la chair de poule se propager sur sa peau. Il était peut-être dessus en ce moment, mais elle avait tout autant de pouvoir sur leurs ébats. C'était une sensation grisante.

— Tu aimes ça, constata-t-elle, haletante.

— Putain, oui.

— Tu vas tellement profond.

— Je vais te remplir à ras bord, lâcha-t-il entre deux halètements. Je vais te donner un bébé. Si tu n'es pas d'accord, c'est le moment ou jamais de le dire.

Lara sourit. Elle ne savait pas pourquoi ce soir était différent des autres fois, mais elle n'allait pas discuter. Elle voulait un bébé de cet homme. Elle le désirait de toutes ses fibres.

— Vas-y, ordonna-t-elle.

La détermination étincela au fond des yeux d'Owl et il cessa de se retenir. Il se jeta sur elle en grognant à chaque coup de boutoir. Le plaisir se répandit dans tout le corps de Lara. Chaque partie d'elle était en feu. Elle passa une main entre ses jambes.

— Oh, putain, c'est tellement sexy ! lâcha-t-il.

Il baissa les yeux vers l'endroit où leurs corps se rejoignaient.

Elle se caressa le clitoris pendant qu'il continuait à aller et venir en elle. Le plaisir grimpait si vite et si fort que Lara se perdit dans ces sensations exquises.

— Vas-y, la supplia Owl. Jouis, Lara. Je ne vais pas pouvoir me retenir. C'est trop bon d'être en toi. Tu es trop serrée, trop sexy.

Elle accéléra ses caresses, utilisant son auriculaire pour caresser le sexe d'Owl chaque fois qu'il se retirait d'elle. Elle chercha à lever le bassin, mais elle n'avait rien pour faire levier. Elle était complètement à la merci d'Owl, et cette prise de conscience suffit à la faire basculer.

Un long gémissement s'échappa de ses lèvres tandis qu'elle se convulsait dans l'étreinte d'Owl.

Avant même qu'elle cesse de trembler, il plongea en elle et poussa un gémissement torride. Retirant une main, il lui permit de baisser une jambe et puis lui empoigna une fesse, pour l'attirer plus près et s'enfoncer encore plus profondément en elle.

Lara avait la main coincée entre eux, elle était en sueur, avec l'impression d'avoir été retournée sens dessus dessous, mais elle n'avait jamais été aussi repue de sa vie.

Owl se déplaça lentement pour qu'elle puisse abaisser son autre jambe, mais il garda sa main sur ses fesses tout en se déplaçant au-dessus d'elle. Il pressa d'abord ses hanches sur les siennes puis son corps tout entier. Leurs chairs frottèrent sensuellement l'une contre l'autre tandis qu'il lissait les cheveux de Lara. Puis il lui passa la main dans la nuque pour l'immobiliser pendant qu'il posait son front contre le sien.

Ils haletaient tous les deux et elle sentait les battements de son cœur contre sa poitrine. Elle aurait dû se sentir étouffée. Mais avoir Owl allongé sur elle, cela lui paraissait étonnamment... juste.

— Dans neuf mois, on fera connaissance de notre bébé, chuchota-t-il.

Lara s'esclaffa.

— Tu es sûr de m'avoir mise enceinte ? plaisanta-t-elle.

Owl leva la tête, et elle ne décela aucune trace d'humour chez lui lorsqu'il répliqua :

— Oui. Il est impossible que je ne t'aie pas mise enceinte, vu la façon dont je viens de jouir.

Elle aurait dû se sentir mal à l'aise. Ce n'était pas normal. Les hommes n'étaient pas aussi obsédés par l'idée de mettre leur petite amie enceinte. Bon sang, elle n'avait même pas encore décidé ce qu'elle allait faire de sa vie. Ses parents s'attendaient à ce qu'elle rentre un jour ou l'autre à Washington, et on lui gardait toujours son poste là-bas.

Pourtant, tout ce qu'elle ressentit, ce fut... du soulagement. Tout ce qu'elle avait toujours voulu, c'était épouser un homme qui l'aime par-dessus tout et fonder une famille avec lui. Owl était cet homme, elle n'en doutait pas. Et si elle avait la chance d'avoir des enfants avec lui, tous ses désirs seraient comblés.

Beaucoup de gens ne comprendraient pas, mais Lara

s'en moquait. Elle replia les jambes pour avoir les pieds à plat sur le matelas et serra ses cuisses l'une contre l'autre, pour étreindre Owl.

— J'ai hâte de rencontrer cet enfant, déclara-t-elle solennellement.

Il la dévisagea un instant, avant de sourire lentement.

— Et pour information, je te confie officiellement les rênes de notre vie sexuelle. Tu peux prendre le contrôle.

Elle sentit son membre tressaillir en elle.

— Vraiment ? demanda-t-il.

— Oui.

Il resserra sa main dans ses cheveux. La petite traction sur son cuir chevelu fit courir une vague de chair de poule le long des bras.

— Je ne t'ai pas fait mal ?

— Non. Pas du tout.

Le sexe en elle tressaillit à nouveau.

Puis il s'agenouilla, ce qui força Lara à baisser les jambes pour lui laisser de la place. Il s'assit sur ses talons en attirant ses fesses sur ses genoux. La position était un peu inconfortable pour Lara, mais lorsqu'il posa les mains sur ses seins pour lui pincer les mamelons, elle oublia les crampes.

— Juste pour être sûr de t'avoir mise en cloque, je vais te pénétrer à nouveau. Et encore. Autant de fois que je le pourrai, promit-il.

Ce côté dominant de son homme était un peu surprenant, mais une fois encore, elle n'aurait probablement pas dû s'en étonner. Il n'était peut-être pas un Navy SEAL ou un Delta, mais il avait l'habitude d'avoir le contrôle total lorsqu'il pilotait un hélicoptère de plusieurs millions de dollars. Et la façon dont il volait dans le simulateur, à la fois concentré et un peu téméraire, aurait dû être un indice pour Lara : son homme ne se comportait peut-être pas comme un dominant en public, mais derrière les portes closes, il était alpha à cent pour cent.

— Ta chatte va dégouliner pendant des jours. Je veux que tu me sentes là tout au long de la semaine prochaine, pendant qu'on sera en voyage.

— Owl, gémit-elle.

— Mais toi d'abord, ajouta-t-il avec un petit sourire.

Sur quoi il porta la main à son clitoris.

La nuit allait être longue, mais Lara ne songeait pas à s'en plaindre. Pas le moins du monde.

**15**

───────

Le lendemain matin, tout le monde vint au pavillon pour leur dire au revoir. Lara se sentait comme un zombie : elle n'avait pas assez dormi, tant Owl avait été insatiable. Il avait fait ce qu'il avait promis, trois fois, lui donnant au moins deux orgasmes chaque fois. Elle se sentait complètement caoutchouteuse, et même si cela n'avait sans doute pas été l'intention d'Owl, elle était trop fatiguée, trop rassasiée pour ressentir la moindre appréhension à l'idée de quitter le Refuge ce matin-là.

Owl avait gardé une main sur elle presque tout le temps. Comme s'il ne pouvait supporter de ne pas la toucher. Dans le creux de ses reins, en frôlant son bras, en lui tenant la main. Si elle avait rêvé d'un tel homme, elle avait honnêtement perdu tout espoir de le trouver un jour. Et maintenant, il était là. Lara devait se pincer pour s'assurer qu'elle ne rêvait pas.

Lorsque tout le monde leur eut fait ses adieux et pendant que Brick donnait à Owl et Stone une dernière liste d'instructions et d'informations sur l'hélicoptère et la transaction, Cora attira Lara à l'écart.

— Tu as l'air fatiguée, ça va ?

L'inquiétude de sa meilleure amie lui fit du bien.

— Oui, oui. C'était juste que je n'ai pas beaucoup dormi la nuit dernière.

— Tu t'inquiétais ? demanda Cora, soucieuse.

Lara lui adressa un sourire timide.

— Pas du tout.

Son amie comprit alors.

— Oh ! fit-elle avec un sourire.

— Oui, « oh ! ».

— J'en déduis que tu as apprécié qu'Owl prenne le contrôle.

— Aucun doute là-dessus, acquiesça Lara.

Cora eut un sourire stupide. Puis reprit son sérieux.

— Je suis en admiration devant toi. De nous deux, tu as toujours été la plus intelligente, la plus jolie, la plus élégante. Et maintenant, tu es aussi notre Wonder Woman. Tu peux littéralement faire tout ce que tu veux. Je devrais être jalouse, et au lieu de ça, je suis fière comme tout.

— Cora, protesta-t-elle, submergée.

— Non. Pas de pleurs. Interdit, bredouilla Cora, dont les yeux s'emplissaient pourtant de larmes.

Lara fit donc la seule chose à sa portée en cet instant : elle prit Cora dans ses bras et la serra contre elle.

— Je t'aime, marmonna Cora contre son épaule.

— Moi aussi, répondit-elle.

Elles restèrent ainsi un moment avant qu'un mouvement n'attire l'attention de Lara. Owl, Pipe, Stone et Brick les observaient.

Elle baissa les bras et Cora se retourna.

— Quoi ? Deux amies ne peuvent pas se faire un câlin ?

Pipe s'esclaffa.

— Personne n'a rien dit, rassura-t-il sa femme.

— Peu importe, marmonna-t-elle.

Pipe l'attira dans ses bras. Cora se laissa aller contre lui et couvrit les mains que son mari avait plaquées sur son ventre.

— Si vous avez des questions sur quoi que ce soit, n'hésitez pas à m'appeler, dit Brick à Owl et Stone. J'ai examiné tous les documents, il ne vous reste plus qu'à signer sur la ligne pointillée si vous trouvez l'hélicoptère convenable après le vol d'essai. Dès que vous me donnerez votre feu vert, je demanderai à Savannah d'effectuer le transfert de fonds.

Owl et Stone acquiescèrent.

— Vous avez bien vos permis ?

— Oui, maman, plaisanta Stone.

Brick grimaça.

— Désolé. Mais il fallait bien que je m'en assure.

Owl s'était approché de Lara pendant que Brick parlait encore, pour venir se planter à côté d'elle. Et poser une main légère dans le creux de ses reins. Ce contact lui rappela la nuit précédente, lorsqu'elle était à genoux et lui derrière elle, caressant cet endroit même où ses doigts se trouvaient maintenant, tout en la prenant fermement et profondément.

Elle frissonna.

— Si tu as l'impression que quelque chose ne va pas, dis-le, ordonna fermement Brick à Lara.

Elle acquiesça.

— Et vous deux, si vous avez le sentiment que quelque chose merde, n'hésitez pas. Foutez le camp. Un hélico ne vaut pas une vie.

— Tu as des nouvelles de Tex ? demanda Stone en fronçant les sourcils.

— Non. Grant court toujours. Je suis juste prudent.

— Il n'arrivera rien à Lara. Je vous en donne ma parole, jura Owl.

— Tant mieux. Mais je ne m'inquiète pas seulement pour elle, précisa Brick.

— On a la situation en main, répliqua Stone.

— Je défie Carter de se montrer, intervint Lara. Non pas qu'il puisse savoir où je suis ou quels sont nos plans, mais s'il le fait, il sera pris en un clin d'œil. Il ne peut aller nulle part sans être reconnu... grâce à Cora, ajouta-t-elle avec un sourire à sa meilleure amie. Il aura du mal à passer inaperçu. On s'en sortira.

— Tu as raison. Alors, allez-y. Vous avez un avion à prendre, déclara Brick.

Lara serra une dernière fois Cora dans ses bras, puis se dirigea vers le Rubicon de Brick avec les autres. Stone s'assit à l'avant avec ce dernier, et Owl tint la portière arrière pour Lara. Il monta après elle et lui tendit la main dès qu'elle eut attaché sa ceinture de sécurité.

Elle serra ses doigts en lui adressant un sourire intimidé, qu'il lui rendit, en même temps qu'il lui caressait le dos de la main avec son pouce. Ce geste lui rappela la nuit précédente, les moments qui avaient suivi la dernière fois qu'ils avaient fait l'amour. Les draps étaient en désordre, elle ruisselait de sueur, mais elle n'avait jamais été aussi heureuse. Ils étaient allongés l'un contre l'autre, main dans la main, cherchant à reprendre leur souffle, et Owl avait passé son pouce sur sa main, comme il le faisait maintenant. Il n'y avait pas besoin de mots, ce petit contact disait tout.

Ils s'étaient ensuite relayés dans la salle de bains, avant de remettre leur tee-shirt et leurs sous-vêtements, puis s'étaient presque immédiatement endormis dans les bras l'un de l'autre.

Owl était son compagnon idéal. Dans tous les sens du

terme. Grâce à lui, elle se sentait plus forte. Invincible. Capable de tout. Ils n'avaient pas encore parlé mariage, mais Lara ne doutait pas que cela se produirait. Elle n'était pas arriérée au point de penser qu'elle devait être mariée pour avoir un enfant, mais ses parents seraient déçus. Certes, elle ne vivait pas pour leur faire plaisir, mais comme elle était sûre que c'était quelque chose qu'Owl et elle voulaient, ce ne serait pas difficile de franchir le pas.

Alors qu'ils roulaient vers l'aéroport, Owl lui souleva la main et embrassa son annulaire, comme s'il lisait dans ses pensées. Le calme qu'elle éprouvait était presque effrayant. Elle aurait dû être en train de paniquer. Quitter le Refuge n'était pas une mince affaire, pourtant avec Owl à ses côtés, elle pouvait tout affronter.

Déterminée à ne pas être un handicap, car l'achat de cet hélicoptère était important pour Owl et ses amis, Lara prit une profonde inspiration. Elle allait y arriver. Ils iraient dans le Nord, testeraient l'hélicoptère, puis entameraient un voyage de plusieurs jours pour rentrer chez eux, en s'arrêtant dans de petites villes en chemin. Les doigts dans le nez.

* * *

Cette nuit-là, après être arrivée à Seattle et avoir failli succomber à une crise de panique à l'aéroport, l'optimisme de Lara à propos du voyage s'effritait. Il était facile d'être courageuse lorsqu'elle était au Refuge. Mais ici, avec tant de gens autour d'elle, tant d'endroits où un homme pouvait se cacher et tant de façons dont il pouvait manipuler les autres pour l'atteindre, Lara regrettait sa décision d'accompagner avec Owl et Stone.

Conscient de sa panique croissante, Owl était resté à ses

côtés, balayant sans relâche les environs du regard. Il lui avait répété une centaine de fois qu'elle était en sécurité.

Lara voulait crier que non. Qu'elle ne le serait pas tant que Carter Grant ne se trouverait pas derrière les barreaux. Mais elle s'était tue. Elle avait peur de ne plus pouvoir s'arrêter si elle disait quoi que ce soit. La dernière chose qu'elle voulait, c'était de gâcher ce voyage. Pour Owl et Stone, et tous les autres au Refuge qui se réjouissaient d'avoir un hélicoptère à eux

Ils venaient d'arriver à l'hôtel et Stone s'occupait de les enregistrer. Owl s'était assis avec Lara sur l'un des canapés du grand hall. Elle était pratiquement sur ses genoux, écrasée entre le bras du canapé et le corps d'Owl collé à son flanc, mais elle se sentait plus en sécurité ainsi.

Stone s'approcha et s'accroupit devant eux pour tendre à Owl une petite enveloppe de papier contenant ce que Lara supposait être leurs clés.

— Vous êtes dans la chambre 412. Si vous voulez monter, je vais contacter Ricky et je vous communiquerai à quelle heure il sera prêt demain, dit Stone.

— Et ta chambre, c'est laquelle ? demanda Owl.

Son ami haussa les épaules.

— Il y a eu une erreur et la chambre a été réservée deux fois. Mais ce n'est pas grave. Je peux rester dans notre voiture de location.

Lara fronça les sourcils lorsqu'elle comprit.

— Non, dit-elle en secouant la tête. Absolument pas.

Le visage de Stone s'adoucit.

— Ce n'est pas un problème.

— Bien sûr que si, protesta Lara, qui sentit la panique enfler à nouveau. Tu ne peux pas dormir dans la voiture. Ce n'est pas sûr. Et c'est dingue ! Pourquoi ne voudrais-tu pas loger dans notre chambre ? À cause de moi ? Je sais que j'ai été un peu déstabilisée, mais je te promets que ça ira mieux. Je ne te dérangerai pas.

— Ce n'est pas toi, répliqua Stone sans hésiter, dans l'espoir de l'apaiser.

Mais Lara ne s'en laissa pas conter.

— Non ! Si tu dors dans la voiture, alors on dort tous dans la voiture. Je ne pourrai pas fermer l'œil si je sais que tu es seul là-bas et que je suis allongée dans un lit confortable. Si tu n'es pas à l'aise à l'idée d'être de trop, ne t'en fais pas. Et je peux dormir sur le canapé pour que tu sois reposé pour demain. Je suppose que notre chambre en a un, mais si ce n'est pas le cas, je dormirai par terre.

— On a une chambre avec deux grands lits, Lara. Et même si ce n'était pas le cas, hors de question que tu dormes sur ce foutu plancher, s'insurgea Owl.

— Si ça évite à Stone de passer la nuit dans la voiture, je ne vais pas me priver ! répliqua-t-elle, à deux doigts de crier.

Elle parlait trop fort, mais sa panique ne cessait de croître depuis qu'ils avaient quitté l'aéroport, elle était sur le point de craquer.

— D'accord. Je reste dans la chambre, murmura Stone.

— Sérieusement ! Je ne vois pas pourquoi tu as envisagé une autre solution. Je n'aurais pas dû venir. Tu n'aurais même pas songé à dormir dans la voiture si je n'étais pas là !

Maintenant qu'elle s'était mise dans tous ses états, Lara n'arrivait plus à s'en sortir.

— Vous êtes les meilleurs amis du monde, vous avez connu l'enfer et tu ne veux même pas dormir dans la même chambre que nous ? Je ne me mettrai pas en travers de votre amitié !

Stone se pencha et prit doucement le visage de Lara entre ses mains... Ce qui la fit brusquement cesser de tourner en rond.

— J'essayais d'être poli, lâcha-t-il d'une voix douce, mais ferme.

— Eh bien... arrête, grommela Lara.

Il parut étouffer un sourire.

— D'accord.

— D'accord, concéda-t-elle.

— Ça va ?

— Je ne sais pas. Tu vas dormir dans la chambre avec nous ?

— Oui.

— Alors, c'est bon, décréta-t-elle.

Stone la tint encore un moment, puis la tira vers l'avant et l'embrassa sur le front avant de reculer pour se tourner vers Owl.

— C'est un feu d'artifice, cette femme ! Je ne l'aurais jamais deviné.

Owl posa une main dans la nuque de Lara et y exerça une petite pression.

— Pour info, si elle ne t'avait pas remis les pendules à l'heure, c'est moi qui l'aurais fait. Qu'est-ce qui t'est passé par la tête, Stone ?

— Je pensais que vous aviez besoin de vous reposer. Tu sais qu'il m'arrive d'avoir des cauchemars terribles. Je ne veux pas te réveiller au milieu de la nuit parce que je sais que tu ne peux plus te rendormir une fois que tu es tiré du sommeil.

— Plus maintenant.

— Quoi ? Sérieusement ?

— Sérieusement. Apparemment, la présence de Lara dans mon lit est le remède à mes insomnies.

— Waouh ! C'est génial.

— En effet. Et va te faire foutre si tu crois que je t'en

aurais voulu de me réveiller. Et pour ne pas m'avoir dit que tu faisais encore ces foutus cauchemars.

Stone haussa les épaules et se leva.

— Il n'y a rien de neuf là-dedans. Ils vont et viennent. Je ne voulais pas vous embêter s'ils se produisaient pendant notre voyage.

Owl se leva à son tour, imité par Lara, qui l'enlaça, car, même si elle se sentait mal pour Stone, elle ne voulait pas non plus s'éloigner de lui.

— Si ça t'arrive pendant ce voyage, ce n'est pas grave, déclara fermement Owl.

— Ne la laisse pas s'approcher de moi, le cas échéant, le prévint Stone.

— Pas de problème.

— Attendez une minute, intervint Lara. Si tu crois que je vais rester sans rien faire pendant qu'il souffre d'un cauchemar, tu te trompes.

— Fais-moi confiance, ma puce. Je m'en occupe. Je sais comment gérer. Et Stone a raison. Tu ne dois pas t'approcher de lui s'il fait un cauchemar.

— Je deviens... violent, expliqua Stone en appuyant sur le bouton de l'ascenseur. Je détesterais te faire mal.

Le cœur de Lara se serra.

— Je comprends. Je laisserai Owl t'aider alors. Mais... quand tu seras réveillé, ne sois pas surpris si je te materne.

Stone leva les yeux au ciel.

— Peu importe. Tant que tu ne m'étouffes pas pour t'avoir réveillée.

— Elle a besoin de s'entraîner au rôle de mère, lâcha nonchalamment Owl lorsqu'ils furent entrés dans l'ascenseur.

— Attends, tu es enceinte ? demanda Stone, incrédule.

— Non.

— Oui.

Owl et elle avaient répondu en même temps.

Stone haussa un sourcil, perplexe.

— Il pense avoir un sperme super puissant et donc il « sait » qu'il m'a mise enceinte hier soir, expliqua Lara en levant les yeux au ciel cette fois.

Elle sentit ses joues chauffer, signe qu'elle rougissait, mais continua pourtant :

— Il considère donc que je suis enceinte d'un jour, mais tant que je ne verrai pas la ligne sur le test ou que je n'aurai pas reçu le feu vert d'un médecin, je répondrai « non » à cette question.

— Ah... d'accord. Félicitations alors. Puisque je suis le premier à être au courant, est-ce que vous me ferez l'honneur de donner mon nom à cet enfant ?

— Tu as entendu ce que je viens de dire ? Je ne sais même pas si je suis enceinte, s'insurgea Lara.

La porte de l'ascenseur s'ouvrit sur le troisième étage.

— J'ai entendu, mais je connais aussi mon ami. Si Owl dit qu'il t'a mise enceinte alors, c'est le cas. Il est du genre têtu.

— Vous êtes cinglés, marmonna Lara.

Mais au fond d'elle-même, elle se rendait compte que cet échange de plaisanteries, le constat de la proximité de ces deux hommes lui permettait de ne pas s'appesantir sur sa propre situation.

— Et non, on n'appellera pas notre fille Jack, l'informa Owl.

— Jacketta, ça sonne bien. En plus, tu pourrais avoir des garçons.

— Bien sûr. Notre premier enfant sera un fils. Ensuite, on aura trois filles, puis un autre garçon.

Lara se tourna vers lui, sidérée.

— On ne va pas avoir cinq enfants ! s'exclama-t-elle.

— Pourquoi pas ? Tu veux une grande famille. Tu me l'as dit toi-même.

Certes, mais cinq enfants ? Une objection lui vint alors à l'esprit.

— On parle sérieusement d'avoir cinq enfants alors qu'on n'en a même pas encore eu un ?

— Oui, lâcha Owl avec un petit sourire.

— N'importe quoi.

— Stoney convient aussi bien pour un garçon que pour une fille, plaisanta encore Stone en ouvrant la porte de leur chambre d'hôtel.

Amusée, Lara se détendit lorsque la porte se referma sur eux. Enfin derrière un battant verrouillé, avec Stone et Owl, elle se sentait dix fois plus en sécurité.

— Qu'est-ce qu'on fait pour le dîner ? demanda Stone. Je suis affamé.

— On se fait livrer, répondirent Owl et Lara d'une même voix.

Elle lui décocha un sourire.

— Ça marche, approuva Stone qui s'allongea sur le lit le plus proche de la porte. Prévenez-moi quand ça arrive.

Owl désigna son ami d'un signe de tête et lança à Lara :

— On te prend ta pizza favorite à l'ananas. Ou peut-être les pâtes au brocoli que tu adores. On pourrait commander un plat familial assez grand pour nous tous.

Lara ne comprenait plus rien. Elle n'aimait pas l'ananas sur les pizzas et ne se souvenait pas d'avoir abordé le sujet avec Owl.

Mais lorsque Stone se redressa et grommela : « C'est bon, je m'occupe de commander le dîner », elle comprit qu'Owl avait encore une fois asticoté son ami.

Elle avait déjà passé du temps avec Stone et tous les

hommes du Refuge, mais c'était la première fois qu'elle observait de si près la dynamique entre les deux meilleurs amis. Leurs interactions ressemblaient beaucoup à celles qu'elle avait avec Cora, et Lara adorait ça.

Elle se dirigea vers le lit où Stone était assis, occupé à faire défiler son téléphone. Elle s'assit à côté de lui et jeta un coup d'œil par-dessus son épaule.

— J'aimerais bien un gros hamburger bien saignant, mais la livraison prend tellement de temps que les frites sont déjà détrempées à l'arrivée.

— On pourrait prendre des plats italiens ? On a un micro-ondes ici, on pourrait y faire réchauffer les nouilles si elles ne sont pas chaudes.

Lara fronça le nez.

— Un steak ? demanda-t-elle.

Stone sourit en hochant la tête.

— Oh que oui !

Une fois qu'ils eurent réglé la question et que Stone eut passé toutes leurs commandes, il annonça qu'il allait descendre dans le hall pour attendre le livreur.

— OK, du moment que tu ne te faufiles pas dans la voiture, ironisa Lara.

En réponse, Stone feignit de lui bloquer la tête et de lui frotter les oreilles. Elle couina, s'esclaffa en tentant de lui échapper. Hilare, Stone lui déposa un baiser sur le sommet du crâne et se dirigea vers la porte.

Pendant tout ce temps, Owl était assis sur le seul fauteuil de la pièce, les observant avec une étincelle au fond des yeux.

— Je reviens dans un instant. Ne faites rien que la décence interdirait, les prévint-il avant d'ajouter, juste avant de refermer la porte : Et comme elle est déjà enceinte, pas besoin d'un petit coup vite fait... Si cette pièce sent le sexe à mon retour, je dormirai vraiment dans la voiture.

Sur quoi il referma la porte avant que Lara ou Owl puissent répondre.

— Viens ici, ordonna Owl dès que Stone fut parti.

Lara obtempéra et poussa un petit grognement de surprise lorsqu'il lui prit la main pour l'attirer sur ses genoux. Une fois qu'elle fut installée, il lui demanda :

— Comment ça va ?

— Bien, répondit-elle.

— Sérieusement ? Parce que tu commençais à grimper dans les tours, et ça craignait que je ne rien faire pour l'arrêter.

Lara lui posa une main sur la joue pour essayer de l'apaiser. Il avait plaisanté avec Stone, quelques minutes plus tôt, mais elle voyait maintenant qu'il était très tendu.

— Je ne vais pas te mentir, le voyage a été plus difficile que je ne le pensais. Mais ça va mieux maintenant. Être ici... à l'intérieur... c'est mieux.

— Je suis désolé, commença Owl.

Lara l'interrompit en secouant la tête.

— Surtout pas. Je suis en sécurité avec Stone et toi. Et je ne peux pas rester éternellement cachée. Tout va bien. C'est bon. On aura acheté cet hélicoptère et on sera sur le chemin de la maison avant même de nous en rendre compte.

— Sur le chemin de la maison, répéta Owl qui l'embrassa doucement, avant de sourire en s'écartant. On a au moins vingt minutes devant nous... On pourrait se le faire, ce petit coup vite fait.

Elle voyait bien qu'il plaisantait.

— Toi et « petit coup vite fait », vous êtes un oxymore. Tu ne saurais pas faire rapide, même si ta vie en dépendait.

— Je ne sais pas, ma puce. Parce que dès que je suis en

toi, j'ai l'impression de perdre tout contrôle.

Cette idée fit tressaillir Lara.

— C'était vrai, mais tu te laisses distraire avant d'être en moi. Tu crois vraiment qu'en me voyant nue, tu ne vas pas te mettre en tête de me donner deux orgasmes avant de me pénétrer ?

Owl plissa le nez.

— Tu as raison.

Lara s'esclaffa.

— J'adore.

— Quoi ? demanda-t-elle.

— Ton rire. Tu n'as pas assez ri depuis que je te connais. Je vais me fixer comme objectif de t'entendre glousser plus souvent.

— Ce séjour avec Stone et toi est un bon début. Vous êtes vraiment proches, tous les deux.

— Quand on s'écrase en hélicoptère, qu'on se retrouve traqués et torturés ensemble, ça crée très vite des liens, lâcha sèchement Owl.

Lara détestait qu'il ait vécu ça. Mais en même temps, elle était soudain très contente qu'il n'ait pas été seul pendant cette épreuve.

— Ses cauchemars sont vraiment terribles ?

— Pire que ça, confirma Owl. De vraies terreurs nocturnes. Il n'en parle pas avec moi, il ne me dit pas de quoi il s'agit, mais je le devine. Je pensais qu'il allait mieux, mais visiblement il en souffre encore. Il était sérieux tout à l'heure : s'il lui arrive d'en avoir pendant notre voyage, laisse-moi m'en occuper. Ne le touche pas. Il m'a jeté à travers la pièce plus d'une fois, et l'idée qu'il te fasse du mal... aucun de nous ne serait capable de le supporter.

— Je ne m'approcherai pas de lui. Promis.

— Merci.

— Il n'y a pas quelque chose qu'on peut faire pour l'aider ? demanda Lara.

— Ne le traite pas autrement que d'habitude.

Lara comprenait. Elle détestait que les gens la regardent avec pitié, même si cela faisait un moment, maintenant, que personne ne l'avait plus fait. Elle tenait d'ailleurs à ce que cela reste ainsi.

— Maintenant, qu'est-ce que je peux faire pour t'aider, toi, si tu commences à te sentir mal à l'aise ? demanda Owl.

— Exactement ce que tu as fait aujourd'hui : reste près de moi, touche-moi. Les deux m'aident beaucoup.

— Ce ne sera pas bien difficile. Et pour info, tu t'es bien mieux débrouillée que tu le penses aujourd'hui, ma puce. Et je ne dis pas ça comme ça. Le reste du voyage sera un jeu d'enfant. Demain, on se rendra à l'aéroport régional, beaucoup plus petit que celui d'aujourd'hui, où on rencontrera ce Ricky Norman. On fera d'abord un tour d'hélicoptère, histoire de le mettre à l'épreuve. Ensuite, on reviendra à l'hôtel, on conclura l'aspect commercial de la transaction et on retournera à l'aéroport le lendemain, pour rentrer à la maison.

— Il nous faudra cinq jours pour rentrer, c'est bien ça ?

— Quatre ou cinq. Cela dépendra de l'état d'esprit dans lequel on sera.

— Bref, on sera à la maison dans une semaine environ, conclut Lara sur une profonde inspiration. Je peux y arriver.

— Bien sûr. Tu peux faire tout ce que tu veux.

— Je n'en suis pas si sûre. Je ne peux pas piloter un hélicoptère, plaisanta-t-elle.

— Bien sûr que si. Je t'ai vu sur le simulateur, tu es douée pour ça.

Lara leva les yeux au ciel.

— Tu l'as dit toi-même, le simulateur n'a rien à voir avec

le pilotage d'un véritable hélicoptère.

— Certes, mais je suis sûr que si tu y étais obligée, tu pourrais le faire.

— Espérons que je n'aurai pas à le découvrir, murmura Lara en frissonnant.

— Assez parlé de ça. Puisqu'il n'est pas question d'un petit câlin... est-ce que tu vois des objections à ce qu'on s'embrasse un peu ?

— Qui ? Toi et moi ? le taquina Lara.

Owl grogna et lui enfonça les doigts dans les flancs pour la chatouiller.

Lara poussa un cri et tenta de s'éloigner de lui, mais Owl était trop fort. Heureusement, il cessa bientôt de la chatouiller pour l'enlacer.

Ils s'embrassaient encore lorsque Stone revint. Devant le spectacle qu'ils offraient, enchevêtrés sur le fauteuil, il poussa un soupir exagéré.

— Vous voulez que je parte et que je revienne plus tard ? plaisanta-t-il.

— Non ! Je suis affamée, répondit Lara.

— Moi aussi, marmonna Owl.

Il la fit descendre de ses genoux alors que son sexe était dur comme la pierre.

Heureuse que sa crise de panique n'ait pas duré des heures, Lara gloussa et réalisa qu'elle se sentait déjà plus calme. Ce voyage allait s'avérer fructueux, après tout. Elle le savait.

Son plan allait fonctionner. Carter Grant en était de plus en plus convaincu au fil du temps.

Dans deux jours, il retrouverait enfin Lara. Et il s'assurerait qu'elle ne reparte pas… tant qu'il n'en aurait pas fini avec elle. Et ça, ce n'était pas pour demain.

Son complice l'avait informé que le vol d'essai aurait lieu le lendemain, comme prévu. Il aurait aimé être présent pour voir son visage lorsqu'elle comprendrait ce qui se passait.

Mais il ne pouvait pas quitter l'île. Il avait décidé qu'il était encore trop reconnaissable, même avec les petits changements apportés à son apparence. Il était probablement l'homme le plus recherché du pays à l'heure actuelle et, son objectif étant si proche, il devait faire profil bas. Carter n'aimait pas se reposer sur quelqu'un d'autre pour exécuter les plans qu'il avait si minutieusement élaborés, mais cette fois-ci, il était contraint d'espérer que l'argent promis à son complice suffirait pour qu'il ne dévie pas d'un iota de ses instructions.

— Bientôt, murmura-t-il en regardant la chambre où vivrait sa Lara.

La pièce était parfaite. Des chaînes sur le lit, une lingerie choisie et une porte qu'elle n'aurait aucune chance de franchir. Cette fois, personne d'autre ne vivrait dans la maison, à qui il faudrait cacher la présence d'une prisonnière. Elle serait complètement isolée et à sa merci. Elle aurait beau crier, personne ne l'entendrait.

Plus que deux jours à tenir. Ensuite, son bien lui serait rendu. L'impatience lui faisait presque tourner la tête. Il ne ressentait plus les élancements de son œil manquant, n'éprouvait pas le moindre remords pour ce qu'il s'apprêtait à faire. Les deux connards qui l'accompagnaient méritaient de mourir pour l'avoir privé de ce qui lui appartenait. Et Lara ?

Elle aurait ce qu'elle méritait aussi. Et il n'en pouvait plus d'attendre.

# 16

Lara s'agrippa au bord de son siège, à la fois inquiète et excitée. Le moment était enfin arrivé. Après avoir rencontré le vendeur, Ricky Norman, à l'aéroport régional ce matin-là, ils avaient été escortés jusqu'à l'hélicoptère qui les attendait. Owl et Stone avaient passé en revue les moindres recoins de l'hélicoptère Bell 505 posé sur le tarmac. Mais pas un instant lors de leur examen, Owl n'avait perdu Lara de vue. Elle les observait, plantée sous le soleil du matin.

Au lieu de se sentir nerveuse à l'idée d'être à découvert, Lara était calme. Personne ne pouvait les surprendre, vu la configuration ouverte du tarmac, et bien avant que quelqu'un ne puisse l'atteindre, Owl serait là.

L'atmosphère de la soirée précédente avait été à l'impatience. Owl et Stone étaient comme deux enfants la veille de leur anniversaire. Ils avaient tous dormi comme des masses – heureusement, Stone n'avait pas fait de cauchemar – et s'étaient réveillés avant la sonnerie du réveil, prêts à se rendre à l'aéroport et à poser les yeux sur leur potentiel futur hélicoptère.

Et en le découvrant, ils n'avaient pas été déçus. La

machine était si élégante et si extra qu'Owl et Stone en bavaient presque.

Stone l'avait gentiment laissée prendre les commandes en premier. Pilote et copilote étaient aussi capables l'un que l'autre de prendre les commandes de l'hélicoptère. Owl et Stone en avaient discuté la veille pour savoir s'ils voulaient les retirer du siège du copilote et avaient décidé, pour l'instant du moins, de les garder. Ils avaient l'habitude de voler ensemble et, honnêtement, cela rassurait Lara de savoir que si quelque chose arrivait à l'un des deux pilotes, l'autre pourrait prendre le relais. Ils pourraient toujours changer d'avis à l'avenir s'ils s'en servaient davantage pour les excursions et avaient besoin du siège avant pour accueillir un client, mais pour l'instant, ils ne demandaient pas mieux que de laisser l'appareil tel quel.

Comme il y avait beaucoup de bruit dans l'habitacle, ils portaient tous les trois un casque d'écoute qui leur permettait d'échanger et de communiquer avec la petite tour de contrôle. Ils reçurent le feu vert pour décoller et Lara retint son souffle tandis que l'appareil s'élevait lentement du sol.

C'était en train de se produire, et elle percevait l'excitation dans l'air.

Au début, elle ne parvenait pas à détacher son regard d'Owl. Or, très vite, elle s'aperçut qu'il était dans son élément. Un petit sourire se dessina sur son visage dès l'instant où il actionna les commandes. Certes, Lara l'admirait déjà, mais le voir aux commandes d'un véritable hélicoptère l'impressionnait encore plus.

L'appareil se déplaçait sans à-coups dans les airs. Owl se servait du manche pour l'orienter et le levier sur le côté de son siège pour contrôler son altitude. Elle connaissait les bases de ces deux commandes, mais elle avait encore du mal à maîtriser les pédales sur le simulateur. Owl n'avait aucun de ces problèmes. Stone et lui ne cessaient de causer mécanique, vitesse du vent et autres questions techniques qui ne l'intéressaient pas.

Stone disposait de ses propres commandes sur son côté de l'hélicoptère, mais il gardait les mains sur les genoux pendant que son ami leur faisait survoler des villes et des forêts magnifiques. De temps en temps, il transmettait les informations que lui communiquait l'un des écrans situés devant eux.

Reportant son attention sur le hublot à côté d'elle, Lara contempla le paysage qui défilait. La région de Seattle était splendide et ils avaient la chance de bénéficier d'une belle météo pour leur vol d'essai. Le soleil scintillait sur l'eau et Lara s'émerveilla encore une fois du nombre de petites îles au large de la côte.

Pourtant, aussi belle que soit cette région, Lara se rendit compte qu'elle lui préférait le Nouveau-Mexique. Elle ne l'avait pas vu d'en haut, évidemment, mais elle aimait la forêt autour du Refuge et savourait même l'air sec, comparé à l'humidité qui régnait ici à Washington.

— Qu'en penses-tu, ma puce ?

En grondant dans ses oreilles à travers le casque, la voix d'Owl fit tressaillir Lara. Elle se tourna vers lui. La tête vers elle, il la fixait.

— Tu ne devrais pas te concentrer sur la route... euh... le ciel ? Enfin, bref, tu me comprends, le réprimanda-t-elle.

Les rires d'Owl et de Stone retentirent comme en stéréo dans ses oreilles.

— Ça n'a rien à voir avec la conduite d'une voiture, expliqua Stone. Tant qu'il garde les mains immobiles sur les commandes, on va dans la même direction et à la même altitude.

— Et sinon ? S'il ne reste pas immobile sur les commandes ?

Stone haussa les épaules.

— Alors on s'écrase, se borna-t-il à répondre.

— Tais-toi, Stone. Tout va bien. On ne va pas s'écraser, la rassura Owl. Alors, qu'est-ce que tu en penses ?

— Euh... si ça me plaît ?

Lara n'était pas sûre de ce qu'il voulait savoir.

— Comment trouves-tu le siège de derrière ? Il est confortable ? Tu vois comme il faut par le carreau ? La ceinture de sécurité est bien ajustée ? Ça pince quelque part ? Tu n'as pas la nausée ou quelque chose du genre ?

— Oh, les sièges sont bien. Bon, ce n'est pas un canapé, mais ce n'est pas inconfortable. Eh oui, les vitres sont incroyables. La ceinture, ça va, et tu ne m'as pas posé la question, mais le casque est vraiment cool ! Je vous entends comme si on était assis les uns à côté des autres dans le pavillon. Et je n'ai pas du tout le mal de l'air. Sans doute parce que tu es un excellent pilote.

— On verra comment tu te sentiras quand ce sera au tour de Stone, plaisanta Owl.

Son ami lui donna un petit coup de poing dans l'épaule.

— N'importe quoi. On sait tous que je te surclasse quand tu veux.

Les deux hommes étaient de très bonne humeur, ce qui détendit encore plus Lara. C'était ici qu'ils étaient les plus heureux. Et ici, personne ne pouvait lui faire de mal. Personne ne pouvait la surprendre ou la forcer à faire quoi que soit. Elle était libre. Libérée des soucis, libérée de la peur.

Owl pilota encore un peu, l'avertissant chaque fois qu'il allait tester une manœuvre, de sorte qu'au lieu d'être terrifiée lorsque l'hélicoptère tombait brusquement ou s'inclinait d'un côté ou de l'autre, elle était exaltée. Elle avait une confiance pleine et entière en Owl. Cette expérience directe de ses compétences de pilote était bien plus impressionnante que le spectacle de son entraînement sur le simulateur au Refuge… qui était pourtant déjà très remarquable.

Lorsqu'il fut satisfait du comportement de l'appareil, Owl confia les commandes à Stone. Étonnamment, Lara parvenait à discerner des différences subtiles entre les compétences des deux pilotes. Alors qu'Owl maniait l'appareil avec une douceur qui l'empêchait presque de distinguer les changements d'altitude, Stone avait la main un peu plus lourde. Pas toutefois au point de lui donner la nausée. Il avait plutôt tendance à utiliser les pédales pour faire pivoter l'habitacle d'avant en arrière, ce qui lui permettait de mieux voir la zone qu'il survolait par la seule manipulation du rotor de queue.

Lara ne préférait pas une technique à l'autre. Avec Stone aux commandes, elle n'avait pas besoin de regarder alternativement l'avant de l'hélicoptère et la fenêtre latérale. Comme il faisait continuellement pivoter l'appareil, elle pouvait se borner à regarder sur le côté.

Une fois de plus, Owl et Stone parlaient boutique, et Lara savoura le moment. Lorsqu'ils seraient de retour au Nouveau-Mexique, elle aurait sans doute sa dose de vol pour un moment, mais en attendant, c'était une expérience nouvelle et inédite.

Lorsqu'ils se posèrent enfin, Lara partageait l'excitation des deux hommes. Ils étaient plus que satisfaits du comportement de l'hélicoptère et convaincus que tout était parfait.

Ils se dirigèrent vers le bâtiment principal de l'aéroport où ils retrouvèrent Ricky Norman.

— Alors, demanda l'homme, la bête a tenu ses promesses ?

— Elle est parfaite, répondit Stone.

— Oh que oui ! s'exclama Ricky en souriant. Donc on fait affaire ?

— On fait affaire, déclara Owl en lui tendant la main.

Les deux hommes échangèrent une poignée de main, et Ricky se tourna vers Stone, qui la lui serra également.

— On se revoit tous les trois dans la matinée ? Vous avez toutes les informations dont vous avez besoin pour le transfert du paiement ?

— On va contacter notre comptable et enclencher le processus dès qu'on sera partis d'ici, confirma Stone.

— Parfait. Je serai ici demain matin très tôt pour qu'on puisse signer les papiers, dit Ricky. Et ensuite, vous pourrez repartir vers le sud.

— À demain, répéta Owl en hochant la tête.

Il s'empara de la main de Lara. Et si elle n'avait pas regardé Ricky, elle n'aurait pas vu son regard se poser sur leurs mains et une petite grimace se dessiner sur ses lèvres.

Qu'est-ce qui l'offusquait donc à ce point ? Deux personnes se tenant par la main n'avaient tout de même rien de choquant ?

Mais avant qu'elle ne puisse réfléchir à son étrange réaction, Owl l'entraînait vers les portes. Stone était déjà au téléphone avec Brick, lui parlant de l'hélicoptère et de ses nombreuses qualités. De leurs conversations précédentes, Lara savait que Brick prendrait ensuite contact avec Savannah pour procéder au virement.

Il était difficile d'y croire. Le Refuge allait posséder un hélicoptère. Elle leva les yeux vers Owl et resserra sa main autour de la sienne.

— C'est très excitant.

Il lui sourit.

— Je ne vais pas dire le contraire ! Un hélicoptère nous

fera gagner beaucoup de temps si on doit rechercher des randonneurs disparus ou participer à des sauvetages. Et j'ai le sentiment qu'on commencera vite à gagner de l'argent avec les vols touristiques.

Lara acquiesça.

— Stone était ton copilote quand tu étais dans l'armée, c'est bien ça ?

— Il est arrivé que j'en aie un autre de temps en temps, mais c'était surtout lui. Pourquoi ?

Elle haussa les épaules.

— Je me demandais juste comment cela fonctionnait. Est-ce que Stone s'occupait du rotor de queue pendant que tu faisais le reste ?

Owl s'esclaffa.

— Le copilote assiste le pilote lorsqu'on est en vol, notamment pour les communications radio et les listes de contrôle.

— Donc vous aviez tous les deux des commandes sur les sièges, comme dans cet hélicoptère ?

— Oui.

— C'est cool.

— Oui. Stone et moi... J'ai adoré travailler avec lui. Il était toujours le calme incarné en cas de problème. On a frôlé la catastrophe ensemble, et on ne l'aurait jamais deviné en le regardant ou en l'écoutant. Il a la capacité de garder son sang-froid et de suivre le courant. Le jour où on s'est écrasé, il était presque stoïque. On tombait du ciel, il m'expliquait calmement ce que je devais faire pour éviter qu'on se fracasse n'importe comment.

Lara était fascinée. Owl lui avait raconté certaines choses sur cette terrible période de sa vie, mais les souvenirs le crispaient toujours. En revanche, il avait l'air détendu en ce moment.

— Ça arrive de se fracasser comme il faut ? demanda-t-elle, sceptique.

Owl s'esclaffa.

— En fait, oui. Tout accident où l'on ne meurt pas est un accident comme il faut.

— Pigé.

— En tout cas, lui est resté calme lorsqu'on a été découverts, déshabillés et jetés en cellule. Au début, ça m'a rendu fou. Je ne comprenais pas pourquoi il n'était pas plus... émotif. Mais son stoïcisme nous a aidés à garder le contrôle. Je lui dois tout.

Lara referma sa main sur la sienne.

— C'est sans doute pour ça qu'il a des terreurs nocturnes, murmura Owl.

Stone, toujours au téléphone, ne faisait pas attention, mais il était évident qu'Owl ne voulait pas qu'il les entende accidentellement parler de lui.

— Parce qu'il enfonce toute cette merde si profondément qu'elle remonte inconsciemment quand il n'est pas sur ses gardes... quand il dort.

— Sans doute, convint Lara.

— Merci d'être venue avec nous, dit-il, changeant de sujet. Je sais que ce n'est pas facile pour toi, mais t'avoir ici... c'est une bonne chose. Pour moi et pour Stone.

— C'est aussi une bonne chose pour moi. J'ai l'impression de reprendre le contrôle de ma vie. Carter est toujours là, je le sais, mais ma présence ici me donne l'impression de lui cracher au visage. Comme si j'étais en train de vivre, en dépit de lui.

— Tu as raison. Et chaque jour, j'apprends quelque chose de nouveau sur toi.

Lara lui sourit.

— Qu'est-ce que tu as appris sur moi aujourd'hui ?

— Que tu aimes voler. Ton expression pendant le vol illustrait ce que je ressens au fond de moi, quand je suis dans les airs.

Elle adorait cette idée.

— Un hélicoptère, ça n'a rien à voir avec un avion.

— Tu l'as dit.

— On est bons ! annonça Stone, rompant l'intimité du moment.

Peu importait. Lara se réjouissait à l'idée de vivre ce genre de moments avec cet homme à ses côtés.

— Brick était heureux d'apprendre que tout s'est bien passé. Il va s'occuper du transfert d'argent. Demain à la même heure, on sera en route vers le sud.

— Tout est organisé pour notre premier arrêt ravitaillement et pour la nuit ? demanda Owl.

— Oui.

— Génial.

— Alors... qu'est-ce qu'on va faire pour le reste de la journée ? demanda Stone.

Lara, qui sentit Owl hausser les épaules, leva les yeux vers lui.

— Qu'est-ce que tu suggères, ma puce ? demanda-t-il.

Une partie d'elle voulait regagner l'hôtel, se cacher, loin des gens. Loin de tous les êtres susceptibles de lui faire du mal. Mais ne venait-elle pas d'affirmer qu'elle aimait bien reprendre le contrôle de sa vie ? Que profiter de la vie, c'était comme cracher au visage de Carter ? Elle voulait s'accrocher à ce sentiment. Et puis, ce n'était pas comme si Owl, ou Stone d'ailleurs, allaient l'abandonner quelque part toute seule.

Ce qui la décida, ce fut la certitude qu'Owl se plierait à ses désidératas. Si elle annonçait vouloir retourner à l'hôtel, il l'y ramènerait sans se formaliser ni se sentir amer ou frustré. Il s'assiérait avec elle dans la petite pièce et trouverait un moyen de les divertir. Stone aussi, probablement. Mais la matinée avait été amusante. Excitante. Et elle ne voulait pas gâcher la bonne humeur générale.

— J'ai entendu dire que la vue depuis la Space Needle était impressionnante. Je suis sûre que ce n'est pas comparable à la vue depuis la vitre d'un hélicoptère, mais...

Les sourires d'Owl et Stone étaient si larges qu'ils en avaient presque l'air presque idiots.

— Et il y a le Pike Place Market. Oh ! il y a aussi un mur de chewing-gums à Seattle, non ? Je crois que c'est près du marché.

— Un mur de chewing-gums ? fit Stone, perplexe.

— Oui ! Couvert de chewing-gums ! s'exclama Lara.

— Dégueulasse, marmonna Owl.

— Et c'est en haut de ta liste de choses à voir ? s'étonna Stone, à l'évidence sceptique.

— J'espère juste qu'ils n'ont pas nettoyé le mur récemment, dit Lara.

— Bon, alors le Pike Place Market, la Space Needle et le mur de chewing-gums dégoûtants... Rien d'autre ? demanda Owl.

— Chez Ivar ? suggéra encore Lara.

— C'est qui ? demanda Stone.

— Pas qui, quoi. C'est un restaurant. Ils servent des huîtres extraordinaires... d'après ce que j'ai entendu dire, déclara Lara.

— Je ne te voyais pas comme une amatrice d'huîtres, mais si ça peut te faire plaisir, allons-y, répondit Owl.

— J'espère qu'il y aura des hamburgers, murmura Stone.

Lara ne put s'empêcher de sourire. Ils n'avaient encore rien fait et elle se sentait merveilleusement bien. Comme

« avant ». Owl la conduisit jusqu'à leur voiture de location et tendit les clés à Stone.

— Tu conduis, ordonna-t-il en s'installant sur la banquette arrière avec Lara.

— Super, maintenant je suis aussi chauffeur, grommela son ami.

Une fois sa ceinture attachée, Lara appuya la tête contre l'épaule d'Owl. Il posa une main sur sa cuisse et elle soupira de contentement. L'inquiétude était toujours là, mais elle avait réussi à la repousser assez loin en elle pour pouvoir jouer à la femme normale. En banal voyage d'affaires avec son petit ami.

Elle n'était pas normale, elle avait toujours un tueur en série persuadé qu'elle lui appartenait à ses trousses, mais pour l'instant, juste pour aujourd'hui, elle allait essayer d'ignorer la bulle d'anxiété qui vivait en elle. Carter Grant ne pouvait pas l'atteindre. Pas avec Owl et Stone à ses côtés. Elle allait profiter de la journée, voir des sites dont elle n'avait fait que lire la description, et puis demain, elle ferait quelque chose que très peu de gens avaient la chance de faire... Elle voyagerait à travers le pays en hélicoptère.

* * *

— Tout roule, déclara Ricky Norman dès que Carter eut décroché le téléphone.

Il sourit. Énorme !

— Des problèmes ?

— Aucun. Ils ont pris l'hélicoptère comme prévu.

— Était-elle là ?

— La nana ? Oui.

— Comment avait-elle l'air ? Effrayée ? Nerveuse ? s'enquit Carter avec impatience.

— Pas vraiment. En fait, elle semblait plutôt détendue. Surtout en présence de son homme.

— Quoi ? Quel homme ?

— Le BCBG. Celui qui n'a pas de lunettes. Ils se tenaient la main en partant et ils avaient l'air plutôt proches. Tu n'avais pas dit que c'était ta petite amie ?

La fureur qui avait envahi Carter l'empêchait de penser. De parler. Finalement, il grogna :

— Elle est à moi.

— OK. Comme tu veux. L'argent pour l'hélico est censé être viré plus tard dans la journée, mais toi, tu ne m'as toujours pas payé.

— Tu auras ton argent quand tu auras livré la marchandise, répliqua Carter entre ses dents serrées.

— Ce n'est pas juste, protesta Ricky. C'est moi qui prends tous les risques. J'ai désactivé les caméras à l'aéroport, je vais me débarrasser de deux gars, kidnapper la troisième. Il est probable qu'on me recherche ensuite. Il me faut au moins la moitié de la somme d'avance.

— Non, cracha Carter.

— Très bien. Dans ce cas, notre marché est rompu.

Un voile rouge s'abattit devant les yeux de Carter. Il était tellement énervé que si Ricky s'était trouvé en face de lui, il l'aurait tué sans hésiter.

— Certainement pas, cracha-t-il.

— Dans ce cas, tu ferais mieux de me virer la moitié du fric aujourd'hui. S'il n'est pas sur mon compte à 17 heures, le marché est annulé. Ta copine et ses... amis... s'envoleront demain avec leur nouvel hélicoptère et vivront heureux dans leur forteresse du Nouveau-Mexique. Quant à toi, tu devras trouver un autre moyen de la récupérer.

Carter avait les mains qui tremblaient, tellement il était furieux.

— Très bien, cracha-t-il.

— Très bien, quoi ? insista Ricky.

— Je t'enverrai la moitié de ton argent aujourd'hui. Mais si quoi que ce soit cloche, tu n'auras pas le reste.

— Rien ne va clocher. Tu as tout prévu, répliqua Ricky calmement.

— Putain, c'est vrai, dit Carter. Revoyons le plan, d'ailleurs.

Ricky soupira, puis récita d'une voix presque ennuyée :

— Ils sont censés être ici dans la matinée pour conclure l'affaire, avant l'ouverture de l'aéroport. Ils n'ont même pas sourcillé quand j'ai mentionné l'heure, très tôt. Je vais les accompagner jusqu'au hangar où est entreposé l'hélicoptère. C'est le seul appareil ici pour le moment. Je m'occupe d'abord des hommes, j'administre un sédatif à la fille, je l'emmène sur ton île et je repars avec mon nouvel hélicoptère que je n'ai pas eu à payer. Dès que j'aurai changé son numéro de série, je le revendrai et je vivrai au chaud, bien gras et bien heureux.

Carter grogna, approbateur, convaincu que son complice avait mémorisé tous les détails.

Sauf pour un, que Ricky ignorait : il ne quitterait pas le pays avec l'argent de Carter. Une fois qu'il aurait atterri avec Lara, il serait un homme mort.

Carter était un tueur en série recherché et, pour autant qu'il sache, on offrait une récompense de cent mille dollars pour toute information conduisant à son arrestation. Et comme Ricky savait où se trouvait sa nouvelle planque, il ne pouvait être autorisé à vivre pour le raconter à qui que ce soit. Cet homme se damnerait pour de l'argent. Autrement dit, il le dénoncerait sans hésiter.

Une fois que Ricky lui aurait donné ce qu'il voulait,

Carter le tuerait. Il se débarrasserait de l'hélicoptère pièce par pièce, et Lara et lui vivraient heureux pour toujours.

Enfin… lui, il vivrait heureux. Lara ne serait probablement pas très contente, mais cela n'avait pas d'importance.

— D'accord. À demain, donc. Ne sois pas en retard, le prévint Ricky.

— C'était un plaisir de faire affaire avec toi, répliqua l'autre d'un ton narquois. J'attends mon argent.

Sur quoi, il raccrocha.

Carter fulminait. Il n'avait pas prévu de donner de l'argent à Ricky. Une fois qu'il serait mort, cet argent serait probablement perdu à jamais. Mais le tueur en série finit par se calmer. Peu importait le prix, du moment qu'il récupérait son jouet préféré.

Pour l'instant, Carter ne pouvait se concentrer que sur une chose : demain à la même heure, il se tiendrait au-dessus d'une Lara Osler tremblante, terrifiée et entravée, qui regretterait d'avoir osé le défier. Il en brûlait d'impatience.

* * *

Après avoir raccroché d'avec ce connard de Carter, Ricky se renfrogna. Il lui avait été difficile de ne pas laisser transparaître son dédain pendant leur conversation. Cet homme était arrogant, prétentieux et bien trop confiant dans l'efficacité de l'intimidation et de la peur pour plier tout le monde à ses ordres. Eh bien, les plans que Carter avait minutieusement élaborés n'allaient pas se dérouler comme prévu.

Il n'était le garçon de courses de personne. Il avait ses propres plans pour la journée du lendemain… plans qui feraient couler encore plus d'argent dans sa poche.

Il retrouverait Lara et les deux hommes, bien sûr, mais il ferait les choses à sa façon, et Carter serait mis devant le fait accompli. Il savait ce qu'attendait Carter, mais il n'était pas le seul à avoir des relations diaboliques.

Ricky avait conclu son propre marché dans le dos de Carter. Un accord qui amènerait une tonne d'argent sur son compte et lui éviterait de se salir les mains avec un meurtre.

La journée du lendemain allait être amusante. Ricky avait hâte de voir la tête de Carter lorsqu'il découvrirait le pot aux roses, mais aussi celle de ses victimes quand elles réaliseraient qu'elles n'allaient pas s'envoler dans leur hélicoptère flambant neuf.

**17**

———————

Cette nuit-là, Lara s'allongea sur le lit de leur chambre d'hôtel, le ventre tellement plein qu'elle avait un peu la nausée, mais cela ne l'empêchait pas d'être très heureuse. La journée avait été très amusante. La Space Needle était cool, mais bondée, et aucun d'entre eux n'avait été impressionné par la vue. Comment auraient-ils pu l'être après avoir vu la ville depuis l'hélicoptère ?

Ils avaient déambulé dans les allées du Pike Place Market, avaient été dégoûtés par le mur de chewing-gums et mangé *Chez Ivar*. Elle avait réussi à régler l'addition, même si Stone et Owl s'étaient énervés contre elle qui les avait devancés auprès de la serveuse alors qu'elle était allée aux toilettes. Ils avaient insisté : il s'agissait d'un voyage d'affaires, c'était le Refuge qui payait la note, mais elle avait tenu à remercier les deux hommes personnellement. Et ce n'était pas comme si elle avait dépensé de l'argent récemment. Elle avait un compte en banque bien garni, grâce à ses parents, et elle se sentait mal à l'aise de ne pas payer sa part.

La chambre d'hôtel était plongée dans la pénombre et la télévision allumée. Tous les trois, prêts à aller au lit, regardaient une rediffusion de *Seinfeld*. Elle adorait cette série, tellement stupide, avec des personnages caricaturaux, mais hilarants.

Se tournant sur le côté, Lara étudia le profil d'Owl.

Sentant qu'elle la dévisageait, il se tourna vers elle.

— Qu'est-ce qu'il y a ? demanda-t-il, inquiet.

— Rien. Je suis juste contente, murmura-t-elle.

Il sourit.

— Moi aussi.

Elle s'assoupit peu de temps après et ne sut pas trop combien de temps s'était écoulé lorsqu'elle sentit qu'on la retournait et qu'Owl se blottissait contre son dos. Elle se pelotonna contre lui et se rendormit sur-le-champ. Même son enthousiasme à l'idée de récupérer l'hélicoptère le lendemain matin ne pouvait empêcher l'épuisement et son ventre bien rempli de l'assommer.

Lara ne sut pas ce qui la réveilla une deuxième fois. La télévision était éteinte et la pièce obscure était silencieuse. Le seul éclairage provenait d'une lumière dans le parking qu'on entrevoyait à travers les rideaux pas complètement fermés.

Un grand bruit la fit alors sursauter. C'était sans doute déjà ce bruit ce qui l'avait réveillée en premier lieu. On aurait dit un croisement entre un pleur et un hurlement. Se redressant sur son coude, Lara regarda dans la chambre... et se rendit compte que ces bruits déchirants venaient de Stone.

Il se tournait et se retournait dans son lit, au gré des gémissements et des plaintes qui montaient des profondeurs de sa gorge.

— Ne bouge pas, ordonna Owl en sortant du lit derrière elle.

Lara n'aurait pas pu bouger même si sa vie en avait

dépendu. Elle pensait comprendre les cauchemars, car elle en avait déjà fait plusieurs. Mais celui-là, c'était l'horreur.

La tête de Stone se balançait d'avant en arrière et ses mains étaient en position de défense. Il sursautait de temps à autre, comme s'il réagissait à un stimulus extérieur... comme si quelqu'un le frappait. Aucun mot ne sortait, du moins, aucun que Lara puisse comprendre. Elle voulait le réveiller. Le secouer pour qu'il cesse de vivre les images que son cerveau lui soumettait, lui faisant croire qu'il était en train de vivre une expérience horrible.

Mais l'idée que quelqu'un lui ait infligé cela dans la vie réelle était encore plus déchirante. Stone était probablement en train de revivre des événements survenus lorsqu'il était prisonnier. Ce qu'il voyait en rêve s'était probablement produit. Et Owl l'avait vécu à ses côtés.

Owl se tenait maintenant entre les lits, pour s'interposer entre Stone et elle. Il la protégeait comme il l'avait fait dans le sous-sol.

— Réveille-toi, Stone ! criait-il.

Ses paroles semblaient sans efficacité sur son ami. Stone continuait à se débattre, à se défendre contre des ennemis fantômes, pendant que des bruits affreux montaient toujours des tréfonds de son être.

— Tu es en sécurité. On n'est plus là-bas. Reprends-toi, Stone, répétait Owl.

Il se pencha sur lui et lui toucha l'épaule.

Ce qui sembla inciter son ami à se débattre encore plus fort.

À sa grande surprise, le Stone facile à vivre qu'elle avait passé le mois dernier à apprendre à connaître s'était transformé en un forcené qu'elle ne reconnaissait pas. Stone se redressa aussitôt, les yeux ouverts, mais fous, et donna un coup de poing à Owl. Sans retenue : il essayait vraiment de blesser son ami. De se protéger.

C'était effrayant. Et très rapide. Owl réussit à bloquer le premier coup, mais n'eut pas autant de chance avec le second. Le bruit sourd du poing qui s'écrasait contre la joue d'Owl fit tressaillir Lara.

— Stone ! C'est moi ! Owl. Tout va bien. Tu es à Seattle. Réveille-toi !

La peur et l'inquiétude qui se dégageaient de son ton donnèrent envie de pleurer à Lara. Assise dans son lit, elle se sentait impuissante à l'aider d'une quelconque manière que ce soit. Elle comprenait maintenant pourquoi les deux hommes avaient été aussi catégoriques s'agissant de toucher Stone s'il faisait un cauchemar, et elle comprenait aussi pourquoi il avait proposé de dormir dans la voiture.

Cela prit encore une minute ou deux, des minutes qui parurent des heures à Lara, mais Owl sembla finalement percer le brouillard du cauchemar de son ami.

— C'est ça, réveille-toi. Tu es en sécurité. Je ne suis pas eux. Tu es ici, à Seattle, avec Lara et moi.

Stone cligna des yeux en s'immobilisant sur le lit.

— Tu pourrais allumer, ma puce ? demanda Owl en gardant une main sur l'épaule de Stone tout en s'accroupissant pour paraître moins menaçant.

Elle obéit et grimaça, le temps que ses yeux s'adaptent à la lumière vive.

Lorsqu'elle retrouva la vue, Stone était complètement réveillé. Et il avait l'air... dévasté : hirsute et sans ses lunettes, il paraissait encore plus vulnérable.

—Putain, jura-t-il en se passant une main dans les cheveux.

À peine se fut-il redressé sur le lit qu'il s'effondra à nouveau contre le chevet.

— Tout va bien, le rassura Owl.

— Ben voyons ! Je déteste rêver, putain, grommela Stone sur un ton que Lara ne lui avait jamais entendu utiliser auparavant.

Il était désolé. Vaincu.

— Ne déteste pas les rêves, déteste les hommes qui les ont créés, dit Lara avant de se raviser.

Stone se tourna vers elle, la fixa un instant, puis soupira. Son visage se vida de toute émotion.

Alors Lara prit une grande inspiration et continua. Il n'apprécierait peut-être pas, mais elle ne pouvait pas garder cela pour elle.

— Détester les rêves, c'est comme se détester soi-même, ce qui n'a aucun sens. Tu es passé d'un contrôle total à une absence de contrôle. Après vous avoir observés, Owl et toi, j'ai vu la facilité avec laquelle vous maniez cet hélicoptère, et je comprends un peu mieux maintenant la difficulté qu'il y a à passer d'un contrôle pareil à une situation où l'on vous tire dessus en plein ciel et où l'on vous emprisonne. J'ai détesté n'avoir aucun contrôle sur ma situation... même si ce qui m'est arrivé n'est pas comparable à ce que vous avez vécu, Owl et toi. Personnellement, je suis impressionnée que vous vous soyez aussi bien adaptés, l'un et l'autre.

Stone gloussa, un croassement rauque, pas vraiment gai, mais au moins n'avait-il plus l'intention de tuer Owl.

— Elle n'y va pas par quatre chemins, hein ?

— En effet, confirma Lara, même si Stone ne s'adressait pas à elle. Plus maintenant. Écoute, je ne suis probablement pas la meilleure personne pour te donner des conseils, je suis encore assez perturbée moi-même, mais je pense que les cauchemars n'ont rien d'anormal après ce que tu as traversé. Je ne dis pas que c'est sympa ou agréable, mais tu es un homme plutôt équilibré, Stone. Tu es charmant, aimable, tu n'as pas l'air renfermé, ni même effrayé par ce qui t'est arrivé... du moins en apparence. Il est clair que tu ne laisses pas transparaître tes pensées ou tes sentiments. Tes rêves sont donc un exutoire. À mon avis, tu devrais trouver le moyen d'évacuer le poison qui suppure en toi. Pour l'instant, ça ne passe qu'à travers tes cauchemars. Il est peut-être temps de te consacrer à un hobby. La coupe du bois, le kung-fu, le catch WWF... tout ce qui pourrait te permettre de te libérer un peu de l'agressivité qui couve encore au fond de toi à cause de ce qui s'est passé.

Le silence s'installa dans la pièce. Lara craignit d'avoir dépassé les bornes. Elle détestait simplement voir son nouvel ami aussi... désemparé. Parce que Stone était tout sauf impuissant.

— Je suis désolée. Je ne sais pas de quoi je parle et...

— Non, ne t'excuse pas. Tu as raison. Je le sais bien. C'est juste que... c'est difficile.

— Je sais. Crois-moi, je sais. Mais je suis ici en ce moment, loin du Refuge, et crois-moi, j'ai eu du mal à sortir de ma zone de confort pour me joindre à vous. Je ne suis pas guérie, l'anxiété est toujours là. J'ai toujours peur que Carter me trouve, mais si je me terrais quelque part, cela signifierait qu'il a gagné. Or la dernière chose que je veux, c'est qu'il gagne d'une manière ou d'une autre.

Stone prit un air songeur et hocha la tête avant de lever les yeux vers Owl.

— Ça va ? Je t'ai fait mal ?

— Avec ton crochet de gauche ramollo ? plaisanta Owl. Aucune chance.

Depuis son lit, Lara voyait pourtant l'hématome se former sur la joue de son homme. Stone y était allé franco, et son coup de poing n'avait rien de « ramollo ». Mais elle n'en aimait que plus Owl pour avoir minimisé le geste de son ami.

Stone prit une profonde inspiration avant de regarder Lara.

— Et toi, ça va ?

— Moi, oui, le rassura-t-elle immédiatement.

— Tant mieux. Et... merci.

— De rien, répondit Lara, reconnaissante que Stone semble plus calme.

Mais maintenant qu'elle avait eu un aperçu de la colère immense qu'il renfermait, de sa souffrance et, oui, de sa terreur, elle l'admirait encore davantage. Sa capacité à garder son calme face au danger était encore plus impressionnante, vu la tourmente qui l'habitait. Elle ne savait pas s'il avait suivi une thérapie – elle supposait que oui –, mais à l'évidence, il était encore en train de travailler sur tout ce qui lui était arrivé.

Owl se leva et se rendit à la salle de bains, d'où il revint avec un gant de toilette mouillé. Il le tendit à Stone en disant :

— Pour ta main. Il faut que le gonflement diminue, parce que ce n'est pas moi qui vais piloter sur tout le trajet jusqu'au Nouveau-Mexique. Tu vas devoir faire ta part, mon pote.

Stone gloussa et, cette fois, il commençait à redevenir lui-même.

— Comme si j'allais te laisser tout le plaisir, grommela-t-il.

Et il posa la compresse froide sur ses articulations.

Owl exerça une petite pression sur l'épaule de son ami, qu'il regarda dans les yeux. Puis il hocha la tête une fois et éteignit la lumière sur la table de chevet entre leurs lits.

Comme tantôt, il fallut quelques secondes aux yeux de

Lara pour s'adapter à la nouvelle luminosité, puis elle sentit le matelas s'enfoncer juste avant qu'Owl ne l'enlace et ne l'attire contre lui à nouveau.

Quelques minutes s'écoulèrent dans un profond silence avant que Lara ne soupire et ne dise dans la pièce silencieuse :

— Est-ce que ça signifie qu'aucun de vous deux ne va dormir le reste de la nuit ? Parce que je pensais avoir guéri Owl de ses insomnies.

Les deux hommes éclatèrent de rire.

— Tu comptes venir te blottir contre moi pour m'aider à dormir ? la taquina Stone.

— Jamais de la vie, répondit Owl à sa place.

Lara gloussa.

— Non, mais je ne veux pas non plus que tu restes là à regarder le plafond toute la nuit, comme le faisait Owl. Si tu as besoin de te lever, de te doucher, de manger, de regarder la télévision, d'aller courir... fais-le. Que fais-tu habituellement, quand tu es réveillé par un cauchemar ?

— Je reste dans mon lit et je regarde le plafond, répondit sèchement Stone.

Lara soupira et se redressa.

— Très bien. Puisqu'on est tous réveillés et qu'il y a peu de chance qu'on se rendorme, pourquoi ne commanderait-on pas un service d'étage ?

— Ne me dis pas que tu as de nouveau faim, s'étonna Owl.

— Je pourrais manger un morceau, répliqua-t-elle en haussant les épaules. De toute façon, je n'ai pas dit que je voulais un repas. J'ai vu qu'il y avait des cookies au menu de nuit. Et du cheese-cake. J'aurais bien besoin d'un peu de sucre. Est-ce qu'il y a encore des films à la carte dans les hôtels ?

— On pourrait simplement se connecter à mon compte Netflix et trouver un film, suggéra Stone.

— D'accord, mais il faut que ce soit un truc plein de testostérone. Genre, plein d'hommes qui font péter des trucs, avec des explosions, des bagarres, etc. Tu en as bien besoin, décréta Lara.

Elle ne savait pas trop comment elle en était arrivée à cette conclusion, mais lorsqu'Owl et Stone acquiescèrent, elle fut soulagée d'avoir eu raison.

— Je vais rallumer. Fermez les yeux, les prévint-elle.

La lumière revint et elle se redressa pour jeter un coup d'œil à Owl. Il la regardait avec amour et adoration. Elle se sentit soudain tout excitée... parce qu'il la regardait habituellement comme ça après avoir joui en elle. Mais il ne se passerait rien, puisque Stone était, et elle était plus préoccupée par leur ami que par le sexe.

Owl lui serra la cuisse sous les couvertures, puis se releva pour se diriger vers le menu du service d'étage, qu'il tendit à Lara.

— Choisis, dit-il.

— D'accord, répondit-elle joyeusement. Quoi ? demanda-t-elle en se rendant compte que Stone la dévisageait.

— Je comprends pourquoi Owl dort toute la nuit maintenant.

Lara fronça les sourcils.

— Vraiment ?

— Oui.

Stone échangea un regard avec Owl par-dessus de sa tête.

Lara se retourna alors vers son homme, mais il se contenta de hausser les épaules. Au fond, cela n'avait pas une grande importance de savoir quelle explication Stone trouvait à la disparition des insomnies d'Owl, elle était simplement contente qu'il puisse dormir... et ce soir ne comptait pas. Rapport aux circonstances atténuantes et tout le reste.

— D'accord, dit-elle en reportant son attention sur le menu. Chips et sauce salsa, deux sachets de cookies aux pépites de chocolat, des chocolats chauds, et une part de cheese-cake aux fraises qu'on pourra tout se partager. Ça vous convient ?

— On va être complètement shootés au sucre quand on partira pour l'aéroport, commenta Stone en posant les pieds par terre.

Contrairement à Owl et elle, il ne portait qu'un boxer pour dormir. Pourtant, même si son physique, manifestement tonique, était admirable, Lara ne ressentait aucune attirance physique pour cet homme.

— Si tu n'as pas la main assez sûre, c'est moi qui piloterai, lança Owl, histoire de taquiner encore son ami.

Stone lui répondit d'un doigt d'honneur, mais ne se retourna pas pour autant en entrant dans la salle de bains.

Dès que la porte se fut refermée, Owl s'assit à côté de Lara. Elle leva une main précautionneuse vers l'ecchymose sur sa joue.

— Ça fait mal ? chuchota-t-elle.

— Non. Merci.

— De quoi ? demanda-t-elle, perplexe.

— De ne pas avoir paniqué. Et d'avoir dit toutes les choses qu'il fallait. De t'être adaptée.

— Pourquoi je ne l'aurais pas fait ? demanda-t-elle, sincèrement confuse.

— La plupart des gens ne montreraient pas aussi compréhensifs. Il aurait pu te faire très mal, dit Owl.

— Eh bien, c'est leur problème, pas celui de Stone. Et il ne m'aurait pas fait de mal. Pas avec toi ici.

— Effectivement. Je t'aime, Lara. Tellement.

— Je t'aime aussi. Et j'aime tes amis... pas de la même façon, bien sûr. Quoi qu'il en soit, mon séjour au Refuge m'a appris que des tragédies arrivaient tout le temps à des personnes de valeur. C'est la façon dont on y réagit qui nous définit. Et je ne veux pas avoir peur toute ma vie.

— Si on était seuls..., commença Owl.

Mais Stone choisit ce moment pour revenir dans la pièce.

— Ce qui n'est pas le cas, s'esclaffa-t-il. Alors arrête de trifougner ta femme et laisse-la commander notre repas, si elle ne l'a pas déjà fait.

— « Trifougner » ? Qu'est-ce que c'est que ça ? ronchonna Owl en s'écartant pour laisser de la place à Lara.

— Ça veut dire « tripoter maladroitement ». Mais en l'occurrence, ça semble vous convenir à tous les deux...

— Tu es vraiment bizarre, constata Owl en secouant la tête.

Mais Lara ne put s'empêcher de sourire. Stone semblait s'être débarrassé des effets de son cauchemar, aussi était-elle enchantée de le voir plaisanter à nouveau avec Owl.

— Chut, vous deux, laissez-moi appeler le service d'étage. Il ne faudrait pas que quelqu'un entende vos conversations bizarroïdes et appelle la police, plaisanta Lara en attrapant le téléphone.

Owl garda la main sur son tibia pendant qu'elle passait l'appel et, vingt minutes plus tard, ils étaient tous les trois assis sur le lit de Stone, devant un vaste éventail de malbouffe, tandis que *Die Hard 2* passait à la télévision.

Ce n'était pas exactement la fin de la journée qu'elle avait envisagée, mais avoir peut-être, oui peut-être, été capable d'aider Stone plutôt que d'être celle qui causait de l'inquiétude à tout le monde, ça lui faisait un effet incroyable. Elle prenait confiance en elle et s'autorisait à espérer un retour à la normale complet dans un avenir assez proche. Peut-être alors que l'horrible anxiété toujours tapie sous la surface se dissiperait enfin.

**18**

———

Owl était fatigué, mais pas excessivement. Il lui était déjà arrivé de fonctionner avec une nuit de quelques heures seulement et, bien qu'il se soit habitué à dormir plusieurs heures d'affilée ces derniers temps, son corps savait encore gérer le manque de repos.

Il avait été très inquiet pour Stone la nuit dernière, cependant Lara avait réussi non seulement à le sortir de la dépression que son cauchemar provoquait toujours, mais elle l'avait fait sourire et plaisanter, au bout d'une demi-heure à peine.

Il avait toujours su qu'elle était extraordinaire et la nuit dernière l'avait encore prouvé. Elle avait un cœur énorme, qu'il ferait tout pour protéger, quel qu'en soit le prix.

Lara s'était endormie pendant le film, et cet abandon si confiant à côté de son meilleur ami avait donné à Owl un sentiment de satisfaction qu'il n'avait pas ressenti depuis longtemps. Lara s'était retournée dans son sommeil, se blottissant contre Stone comme si elle avait deviné qu'il était encore en quête de réconfort. Il n'y avait aucune jalousie dans le cœur d'Owl quand Stone posa une main dans la nuque de Lara et continua à regarder le film.

Ils avaient parlé, à voix basse pour ne pas la réveiller, de l'hélicoptère qu'ils achetaient, du bon déroulement du voyage, de la date d'achèvement du hangar au Refuge, et d'autres sujets banals.

Ce fut seulement après qu'Owl eut ramené Lara dans leur lit et éteint la lumière une fois de plus que Stone murmura :

— Tu as beaucoup de chance.

— Crois-moi, je le sais. Mais il y a aussi quelqu'un pour toi quelque part, se sentit-il obligé de répondre.

À quoi Stone ricana.

— J'en doute, répliqua-t-il. Qui voudrait mettre sa vie entre mes mains, simplement en dormant à côté de moi nuit après nuit ?

Owl ne savait pas trop quoi répondre, mais Stone mit fin à la conversation en ajoutant :

— Peut-être qu'on pourrait piquer un petit roupillon d'une heure ou deux avant de devoir se lever et se mettre en route.

Owl s'était donc blotti derrière Lara et l'avait tenue dans ses bras pendant qu'elle dormait. Il ne s'était pas rendormi, et probablement que Stone non plus, mais ils étaient tous les deux plus que prêts à rentrer chez eux.

Ayant rendu la voiture de location la veille au soir, ils prirent un taxi pour se rendre à l'aéroport régional le lendemain matin. Ils s'étaient levés à l'aube, avaient fait leurs bagages et s'étaient douchés avant de se rendre dans le hall pour le check-out. Ils étaient montés dans le taxi qui les attendait devant l'entrée de l'hôtel.

Lorsque la voiture arriva à l'aéroport, Owl remarqua que les lieux étaient déserts. Il était tôt, mais il semblait étrange qu'il n'y ait aucun mouvement à l'intérieur du bâtiment principal. Alors qu'il envisageait de demander au chauffeur de taxi de patienter un moment, Ricky Norman apparut sur le côté du bâtiment. Il les salua en s'approchant.

— Bonjour ! Quelle belle journée pour voler, lança-t-il, jovial.

— Il faut croire qu'il est du matin, marmonna Lara.

— Si vous voulez bien me suivre jusqu'au hangar, vous pourrez m'aider à sortir l'oiseau et à le préparer au vol, glissa Ricky à Stone et lui.

Owl acquiesça et avança aux côtés de Lara. Ils franchirent un portail dans la clôture qui entourait la piste d'atterrissage et se dirigèrent vers un hangar situé à une courte distance du bâtiment principal.

— On va d'abord s'occuper de la paperasserie et, une fois que ce sera fait et que vous aurez effectué les vérifications avant le vol, les employés de la tour de contrôle devraient être là, déclara Ricky.

— C'est normal qu'ils ne soient pas encore là ? s'étonna Stone.

— Pour cet aéroport, oui, répondit Ricky en opinant. Il y a un aéroport plus grand, pas très loin d'ici, que la plupart des gens utilisent, mais j'ai toujours aimé celui-ci. Il est plus facile d'y obtenir un créneau de vol et il est beaucoup plus calme.

Owl en serait normalement convenu, toutefois quelque chose dans l'aspect désert de l'endroit lui déplaisait. Lara devait être du même avis, car il la sentit se rapprocher un peu plus. Il lui prit la main et la serra pour la rassurer. Elle lui adressa un sourire reconnaissant. Owl se sentirait beaucoup mieux une fois qu'ils seraient dans les airs.

Ricky les conduisit dans le petit hangar. Il faisait très sombre à l'intérieur du bâtiment, maintenant que sa grande porte était fermée, mais Owl vit l'hélicoptère qui les attendait et éprouva un immense sentiment de fierté. Bientôt, cette belle bête leur appartiendrait.

Ils se dirigèrent vers une minuscule zone administrative située le long d'un mur. Owl s'efforça de garder son calme pendant que Ricky compulsait une pile de documents.

Sans trop savoir pourquoi, il se retourna et regarda derrière lui. Peut-être un bruit subtil... un frottement de vêtements comme si quelqu'un se déplaçait, un pas léger.

Mais lorsqu'il se rendit compte de ce qu'il voyait, il était trop tard.

Un type musclé, vêtu de ce qui ressemblait à un costume trois-pièces noir, brandissait un gros maillet en caoutchouc au-dessus de la tête de Stone.

Il ouvrit la bouche pour avertir son ami, mais son cri ne fut qu'un grognement lorsqu'il sentit la main de Lara s'arracher à la sienne.

Tournant la tête, il la vit plaquée contre le torse de Ricky. D'un bras, il lui enserrait le cou ; de l'autre, il tenait une seringue. Owl se figea en voyant Stone tomber au sol dans un bruit sourd. L'homme au maillet avait manifestement réussi à le prendre au dépourvu.

Le sang d'Owl se figea dans ses veines. Son cauchemar devenait littéralement réalité.

Il passa en revue les options qui s'offraient à lui, et elles étaient sacrément sombres. Il aurait dû tenir compte du malaise qu'il avait ressenti un peu plus tôt.

Or son erreur ne devait surtout pas entraîner la chute de Lara.

— À ta place, je m'abstiendrais, l'avertit Ricky en resserrant sa prise autour du cou de Lara lorsqu'Owl fit un pas, prêt à bondir sur lui.

Le visage de Lara avait perdu toute couleur et elle tentait désespérément de se dégager de l'emprise de Ricky.

— Arrête de bouger si tu ne veux pas te retrouver coincée, grogna-t-il.

Owl pivota légèrement, histoire de garder tout le monde dans son champ de vision. Son attention passait de Lara et Ricky, à Stone – qui gisait maintenant immobile sur le sol – et à l'homme au maillet.

— Je suppose que tu te demandes ce qui se passe, lâcha Ricky d'un ton presque badin.

— Laissez-la partir, fulmina Owl entre ses dents serrées.

— Désolé, mais je ne peux pas. On me donne beaucoup d'argent pour elle. Mais elle sera très, très, très bien traitée.

Lara gémit. Ce son faillit briser le cœur d'Owl. Ils avaient pourtant été si prudents ! Et à présent, il était clair que l'homme auquel ils s'apprêtaient à acheter l'hélicoptère était de mèche avec un tueur en série.

Owl n'avait aucun doute sur ce qui était en train de se passer. Carter Grant avait trouvé quelqu'un pour faire le sale boulot à sa place. Et s'il ne trouvait pas une solution dans les prochaines secondes, il était fort probable que Lara se retrouverait plongée dans son pire cauchemar. Et il savait qu'elle ne rebondirait pas aussi bien une deuxième fois.

— Ils sont tous à vous, indiqua Ricky à l'homme qui avait assommé Stone.

— Le patron n'en veut qu'une.

— Quoi ? Ce n'est pas ce qui était prévu ! s'emporta Ricky, à l'évidence agacé.

— Les plans changent, répliqua Musclor, sans avoir l'air de se soucier de la colère de Ricky.

Owl devait éliminer Ricky. C'était dangereux, d'autant plus qu'il tenait une aiguille pointée tout près de la peau de Lara, pleine d'il ne savait quel produit toxique. S'il s'agissait d'une substance comme le fentanyl, il pouvait la tuer en quelques minutes. S'il s'agissait d'un sédatif, leur sortie de cet enfer relèverait d'un véritable défi.

De qui se moquait-il ? Leur évasion était déjà très improbable. Car il était hors de question qu'Owl laisse Stone entre les griffes de ces connards. S'il avait été conscient, Stone aurait ordonné à Owl de se tirer de là avec Lara. Mais il ne pouvait pas. Pas après l'enfer auquel ils avaient survécu ensemble par le passé.

S'il parvenait au moins à éloigner Lara de Ricky, elle pourrait s'enfuir, aller chercher de l'aide. Il résisterait du mieux qu'il pourrait face aux deux hommes... et avec un peu de chance, assez longtemps pour que quelqu'un vienne l'aider.

Alors qu'il bandait ses muscles pour bondir sur Ricky, il entendit un autre son discret et, tout aussi soudainement, l'homme en costume pointa une arme sur sa poitrine.

Et avant qu'Owl ne puisse cligner des yeux, l'homme avait appuyé sur la gâchette.

Il s'attendit à sentir fuser la douleur quand la balle lui déchirerait le corps, mais non, baissant les yeux, Owl vit une fléchette fichée dans sa poitrine.

Hurlant de colère, il arracha la pointe, mais il sentait déjà le sédatif contenu dans la fléchette se répandre dans ses veines. Il chercha bien à rester debout, mais peine perdue. Il tomba à genoux, sans ressentir pourtant la moindre douleur en atterrissant sur le béton.

Levant les yeux, il vit l'horreur se peindre sur le visage de Lara et cette vision alla se répercuter dans son âme.

Il n'avait pas été à la hauteur avec elle. Ni avec Stone. Puis il ne sut plus rien et tomba la tête la première sur le sol en béton.

* * *

Lara hurla lorsque l'homme au costume chic tira sur Owl. Elle s'attendait à voir du sang, mais la fléchette qui gisait aux pieds de son homme lui apprit tout ce qu'elle avait besoin de savoir. Il avait été drogué. Lorsqu'il s'effondra sur le béton, elle se débattit encore plus fort contre l'emprise de Ricky.

— Non ! cria-t-elle alors qu'Owl gisait, immobile, aux pieds de l'autre homme.

— Désolé, mais si, glissa un Ricky tout content à son oreille.

— Je vous donne un million de dollars si vous nous laissez partir ! supplia-t-elle avec l'énergie du désespoir.

— Désolé, ma puce, mais je vais recevoir cette somme à ta livraison. Et puis, je n'ai pas envie d'avoir Carter Grant contre moi.

Lara frissonna en entendant la confirmation que Carter était derrière tout ça. Elle avait redouté cette perspective et elle avait eu raison.

L'homme en costume rangea l'arme dans un étui sur ses reins, puis se pencha sur Stone qu'il agrippa sous les aisselles pour le tirer vers l'extrémité sombre du hangar.

— C'était un plaisir de travailler avec vous, lança-t-il.

— Attends, tu reviens bien chercher celui-là ? hurla Ricky en désignant Owl d'un signe de tête.

— Non.

Ricky continua de crier des menaces, mais l'homme en costume ne semblait guère s'en émouvoir. Il continua simplement à traîner Stone. Maintenant que les yeux de Lara s'étaient un peu adaptés à la faible luminosité, elle distinguait ce qui ressemblait à une berline noire de l'autre côté de l'hélicoptère.

— Merde, putain, merde ! jura Ricky.

Lara se débattit plus énergiquement contre lui. Elle devait se libérer. Elle devait aider Owl et Stone. Elle ne pouvait pas se laisser emmener là où Carter l'attendait. Elle ne survivrait pas à une nouvelle captivité. Impossible. Le souvenir de ce qu'il lui avait infligé était trop difficile à envisager pour l'instant.

— Calme-toi ! aboya Ricky.

Certainement pas ! Il n'en était pas question, sachant ce qui était en jeu.

Alors qu'elle pensait pouvoir s'échapper, elle sentit la piqûre d'une aiguille dans son avant-bras.

Ricky la poussa brusquement et elle tomba sur les mains et les genoux. Le sol fut impitoyable, brutal. Mais elle n'hésita pas à s'éloigner de Ricky et à se précipiter vers Owl, qu'elle secoua frénétiquement.

— Owl, réveille-toi !

Il ne tressaillit même pas.

Ricky éclata de rire derrière elle et Lara sentit son ventre se tordre. Elle se retourna lentement et se leva pour se placer entre Owl et cet homme maléfique qui n'avait aucun scrupule à la livrer aux mains d'un tueur en série. Pour elle, il était aussi diabolique que Carter.

— Ça me fait mal de te dire ça, ma puce, mais il n'est pas près de se réveiller, ironisa Ricky.

Le petit nom que lui donnait Owl sur les lèvres de cet homme révulsa Lara.

— Tu ne t'en tireras pas comme ça.

Il se contenta de rire plus fort.

— Bien sûr que si. Regarde autour de toi, tu vois quelqu'un venir à ton secours ? Non. Parce que personne n'arrivera avant au moins une heure. Et à ce moment-là, on sera loin depuis longtemps.

À l'autre extrémité du hangar, la porte enroulable remonta et la voiture noire sortit lentement.

La panique s'empara de Lara. Son cœur battait frénétiquement dans sa poitrine. Stone ! Il était en train de se faire kidnapper et elle ne pouvait rien y faire, bon sang !

— Si tu crois que je vais t'accompagner sans broncher, tu te trompes lourdement, gronda-t-elle.

Il se tenait à quelques mètres, les bras croisés, avec son fichu sourire en coin.

— C'est toi qui te trompes. Le sédatif que je t'ai donné devrait faire effet sous peu.

Les entrailles de Lara se figèrent. Elle avait senti une légère douleur dans son bras, mais l'avait ignorée, trop soulagée d'échapper à l'emprise de Ricky et de s'être rapprochée d'Owl. Mais alors même que cette pensée lui venait à l'esprit, elle réalisa qu'elle éprouvait une sensation... bizarre. Comme si elle regardait la scène d'en haut. Elle tangua.

— Pourquoi ne pas t'asseoir avant de tomber ? suggéra Ricky d'un ton secourable.

Lara lui lança un regard noir. Des informations. Elle avait besoin d'informations ! D'une manière ou d'une autre, elle trouverait un moyen de les partager avec quelqu'un du Refuge. Brick. Pipe. Peut-être même le génie de l'informatique avec qui ils étaient tous amis. Bref, quelqu'un.

Ses pensées tournaient au ralenti, mais elle se souvint de son téléphone. Elle devait le sortir de sa poche, essayer d'appeler sans que Ricky le remarque. Cora ! Non, pas sa meilleure amie... peut-être Tiny ?

Elle pensait se montrer rusée, mais Ricky se remit à rire en s'approchant d'elle au moment où elle mettait la main à la poche. Lara tenta de reculer, mais trébucha sur Owl et tomba sur les fesses. Elle gémit de douleur et Ricky la fit sans peine rouler sur le côté, pour lui palper les fesses et sortir son portable de sa poche arrière.

— Dommage que je ne puisse pas garder tes miches pour moi, marmonna Ricky en laissant tomber son téléphone par terre avant de le piétiner.

Lara fixa les débris, comme en transe. La pièce tournait et elle savait que ce n'était qu'une question de temps avant qu'elle ne s'évanouisse. Mais sachant où elle allait se réveiller, et avec qui elle luttait contre les effets de ce que Ricky lui avait administré.

— Tu nous emmènes où ?

— Bon, ce n'était censé être que toi, mais il est hors de question que je laisse ton petit ami ici et que quelqu'un le trouve. Ça gâcherait tout. Donc il faut croire qu'il va être du voyage lui aussi.

L'espoir se fraya un chemin dans le ventre de Lara. Ses chances étaient meilleures avec Owl à ses côtés. Elle refusait de penser à ce qui pourrait lui arriver aux mains de Carter Grant, mais elle était assez égoïste pour être soulagée de ne pas se retrouver seule. Pour quelque temps encore, du moins.

— Quelqu'un va savoir qu'on a disparu, déclara-t-elle avec autant d'assurance que possible, même si elle avait l'impression de bafouiller et de ne pas parvenir à faire passer sa menace aussi bien qu'elle le souhaitait.

— Bien sûr. Mais pas tout de suite. L'hélicoptère que tes amis ont acheté aura disparu, et on supposera que vous êtes partis tous les trois comme prévu. Il faudra des heures avant que quelqu'un se rende compte qu'un truc cloche, en voyant que vous n'arrivez pas à votre étape dans la soirée. Eh oui, je n'ai aucun doute que vos plans ont été discutés et transmis à d'autres personnes, dans cette retraite débile où tu t'es terrée pendant si longtemps.

— Refuge, corrigea Lara. Pas retraite.

— Qu'est-ce que j'en ai à foutre ? Ça n'a pas d'importance. Tu n'as pas d'importance. Tu es un moyen pour parvenir à une fin, et cette fin sera bien plus douce pour moi que pour toi et ton petit ami.

— S'il te plaît, supplia-t-elle. S'il te plaît, laisse-nous ici.

Elle n'allait pas hésiter à supplier si cela pouvait l'aider et l'éloigner de Carter Grant.

— Non. Impossible. J'ai un bon paquet de fric qui m'attend, répliqua Ricky, en s'accroupissant devant Lara, pour l'examiner avec un sourire en coin. Je comprends pourquoi Carter est obsédé par toi. Cheveux blonds, yeux bleus, grande, mince... tu es un vrai fantasme érotique, ma puce. Son petit péché mignon, à ce que j'ai entendu dire, s'esclaffa-t-il. Laisse-toi aller, Lara. Si tu es inconsciente, ça facilitera d'autant ce qui va se passer ensuite.

— Carter ne te donnera pas un rond. Il ne laisse rien au hasard. Il a tué le dernier gars qui m'a livrée à lui... Tu t'imagines que tu es différent ?

Elle avait de plus en plus de mal à garder les yeux ouverts et l'impression de bredouiller, mais elle ne pouvait pas abandonner. Sa vie et celle d'Owl étaient en jeu.

— Tu devrais t'inquiéter davantage pour toi que pour moi, ma puce, répliqua Ricky.

Lara cligna des yeux, et il lui fallut plusieurs secondes pour les rouvrir. Les substances qui circulaient dans son sang faisaient ce pour quoi elles avaient été conçues.

— Tu ne t'en sortiras pas comme ça, répéta-t-elle faiblement.

— C'est déjà fait. Le seul accroc à mes plans, c'est la présence de ce gaillard. Carter ne va pas être content de le voir se joindre à la fête, mais comme je te l'ai déjà dit, impossible de le laisser ici pour qu'il soit découvert. Tant pis. Je suis sûr qu'il sera transformé en nourriture pour poissons peu de temps après notre atterrissage.

— On va où ? réussit à demander Lara.

Ricky se pencha, empauma l'arrière de son crâne et l'allongea presque délicatement sur le sol. Elle se sentait amorphe, incapable de se défendre. Cet homme, qui avait déjà fait la preuve de son absence de scrupules resta planté au-dessus d'elle, puis se pencha et la lécha, depuis la commissure de ses lèvres jusqu'à sa joue, en s'arrêtant à côté de son œil. Lara voulait à tout prix effacer son contact, se débarrasser de la sensation visqueuse de sa salive sur sa peau. Mais elle ne pouvait pas bouger. Ses membres pesaient une tonne.

— Sur la toute nouvelle île de Carter. Il y vit seul. Pas de personnel, pas de voisins. Il voulait s'assurer que tu ne puisses pas t'enfuir, cette fois-ci.

Lara gémit. Du moins le crut-elle, mais elle n'entendit aucun son s'échapper de sa bouche.

— Il ne sera pas bien difficile de jeter le corps de ton petit ami dans l'océan. Les requins s'occuperont de lui.

Ricky se releva brusquement : on aurait dit le diable au-dessus d'Owl et elle.

— Et ton autre ami ? Il est comme qui dirait parti lui aussi.

— Où ça ? chuchota Lara avec les dernières forces dont elle disposait.

— Vendu. Ça ne faisait pas partie du plan de Carter, mais ce qu'il ne sait pas ne lui fera pas de mal. J'ai obtenu un joli paquet pour lui. J'ai rencontré un type... un vrai connard. Il aime l'argent presque autant que moi. Et il avait besoin d'un homme. Il n'a pas dit pourquoi et je n'ai pas demandé, mais ça m'étonnerait qu'il veuille seulement l'inviter à un goûter. Bref, mon compte en banque a bien grossi grâce à cette transaction. Putain ! grommela-t-il après un nouveau coup d'œil à Owl. Je n'arrive pas à croire que ce connard l'ait laissé ici pour que je m'en occupe !

Ce fut la dernière chose que Lara entendit avant que les drogues n'achèvent leur office.

* * *

Ricky s'essuya le front d'un revers de bras et jura. Le petit ami était plus lourd qu'il n'en avait l'air et ça n'avait pas été une partie de plaisir de le faire monter dans l'hélicoptère. Il ne prit pas la peine de l'attacher, il se contenta de l'allonger sur le plancher, devant le siège arrière. Il se fichait tout autant de la nana, mais il savait qu'elle comptait pour Carter. Et s'il la livrait avec des ecchymoses ou donnait l'impression de ne pas avoir pris soin d'elle, il en paierait le prix.

Il l'avait attachée sur le siège avant et lui avait même mis un casque sur les oreilles. Le temps était compté : il devait partir avant que des gens ne commencent à se pointer dans le petit aéroport. Cependant, il prit quelques minutes pour passer une main avide sur les seins de Lara, qu'il tripota sans ménagement.

Elle était vraiment jolie. Dommage qu'il n'ait pas le temps de s'amuser un peu avant de la livrer à son commanditaire. Peu importait qu'elle soit inconsciente, une chatte était une chatte, et il préférait que les femmes ne résistent pas lorsqu'il les prenait. Mais Grant voulait que son bien lui soit livré sans marque... or Ricky aimait laisser des marques.

Claquant la portière côté passager, Ricky courut jusqu'à l'avant de l'hélicoptère et saisit la poignée de la plate-forme roulante où trônait l'appareil. Il jeta un dernier coup d'œil au hangar, s'assurant que rien ne semblait anormal. Il avait mis les trois valises dans l'hélicoptère, ramassé les morceaux du téléphone portable confisqué à Lara – quelle idiote de penser qu'il la laisserait s'en servir ! – et emballé les papiers de la vente de l'hélicoptère.

L'argent que le Refuge avait envoyé pour acheter l'hélicoptère était déjà arrivé sur son compte, et avec celui que Grant allait lui verser et ce qu'il avait obtenu de Jason Feldman, l'homme qui avait acheté Jack « Stone » Wickett, il disposait d'un joli matelas.

Il acheminerait ses colis jusqu'à l'île, récupérerait le reste de son argent, puis s'envolerait vers le sud, au-delà de la frontière. Une fois arrivé au Mexique, il vendrait l'hélicoptère, peut-être à un cartel ; ces connards avaient beaucoup d'argent et seraient probablement ravis d'ajouter un hélicoptère à leur arsenal. Ensuite, il passerait le reste de sa vie à boire, à baiser et à profiter de la tonne de fric qu'il avait accumulée, en grande partie grâce à cette seule mission.

Ce serait fait d'ici quelques heures. Il ne repenserait plus à la femme assise à côté de lui et à ce qu'elle était sur le point de subir. Ou à l'homme inconscient à l'arrière. Ce n'était pas son problème. Ricky Norman ne s'intéressait qu'à l'argent. Et il était sur le point d'en recevoir plus qu'il ne pourrait jamais en dépenser. La retraite n'était plus qu'à une livraison de distance.

Satisfait de lui-même, Ricky poussa l'hélicoptère hors du hangar et retira la plate-forme en dessous, qu'il ramena dans le bâtiment. Après quoi il referma la porte du hangar, grimpa à bord, mit une paire d'écouteurs sur ses oreilles et sourit alors qu'il entamait le processus de décollage. Plus vite il livrerait la gonzesse à Grant, plus vite il pourrait quitter le pays.

## 19

Ryan faisait les cent pas à côté de sa Ford Explorer. Elle se rongeait l'ongle du pouce en se demandant ce qu'elle devait faire. Faire ce qui est juste signifierait s'exposer. Révéler qui elle était vraiment. Or c'était la dernière chose qu'elle voulait. Elle aimait son travail ici, au Refuge, et elle ne doutait pas qu'elle allait le perdre.

Non seulement cela, mais elle perdrait dans la foulée les meilleurs amis qu'elle ait jamais eus. Les gens qui vivaient et travaillaient ici l'avaient accueillie. Ils l'avaient traitée comme si elle faisait partie de leur famille... et non comme un monstre dont il fallait se méfier. Ryan avait fait de son mieux pour protéger ses nouveaux amis de loin, mais là...

Elle avait besoin d'aide.

Prenant une profonde inspiration et ignorant la nausée qui montait elle, elle se dirigea au pas de course vers le pavillon principal. Brick et les autres y tenaient une réunion du personnel. Jess, Carly et Ryan étaient censées arriver un peu plus tard, pour les renseigner sur tout ce qui concernait l'entretien des lieux. C'était une des choses que Ryan aimait dans son travail ici : les propriétaires accueillaient avec bienveillance les observations de tout le monde. Ils étaient sincèrement intéressés par la façon dont chaque partie de l'opération fonctionnait, ce qui signifiait pour eux avoir des retours directs de la part des gens qui y travaillaient.

Mais elle devait parler à Brick, Tonka, Spike, Pipe et Tiny, et sur-le-champ. Cela ne pouvait pas attendre.

Sur le chemin de la salle de conférence, Ryan adressa un signe de la main distrait à Alaska, au bureau d'accueil dans le pavillon. Elle entendit vaguement son amie lui demander pourquoi elle était si en avance pour la réunion, mais ne s'arrêta pas pour lui transmettre des explications. C'était sans doute la dernière fois qu'Alaska lui parlait amicalement. Les informations qu'elle s'apprêtait à révéler allaient tout changer. Et pas pour le meilleur, en ce qui concernait Ryan.

Elle poussa la porte, qu'elle referma soigneusement derrière elle tout en fixant les cinq hommes assis à la longue table rectangulaire. Ryan les connaissait assez bien, après une année de travail au Refuge, et elle avait partagé des hauts et des bas avec le personnel.

Elle hésita une seconde. Si elle se taisait, elle conserverait la meilleure chose qui lui soit arrivée.

Mais sa conscience prit le dessus. Elle devait parler. C'était la chose à faire. Elle en affronterait les conséquences comme elle l'avait toujours fait, seule.

Elle trouverait un autre endroit où se cacher.

— Qu'est-ce qui ne va pas ? demanda Brick, intrigué par l'attitude de Ryan.

Elle devait avoir l'air effrayée pour que l'imperturbable Brick paraisse aussi inquiet.

— Owl, Stone et Lara ont des ennuis, lâcha-t-elle, avant de grimacer.

Ce n'était pas exactement de cette manière qu'elle avait eu l'intention d'engager la conversation.

À sa grande surprise, les hommes ne se mirent pas aussitôt à pousser les hauts cris ou à exiger des réponses. Ce fut Tiny qui repoussa sa chaise et s'approcha. Il lui prit le bras et la conduisit doucement jusqu'à une chaise.

Ryan eut envie de pleurer. Il était adorable... mais elle savait que ça ne durerait pas.

De tous les hommes présents à cette table, Tiny était celui qui attirait le plus Ryan. Il lui rappelait le héros d'un de ses films préférés, *Seize bougies pour Sam*. Tout le monde plaisantait avec lui à ce sujet et il était évident qu'il détestait la comparaison.

Et bien que le film ait été critiqué ces dernières années pour son racisme et son sexisme, et que Ryan ne puisse pas nier que certaines scènes du film manquaient pour le moins de délicatesse, elle avait toujours été attirée par le héros. Sa partie préférée était la fin. Quand le héros se montrait à l'héroïne, et leur baiser au-dessus de son gâteau d'anniversaire... c'était suffisant pour faire tomber chaque fois Ryan en pâmoison.

La vue de Tiny, jour après jour, lui procurait les mêmes sensations. Mais Spencer Denny, plus connu sous le nom de Tiny, n'avait rien à voir avec le gamin du film. Il était deux fois plus alpha et deux fois plus taciturne, bien qu'il soit toujours attentif à tout le monde au Refuge. Parfois, elle le surprenait en train de la regarder d'une manière qui semblait plus qu'amicale, mais autrement, il n'avait jamais rien fait ni dit pour donner à Ryan l'impression de vouloir être plus que son employeur.

Elle avait entendu dire au Refuge qu'il avait de sérieux problèmes de confiance et, comme elle avait elle-même suffisamment de problèmes à régler, elle n'avait jamais essayé de voir jusqu'où leur intérêt mutuel pouvait aller. D'autant qu'ils s'efforçaient tous deux d'ignorer cet intérêt.

Et maintenant, Ryan savait que dès qu'elle dirait à ces hommes pourquoi elle était là et ce qu'elle savait, toute forme de confiance que Tiny aurait pu lui accorder s'envolerait en fumée. Et le pire, c'était qu'elle ne pouvait même pas lui en vouloir.

— Parle-nous, Ryan, ordonna Tiny. Pourquoi penses-tu que nos amis ont des problèmes ? Est-ce que Lara a appelé ou envoyé un message ?

Prenant une profonde inspiration, Ryan fit de son mieux pour étouffer ses sentiments. S'en tenir aux faits. Cela accélérerait les choses. Ensuite, elle ferait ses valises et disparaîtrait à nouveau.

— Je ne m'appelle pas Ryan. Je ne m'appelle pas non plus Samantha, Julie, Riley, Rebecca ou Maryann. Ce sont les noms que j'ai utilisés ces dernières années. Je suis venue ici sous de faux prétextes. J'ai fait des recherches sur le Refuge et j'ai décidé que ce serait l'endroit idéal pour me faire oublier. Alexis... la gouvernante qui est partie ? Celle qui a reçu cet héritage soudain ? Ce n'était pas un parent perdu depuis longtemps. C'était moi. C'est moi qui ai fait ça. Je me suis débrouillée pour qu'elle reçoive cet argent, démissionne et que je puisse prendre le poste.

— Qu'est-ce que c'est que ce bordel ? marmonna Spike.

Ryan ne s'arrêta pas. Elle était venue jusqu'ici, elle devait continuer.

— Je suis douée en informatique.

C'était l'euphémisme du siècle, mais expliquer le niveau de ses compétences en ce moment serait une perte de temps.

Elle croisa donc le regard de Tonka.

— Quand Jasna a été kidnappée, j'ai suivi Christian.

J'étais dans la voiture quand Henley a appris que sa fille avait disparu et qu'elle soupçonnait quelqu'un. Les flics auraient mis trop de temps à obtenir un mandat de perquisition, et il m'a suffi de suivre son téléphone. Je me suis rendue à la maison où son téléphone avait borné et j'ai vu Christian partir. Un coup d'œil par la fenêtre m'a permis de repérer Jas. J'ai suivi Christian jusqu'à un fast-food, puis je suis allée chercher Jas. Et j'ai appelé la police pour leur indiquer où trouver Christian et le chalet. Puis j'ai laissé Jasna là où je savais que vous la trouveriez.

— C'est toi, Anonyme ? La mystérieuse personne qui m'a envoyé un message ? fit Tonka, incrédule.

Ryan acquiesça. Puis elle se tourna vers Spike.

— Et c'est moi qui ai retrouvé le traceur de Reese.

— Putain de merde ! jura-t-il.

— Et tu as envoyé un texto à Stone en Arizona, dit Pipe, sur un ton qui n'avait rien d'interrogateur. Et tu as débloqué les brouilleurs que Grant avait chez lui, ce qui m'a permis de lui parler.

Ryan acquiesça.

— Comment tu as su pour les bunkers ? demanda Brick.

Ryan secoua la tête.

— Ce n'est pas important pour l'instant.

— Non, en effet, convint Tiny d'une voix basse et dure.

Elle avait évité de regarder l'homme à côté d'elle, mais Ryan se retourna et vit qu'il s'était adossé à sa chaise, aussi loin d'elle que possible, les bras croisés. Fermé comme on pouvait l'être en se trouvant dans la même pièce.

Ça n'aurait pas dû lui faire mal, elle savait exactement quelle serait sa réaction en apprenant sa tromperie, pourtant c'était encore un coup dur.

— J'étais inquiète pour Lara. Qu'elle quitte le Refuge. Donc j'ai mis une alerte sur son téléphone pour m'indiquer où elle se trouvait. Et je savais que c'était ce matin qu'ils allaient récupérer l'hélico. Je ne voulais pas être indiscrète, je le jure... Je sais que c'est mal, mais... j'étais curieuse de savoir comment les choses se passaient. Alors j'ai piraté le micro de son portable et j'ai écouté.

— C'est possible, ça ? demanda Pipe.

Ryan avait les yeux rivés sur ses mains.

— C'est possible si on sait comment s'y prendre. Tous les téléphones ont des micros. Et les ordinateurs. Et les tablettes. Et les gadgets que tu peux acheter et qui gèrent ta maison et répondent à tes questions quand tu les poses. Ils écoutent vraiment tout ce que tu dis et fais. Les entreprises utilisent ces informations pour commercialiser des produits inutiles. Et ne me lancez pas sur le sujet de la facilité avec laquelle il est possible d'être un espion de nos jours. Tout le monde a des appareils électroniques autour de soi, à tout moment.

— Viens-en au fait, grogna Tiny.

Ryan déglutit difficilement, même si elle se ratatinait un peu plus intérieurement. Elle détestait que les gens soient en colère contre elle. Quand ils criaient. Elle avait passé la majeure partie de sa vie à être traitée comme une moins que rien, à se faire crier dessus, à s'entendre dire qu'elle n'était rien d'autre qu'une merde sans valeur... à tel point qu'elle souffrait d'un syndrome de stress post-traumatique lorsqu'on se mettait en colère autour d'elle.

— OK. Donc j'ai écouté leur conversation sur le chemin de l'aéroport. Ils étaient heureux et excités à l'idée de rentrer aujourd'hui. J'ai entendu le vendeur les accueillir. Mais lorsqu'ils sont entrés dans ce que je suppose être le hangar où se trouvait l'hélicoptère, tout a basculé.

Tout le monde, sauf Tiny, se pencha vers elle.

— Qu'est-ce qui s'est passé ? la pressa Brick.

Ryan leur raconta rapidement tout ce qu'elle avait entendu.

— Ensuite, ce Ricky a dû briser le téléphone de Lara – je l'ai entendu heurter quelque chose, probablement le sol du hangar. Et quand j'ai pu pirater celui d'Owl, j'avais raté beaucoup de choses. Mais le mec se vantait de ce qu'il allait faire – et il s'agissait d'emmener Lara sur une île où Carter Grant l'attend. Il lui a sorti que Carter tuerait Owl et jetterait son corps dans l'océan.

— Et Stone ? Il est où ? demanda Tiny.

— Je ne sais pas. Ricky a dit qu'il l'avait vendu à un type. Mais il n'a pas précisé où ni ce que l'acheteur lui voulait.

— Putain de merde ! jura Pipe.

Les autres lâchèrent des jurons bien pires.

— Je ne peux pas suivre la trace de Stone. Le type qui l'a enlevé a dû lui confisquer son téléphone et l'a soit cassé, soit éteint. Et celui de Lara est sûrement cassé.

Elle sentit Tiny s'agiter à côté d'elle.

— Et celui d'Owl ?

— Toujours actif.

— Tu l'écoutes toujours ? demanda Tonka.

Elle acquiesça.

Brick ouvrit l'ordinateur portable devant lui et le poussa presque violemment vers Ryan.

— Utilise ça pour nous permettre d'écouter aussi.

Ryan regarda l'ordinateur avec consternation. Elle aurait dû mieux y réfléchir.

— Je ne peux pas, murmura-t-elle. Il faut que j'utilise le mien.

— Tu essaies de me faire croire qu'une hackeuse ne peut pas utiliser n'importe quel ordinateur pour exercer son métier ? demanda Tiny d'un ton brusque. Foutaises ! Si tu es aussi bonne que tu le dis, et si tu dis la vérité, tu vas te débrouiller. Maintenant. Tout de suite.

Ryan se replia sur elle-même devant l'hostilité de la voix de Tiny. Ce n'était pas qu'elle ne pouvait pas utiliser l'ordinateur de Brick… Mais si elle le faisait, si elle utilisait un appareil non sécurisé, elle risquait d'être retrouvée. Ce ne serait qu'une question de temps avant qu'elle ne soit traquée.

Mais c'était aussi sa faute. Elle aurait dû apporter son propre ordinateur. Elle avait été tellement paniquée, tellement inquiète pour Owl, Stone et Lara, qu'elle avait quitté son appartement en trombe, obnubilée par la nécessité de se rendre au Refuge aussi vite que possible et de faire savoir aux autres que leurs amis étaient en danger.

Son calendrier de départ venait d'être avancé, mais qu'à cela ne tienne. Si le sacrifice de sa sécurité personnelle lui permettait de sauver les autres, elle y consentirait.

De plus, elle avait trahi ces gens. Elle leur devait bien ça.

Elle s'empara de l'ordinateur de Brick et ses doigts coururent sur les touches tandis qu'elle se rendait sur le dark web pour extraire le programme qu'elle avait conçu et caché parmi des milliers d'autres programmes d'espionnage faits maison, tous disponibles moyennant un certain prix pour les voleurs et autres personnes qui les utiliseraient à des fins malveillantes. Elle avait volontairement rendu le sien inopérant… à moins d'être aussi doué qu'elle ou de savoir exactement quelles commandes taper.

Il lui fallut moins de deux minutes pour accéder au micro du portable d'Owl, mais la tension dans la pièce était aussi épaisse qu'une tempête de neige en montagne. L'hostilité qui émanait de Tiny lui donnait l'impression que de minuscules couteaux s'enfonçaient dans sa peau.

Finalement, elle appuya sur la touche « Play » du

programme et grimaça lorsque le seul son qui sortit des haut-parleurs fut un bourdonnement extrêmement sonore.

— Qu'est-ce que c'est que ce bordel ? Je croyais que tu étais douée pour ce genre de choses ? grogna Tiny.

— Hélicoptère, lâcha Brick presque calmement.

— Tu peux le tracer ? demanda Pipe.

Ryan garda le micro ouvert, ouvrit un nouvel onglet et se remit à taper furieusement. Elle serra les lèvres et soupira en faisant pivoter l'ordinateur portable pour montrer une carte aux autres.

— Je n'ai pas leur position exacte, seulement l'endroit où le téléphone a émis son dernier signal.

Il y avait un point rouge sur la carte, au milieu d'une bande bleue au large de la Côte Ouest.

— Ricky a dit qu'il y avait une île.

— Merde, il y a quoi, des centaines d'îles par là-bas ? demanda Tonka.

— Probablement des milliers, répondit Spike d'un ton sombre.

— J'appelle Tex. Il aura peut-être des idées, dit Brick.

Ryan grimaça involontairement.

— Tu le connais ? voulut savoir Pipe en remarquant son expression.

— Personnellement ? Non. Mais j'ai peut-être piraté ses bases de données afin de trouver des informations qu'il ne pouvait pas... vous transmettre, admit Ryan.

Étonnamment, Brick sourit.

— Oh, il va vouloir tout savoir sur toi. Qu'est-ce qu'il a dit quand il essayait de nous aider à trouver Jas ?

— Que, quel que soit cet Anonyme, il était meilleur que lui, répondit Tonka.

Ryan sentit son ventre se serrer. Elle n'était pas sûre de vouloir parler à Tex en face à face... ni même par téléphone interposé. Il n'était pas le genre d'homme à apprécier qu'on pirate ses affaires. Elle aurait ressenti la même chose.

— Si on cherche une île, on doit impliquer les garde-côtes, déclara Tonka. J'y ai encore quelques contacts. Je vais passer deux-trois coups de fil histoire de voir ce que je peux faire.

— J'appelle le FBI, annonça Spike. Qu'ils sachent pour Carter et que Stone a été kidnappé.

— Je vais prendre contact avec la sécurité intérieure. Ils devraient être en mesure de suivre cet hélicoptère, déclara Pipe.

La gorge nouée, Ryan regarda les hommes autour d'elle prendre leurs téléphones et commencer à se démener pour retrouver leurs amis. Elle jeta un coup d'œil à Tiny, qui la fusillait du regard.

— Quel est ton nom ?

— Quoi ? demanda-t-elle, surprise par la question.

Avec tout ce qu'elle venait de leur dire, c'était ce qu'il voulait savoir ?

— Ton nom. Celui avec lequel tu es née. Je veux le connaître. Maintenant.

— Pourquoi ? murmura-t-elle.

Tiny se pencha en avant, et elle eut l'impression qu'ils étaient les deux seules personnes dans la pièce. Elle resta pétrifiée par ses yeux turquoise glacés qui la fixaient comme s'il pouvait lire dans ses pensées.

— Parce que.

Ce n'était pas une réponse, et ils le savaient tous les deux. Ryan pouvait inventer un nom, elle le faisait depuis des années. Mais pour une raison qu'elle ne comprit pas, elle prononça un nom auquel elle n'avait jamais osé penser depuis le jour où elle s'était enfuie... et encore moins le déclarer à voix haute.

— Ryleigh. Ryleigh Pavillon.

Tiny recula, hochant la tête.

— C'est intelligent d'employer un nom aussi proche que possible du nom... Ryleigh.

C'était principalement la raison pour laquelle elle avait choisi Ryan. Ce n'était pas un nom féminin typique, mais ce qu'elle avait trouvé de plus proche de Ryleigh. Elle avait trop souvent frôlé la catastrophe par le passé, faute de répondre aux noms qu'elle avait inventés.

Se sentant mal à l'aise et ayant besoin d'un peu d'espace, Ryan repoussa sa chaise et commença à se lever.

Tiny avança la main et lui saisit le bras. Pas assez fort pour la blesser, mais assez pour qu'elle ait besoin de force si elle voulait s'éloigner de lui.

— Où vas-tu ?

— Faire mes valises.

Ce n'était pas la déclaration ferme qu'elle avait eu l'intention de faire.

— Oh, tu n'iras nulle part, grogna Tiny. Il faut que tu localises Owl et Lara pour nous... et ce connard de Grant. Et ensuite, on aura évidemment besoin de toi pour retrouver Stone et le ramener ici. Et tu devras répondre à beaucoup d'autres questions avant d'être autorisée à partir.

Elle n'aima pas la lueur dans les yeux de Tiny lorsqu'il prononça cette dernière phrase, mais elle n'allait pas s'éloigner si ces hommes voulaient son aide. Elle aurait dû faire plus d'efforts pour retrouver Carter Grant avant. C'était sa faute. Elle devrait assumer cette culpabilité... en plus de celle qu'elle portait déjà.

Elle acquiesça lentement et Tiny lui lâcha le bras. Mais même après qu'il se fut rassis, son bras la picotait toujours à l'endroit où il l'avait touchée. Ce n'était pas bon signe.

Comment pouvait-elle encore être attirée par cet homme, alors que sa haine était évidente ?

Repoussant ses inquiétudes, Ryan prit une profonde inspiration. Elle devait utiliser tout ce qu'elle avait appris en matière d'informatique pour aider Lara et Owl. Rien d'autre ne comptait pour l'instant.

**20**

———

La bouche de Lara était sèche. Tellement sèche. Elle se passa la langue sur les lèvres, mais cela ne servit pas à grand-chose. Elle tourna la tête. Pourquoi se sentait-elle si mal ? Elle cligna des yeux, fatiguée, avant de les refermer.

Au début, elle n'avait aucune idée de l'endroit où elle se trouvait ni aucun souvenir de la façon dont elle était arrivée là. Mais à chaque tic-tac de l'horloge, des scènes surgissaient dans son cerveau.

La chambre d'hôtel et les collations de fin de soirée. L'hélicoptère dans le hangar. Stone qu'on emmenait. Owl gisant sur le sol. Ricky au-dessus d'elle, lui disant qu'il allait la livrer à Carter Grant.

Cette dernière pensée la fit sursauter et ouvrir les yeux.

La première chose qu'elle vit, ce fut Owl. Il était par terre, qui la regardait fixement, tandis qu'elle semblait allongée sur une sorte de canapé.

Il porta rapidement son index à ses lèvres, puis articula :

— Ça va ?

La gorge nouée, Lara réfléchit un instant à sa question avant d'acquiescer.

La raison pour laquelle il voulait qu'elle ne fasse aucun bruit lui apparut alors clairement.

— Je t'ai dit que je ne voulais qu'elle !

Elle aurait reconnu cette voix n'importe où.

C'était lui. Carter Grant.

Lara frissonna et tous les muscles de son corps se tendirent. Elle savait que c'était là qu'elle finirait par se retrouver, mais elle avait tellement plus à perdre désormais.

— Et je t'ai répondu que si je l'avais laissé dans ce hangar, quelqu'un l'aurait trouvé et serait probablement déjà en train de traquer cet hélicoptère. En l'état actuel des choses, je n'ai qu'une petite fenêtre pour quitter le pays avant que tous leurs frères d'armes le recherchent !

Tournant lentement la tête, Lara regarda derrière elle, d'où provenaient les voix, mais elle ne vit ni Ricky ni Carter. Le dossier du canapé sur lequel elle était allongée l'empêchait de les voir... et vice versa.

Elle sursauta d'effroi lorsque quelque chose lui toucha le bras et tourna la tête, soulagée de voir que c'était seulement Owl, qui s'était rapproché. Elle ne se souvenait pas du vol jusqu'ici – où que soit cet « ici » –, mais elle était plus soulagée qu'elle n'aurait su l'exprimer de l'avoir avec elle. Sans doute faisait-il d'elle une mauvaise personne, si elle était heureuse que l'homme qu'elle aimait se retrouve aussi entre les mains d'un tueur en série sadique, mais Owl était le seul être qui lui permettait de se sentir en sécurité.

— Il faut qu'on s'approche de la fenêtre, chuchota-t-il.

Sa voix était si basse que Lara l'entendait à peine. Mais elle s'empressa d'acquiescer.

Elle n'avait aucune idée du plan, ni même s'ils en avaient un. Elle se souvint soudain de ce que Ricky lui avait dit avant qu'elle perde connaissance, à savoir qu'ils allaient sur une île. Ce n'était pas comme s'ils pourraient courir jusqu'à la maison d'un voisin et lui demander d'utiliser son téléphone. Ricky lui avait d'ailleurs dit que Carter vivait seul sur l'île.

Mais si sortir par la fenêtre l'éloignait de Carter Grant, elle était prête à tout. Elle nagerait jusqu'à Seattle dans des eaux glaciales et infestées de requins si ça le libérait de lui.

— Tu l'emmènes avec toi quand tu pars ! cria Carter à Ricky.

— D'accord, mais ça te coûtera cher.

— Quoi ? Pas question !

Les deux hommes continuèrent à se disputer et Owl l'aida à rouler du canapé sans s'écraser par terre ni faire de bruit. Lorsqu'elle fut sur le sol, il la serra dans ses bras. Très fort. Puis il s'écarta et la regarda dans les yeux. Il lui prit le visage entre ses mains et Lara eut l'impression de lire son âme dans son regard lorsqu'il lâcha :

— Je ne le laisserai pas te faire de mal.

Elle acquiesça... même si elle ne le croyait pas à cent pour cent. Oh, il essaierait, elle en était sûre, il ferait tout ce qui était en son pouvoir pour la garder en sécurité, mais Carter Grant avait le mal de son côté – et qu'il n'hésiterait pas à tuer Owl.

Cette pensée lui donnait envie de bouger, maintenant, pendant que les deux hommes étaient occupés à se chamailler. Owl et elle paraissaient se trouver dans une sorte de bibliothèque ou de bureau. Des étagères couvraient un mur entier et des boîtes y étaient empilées par dizaines, où qu'elle pose le regard. L'endroit était également poussiéreux, comme s'il avait été abandonné pendant des années. Carter l'avait-il acheté ou le squattait-il ? Cela n'avait pas d'importance. Tout ce qui comptait, c'était s'enfuir.

Utilisant les différents cartons pour se dissimuler, Lara et Owl se dirigèrent vers une grande fenêtre déjà entrouverte – peut-être pour essayer d'aérer la pièce moisie. Elle jeta un coup d'œil en arrière et aperçut enfin Carter et Ricky, tous les deux à environ deux mètres derrière le canapé, en train de se disputer. Ils étaient tellement absorbés qu'ils n'avaient pas remarqué les déplacements de leurs captifs.

Heureuse du désordre qui régnait ici, de la taille imposante de la pièce et la colère croissante des deux hommes, Lara retint son souffle tandis qu'Owl et elle se dirigeaient vers la liberté.

— Tu pourrais très bien lui tirer une balle dans la tête et le jeter dans l'océan, mais non, tu veux que je le charge dans l'hélicoptère pour l'emmener. Et pour faire quoi ? Il n'y a pas de pilote automatique sur un hélicoptère, gros malin, donc je ne peux pas l'expulser en vol. Et s'il se réveille pendant qu'on est dans les airs, je suis foutu ! Tu veux que je prenne tous les risques avec ce type, d'accord, mais je veux un autre million avant que l'appareil décolle de cette île, argumenta Ricky qui semblait étrangement incertain et confiant à la fois.

— Un million ?! T'es défoncé, ou quoi ?

— C'est trop ? Je m'en tape. Je repartirai seul dans ce cas... une fois que tu m'auras payé la seconde moitié de mes honoraires.

— Je ne te paierai pas un centime de plus.

— Très bien. Dans ce cas, je remporte la garce et tu t'occupes de lui.

— Tu ne poses pas la main sur elle ! hurla Carter, visiblement désarçonné. Elle est à moi ! À moi !

Il sortit un pistolet et le pointa sur Ricky, la main tremblante de colère.

— Doucement, mec, lâcha Ricky, en levant les mains comme pour se rendre.

Owl avait atteint la fenêtre et aucun des deux hommes ne l'avait encore remarqué. Mais ce n'était qu'une question de temps. Lara détestait entendre la possessivité dans la voix de Carter lorsqu'il affirmait qu'elle lui appartenait. Mais comme il était complètement absorbé par sa dispute avec Ricky, elle se réjouit de cette petite marque de miséricorde.

Alors qu'Owl tentait d'ouvrir encore la fenêtre pour qu'ils puissent s'y faufiler, Lara ne parvenait pas à détacher son regard de Carter Grant. Il avait l'air plus menaçant que dans ses souvenirs. Probablement à cause de son cache-œil. Pendant une seconde, la satisfaction l'envahit. C'était l'œuvre de Cora, quand elle avait essayé de protéger Pipe. Elle ne pouvait pas s'imaginer blesser quelqu'un de cette manière...

Mais elle ramena son attention sur Owl. Il fronçait les sourcils en s'efforçant de remonter cette foutue fenêtre. Oui, elle ferait tout ce qui était nécessaire pour s'assurer qu'il ne se sacrifie pas pour elle.

Il semblait de plus en plus probable qu'ils soient tous les deux complètement fichus. La fenêtre refusait de bouger et, si elle continuait à s'obstiner, elle n'avait aucune idée de la façon dont ils allaient pouvoir s'enfuir.

— Je ne te donnerai pas un centime de plus. En fait...

Ce fut à ce moment-là qu'Owl réussit enfin à pousser la fenêtre de quelques centimètres.

Malheureusement, le grincement aigu du cadre fut suffisamment fort pour que les deux hommes cessent aussitôt leur dispute et se tournent vers eux.

Lara se figea et, l'espace d'un instant, personne ne bougea.

Carter avait l'air si furieux que Lara se demanda s'il n'allait pas avoir une crise cardiaque. Mais bien sûr, ils n'auraient pas cette chance.

Carter pivota pour pointer son pistolet sur elle.

— Viens ici, ordonna-t-il.

Mais Lara n'irait nulle part. Surtout pas là où il lui commandait.

Owl se leva et la hissa. La fenêtre n'était pas assez ouverte pour que l'un ou l'autre puisse sortir, et s'ils s'élançaient vers la porte, ils devraient passer devant Ricky et Carter.

— J'ai dit : « Viens ici. » Maintenant ! hurla Carter à Lara avec férocité.

Encore une fois, elle ne bougea pas. Elle se blottit derrière Owl, morte de peur.

Ricky s'esclaffa.

— Tais-toi ! rugit Carter.

— Un grand classique. On dirait bien que tu es dans une impasse.

Carter était manifestement fatigué des railleries de son acolyte. Il braqua le pistolet sur Ricky en grognant :

— Tu trouves ça drôle ?

En un clin d'œil, Ricky avait sorti une arme de son dos et la dirigeait sur Carter.

— Hilarant, rétorqua-t-il.

À quelques mètres l'un de l'autre, les deux hommes se tenaient mutuellement en respect avec leurs pistolets... Regard verrouillé, chacun reculait à pas lents tout en tournant autour de l'autre. Ils étaient complètement concentrés sur leur affrontement.

Dans leur rotation, ils durent contourner les boîtes qui se trouvaient sur leur chemin, ce qui les éloigna l'un de l'autre... et du chemin menant à la porte.

Le rythme cardiaque de Lara augmenta. Son adrénaline grimpa en flèche. Peut-être – oui, peut-être – allaient-ils pouvoir atteindre la porte après tout.

Planté devant elle, Owl l'entoura maladroitement d'un bras et commença à les éloigner de la fenêtre, le long du mur, pour se rapprocher de la porte.

— Quand je te le dirai, cours. File. Va te cacher, chuchota-t-il.

— Je ne te quitte pas, dit Lara.

— Si, bon sang, marmonna Owl.

— Non !

Ce n'était probablement pas le moment de s'affirmer, mais Lara ne pourrait pas continuer à vivre si Owl était tué en essayant de la protéger. Quelque temps auparavant, Owl s'était tenu entre elle et l'homme qui avait fait de sa vie un enfer, et c'était la seule chose qui lui avait permis de continuer à respirer, mais maintenant ? Elle était une personne différente. Elle n'était pas forcément assez forte pour affronter seule un tueur en série, mais malheur à elle si elle sacrifiait Owl.

Tous les muscles de son corps étaient tendus tandis qu'ils se rapprochaient lentement de la porte. Ricky et Carter étaient toujours focalisés l'un sur l'autre et sur les armes qu'ils avaient en main.

Le regard de Ricky, qui se porta un instant sur eux, revint immédiatement à Carter.

— Qu'est-ce qu'on fait maintenant, Grant ? Ton jouet s'apprête à quitter le poulailler. Mais si tu détournes ton arme de moi, je te tue dans la seconde.

Le visage de Carter était si rouge que Lara se demanda s'il n'allait pas faire une crise cardiaque. Ce serait le miracle dont elle et Owl avaient besoin.

— Va te faire foutre, fulmina Carter.

Et il pressa sur la détente.

Ricky avait manifestement anticipé son geste, car il se jeta derrière le canapé avant que la balle ne quitte le canon.

Carter tira à nouveau sur Ricky, puis stupéfia Lara en tournant son arme vers Owl et elle. Avant qu'elle ait eu le temps de pousser un cri d'effroi ou que ses oreilles ne cessent de bourdonner à cause du premier coup de feu, un autre claquement retentit.

Au lieu de sentir la douleur s'épanouir dans son corps, Lara grogna lorsqu'Owl la poussa violemment vers la porte.

Comme Carter s'était réfugié derrière une pile de cartons et que Ricky se trouvait toujours derrière le canapé, le chemin de la porte leur était grand ouvert. Lara évita de justesse de percuter le chambranle dans sa précipitation. Elle chercha instinctivement la poignée. Il fallait qu'elle sorte de cette pièce !

Immédiatement, un autre coup de feu retentit, cette fois de l'endroit où se dissimulait Ricky. S'attendant à être tuée d'une seconde à l'autre, Lara faillit sangloter de soulagement lorsqu'elle réussit enfin à tourner la poignée et que la porte s'ouvrit sur un couloir.

— Fonce ! lui ordonna Owl en la poussant d'une main dans le dos.

— Où ça ? cria-t-elle, consciente qu'elle parlait beaucoup trop fort.

Mais ses oreilles bourdonnaient encore après les coups de feu et elle n'arrivait pas à régler le volume sonore.

— Tout droit ! lui hurla Owl.

Dans la pièce, Ricky et Carter tiraient toujours, mais Lara ignorait qui ils visaient. Cela n'avait sans doute pas d'importance. Tout ce qui comptait, c'était sortir de cette maison.

— Ils s'échappent ! exulta Ricky.

— C'est une putain d'île. Ils n'ont nulle part où aller ! s'égosilla Carter. Je récupérerai ce qui m'appartient quand tu seras mort !

C'était sans doute une bonne chose que les deux connards essaient de s'éliminer, pourtant Lara ne pouvait s'empêcher de paniquer. Carter avait raison. S'ils étaient sur une île – ce dont elle n'avait aucune raison de douter –, ils n'avaient nulle part où s'abriter. Il devait y avoir un bateau quelque part. Carter était bien arrivé jusqu'ici d'une manière ou d'une autre, après tout.

— Là ! Par ici, Lara. Dépêche-toi ! dit Owl en la poussant vers une grande pièce au bout du couloir.

Elle entendait encore Ricky et Carter se hurler dessus et leurs coups de feu occasionnels. Aussi pria-t-elle pour qu'ils aient un peu de temps et trouvent un endroit où se cacher.

Lara jeta un coup d'œil à Owl. Il avait l'air féroce et déterminé : elle ne l'avait jamais autant aimé.

Puis elle remarqua qu'il boitait.

Elle faillit trébucher en découvrant la traînée de sang qu'il laissait dans son sillage.

— Tu saignes ! s'exclama-t-elle.

— Oui, convint Owl d'un air sombre. Il faut qu'on se tire d'ici.

Elle tenta encore d'assimiler ce qu'elle voyait. Owl avait une main sur son dos et l'autre serrée sur sa cuisse, essayant manifestement d'arrêter l'hémorragie d'une blessure par balle. Mais ça ne marchait pas. Son pantalon était trempé et il traînait la jambe en boitillant derrière elle. Même s'ils trouvaient un endroit où se cacher, il risquait de mourir à cause de la perte de sang, et la trace laissée par Owl mène-rait Carter directement à eux.

Sous l'effet de la panique, la respiration de Lara s'accé-léra. Elle se sentait étourdie et privée d'espoir. On avait tiré sur Owl. Il s'était tenu devant elle comme un bouclier humain et avait pris une balle pour elle. Même maintenant, il faisait tout ce qui était en son pouvoir pour l'éloigner, pour s'assurer qu'elle était en sécurité, alors qu'il devrait craindre de se vider de son sang !

— Owl, lança-t-elle entre deux halètements, mais il secoua la tête.

— Non, continue, ma puce.

— Mais ta jambe ! protesta-t-elle.

— Je sais. Mais tu vas bien, c'est tout ce qui compte.

Certainement pas. Owl était ici à cause d'elle. Parce que Carter la voulait, elle. Il n'aurait pas dû être blessé. L'impuissance menaçait de la submerger.

— Bingo ! Voilà ! À gauche, Lara. La porte. Il faut qu'on sorte avant que l'un d'eux ne tue l'autre et se lance à notre poursuite.

Il avait raison. Lara fit de son mieux pour se ressaisir. Si Owl parvenait à rester aussi calme après avoir reçu une balle dans la jambe et perdu autant de sang, elle réussirait à garder son sang-froid.

Elle arriva à la porte indiquée par Owl, l'ouvrit et cligna des yeux, sidérée, en découvrant ce qu'il y avait derrière.

Un grand disque de terre, débarrassé des arbres et des buissons.

Et le Bell 505 que Stone, Owl et elle avaient testé la veille.

Dieu. La veille ? Soudain, il lui sembla que des semaines s'étaient écoulées. Il s'était passé tant de choses en si peu de temps.

— Vas-y, Lara ! Cours !

Instinctivement, elle se précipita vers l'hélicoptère. Owl la dépassa dès qu'ils eurent atteint l'appareil et ouvrit la porte en grand. Il la jeta pratiquement sur le siège avant et claqua la porte. Le cœur serré, Lara regarda Owl clopiner jusqu'à l'autre côté. Il ouvrit la porte côté pilote et tenta de grimper à l'intérieur.

Son visage était d'une blancheur spectrale. Chaque fois qu'il essayait de lever sa jambe valide pour se hisser sur le siège, il reculait en chancelant.

— Putain, souffla-t-il en levant ses yeux vers les siens.

Lara s'empressa de se pencher sur le siège et d'attraper son bras. Elle était terrifiée par le peu de force dont disposait Owl. En s'y mettant à deux, ils réussirent péniblement à le faire monter dans l'hélicoptère.

Il commença aussitôt à actionner interrupteurs et boutons... et en quelques secondes, les rotors se mirent lentement à tourner.

— Putain ! jura-t-il une nouvelle fois.

Puis il ferma les yeux et s'affaissa sur son siège.

— Owl ? cria Lara avec frénésie.

— Je ne peux pas, murmura-t-il. Je nous tuerais tous les deux.

— Tu ne peux pas quoi ? demanda Lara. Owl ? Tu ne peux pas quoi ?!

— Voler, avoua-t-il, catastrophé. Je suis désolé ! Tellement désolé, Lara... Je t'ai laissé tomber.

— Quoi ? Non, tu peux voler ! Tu es né pour ça.

— Je vais... m'évanouir, avoua-t-il. Si ça arrive pendant qu'on est dans les airs... on va s'écraser.

Lara le regarda fixement. Ils ne pouvaient pas avoir été si près de s'échapper pour échouer maintenant.

— Il faut arrêter l'hémorragie, déclara-t-elle d'une voix que la détermination faisait trembler. Penche-toi en avant.

Elle attrapa la ceinture d'Owl et la détacha.

— Ce n'est pas le moment de... me mettre à poil, haleta-t-il.

Lara ne parvint pas à sourire. Elle souleva la jambe droite d'Owl et grimaça : sa main était revenue couverte de sang. Elle enroula sa ceinture au-dessus de la blessure et serra.

— Encore, dit Owl entre ses dents serrées.

Lara tira de toutes ses forces et réussit à clipper la ceinture. Heureusement, ce n'en était pas une à trous. Une sorte de loquet se refermait sur le cuir. La première fois qu'elle l'avait vue, elle s'était moquée d'Owl, comme quoi que c'était chouette qu'il possède une ceinture susceptible de grandir avec sa taille. Mais maintenant, elle était bénissait cette ingénieuse invention.

— Et maintenant ? demanda-t-elle. Owl ? Qu'est-ce que je fais maintenant ?

Il releva la tête et, l'espace d'un instant, son regard fut aussi clair qu'il l'avait toujours été.

— Attends... Je vais nous sortir de là.

Le cœur de Lara se serra. Elle aimait Owl, elle le trouvait incroyable, mais plus son teint devenait livide, plus elle craignait honnêtement qu'il ait raison : il ne pourrait les emmener nulle part.

— Je vais nous faire décoller... puis tu devras piloter. Tu l'as fait assez... souvent... dans le simulateur. Tu sais ce qu'il faut faire. Les pédales anti-couple contrôlent le rotor de queue. Le manche entre tes jambes contrôle l'avant et... l'arrière... la droite et la gauche. Et le levier à côté de la mer... c'est le haut et le bas. Tu peux le faire, ma puce. Je crois en toi. Tu es... la femme la plus forte que j'aie jamais connue.

Elle ne pouvait pas ! Elle n'allait pas piloter cet hélicoptère.

— Je ne peux pas, Owl. Je ne vais pas y arriver ! s'écria-telle, les larmes aux yeux.

Owl croisa à nouveau son regard, puis il hocha fermement la tête.

— C'est bon, ma puce. Tout va bien.

Non, tout n'allait pas bien. C'était même la catastrophe.

Un bruit à sa droite incita Lara à se tourner vers la porte par laquelle ils étaient sortis, et elle vit Carter faire irruption dans la cour. Mais au lieu de se diriger vers l'hélicoptère, il se retourna vers la maison et tira.

Elle regarda Owl, qui ne l'avait pas quittée des yeux, puis Carter, et prit sa décision. La seule décision possible.

— OK. On fait ça.

Transpirant à grosses gouttes, Lara avait l'impression qu'elle risquait de vomir sur les commandes. Mais Owl paraissait aussi calme que la veille, lorsqu'il était dans les airs. Il regarda les commandes et hocha la tête. La veille, il lui avait expliqué la signification de chaque « ding » et de chaque mot sur les écrans, mais pour l'instant, tout ce que Lara entendait, c'était le tambour de son cœur dans sa poitrine.

En se retournant vers la maison, elle vit que Ricky avait à présent un bras tendu par la porte, utilisant le bâtiment comme une couverture pour répliquer aux tirs de Carter. Chacun essayait désespérément de tuer l'autre. Ce qui avait commencé comme une vilaine dispute se transformait en une fusillade mortelle. Et Lara savait que, quel que soit le vainqueur, il allait bientôt se retourner contre elle. La victoire de Ricky serait sans doute préférable, mais il les tuerait certainement pour mettre la main sur l'hélicoptère.

Et si Carter gagnait...

Lara frissonna. Elle ne voulait pas y penser maintenant.

Les rotors tournaient de plus en plus vite, et elle n'arrivait toujours pas à croire qu'elle envisageait seulement de piloter cet engin. Pourvu qu'Owl ne soit pas aussi mal en point qu'il le pensait et que, une fois dans les airs, il soit capable de les ramener à Seattle.

Mais lorsqu'elle le regarda à nouveau, ces espoirs s'évanouirent.

Il était à bout de forces. Ses yeux étaient éteints, sa mâchoire serrée, comme s'il lui fallait toute son énergie pour rester conscient. Blanc comme un linge, il transpirait abondamment.

S'ils parvenaient à décoller sans se faire tirer dessus, elle allait vraiment devoir assurer leur évasion par les airs. Sans doute finirait-elle par les tuer, tous les deux... mais si elle n'essayait pas, ils étaient bel et bien morts.

— Tu peux... le faire, balbutia Owl. Je crois en toi. Mets... le casque... dis à ceux qui peuvent te répondre... ce qui se passe... que tu es novice... ils... t'aideront...

Lara acquiesça et attrapa les écouteurs, qu'elle plaça sur ses oreilles. Immédiatement, tous les sons se turent, à l'exception des respirations brutales d'Owl.

Elle se retourna vers la maison.

À sa grande horreur, l'une des balles de Carter avait finalement trouvé sa cible et Ricky tomba par l'embrasure de la porte.

Carter se tourna aussitôt vers l'hélicoptère et pointa son arme.

— C'est... parti !

Lara posa ses mains sur les commandes et les sentit bouger lorsqu'Owl commença à décoller. Il souleva le levier collectif situé à côté de son siège, ce qu'elle sentit également sous sa propre main. Il exerça une légère pression sur l'une des pédales pour contrer le couple du moteur, comme il lui avait appris à le faire avec le simulateur du Refuge.

Même avec l'expertise d'Owl, le décollage ne fut pas facile. Il luttait pour ne pas s'évanouir et la perte de sang avait certainement un effet sur sa coordination œil-main.

L'hélicoptère se mit à tanguer et, pendant une seconde, Lara crut qu'ils allaient s'écraser avant même d'avoir quitté le sol.

Ce n'était pas beau à voir, et si un pilote avait été témoin de l'ascension de l'hélicoptère, il se serait probablement demandé si le pilote était ivre ou défoncé, mais Owl réussit. Ils avaient décollé.

Lara ignorait ce qui la poussa à baisser les yeux une fois de plus. Elle n'oublierait jamais la fureur absolue sur le visage de Carter alors qu'elle lui échappait une nouvelle fois.

Mais ce fut Ricky, en train de se relever lentement pour poser un coude sur le sol, qui la fit ciller de surprise.

Elle n'entendit pas les coups de feu, mais vit Carter sursauter et trébucher avant de tomber la tête la première dans l'herbe.

Ricky s'effondra à nouveau sur le sol, puis ils ne bougèrent plus.

Elle n'eut pas eu le temps d'assimiler ce qu'elle venait de voir – Ricky et Carter s'étaient entretués, fin appropriée pour des hommes aussi maléfiques – qu'elle entendit un faible gémissement dans son oreillette et se retourna vers Owl.

Il était affalé sur le côté. Il avait réussi à les faire décoller, mais il était maintenant complètement inconscient.

Lara avait les mains qui tremblaient lorsqu'elle réalisa que c'était elle qui pilotait maintenant. Toute seule ! Sans Owl pour lui donner des conseils sur la façon de ne pas s'écraser.

— Oh merde, Owl ! Je ne vais pas y arriver, murmura-t-elle.

Mais il ne répondit pas.

Pendant un instant, la panique faillit la submerger et elle oublia tout ce qu'Owl lui avait appris alors qu'ils étaient assis dans la sécurité de son canapé, qu'elle riait et qu'elle s'écrasait vol après vol avec l'hélicoptère du simulateur. Il avait été très patient, lui expliquant pourquoi elle s'était écrasée et l'encourageant à réessayer.

Carter Grant était mort. Elle devait s'en persuader. Il ne la poursuivrait plus. Elle était libre et pourrait vivre heureuse avec Owl jusqu'à la fin des temps, comme les personnages de tous ses films et livres préférés.

Mais seulement si elle se sortait les doigts et les conduisait sains et saufs loin de l'île.

La détermination remonta en flèche. Elle devait emmener Owl à l'hôpital. Il l'avait protégée, mise en sécurité pendant des mois. À son tour de faire la même chose pour lui.

Prenant une profonde inspiration, elle se lança.

— Allo ? Il y a quelqu'un ? *Mayday, Mayday* ! Je suis dans un hélicoptère et nous venons de décoller d'une île, je ne sais pas où, le pilote est inconscient et a besoin d'une ambulance. Je m'appelle Lara Osler, je n'y connais rien en pilotage et j'ai besoin d'aide !

Elle avait enroulé ses doigts autour des commandes, si fermement qu'elle était soulagée de ne pas avoir à les lâcher pour communiquer via les écouteurs. Un interrupteur permettait de rendre la conversation privée pour les occupants de l'hélicoptère, mais Owl l'avait mis en mode public avant de s'évanouir.

— Allo ? *Mayday* ! J'ai une urgence. Est-ce que quelqu'un m'entend ?

— Je vous entends.

Lara fut à deux doigts d'éclater en sanglots.

— Je vois que vous pilotez un Bell. De quel type d'urgence ?

— Je ne suis pas pilote ! Je n'ai jamais piloté un vrai hélicoptère. Mon petit ami et moi, on a été kidnappés par Carter Grant. Le tueur en série recherché par le FBI. On a été emmenés sur une île et lui et une autre crapule se sont entretués. Enfin, je crois. Mais Owl s'est fait tirer dessus et il saigne beaucoup, et moi je pilote l'hélicoptère, mais je ne suis pas douée, j'ai peur de m'écraser et de nous tuer tous les deux, et je ne sais pas où on est ni comment lire les écrans pour savoir où aller !

Elle parlait trop, trop vite, mais elle n'arrivait pas à s'arrêter.

— Je n'ai piloté un hélicoptère que sur un simulateur et je crève de peur !

— Respirez profondément. Vous vous en sortez bien. Vous maintenez l'appareil à une altitude constante, ce qui est bien. Sur l'écran devant vous, il y a un radar vert, avec une ligne au milieu qui bouge probablement d'avant en arrière. Vous la voyez ?

La voix de l'homme dans ses oreilles était basse et apaisante, ce qui calma beaucoup Lara.

— Oui, je pense.

— Bien. Votre travail consiste à ce que cette ligne soit aussi plate que possible. Pigé ?

Elle acquiesça, la bouche soudain trop sèche pour parler.

— Bien. Relâchez un peu le manche entre vos jambes. C'est ça. Bien. Vous allez un peu trop vite. Pouvez-vous lever un peu le levier à votre gauche ?

— Je ne veux pas aller plus haut ! s'écria Lara, à nouveau paniquée.

Plus elle monterait, plus la chute serait douloureuse.

— Juste un tout petit peu. Je veux m'assurer que vous êtes au-dessus du niveau des vagues. Bien. OK, Lara, voilà ce qu'on va faire. Il faut que vous tourniez à droite. En ce moment, vous allez droit vers la ville, et je ne crois pas que vous ayez envie de survoler des immeubles.

— Non ! s'écria-t-elle.

— OK, donc je vais vous conduire à un petit aéroport au sud de la ville.

La nausée s'empara à nouveau de Lara.

— Je ne suis pas très douée pour les atterrissages, admit-elle.

— C'est du tout cuit. Je vais vous aider.

— Quel est votre nom ? demanda-t-elle, soudain désireuse de savoir.

— Lucas.

— Je donnerai votre nom à mon premier fils.

Lucas s'esclaffa.

— Génial. Maintenant, voici ce qu'il faut faire.

Les vingt minutes qui suivirent furent parmi les plus effrayantes de la vie de Lara. Elle ne cessait de jeter des coups d'œil tantôt à Owl, qui ne bougeait toujours pas à côté d'elle, tantôt aux écrans en face d'elle, pour transmettre à Lucas les informations qu'il demandait.

Tout ce qui lui était arrivé par le passé fut remis en perspective pendant ce vol. Sa captivité entre les mains de Carter ? Un jeu d'enfant comparé à ça.

Lorsqu'elle aperçut le continent, elle faillit paniquer à nouveau, à l'idée de ce qui arriverait aux personnes au sol si elle s'écrasait. Mais Lucas la rassura et réussit à la calmer assez pour qu'elle dirige l'hélicoptère vers la droite et suive la côte en mettant le cap au sud.

Lorsqu'elle s'approcha de l'aéroport où Lucas voulait la faire atterrir, Lara commençait à avoir des crampes aux mains à force de serrer les commandes. Mais la voix de l'homme ne faiblissait pas. Il avait heureusement libéré l'espace aérien, de sorte qu'elle n'avait pas à éviter les avions qui décollaient ou atterrissaient. Lara vit une ambulance, plusieurs voitures de police et des camions de pompiers garés près du bâtiment principal. Ce spectacle l'effraya et la soulagea en même temps.

— OK, on y est. Vous faites du surplace, c'est ça ?

— Oui.

— Bien. Lentement, très lentement, abaissez le levier à côté de vous et exercez en même temps une légère pression vers l'arrière sur le manche entre vos jambes.

Le nez de l'hélicoptère s'inclina très légèrement vers le haut et la queue plongea à mesure qu'elle approchait de la zone d'atterrissage.

— C'est ça. Doucement, vous vous débrouillez très bien, Lara.

Absolument pas. L'hélicoptère était secoué de légères embardées d'avant en arrière et elle ne le faisait pas descendre assez lentement, mais soudain, tout ce que Lara voulait, c'était se retrouver à terre. Elle comprenait maintenant pourquoi des gens descendaient des avions et embrassaient le sol.

Alors que l'hélicoptère s'approchait du tarmac, le souffle du rotor modifia la sensation des commandes. Dans le simulateur, c'était généralement à ce moment-là qu'elle se plantait et s'écrasait dans ses tentatives d'atterrissage. De la sueur coulait le long de sa tempe, mais elle n'osait pas lever la main des commandes pour l'essuyer. La vérité, c'était qu'elle était complètement terrifiée. Pas pour elle, mais pour Owl. Elle ne voulait pas le tuer après tout ce qu'il avait fait pour elle.

Le souffle du rotor fait osciller l'hélicoptère d'avant en arrière et, alors que ses patins touchaient le sol, Lucas lui lança :

— Vous y êtes presque ! Réduisez la puissance et poussez le levier à côté de votre siège jusqu'au sol.

L'hélicoptère se stabilisa brutalement et il fallut un moment à Lara pour réaliser qu'elle avait réussi. Elle avait atterri ! Lucas la félicita dans l'oreillette.

— Vous avez réussi, Lara ! Vous vous êtes posée ! Il devrait y avoir beaucoup de gens qui convergent vers vous maintenant. Mais vous n'avez pas encore tout à fait fini. Reculez jusqu'au bout la manette de l'alimentation. Ça y est ?

— Oui, croassa Lara.

— Bien. Il y a un interrupteur rouge sur le panneau de contrôle, il faut que vous l'actionniez : il coupera l'alimentation du moteur. Ça permettra aux secouristes d'arriver plus sûrement jusqu'à vous.

Lara suivit les instructions de Lucas en se souvenant vaguement que Stone avait fait de même lorsqu'ils avaient atterri après leur vol d'essai. Les rotors de l'hélicoptère commencèrent à ralentir, et Lara éprouva un bref moment d'incrédulité à l'idée d'avoir piloté un hélicoptère et atterri sans s'écraser.

En se retournant, elle vit que la cavalerie de voitures et de camions l'avait presque rejointe, gyrophares allumés et, supposa-t-elle, sirènes hurlantes, mais elle ne pouvait les entendre avec ses écouteurs.

— Merci, chuchota-t-elle.

— Je n'ai rien fait, répliqua Lucas, ce qui donna à Lara l'envie de pleurer et de rire à la fois.

Comme s'il savait ce qu'elle ressentait, il poursuivit :

— Sérieusement. Tout le mérite vous en revient. Le programme de simulation de votre petit ami doit être extraordinaire. Je ne connais personne d'autre qui aurait pu réussir ce que vous venez de faire.

— C'est un Nightslayer, murmura-t-elle.

— Un quoi ?

— Un Nightslayer. Il pilotait ces hélicoptères de luxe dans l'armée.

— Vous voulez dire un Night Stalker ?

— Oh, oui. C'est ça. Désolée.

— Waouh ! Ils sont incroyables. Vous avez manifestement eu un excellent professeur, déclara Lucas. Maintenant, ôtez votre casque et parlez aux secouristes, Lara.

— Je voudrais vous rencontrer, dit-elle. Vous m'avez sauvé la vie. Nos vies, en fait.

— Vous avez fait ça toute seule, protesta Lucas, refusant d'accepter ses louanges. Mais je ferai ce que je peux pour qu'on se rencontre. Maintenant, allez-y.

Avec une raideur de robot, Lara desserra ses mains autour des commandes et retira son casque. Elle se tourna vers Owl au moment où les sauveteurs les rejoignaient.

À partir de là, les choses se déroulèrent très rapidement. Elle fut évacuée de l'hélicoptère tandis qu'Owl était placé sur une civière. On l'escorta jusqu'à une ambulance, à l'arrière de laquelle on installa Owl. Elle dut s'asseoir à l'avant, mais elle se retourna et regarda par le petit hublot pendant que les ambulanciers s'occupaient d'Owl.

Il avait perdu tellement de sang. Son siège dans l'hélicoptère en était trempé, et les draps du brancard se teignirent rapidement de rouge, car il continuait à perdre du sang.

Personne ne pouvait survivre à une telle perte de sang... si ?

Une fois à l'hôpital, Owl fut transporté dans un couloir, tandis que Lara fut gentiment, mais fermement conduite dans une petite chambre. Elle passa au moins deux heures à raconter tout ce qui s'était passé à la police. Quand le FBI débarqua, elle dut tout recommencer. Elle n'avait aucune idée de l'emplacement de l'île, mais elle indiqua aux autorités le nom de l'aéroport où ils avaient été kidnappés, ajoutant que Lucas pourrait leur indiquer au moins la zone où il avait capté son signal. Elle les supplia également de trouver Stone et leur communiqua le peu d'informations dont elle disposait – autrement dit pas grand-chose – et s'efforça de ne pas prendre personnellement leurs regards peu encourageants.

Lorsque la porte s'ouvrit pour ce qui sembla être la centième fois, Lara ne leva même pas les yeux. Elle était épuisée, effrayée et en pleine descente d'adrénaline. Elle ne voulait plus parler à qui que ce soit. Elle voulait seulement voir Owl. On lui avait dit qu'il avait été opéré pour tenter de réparer son artère, mais c'était tout ce qu'elle savait.

Lorsqu'elle entendit son nom prononcé d'une voix douce, mais familière, Lara leva les yeux, surprise. Alaska se tenait dans l'embrasure de la porte.

Et tous les autres membres du Refuge.

Enfin... presque tous. Son regard passant d'un visage à l'autre, elle ne vit pas Tiny, mais tous les autres, hommes et femmes, étaient là.

Lara éclata en sanglots, incapable de se retenir plus longtemps. En voyant ses amis, en sachant qu'ils la soutiendraient, elle baissa enfin sa garde. Elle était en sécurité...

Mais sans Owl, elle n'était pas sûre de pouvoir être à nouveau entière.

**21**

---

Le premier son qu'Owl entendit lorsqu'il reprit connaissance fut un bip agaçant et incessant. Le second, un rire silencieux. Et ce rire, il l'aurait reconnu entre mille.

Lara.

Il se sentait flotter à cause des analgésiques qui coulaient dans ses veines, mais il se souvenait de tout... jusqu'à sa perte de connaissance. Mais Lara les avait à l'évidence conduits sains et saufs quelque part, comme il l'en avait su capable. Il était si fier d'elle qu'il aurait pu exploser.

Il réussit à ouvrir les yeux et la vit assise à son chevet. Maintenant qu'il sortait des limbes, il se rendait compte qu'elle lui tenait délicatement la main. Elle regardait leurs amis et souriait d'un air fatigué à Cora, assise à côté d'elle. Pipe se trouvait derrière Cora, la main posée sur son épaule.

Involontairement, il resserra ses doigts autour de ceux de Lara. Elle tourna immédiatement la tête vers lui.

— Coucou, croassa Owl.

Il détestait la sécheresse de sa bouche et de ses lèvres, il n'aimait pas l'odeur des hôpitaux – il en avait eu sa dose après avoir été prisonnier de guerre. Mais ce réveil auprès de Lara et de ses amis rendait l'expérience moins horrible.

— Owl ! s'écria-t-elle, bondissant de son siège pour se pencher sur lui. Owl ? répéta-t-elle un peu plus doucement.

— Ça va ? demanda-t-il.

Sa Lara s'esclaffa et secoua la tête.

— Oui, mais c'est de toi dont on s'inquiète. Il a fallu que tu attrapes une balle avec ta jambe et, comme tu vas toujours jusqu'au bout de ce que tu fais, elle a entaillé une artère et tu as failli te vider de ton sang !

— Désolé, bredouilla Owl.

Mais il souriait. Il était tellement heureux d'être en vie qu'il ne pouvait pas s'énerver pour une blessure par balle. Son sourire s'estompa toutefois lorsqu'il repensa à tout ce qui s'était passé.

— Grant ? demanda-t-il.

— Mort, répondit Pipe derrière Lara.

Elle se rassit lentement sur la chaise au chevet de son lit, mais sans lui lâcher la main, ce qu'Owl apprécia.

— On a tous pris l'avion pour Seattle à la seconde où on a appris que vous aviez des problèmes. Mais avant même d'avoir pu mettre nos plans à exécution, Tex nous a appelés pour nous informer que vous étiez en route pour l'hôpital. Pendant que tu te prélassais au bloc opératoire, on a sauvé Lara d'un interrogatoire du FBI, on l'a nourrie et, même si on a insisté pour qu'elle s'allonge et dorme un peu, elle a refusé de te quitter. Elle nous a mis au courant de tout ce qui s'est passé. Brick et Spike travaillent avec Tex pour retrouver Stone. Tonka monte la garde auprès des autres femmes, à l'hôtel.

C'était beaucoup à assimiler, là. Owl fronça les sourcils.

— Vous n'avez pas trouvé Stone ?

— Pas encore. Mais ça va venir, répondit fermement Pipe.

— Et Grant est mort ? demanda-t-il, éprouvant le besoin de revenir sur ce point.

— Très. Lui et le connard qu'il avait engagé pour vous arnaquer se sont entretués. Tu as de la chance de n'avoir été touché que par une seule balle, si ce que disent les inspecteurs est vrai.

— Qu'est-ce qu'ils disent ? s'enquit Owl.

— Que la maison est tellement trouée qu'elle ressemble à du gruyère.

— Merci. Mais si tu refais ça, je vais être très fâchée, glissa Lara à Owl.

— Si je refais quoi ?

— Si tu prends une autre balle pour moi.

— Tu n'as pas pigé ? Je ferais tout pour m'assurer que tu es en sécurité. Et je suis très, très fier de toi. Tu as piloté l'hélico.

— Et j'ai atterri, ajouta-t-elle. Pas très gracieusement, cela dit.

— Chaque fois que tu arrives au sol et que tu es en mesure de repartir, c'est un atterrissage parfait.

— On n'est pas exactement repartis, répliqua-t-elle sèchement.

— Mais pas à cause de ton atterrissage.

Il ne détachait pas son regard du sien, tant il était en admiration devant sa femme. Il se souvenait du décollage, mais de rien d'autre. Il était un peu furieux de ne pas l'avoir vue voler. Ça devait être magnifique. Se forçant à en détacher les yeux, il les reporta sur son ami.

— Il est vraiment mort ?

Il avait besoin d'être sûr. Absolument sûr.

— Oui. Je suis allé à la morgue pour identifier son corps

moi-même, puisque je suis l'une des rares personnes à avoir eu le déplaisir de le rencontrer. C'était bien lui. Il est vraiment mort.

Owl éprouva un immense soulagement, mais il fut aussitôt taraudé par l'inquiétude. Si Carter Grant était mort, cela signifiait que Lara était libre. Elle pourrait retourner à Washington, reprendre son ancienne vie si elle le souhaitait. Et cela l'effrayait au plus haut point.

Comme si elle lisait dans ses pensées, elle déclara :

— J'ai hâte de retourner au Refuge. Je pense que j'ai assez sociabilisé pour un moment. Je voulais rester jusqu'à ce qu'on retrouve Stone, mais Brick m'a promis qu'il allait s'en charger et que ce serait mieux si je rentrais à la maison pour que personne n'ait à s'inquiéter pour moi par-dessus le marché. Oh ! Attends d'entendre ce que Cora m'a raconté à propos de Ryan ! Tu ne vas pas le croire. Et le FBI a confisqué l'hélicoptère jusqu'à la fin de l'enquête, mais ils ont juré qu'ils nous le rendraient dès que possible. Ils ont promis de récupérer l'argent que vous avez versé, donc on aura un hélicoptère gratis ! Oh, et j'ai invité Lucas à venir au Refuge pour pouvoir le rencontrer, et toi aussi par la même occasion. C'est lui qui a répondu à mon appel de détresse et qui m'a aidée à voler et à atterrir. Je lui ai dit que je donnerais son nom à notre fils, j'espère que c'est d'accord. Je te laisse choisir le deuxième prénom. Vu que nos valises étaient encore dans l'hélicoptère, tu auras quelque chose à porter quand tu sortiras de l'hôpital. Le personnel a dit qu'il m'installerait un lit ici pour qu'on puisse être ensemble...

Il y avait beaucoup de choses à démêler, et beaucoup de choses dont Owl voulait parler à Lara, mais tout ce sur quoi il parvenait à se concentrer pour le moment, c'était qu'elle tenait à retourner au Refuge... et qu'elle l'avait appelé sa maison. Le reste pouvait attendre. D'autant qu'elle semblait aller bien. Presque hyperactive.

— Vous avez une chambre d'hôtel ? demanda-t-il à Pipe.

— Bien sûr.

— Emmène Lara là-bas et assieds-toi sur elle jusqu'à ce qu'elle dorme. Mieux encore, laisse Cora s'asseoir sur elle.

— Quoi ? Non ! protesta Lara.

— Le programme me paraît bien, marmonna Cora avec un sourire.

— Au moins huit heures, insista Owl.

— Owl ! Je veux rester ici avec toi, geignit Lara.

— Tu as besoin de dormir. Je vais bien. Grant est mort. Tu es en sécurité. Pipe veillera sur toi. J'ai besoin que tu sois en bonne santé, ma puce. Si tu tombes malade parce que tu t'inquiètes pour moi, cela ne nous servira strictement à rien.

Lara ferma les yeux et s'affaissa dans le fauteuil.

— Quand tu auras dormi, mangé et pris une douche, on reparlera. Je veux tout savoir sur ce qui s'est passé pendant que j'ai piqué mon petit roupillon dans l'hélico. Je veux savoir ce qu'il en est de Stone, de Ryan et de ce Lucas. Mais pas avant que tu sois un peu plus cohérente. D'accord ?

Elle rouvrit les yeux et fronça les sourcils.

— S'il te plaît ? la supplia Owl.

Lara acquiesça à contrecœur.

Le soulagement l'envahit.

— Bien.

Il voulait parler à Pipe, mais ses paupières étaient si lourdes qu'il allait certainement s'endormir dès que Lara l'aurait quitté.

— Viens ici, ordonna-t-il.

Lara se leva à nouveau et se pencha sur lui.

— Plus près.

Elle approcha son visage du sien.

— Je t'aime, murmura-t-il. Je savais que tu allais réussir. Je n'avais aucun doute sur ta capacité à piloter cet hélicoptère.

— Tu es fou, lâcha-t-elle en secouant légèrement la tête.

— Je t'ai observée sur le simulateur. Tu as de bons réflexes et des mains sûres. Si je ne t'en avais pas pensée capable, je ne nous aurais pas fait monter dans l'hélicoptère. J'aurais trouvé un endroit où on se serait cachés. J'aurais trouvé un bateau. Attaqué Grant et volé son arme. N'importe quoi. Mais cet hélicoptère était notre moyen le plus sûr et le plus rapide de sortir de là. Loin de ces fous furieux. Et même si je perdais beaucoup de sang et que je savais que j'allais m'évanouir, j'ai quand même choisi de décoller. Parce que toi, ma Lara, tu peux faire tout ce que tu veux.

Une larme coula de la joue de Lara sur la sienne, mais elle ne recula pas.

— Owl, protesta-t-elle faiblement.

— Est-ce que tu es enceinte ? demanda-t-il.

Elle poussa un petit cri d'étonnement.

— Pourquoi demandes-tu ça ?

La non-réponse de Lara lui avait dit tout ce qu'il avait besoin de savoir.

— On va se marier. Lucas ne naîtra pas sans que ses parents aient légalement convolé.

— On a demandé à un médecin de l'examiner, et quand il lui a demandé si elle pouvait être enceinte, elle a hésité, intervint Cora dans leur dos. Alors il lui a fait faire pipi dans un gobelet.

— Je savais que je t'avais mise enceinte cette fois-là, déclara Owl d'un air suffisant.

Lara leva les yeux au ciel.

— Tu es censé me faire une demande, lui rappela-t-elle.

— Veux-tu m'épouser ? demanda-t-il sans hésiter.

— Bien sûr.

— C'est pour ça que je n'ai pas fait ma demande. Je connaissais déjà ta réponse, répliqua-t-il, avant de murmurer, frappé par ce qui arrivait : On a fait un bébé.

— Eh oui, confirma Lara.

— Lucas Jackson Kaufman, déclara-t-il fermement, en mémoire de l'inconnu qui les avait sauvés... et de son meilleur ami, toujours porté disparu. Luke pour faire court.

— C'est parfait, souffla Lara.

— Non, c'est toi qui es sensationnelle. Maintenant, embrasse-moi et va dormir. Et mange quelque chose. Il faut que mon fils et toi restiez en bonne santé.

— Tu t'apprêtes à être odieux pendant ma grossesse ? voulut savoir Lara.

— Si tu veux dire surprotecteur et paranoïaque, oui, concéda Owl sans hésiter.

Mais Lara ne semblait pas irritée. Elle secoua simplement la tête et se pencha vers lui, pour l'embrasser doucement. Ce ne fut pas un baiser profond ni passionné, mais ce fut pourtant l'un de leurs meilleurs jusqu'à présent.

— Vas-y. Laisse Pipe et Cora s'occuper de toi. Je serai là quand tu reviendras.

— Je t'aime. Je suis si heureuse que tu ailles bien.

— Je t'aime, et la réciproque est vraie.

Elle se leva et recula vers la porte, Cora à ses côtés, qui leur souriait à tous les deux comme une idiote.

Pipe les suivit et, juste avant de franchir la porte, se retourna.

— Je vais prévenir l'infirmière que tu es réveillé, dit-il.
Owl acquiesça.

— Pipe ? lança-t-il avant que son ami ne parte.

— Oui ?

— J'ai besoin de deux choses.

— Vas-y.

— Que vous retrouviez Stone. Et que tu parles à Tex. Je sais qu'il peut accélérer les histoires de paperasse... Quand tu auras ramené Lara, je veux l'épouser.

Pipe acquiesça.

— Je vais faire de mon mieux pour ta première demande et je veillerai à ce que la seconde se réalise.

— Merci.

Pipe le dévisagea un instant, puis revint dans la chambre et s'approcha du lit, pour poser une main sur l'épaule d'Owl.

— Je regrette presque que ce salaud soit mort. Je le tuerais lentement cette fois pour ce qu'il vous a fait subir, à Stone et à toi. Sans parler de Lara.

Owl acquiesça. Il aurait aimé tuer Grant lui-même. Mais il devait se contenter de sa mort.

— Henley était impatiente de te parler, reprit Pipe. Pour s'assurer que tu allais bien. Ça a dû faire remonter de mauvais souvenirs.

— Honnêtement ? J'étais plus inquiet pour Lara. J'étais dans le coaltar pendant le vol vers l'île et je me suis réveillé juste avant que Grant et Ricky ne commencent à se tirer dessus. Ensuite, je n'avais plus qu'une obsession : faire sortir Lara de là, et quand j'ai commencé à saigner, la douleur m'a permis de me concentrer sur ce qui devait être fait. Je vais bien, Pipe. Promis. Maintenant, je m'inquiète juste pour Stone.

— Oui.

— On sait quelque chose ? Même trois fois rien ? insista Owl.

— On dirait qu'il s'est volatilisé, admit Pipe.

Owl pinça les lèvres, consterné.

— Merde.

— Mais on fait tout ce qu'on peut pour le retrouver. Et on le retrouvera. Je te le promets.

Owl voulait prendre sa part dans ces recherches. Mais depuis son lit d'hôpital, il en était incapable.

— C'est quoi cette histoire avec Ryan ? demanda-t-il.

Pipe secoua la tête.

— Ce sera pour une autre fois, mon frère. Tu es sur le point de te rendormir, là. Sacrée histoire. Tiny est avec elle, au Refuge.

— Elle va bien ?

— Oui.

— Super. Merci de t'occuper de Lara et de mon fils.

— Je n'arrive pas à croire qu'on va avoir un autre bébé au Refuge dans neuf mois, lâcha Pipe en secouant la tête, avec petit sourire.

— Tu pourrais venir en rajouter un, toi aussi, suggéra Owl.

— Oui... mais il faut d'abord que tout le monde se calme et arrête d'avoir des crises qu'on doit gérer.

Owl s'esclaffa.

— Amen.

Pipe lui serra l'épaule.

— Je suis content que tu ailles bien. Tu as pris un sacré risque en faisant piloter l'hélico à Lara. Tu m'as dit plus d'une fois que c'était hyper difficile.

— C'est vrai, mais je ne lui ai pas menti. Je savais qu'elle pouvait le faire. Je l'ai regardée sur le simulateur, Pipe. Elle est douée. Et puis... on n'avait pas le choix. On n'aurait jamais réussi à se cacher sur cette île. Je ne pensais pas qu'on aurait le temps de trouver un bateau, et je n'avais pas d'arme. C'est un coup de chance que Grant et Ricky aient été des têtes brûlées qui se sont retournées l'une contre l'autre.

— Et on a récupéré un hélicoptère gratuit dans l'histoire, plaisanta Pipe.

Owl acquiesça.

— Il faut juste qu'on retrouve Stone pour pouvoir en profiter.

— Ça va venir. En attendant, je vais voir Tex pour qu'il s'occupe des papiers de votre mariage. Je serai de retour avec tout le monde et un officiant demain.

— Merci.

— Pas besoin de me remercier. Ta présence ici est un remerciement suffisant. À plus tard.

— À plus.

Pipe s'en alla et Owl remarqua à peine l'infirmière qui vint le trouver pour s'assurer que ses constantes étaient bonnes. Il s'endormit d'un sommeil réparateur et, au lieu de rêver de tueurs en série et d'accidents d'hélicoptères, il se vit qui tenait son fils dans un bras et sa femme dans l'autre.

# ÉPILOGUE

Lara s'assit dans le pavillon et sourit en regardant tout le monde. Elle avait bien cru ne jamais revoir cet endroit. Et maintenant, non seulement elle était de retour, mais elle était mariée et enceinte. C'était difficile à croire.

Depuis leur retour au Refuge, les choses étaient devenues folles et elle avait enfin le temps de réfléchir à tout ce qui s'était passé. Les dix derniers jours après son second kidnapping avaient été pleins de hauts et de bas. Elle avait appris qu'elle était enceinte ; Owl, qui se remettait rapidement, était resté à l'hôpital pendant près de cinq jours. Elle avait partagé son temps entre l'hôtel – sur l'insistance d'Owl – et un petit lit de camp dans la chambre d'hôpital de son mari.

Elle n'avait pas été vraiment surprise lorsqu'en retournant le voir après son réveil, elle avait appris que des dispositions avaient été prises pour qu'ils se marient sur-le-champ. Elle avait accepté, ils avaient contacté ses parents par FaceTime, et là, dans la chambre d'hôpital, entourés de plusieurs de leurs amis, ils s'étaient promis de s'aimer aussi longtemps qu'ils vivraient.

Honnêtement, ce n'était qu'une formalité. Lara se l'était déjà promis. Mais elle se moquait bien de se marier dans une chambre d'hôpital, dans une immense chapelle ou dans le bureau d'un bâtiment gouvernemental. Les grands mariages auxquels elle avait assisté dans son enfance, le stress qu'engendraient la pompe et les circonstances l'avaient amenée à penser qu'une cérémonie discrète en présence de ceux qu'elle avait appris à aimer serait bien préférable. Et la présence de Cora était la cerise sur le gâteau.

Oui, elle était romantique et aimait voir les grandes cérémonies à la télévision ou en lire la description dans les livres… mais en réalité, tout ce qu'elle voulait, c'était aimer quelqu'un et être aimée en retour. Et Owl répondait à cette attente et à bien d'autres choses encore.

Tous leurs amis qui s'étaient rendus à Seattle étaient repartis au Nouveau-Mexique une fois rassurés sur leur état de santé, à Owl et à elle. Brick était resté, coordonnant les recherches de Stone avec les autorités et s'assurant que Lara prenait soin d'elle et ne négligeait pas sa propre santé vu qu'elle passait le plus clair de son temps aux côtés d'Owl. Il avait également pris les dispositions nécessaires pour que ce dernier puisse enfin quitter l'hôpital et regagner le Nouveau-Mexique.

Une fois de retour au Refuge, Owl et elle avaient foncé droit au chalet et s'étaient endormis, sans sortir pendant deux jours entiers. C'était merveilleux de dormir dans son lit et d'être de retour chez soi.

Ils étaient maintenant au pavillon pour une fête de retour improvisée. Cela faisait un peu bizarre de faire la fête alors que Stone était toujours porté disparu, mais comme Alaska l'avait fait remarquer, Stone n'aurait rien trouvé à redire à ce qu'Owl et elle célèbrent leur retour en vie, mariés et avec un bébé en route.

Robert et Luna avaient préparé une énorme quantité de nourriture pour l'occasion, et tous se mélangeaient, heureux d'être ensemble. Certains clients s'étaient même joints à eux, profitant de l'atmosphère festive, même s'ils ne savaient pas exactement ce qu'ils célébraient.

Robert s'approcha et Lara se leva pour le serrer fort dans ses bras.

— Merci pour la boîte de gâteaux de Noël que j'ai trouvée dans notre chalet, dit-elle en souriant. J'apprécie que tu partages ta réserve avec moi.

— Je suis content que vous soyez de retour, jeune femme, répliqua-t-il d'un ton bourru.

Un peu plus tard, Lara remercia Carly et Jess d'avoir fait en sorte que le chalet soit impeccable à leur arrivée.

— C'était le moins que l'on puisse faire, déclara Carly.

— Mais vous êtes sans doute encore plus occupées, maintenant que... eh bien... que vous n'êtes plus que deux à faire le ménage, répliqua Lara après un temps d'hésitation.

— Ce n'est pas grave. Ry nous aide toujours quand elle le peut, la rassura Jess.

Lara était un peu triste que Ryan – alias Ryleigh – ne soit pas de la petite fête, mais leur amie se sentait probablement mal à l'aise, après avoir menti à tous pendant un an. On ne connaissait toujours pas le pourquoi de ce mensonge, ni de quoi ou de qui elle se cachait, mais Lara comprenait parfaitement pourquoi elle avait choisi le Refuge. C'était vraiment un refuge contre le monde, contre tout ce qui était susceptible de vous perturber dans la vie.

Elle n'avait aucune rancune envers Ryan, ou quel que soit le nom qu'on lui donnait à présent. Elle espérait simplement que celle-ci finirait par connaître la paix et le bonheur que Lara avait elle-même trouvés.

Henley et Reese s'approchèrent et, avant qu'elle ne s'en rende compte, Lara fut engloutie entre leurs bras.

— Je n'arrive pas à croire que tu sois enceinte ! s'exclama Reese. Je suis vraiment heureuse pour Owl et toi... et pour moi aussi ! Nos enfants auront des camarades de jeu.

— Moi j'y crois, lâcha Henley avec une pointe de suffisance. Je t'avais dit qu'Owl te mangeait des yeux quand il participait à nos séances.

— Comment il la regardait ? insista Reese.

Les deux femmes s'écartèrent un peu, pour accueillir Jess et Carly dans leur cercle.

— Il ne pouvait pas la quitter des yeux. Et vous connaissez ce regard... protecteur, furieux à la simple idée que quelqu'un ait osé faire du mal à sa femme, et tellement amoureux qu'il avait du mal à rester tranquille.

— Ah, ce regard-là, gloussa Reese. Oui, je connais bien.

Lara sentit qu'elle rougissait et balaya la salle du regard, en quête du sujet de leur conversation. Elle vit Owl assis de l'autre côté, en pleine conversation avec Tonka et Pipe. Comme s'il avait senti son regard sur lui, il leva la tête vers elle.

— Ça va ? lança-t-il silencieusement.

Lara acquiesça et reporta son attention sur ses amies qu'elle entendait rire.

— Quoi ? Qu'est-ce que j'ai raté ?

— Rien. Vous êtes adorables, répondit Carly. J'espère que je trouverai un partenaire qui m'aimera autant que ton homme.

— Bien sûr, lui assura Jess. Mais ne te précipite pas. La patience est la clé de la réussite. Tu es encore jeune, tu as du temps.

Lara acquiesça en entendant la porte du pavillon s'ouvrir. Elle tourna la tête sans réfléchir, pour voir qui venait d'entrer, mais ne reconnut pas le nouveau venu. Comme elle ne l'avait pas vu au Refuge depuis son retour, il était probable qu'il s'agisse d'un invité.

Brick s'approcha de lui et, bien qu'elle ne puisse pas entendre ce qu'ils disaient, elle se figea lorsqu'elle reconnut le timbre de sa voix.

Non, elle ne l'avait jamais vu, mais elle savait exactement qui il était.

Sans se soucier de l'impolitesse de son comportement, elle tourna le dos à ses amies et, sans un mot, se dirigea rapidement vers Brick et l'inconnu.

Celui-ci sourit en la voyant s'approcher. C'était un homme de grande taille – environ un mètre quatre-vingt-dix –, d'une soixantaine d'années. Sa chemise bleu marine était tendue sur un ventre proéminent, et ses cheveux noirs étaient généreusement striés de blanc. En tout autre circonstance, Lara aurait probablement été intimidée. Mais sans hésiter, elle s'approcha de l'homme et le serra dans ses bras, aussi étroitement que possible.

— Merci, murmura-t-elle entre ses larmes. Merci infiniment.

— C'était vous qui avez fait tout le travail, ma belle, répliqua l'homme.

Il fallut qu'une main se pose sur son dos, main qu'elle connaissait aussi bien que son propre nom, pour lui donner la force de s'éloigner du nouveau venu. Lara s'essuya le visage, cherchant à se ressaisir, puis tendit la main.

— Bonjour, je suis Lara.

— Et moi, Lucas. Ravi de vous rencontrer, dit l'homme avec un grand sourire.

— Je suis Callen Kaufman... Owl. Vous avez ma gratitude éternelle. Vous pouvez me demander ce que vous voulez.

Lucas s'esclaffa.

— Je n'ai pas besoin de grand-chose. J'ai une femme qui m'aime, deux enfants et cinq petits-enfants... Ça va.

Lara lutta pour empêcher les larmes de couler. Cet homme leur avait littéralement sauvé la vie. La sienne et celle d'Owl. Il avait été le miracle dont elle avait eu besoin lorsqu'elle avait lancé son appel de détresse via le micro de l'hélicoptère. Il s'était montré calme, apaisant. Il l'avait aidée au moment où elle avait le plus besoin de quelqu'un, et elle ne l'oublierait jamais.

— Je suis enceinte, lâcha-t-elle tout à trac. Et c'est un garçon. Enfin... il est trop tôt pour en être sûr, mais Owl en est persuadé. Et il s'appellera Lucas Jackson.

Le grand homme la fixa un moment, bouche bée, puis ses joues rosirent et il déglutit péniblement.

— Je... eh bien... d'accord. Merci. Félicitations !

Lara lui sourit.

— Ça vous dirait de visiter le domaine ?

— Avec plaisir.

— Je vais mettre votre sac dans votre chalet, proposa Brick.

Lara avait presque oublié qu'il se tenait avec eux. De toute évidence, il avait joué un rôle important dans la venue de Lucas. Quelle chance elle avait d'avoir trouvé des amis aussi extraordinaires que ceux du Refuge.

— Merci. Je ne sais pas comment vous vous êtes débrouillé pour me trouver de la place, mais j'apprécie beaucoup, dit Lucas en serrant la main de Brick.

— Si vous voulez amener votre famille ici, faites-le-moi savoir. On affiche généralement complet des mois à l'avance, mais on a récemment reçu un hélicoptère sans avoir à débourser un cent. Donc je pense qu'une partie de cet argent servira à construire quelques chalets réservés aux amis et à la famille. Après ce que vous avez fait pour Lara et Owl, vous faites partie de ceux qui pourront en bénéficier.

Ah, ces hommes ! Certaines personnes pourraient se méfier d'une bande d'anciens militaires vivant dans une forêt et tenant une sorte d'hôtel... mais pas elle. Les habitants du Refuge avaient le plus grand cœur qui soit. Elle se promit de contacter Savannah, la comptable du Refuge, et de faire un don important pour que les chalets réservés aux amis et à la famille soient construits le plus tôt possible. Le Refuge n'avait peut-être pas besoin de son argent, mais elle en avait beaucoup. Alors, autant rendre la pareille à ceux qui lui avaient tout donné.

— Vous avez faim ? demanda Alaska à Lucas lorsqu'elle les rejoignit. Croyez-moi, Robert et Luna se sont surpassés ce soir. Laisse-le manger, puis tu pourras le présenter à tout le monde, ajouta-t-elle à l'intention de Lara.

Celle-ci acquiesça et regarda son amie conduire Lucas vers le buffet.

— J'espère que tu n'es pas fâchée que je l'aie retrouvé et invité, s'enquit Brick.

— Fâchée ? Tu plaisantes ? Pas du tout. Je suis ravie ! répliqua Lara.

— Tant mieux.

Il la serra dans ses bras, donna une poignée de main à Owl, puis rejoignit Alaska qui jacassait et jacassait à un Lucas dont elle remplissait une assiette au buffet.

— Tu savais qu'il venait ? demanda Lara à Owl lorsqu'ils furent seuls.

— Oui.

Elle le transperça du regard.

— Tu es doué pour garder un secret.

— Et toi, tu es nulle à ce jeu, je devine.

— Bien vu.

— Ce n'est pas grave. Je suis impatient de te surprendre pendant les... cent prochaines années.

Elle leva les yeux au ciel.

— Je refuse de vivre jusqu'à cent trente-cinq ans.

— Pas moi. Je prendrai chaque année, chaque mois, chaque minute que je peux, si je les vis tous à tes côtés.

Lara sourit.

— Flatteur.

En réponse, Owl se pencha et lui donna un petit baiser.

— Bienvenue à la maison, ma puce.

La maison. Le Refuge, c'était cela et bien plus encore.

— Comment va ta jambe ? demanda-t-elle doucement.

— J'ai un peu mal. Mais ça va.

Lara fronça les sourcils.

— Ça va, je t'assure. Je veux parler à Lucas. Il faut que je le remercie encore une fois de t'avoir parlé pendant ce vol. Je n'en ferai pas trop. Je te dirai quand je serai prêt à retourner au chalet.

— Très bien. Owl ?

— Oui ?

— Je t'aime.

Il sourit.

— Moi aussi.

S'aidant temporairement d'une canne, Owl se dirigea vers la table où Alaska, Cora et Lucas étaient assis. Un grand sourire aux lèvres, Lara alla retrouver ses amies qu'elle avait si abruptement quittées. Elle avait l'impression d'être la femme la plus chanceuse du monde. Elle avait connu l'enfer et en était ressortie avec non seulement un homme qu'elle aimait plus que tout, mais elle avait retrouvé sa meilleure amie et un groupe d'hommes et de femmes qui la soutiendraient quoi qu'il arrive. C'était incroyable.

* * *

Plus tard dans la nuit, Lara se blottit contre Owl sur le canapé de leur chalet. Elle n'en revenait toujours pas que l'homme qui avait répondu à son appel de détresse ait fait le voyage jusqu'ici pour les rencontrer, Owl et elle.

Elle posa la main sur son ventre encore plat et soupira lorsqu'Owl la recouvrit de la sienne. Elle lui sourit.

— C'est quoi, ce sourire ? demanda-t-il.

— Je suis trop heureuse. J'ai l'impression qu'on m'a ôté un poids énorme des épaules, maintenant que j'ai la certitude d'être enfin à l'abri de Carter... comme tout le monde ici au Refuge. Est-ce que c'est mal de ressentir un tel soulagement parce qu'un être humain est mort ?

— Non, répondit Owl sans la moindre hésitation. Je t'envie. Non que je craigne de voir mes ravisseurs débarquer ici aux États-Unis pour me traquer, mais savoir que certains d'entre eux sont toujours là, à propager leur haine, qu'ils font peut-être du mal à quelqu'un d'autre... ça me mine. Je suis heureux que Grant soit mort. J'aurais aimé faire ça pour toi.

— Non, répliqua Lara en secouant la tête.

Owl embrassa sa tempe avec respect.

— Et pourtant si, insista-t-il. Il t'a fait du mal. Il t'a fait peur. J'ai vu les photos que les gars du FBI ont prises de la pièce où il avait prévu de te garder, sur cette île. Ricky Norman était un connard, ajouta-t-il en frémissant, mais il nous a rendu service.

Lara acquiesça, distraite. Les événements s'étaient déroulés dans une vraie pagaille, mais à dire vrai, si ça ne s'était pas passé exactement ainsi, la situation actuelle aurait sans doute été complètement différente.

— Est-ce que je t'ai dit que j'étais ravi que tu sois Mme Kaufman ? Et que le petit Lucas grandisse dans ton ventre ? demanda Owl dont la main descendait le long de son ventre et se glissait sous la ceinture de son legging.

— Oui.

Lara sentit son souffle se bloquer lorsqu'il effleura son clitoris d'un doigt.

— Je ne crois pas, moi.

Elle décela les notes amusées de sa voix.

Tendant le bras, elle lui saisit le poignet. Il s'immobilisa, sans pour autant retirer sa main.

— On ne peut pas. Le médecin ne t'a pas autorisé…, protesta Lara.

— C'est moi qui ne peux pas. Mais toi, si, rétorqua-t-il. Maintenant, allonge-toi et détends-toi. J'en ai besoin. S'il te plaît, laisse-moi faire.

Comment aurait-elle pu résister ? Elle lui lâcha le poignet et s'allongea, la tête sur ses genoux, en prenant soin de ne pas appuyer sur sa jambe blessée. Elle leva les yeux vers lui.

— Touche-moi, Owl.

— Avec plaisir.

Ce fut rapide. Lara ne s'était pas rendu compte de la tension qui l'habitait. Même si Owl et elle étaient en sécurité, la semaine avait été extrêmement stressante. Ses doigts habiles la conduisirent rapidement au bord du gouffre, où ils la firent basculer. Mais il ne s'arrêta pas après ce premier orgasme. Il la titilla, la toucha et la caressa jusqu'à ce qu'elle tremble à nouveau, sous ses doigts enfouis au fond d'elle.

Lorsqu'elle commença à redescendre de son orgasme, elle le vit lécher les doigts qui l'avaient pénétrée. Il l'aida ensuite à se redresser et à se blottir contre lui. Son sexe était dur dans son pantalon de survêtement, constat qui la fit grimacer.

— Ce n'est pas grave, déclara Owl, qui n'avait pas manqué sa réaction. Tu pourras te rattraper quand j'irai mieux.

— Bien sûr, promit-elle. Et tu jouiras si fort que tu ne pourras plus marcher.

Il gloussa et resserra son bras autour d'elle.

— Owl ?

— Oui, ma puce ?

— Je voudrais continuer à m'exercer sur ce simulateur de vol. Je veux décrocher ma licence de pilote. Car il est hors de question que je me sente aussi impuissante que lorsque tu t'es évanoui. Je ne dis pas que je veux promener des touristes ou quoi que ce soit d'autre, mais je veux en apprendre assez pour pouvoir décoller et atterrir sans craindre de m'écraser.

— Ça marche.

— Et je veux continuer à travailler avec les enfants ici au Refuge. Les enfants des clients, et éventuellement les enfants de nos amis... s'ils le souhaitent.

— Oh, ils le souhaiteront !

— Tu...

Elle s'interrompit, cherchant un moyen de lui poser sa question sans le contrarier.

— Je... quoi ? Tu peux me parler de tout, tu sais. Rien n'est tabou. Rien. Tu veux en savoir plus sur ce que j'ai vécu quand j'étais prisonnier de guerre ? Demande. Si tu veux que je te construise une grande maison dans les bois, pas de problème. Tes désirs seront mes ordres.

— Je ne veux pas d'une grande maison. Bon, si on a les cinq enfants que tu as prévus, il faudra ajouter une pièce ou deux, mais j'aime ce chalet. Je ne m'imagine pas vivre ailleurs.

— Même pas Washington ? Tu avais un bon travail, ta famille est là-bas. Tes amis.

Lara se tourna un peu pour pouvoir croiser son regard.

— Mes parents m'aiment, mais ils ne me comprennent pas du tout. Et je n'avais pas vraiment d'amis, juste Cora. Or elle est ici. Eh oui, j'aimais mon travail, et mes élèves là-bas, mais il y a des enfants partout. Et puis... tu es là. Pourquoi voudrais-je être ailleurs ?

— Je t'aime, dit-il. Tellement, tu ne peux même pas l'imaginer.

— Si, parce que c'est pareil pour moi.

Ils se sourirent.

— Qu'est-ce que tu allais dire, alors ?

— C'est juste que... tu n'as pas bien dormi à l'hôpital. Tu t'es réveillé plusieurs fois au milieu de la nuit sans arriver à te rendormir. Je sais que tu as bien dormi depuis que tu es rentré, mais probablement parce que tu as pris des analgésiques. Tu penses que tes insomnies sont revenues ?

Lara s'inquiétait à ce sujet. Il récupérait vraiment bien et elle détestait l'idée que son ancien problème ressurgisse et qu'il souffre d'un manque de sommeil.

À sa grande surprise, Owl sourit.

— Quoi ? Ça n'a rien de drôle, dit-elle.

— Lara, j'étais à l'hôpital. Quelqu'un venait toutes les heures environ pour vérifier mes constantes, ou me demander comment je me sentais, ou pour changer mes perfusions. Bien sûr, je n'ai pas très bien dormi.

— Je ne les ai jamais entendus, pourtant.

— Je sais, admit Owl en souriant. Tu dors comme un roc.

— Je n'aime pas que tu ne dormes pas.

— Ça aussi, je le sais. Et je suis sûr que mes insomnies

reviendront de temps en temps. Mon cerveau a du mal à s'éteindre. Quand je pense que j'ai failli te perdre...

Il se tut.

— Mais tu m'as toujours, murmura-t-elle.

— Oui. Et j'en suis très heureux. Mais...

— Mais Stone manque toujours à l'appel, acheva-t-elle.

— Oui. On s'était promis d'être toujours là l'un pour l'autre. Et je l'ai laissé tomber.

— C'est faux, répliqua-t-elle en se redressant, sourcils froncés. Tu étais inconscient, Owl. Et lui aussi.

— Je sais. Mais je n'arrête pas de penser à ce qu'il doit endurer. On ne sait pas qui l'a enlevé ni pourquoi. Où il se trouve ni même s'il est encore en vie.

— Il est vivant, déclara-t-elle avec conviction.

— J'aime ton optimisme, mais tu n'en sais rien, objecta-t-il tristement.

— Si. J'ai entendu ce que ce type a dit quand il l'a emmené. Comme quoi son patron ne voulait qu'un seul d'entre vous. Il doit le vouloir pour quelque chose... et pas pour se contenter de le tuer, parce que ce serait stupide. Dans ce cas, il aurait été plus simple de le faire dans le hangar. Il est vivant. Et on le trouvera. Ry va réussir.

— Je n'arrive pas à croire que c'est Ryan qui a retrouvé Jasna et traqué Reese, admit Owl en secouant la tête.

Il était évident qu'il changeait de sujet, et Lara ne l'obligea pas à parler davantage de son ami. Ils allaient retrouver Stone, elle n'avait aucun doute là-dessus... Elle s'inquiétait juste de son état lorsqu'ils le retrouveraient. Mais il aurait le soutien de tous ses amis, et il n'y avait pas de meilleur endroit pour guérir qu'au Refuge.

— Vraiment ? Apparemment, c'est une hackeuse de haut niveau, même si je n'y comprends rien. J'ai entendu Brick parler d'elle à Pipe, et il a dit que même le fameux Tex était impressionné par ses capacités.

— Ce qui en dit long, convint-il.

— Tiny n'est pas content, en revanche, remarqua-t-elle.

— Non, en effet.

— S'il la déteste tant, pourquoi a-t-il insisté pour qu'elle s'installe dans son chalet ?

— À mon avis, parce qu'il craint de la voir prendre la poudre d'escampette. Il veut s'assurer qu'elle reste dans les parages pour retrouver Stone.

— Je ne pense pas qu'elle le ferait. Partir, je veux dire. Elle a envie de le retrouver tout autant que nous tous. J'ai plus l'impression qu'elle se sent coupable de ne pas avoir pu nous joindre avant que toute cette histoire n'arrive. Ce qui est idiot, parce qu'elle ne pouvait pas deviner que Ricky travaillait avec Carter.

— Tu le sais, et moi aussi, mais pas elle. Et je doute que Tiny la déteste... en fait, je pense que son problème actuel tient en partie à ça.

— Oh ! Je n'y avais même pas pensé.

— Bon, tu es prête à aller te coucher ?

Lara cilla devant ce nouveau changement brutal de conversation.

— Tu es fatigué ? demanda-t-elle.

— Épuisé.

Lara se leva aussitôt, vive comme l'éclair.

— Pourquoi n'as-tu rien dit avant ? Viens, je vais t'aider. Tu as mal à la jambe ? Tu as besoin d'un autre comprimé ? Je vais te chercher de l'eau.

— Du calme, ma puce. Tout va bien. Je suis juste fatigué.

— C'est vrai. Désolée.

— Ne sois pas désolée de t'intéresser à moi. Le temps viendra où les rôles seront inversés et où tu auras un gros ventre avec mon bébé dedans, où tu seras irritable, et j'aimerais bien te masser les pieds, t'apporter ce dont tu as envie et te gâter pour de bon.

— Je n'aime pas qu'on me touche les pieds. C'est dégoûtant.

Owl s'esclaffa.

— D'accord. C'est noté.

Il se leva et attira Lara contre lui.

— Je t'aime, ma chère épouse.

— « Ma chère épouse »... Ça sonne bien. Et je t'aime aussi, mon cher époux.

— Emmène-moi au lit, répliqua Owl en souriant.

— Avec plaisir.

* * *

Une heure plus tard, Owl était dans son lit, sa femme ronflotant contre lui. Mais il n'arrivait pas à dormir. Son sentiment dominant était la satisfaction : il était marié, avec un bébé en route. Lara était enfin en sécurité, et elle représentait tout ce qu'il avait toujours voulu dans la vie et qu'il n'avait jamais pensé avoir.

Mais... malgré tous ces développements heureux, malgré la soirée qu'il venait de passer avec ses amis, il se sentait coupable. Il était plus heureux que jamais, mais Stone n'était toujours pas là. Retenu contre son gré, peut-être mort. Cela faisait mal. Vraiment. Si Owl avait survécu à l'enfer de sa captivité, c'était uniquement grâce à la présence de Stone à ses côtés.

Et maintenant, son ami se trouvait quelque part. Probablement blessé. Peut-être effrayé. Et seul. Ça craignait. Il ne pouvait pas imaginer piloter le foutu hélicoptère du Refuge sans lui.

Il serra les dents et la détermination monta en lui. Il ferait tout ce qu'il fallait pour retrouver Stone. Ils le ramèneraient. Il n'y avait pas d'autre solution.

*Tiens bon, mon frère. On n'arrêtera pas de chercher tant qu'on ne t'aura pas retrouvé.*

D'une certaine manière, ces mots rassuraient Owl. Stone saurait que ses amis se démenaient pour se porter à son secours. Il resterait fort jusqu'à ce qu'ils y parviennent. L'alternative était impensable. Owl avait besoin de son ami. Il avait l'impression d'avoir un trou dans le cœur avec la disparition de Stone.

Lara remua contre lui et Owl resserra ses bras autour d'elle alors qu'il sentait ses paupières s'alourdir. Son mauvais sommeil l'avait fatigué plus qu'il ne l'admettrait jamais. Il s'était habitué à une nuit complète de repos depuis qu'il avait commencé à partager son lit avec Lara.

Sa femme.

Il était presque incroyable que lui, ancien prisonnier de guerre brisé, ait trouvé ce qu'il avait toujours voulu sans même vraiment essayer. Cela lui donna l'espoir que tout finisse par s'arranger. Stone reviendrait et ils vivraient heureux, les uns comme les autres.

Owl s'endormit avec un petit sourire aux lèvres. Oui, sa femme l'avait contaminé avec son cœur romantique. Mais il n'en avait pas honte, elle était la meilleure chose qui lui soit jamais arrivée.

* * *

Ryan était à la table de Tiny, tâchant d'ignorer les poignards de ses yeux qu'elle sentait s'enfoncer dans son dos. Il avait insisté pour qu'elle s'installe dans son chalet, parce qu'il n'avait pas confiance en elle… il redoutait qu'elle se lève et parte au milieu de la nuit.

Mais elle n'en avait nullement l'intention. Pas avant d'avoir fait tout ce qu'elle pouvait pour retrouver Stone. Elle se sentait responsable. Non, elle ne l'avait pas kidnappé. Elle n'avait rien à voir avec ce qui s'était passé à Seattle. Mais elle ne pouvait s'empêcher de penser que si elle avait écouté ce sentiment tenace que quelque chose clochait, elle aurait pu découvrir plus tôt que Carter Grant avait piraté la messagerie de Brick et découvert tous les détails relatifs à l'achat de l'hélicoptère et à leurs projets.

Mais elle était restée sourde à ces alarmes… jusqu'à ce qu'il soit presque trop tard.

Et la révélation de son identité et de tout ce qu'elle avait fait pour ses nouveaux amis du Refuge n'avait servi à rien. Le temps que tout le monde arrive à Washington, Lara avait sauvé Owl toute seule et Stone manquait à l'appel.

Serrant les dents, Ry se concentra sur l'écran devant elle. Ses jours au Nouveau-Mexique étaient comptés. Ce n'était qu'une question de temps avant que son père ne la retrouve. Elle avait utilisé l'ordinateur portable non sécurisé de Brick pour pirater le micro du téléphone d'Owl, tout en sachant qu'elle risquait de se faire repérer.

C'était son père qui lui avait appris tout ce qu'elle savait, et si elle était très douée dans son domaine, son père l'était plus encore. Et il avait des millions de raisons de vouloir la retrouver.

Elle devait donc localiser Stone, puis s'éloigner du Refuge avant que son père ne fasse ce qu'il faisait le mieux : détruire tout ce qu'il touchait.

— Bon… Ryleigh… je meurs d'envie de te demander quelque chose…, commença Tiny.

Ry se crispa. Après avoir appris qu'elle ne s'appelait pas

Ryan – nom que Tiny avait admis n'avoir jamais aimé –, il avait décidé de l'appeler Ryleigh. Pas Ry, le diminutif qu'elle avait demandé à tout le monde d'utiliser. Comme s'il faisait exprès de la provoquer. De l'agacer. Et ça marchait.

Elle avait envie de pleurer. Elle aimait bien Tiny. Il était méfiant, paranoïaque et un peu rude aux entournures, mais il était loyal. Extrêmement loyal. Et elle comprenait que sa colère envers elle venait du sentiment d'avoir été trahi et de l'inquiétude que lui inspirait le sort de son ami.

Ce n'était pas sa faute si Stone avait été enlevé, mais elle était une cible commode pour la frustration et l'inquiétude de Tiny. Et elle se sentait suffisamment coupable pour souffrir de son attitude.

Et puis, elle était habituée à ce que les autres se défoulent sur elle sans raison valable.

Les deux dernières semaines avaient été extrêmement tendues au Refuge. L'atmosphère décontractée qu'elle avait appris à aimer avait volé en éclats. À cause de tout ce qu'Owl et Lara avaient enduré, parce que Stone était toujours porté disparu... et à cause de sa trahison.

Ry savait qu'elle pouvait s'éclipser quand Tiny n'était pas chez lui, qu'elle était en mesure d'aider Stone depuis n'importe quel endroit, mais elle ne se résolvait pas à partir du moment que ce n'était pas absolument nécessaire. Les hommes et les femmes ici, c'était sa famille. Telle était du moins la sensation qu'elle avait. Et même si elle avait cessé de passer du temps avec eux, elle ne partirait pas tant que Stone n'aurait pas été retrouvé.

La culpabilité de ne pas avoir réussi à le retrouver la rongeait. Elle avait passé les deux dernières semaines à fouiller frénétiquement le dark web et à utiliser tous les contacts qu'elle avait pour trouver le moindre fil susceptible de la conduire à l'homme qui avait enlevé Stone dans le hangar.

— Tu m'écoutes ? demanda Tiny.

En soupirant, Ry repoussa son ordinateur et le ferma. Elle se tourna vers l'homme qui la troublait, l'effrayait et lui donnait envie de se blottir dans ses bras pour qu'il la serre aussi fort qu'il le pouvait.

— Toujours rien ? demanda-t-il d'un ton plus calme, en jetant un coup d'œil à l'ordinateur.

— Pas encore. Mais je le trouverai, déclara-t-elle avec fermeté. Celui qui a enlevé Stone commettra tôt ou tard une erreur. Je n'ai qu'à suivre les traces de Ricky Norman. Il a dû communiquer avec le commanditaire. Je trouverai comment il s'y est pris et cela nous mènera à la personne qui le détient.

Elle marqua une pause et ferma brièvement les yeux en frottant son épaule crispée.

— Tu voulais me demander quelque chose ? fit-elle en rouvrant les yeux d'un air las.

Elle voulait en finir avec ce dernier interrogatoire pour tenter de dormir un peu.

— Je me demandais ce qui t'effrayait au point de donner une grosse somme d'argent à une inconnue, simplement pour pouvoir prendre son travail au Refuge. De quoi, ou de qui te caches-tu ?

Les épaules de Ry se crispèrent encore plus. La question de Tiny était étonnamment perspicace. Elle n'a jamais avoué qu'elle se cachait : elle lui avait dit, ainsi qu'aux autres copropriétaires, que le Refuge lui était apparu comme un endroit parfait pour se faire oublier. La plupart des gens auraient supposé qu'elle avait fait quelque chose de mal. Ou qu'elle avait visé le Refuge pour voler ou escroquer cet endroit d'une manière ou d'une autre. Mais pas Tiny. Il avait deviné qu'elle était en fuite.

— Je n'ai pas peur, répondit-elle avec un temps de retard.

La déception se lut sur le visage de Tiny, qui n'était pas dupe de son mensonge.

Ry détestait lui mentir. Mais elle ne pouvait pas lui révéler la vérité. Il voudrait l'aider. Même s'il la détestait, il refuserait que quelque chose de mal lui arrive. Elle le devinait confusément. Mais il ne pouvait pas l'aider. Personne n'en était capable.

Dès qu'elle aurait retrouvé Stone, elle serait partie. Elle devait mentir pour le bien de Tiny. Pour le bien de tous.

— OK, lâcha-t-il, l'air fâché. Tu n'as pas mangé ce soir.

Ry secoua la tête, même si elle était contente du changement de sujet.

— Je n'ai pas faim.

— Tu ne retrouveras pas Stone si tu ne manges rien, rétorqua Tiny avant de se lever pour aller dans la cuisine.

Ry le regarda préparer un sandwich au jambon et au fromage, arrosé de sauce ranch, qu'il apporta sur la table où elle était toujours assise. Pendant un instant, elle crut lire de l'inquiétude dans ses yeux. Mais en le voyant pratiquement jeter l'assiette sur la table et grogner : « Mange, Ryleigh », elle comprit qu'elle s'était trompée.

Elle n'était pas prisonnière, mais il y avait des moments, comme maintenant, où elle avait l'impression de l'être.

Tiny regagna sa chaise, d'où il recommença à la fixer du regard. Ry fit de son mieux pour passer outre la douleur. Elle retrouverait Stone, puis débarrasserait le plancher.

Plus loin elle serait du Refuge, mieux ce serait pour la sécurité de tous.

* * *

*Dix jours plus tôt*

Stone gémit en roulant contre quelque chose de dur. Ça tambourinait dans sa tête et il ne savait pas pourquoi. Il était couché sur le côté en position fœtale, dans une obscurité totale. Clignant des yeux pour essayer de voir quelque chose, n'importe quoi, il se souvint soudain de ce qui s'était passé.

Enfin, pas de tout. Ils étaient dans un hangar, prêts à signer les papiers nécessaires pour prendre possession du nouvel hélicoptère du Refuge, quand tout était devenu noir.

En portant la main à sa tête, Stone sentit quelque chose de poisseux dans ses cheveux. Du sang.

Il se retourna sur le dos dans l'espace étriqué et se rendit compte qu'il était dans une boîte.

Non... ce qu'il croyait être le bruit d'un ventilateur en marche provenait en fait d'en bas. Une route. Le vent.

Il était dans le coffre d'une putain de voiture.

Son rythme cardiaque s'accéléra au point qu'il fut soudain incapable de respirer. C'était presque trop difficile à croire : il avait été capturé... encore une fois. Une seule fois n'avait pas suffi ?

Pourquoi l'histoire se répétait-elle ? Où était Owl ? Et Lara, elle allait bien ? Carter Grant était-il responsable de cette situation ?

L'esprit de Stone tournait en rond tandis que sa panique augmentait. Il n'arrivait pas à l'arrêter. Au bout de quelques secondes, il se mit à hyperventiler.

Il tenta frénétiquement de s'extirper du coffre, mais sans succès. Impossible d'utiliser ses pieds pour frapper efficacement sur le couvercle du coffre, car l'espace était trop étroit. Il était coincé.

Tout en cherchant à aspirer une bouffée d'air, Stone comprit qu'il était foutu. Il ne supporterait pas une nouvelle captivité. Impossible ! Il n'arriverait pas à survivre aux mêmes tortures que la fois précédente. Qui l'avait kidnappé et pourquoi ? Mystère, mais cela n'avait pas vraiment d'importance.

Ses membres tremblaient, sa tête palpitait et la crise de panique le consumait.

Son cerveau cessa complètement de réfléchir, trop occupé à essayer de gérer ce qui arrivait à son corps. Il s'efforçait d'acheminer l'oxygène vers ses cellules sanguines pour que ses poumons continuent de fonctionner.

Alors, pour faire face au traumatisme d'une nouvelle captivité, il bloqua tout, sauf ses fonctions élémentaires, absolument nécessaires à sa survie.

Heureusement pour lui, il s'évanouit.

À son réveil, les souvenirs de l'ancien soldat que tout le monde connaissait sous le nom de Stone seraient refoulés dans les recoins le plus lointains de son esprit... remplacés uniquement par les souvenirs du civil connu sous le nom de Jack Wickett.

Pauvre Stone... kidnappé sans savoir que tous ses amis s'inquiétaient pour lui et le recherchaient frénétiquement. Découvrez *Un soutien pour Maisy,* le prochain tome de la série Le Refuge.

# DU MÊME AUTEUR

<u>Autres livres de Susan Stoker</u>

### *<u>Le Refuge</u>*

*Un soutien pour Alaska*

*Un soutien pour Henley*

*Un soutien pour Reese*

*Un soutien pour Cora*

*Un soutien pour Lara*

*Un soutien pour Maisy (1 Oct)*

*Un soutien pour Ryleigh*

## <u>Forces Très Spéciales : Alliance</u>

*Un protecteur pour Remi (2 Juillet)*

*Un protecteur pour Wren*

*Un protecteur pour Josie*

*Un protecteur pour Maggie*

*Un protecteur pour Addison*

*Un protecteur pour Kelli*

*Un protecteur pour Bree*

## <u>Sauvetage à Eagle Point</u>

*Un sauveteur pour Lilly*

*Un sauveteur pour Elsie*

*Un sauveteur pour Bristol*

*Un sauveteur pour Caryn*

*Un sauveteur pour Finley*

*Un sauveteur pour Heather*

*Un sauveteur pour Khloe (7 Mai)*

## <u>Silverstone</u>

*Pour la confiance de Skylar*

*Pour la confiance de Taylor*

*Pour la confiance de Molly*

*Pour la confiance de Cassidy (1 Mars 2024)*

## <u>Delta Force Deux</u>

*Un refuge pour Gillian*

*Un refuge pour Kinley*

*Un refuge pour Aspen*

*Un refuge pour Jayme*

*Un refuge pour Riley*

*Un refuge pour Devyn*

*Un refuge pour Ember*

*Un refuge pour Sierra*

## <u>Hawaï : Soldats d'élite</u>

*Un paradis pour Élodie*

*Un paradis pour Lexie*

*Un paradis pour Kenna*

*Un paradis pour Monica*

*Un paradis pour Carly*

*Un paradis pour Ashlyn*

*Un paradis pour Jodelle*

## <u>Mercenaires Rebelles</u>

*Un Défenseur pour Allye*

*Un Défenseur pour Chloé*

*Un Défenseur pour Morgan*

*Un Défenseur pour Harlow*

*Un Défenseur pour Everly*

*Un Défenseur pour Zara*

*Un Défenseur pour Raven*

## <u>Ace Sécurité</u>

*Au Secours de Grace*

*Au Secours d'Alexis*

*Au Secours de Bailey*

*Au Secours de Felicity*

*Au Secours de Sarah*

## <u>Forces Très Spéciales Series</u>

*Un Protecteur Pour Caroline*

*Un Protecteur Pour Alabama*

*Un Protecteur Pour Fiona*

*Un Mari Pour Caroline*

*Un Protecteur Pour Summer*

*Un Protecteur Pour Cheyenne*

*Un Protecteur Pour Jessyka*

*Un Protecteur Pour Julie*

*Un Protecteur Pour Melody*

*Un Protecteur pour l'avenir*

*Un Protecteur Pour Les Enfants de Alabama*

*Un Protecteur Pour Kiera*

*Un Protecteur Pour Dakota*

## Forces Très Spéciales : L'Héritage

*Un Sanctuaire pour Caite*

*Un Sanctuaire pour Brenae*

*Un Sanctuaire pour Sidney*

*Un Sanctuaire pour Piper*

*Un Sanctuaire pour Zoey*

*Un Sanctuaire pour Avery*

*Un Sanctuaire pour Kalee*

*Un Sanctuaire pour Jane*

## Delta Force Heroes Series

*Un héros pour Rayne*

*Un héros pour Emily*

*Un héros pour Harley*

*Un mari pour Emily*

*Un héros pour Kassie*

*Un héros pour Bryn*

*Un héros pour Casey*

*Un héros pour Wendy*

*Un héros pour Mary*

*Un héros pour Macie*

*Un héros pour Sadie*

*Un héros pour Annie*

<u>**Autre**</u>

*Un moment suspendu : Recueil de nouvelles*

<u>**AUDIO**</u>

*Un paradis pour Élodie*

# À PROPOS DE L'AUTEUR

Susan Stoker est une auteure de best-sellers aux classements du New York Times, de USA Today et du Wall Street Journal. Elle a notamment écrit les séries Badge of Honor: Texas Heroes, SEAL of Protection et Delta Force Heroes. Mariée à un sous-officier de l'armée américaine à la retraite, Susan a vécu dans tous les États-Unis, du Missouri jusqu'en Californie en passant par le Colorado, et elle habite actuellement sous le vaste ciel du Tennessee. Fervente adepte des fins heureuses, Susan aime écrire des romans où les sentiments laissent place au grand amour.

http://www.StokerAces.com

facebook.com/authorsusanstoker

x.com/Susan_Stoker

instagram.com/authorsusanstoker

goodreads.com/SusanStoker